خير الدين
بربروس باشا أمير البحار

رواية

خير الدين بربروس باشا

أمير البحار

أوكاي تيرياكي أوغلو

ترجمة: حسين باقي

دار جامعة حمد بن خليفة للنشر
HAMAD BIN KHALIFA UNIVERSITY PRESS

دار جامعة حمد بن خليفة للنشر
صندوق بريد 5825
الدوحة، دولة قطر

www.hbkupress.com

Barbaros Denizlerin Hakimi @ Timas Yayinlari 2021
The Arabic translation of Barbaros Denizleri Hakimi title is published by
Hamad Bin Khalifa University Press via Akdem Copyrights and Translation Agency

جميع الحقوق محفوظة.

لا يجوز استخدام أو إعادة طباعة أي جزء من هذا الكتاب بأي طريقة دون الحصول
على الموافقة الخطية من الناشر باستثناء حالة الاقتباسات المختصرة التي تتجسد
في الدراسات النقدية أو المراجعات.

إن الآراء الواردة في هذا الكتاب لا تعبر بالضرورة عن رأي الناشر.

الطبعة العربية الأولى عام 2023

الترقيم الدولي: 9789927161889

تمت الطباعة في الدوحة-قطر.

مكتبة قطر الوطنية بيانات الفهرسة – أثناء – النشر (فان)

أوغلو، أوكاي تيرياكي، 1972- مؤلف.

[Barbaros Denizleri Hakimi]. Arabic

خير الدين بربروس باشا أمير البحار : رواية / أوكاي تيرياكي أوغلو ؛ ترجمة حسين باقي. الطبعة العربية الأولى. – الدوحة : دار جامعة حمد بن خليفة للنشر، 2023.

340 صفحة ؛ 22 سم

تدمك: 978-992-716-188-9

ترجمة لكتاب:Barbaros Denizleri Hakimi .

1. خير الدين بربروس، -1546 -- القصص. 2. القصص التركية -- المترجمات إلى العربية. 3. الروايات. أ. باقي، حسين، مترجم.

ب. العنوان.

PL240. U44125 2023

202328639790 894.3533 – dc23

المحتويات

الفصل الأول: وعد قطعته على نفسي 9

الفصل الثاني: روح البحَّار في الليل 39

الفصل الثالث: في بلد بحري 79

الفصل الرابع: شعاع وحيد يمكنني رؤيته 119

الفصل الخامس: قاسٍ 151

الفصل السادس: نسي ذاته 191

الفصل السابع: أجده في غيابك 229

الفصل الثامن: أسير في الخلود... حرٌّ على الحدود 269

الفصل التاسع: سيفي رحمتي 303

الخاتمة 337

من حُسن الحظ
أن الكتب موجودة في هذه الحياة.

الفصل الأول
وعد قطعته على نفسي

1

«لن يصدق الناس ثقل آلامك وأسبابك ومدى صدقك، إلَّا حين تموت»

ألبيرت كامو - رواية السقوط

جزيرة ميديللي - 13 سبتمبر 1482م

كان هناك شابان يتمتعان ببنية سليمة، يسيران على طول الوادي الغامض بعد عبورهما من ميناء فاتيرا باتجاه المنحدرات الشمالية. كان الشاب الأكبر يأمر الأصغر بهدوء، ويقول له: «اركض».

كان الأخير ذا شعر بُني، ويطيع أخاه صاحب اللحية الحمراء دون انفعال أو تردد. والناظر إليهما يلاحظ أنهما شقيقان.

كان الأخ الأكبر يكرر القول: «الحادثة ستمر».

ويضيف: «سوف نعتاد على الأمر. سيكون كل شيء على ما يرام. لسنا أول من يصطدم بمثل هذه الواقعة، هذا يحدث للجميع وسنعتاد على ما جرى في النهاية».

كان يقصد بكلامه هذا تهدئة أخيه وطمأنة نفسه على حد سواء، لكن الاثنين ظلَّا صامتين معظم الوقت. كانا هادئين في الظاهر، لكن رياح الغضب تعصف في داخل كل منهما، فيظهر وميض السخط في أعينهما، مثل ذاك الغضب المُبطَّن الذي نلمحه في عيون النبلاء ممن يظنون أن لهم حقًا ضائعًا.

كانت آثار تلك الواقعة تبرز على وجهيهما، وكأنهما يحملان همَّ العالم على أكتافهما.

في فترة بعد الظهر، وصلا إلى قاع الوادي الجاف، ودخلا المنطقة المخصصة لرمي مخلفات حانة بوز بي، وتوقفا فترة وجيزة. شغَّل الأخ الأكبر حاسة شمِّه باحثًا عن إشارات خفية على الطريق، في حين كانت يد الشقيق الأصغر على سلاحه المثبت على خصره، وهو يراقب الدرب ويستطلع الاتجاهات الأربعة كي يحمي شقيقه. وينبغي لك أن تعرف أن أعمال التدقيق طبيعية ومعتادة بالنسبة لهما كاعتيادهما على الأكل والشرب. وتتضح لك العلامات على وجهيهما من خطوط غائرة وآثار جروح ولكمات تلقياها في التدريب الميداني.

واصل الشقيقان المشي، ثم استراحا تحت أغصان شجرة تنوب، ونزعا كل منهما عنه سلاحه وعتاده.

قال الأكبر واسمه عروج: «ما كان علينا أن نبقى حتى هذه الساعة».

أجابه الأصغر خضر: «أظن أن أبي غاضب جدًا الآن». ثم هز كتفيه، وأضاف: «ماذا يمكننا أن نفعل؟ ليس في اليد حيلة».

أردف عروج بتعابير صارمة: «هذه حالة الجنازة».

ربما كان كلامه يفسر استعداده لتوضيح الأمر لوالده، وكان شقيقه يصغي إليه ويعاينه بمحبة وتقدير. وما لبث أن حوَّل نظره إلى معالم الخريف في الجهة المقابلة، وأخذ ينظر إلى أشجار الزان والتنوب وظلالها الممتدة فوق منحدر التل. لم تكن تعجبه الظلال الطويلة للأشجار في موسم الخريف، بل كان يكره صوت الرياح العاتية في هذا الوادي. ولم يكن جائعًا، بل أراد التعبير عن رغبته في المشي، لكنه تخلى عن الفكرة لأنه يعلم أن أخاه الذي يخاف عليه من البرد سيعترض على ذلك.

استعاد عروج ملامح ذكرى سابقة، وقال: «أذكر أنني عثرت على بقايا طريق روماني قديم في هذا الوادي الممتد إلى الشمال الغربي».

ثم غسل يديه بالماء الذي يملأ قربته، وناول أخاه لفافة خبز محشوة بلحم مقدد وقليل من الجبن وبصلة كان قد قطعها بقبضته.

وأضاف: «كما تعلم، إن الطريق المنحدر الذي تستخدمه القوافل يمتد إلى التلال المطلة على خليج كالوني. الطرق المزدوجة للدوريات أقصر، ولكن المرور عليها ممنوع على المدنيين بعد صلاة العشاء».

فسأله خضر: «هذا المنع بسبب قراصنة رودس، أليس كذلك يا أخي عروج؟»

أجابه: «نعم يا خضر».

وسأله من جديد: «وهل يجرؤون على المجيء إلى الجزيرة، بينما كمال ريس موجود فيها؟»

فقال عروج: «ألم يقل لنا والدنا إننا يجب أن نكون حذرين جدًا، كلما ظننا أننا أكثر أمانًا؟»

خضر: «نعم، قال ذلك».

عروج: «ألم يقل لنا إن الماء يركد وينام، لكن العدو لا يركد ولا ينام؟»

خضر: «نعم، قال ذلك».

عروج: «لم تسأل إذًا؟»

استمع خضر إلى الرياح التي تهز أغصان الأشجار، وقال: «ألا يعلم هؤلاء القراصنة أن الطريق الروماني القديم مليء بالجن في المساء؟»

ابتسم عروج وهو يهز رأسه قائلًا: «هم ليسوا ممن يخاف من الجن أو ما شابه ذلك، فهم لا يُمانعون مجيء إبليس بنفسه ليجلس إلى جانبهم، لأنهم غالبًا ما يكونون سكارى».

قضم خضر قطعة الخبز وعيناه تفحصان كل الاتجاهات، وقال: «لا أخاف منهم، مع أن هؤلاء القراصنة جريئون للغاية، وزادت جرأتهم منذ اليوم الذي

اعتلى فيه سلطاننا بايزيد الثاني العرش. حضرة سمو سلطاننا بايزيد شخص رحيم لا يريد سوى السلام في بلاده، وفي البلدان المجاورة».

التزم عروج الصمت، ثم تلفَّت خضر وفي عينيه تناقض مثل كلامه. كانت هيئة هذا الشاب مبعثرة، ووميض الشمس يضفي الاحمرار على شعره المنسدل على كتفيه. وضع له عروج الحلاوة في قطعة خبز أخرى. يعلم أنه لا يستطيع الاعتراض على شقيقه، فأخذ الخبز وأكله بسرعة.

تنهد عروج قليلًا، وقال: «إذا فسّر أي شخص صمت السلطان على أنه خجل، فسيكون مخطئًا جدًا. إذا اعتمد السلطان محمد الفاتح الصمت الآن، فذلك من قوة معرفته. ولم يقل القدماء عبثًا إن الحصان الهادئ يكون انفعاله مُغايرًا».

وتابع: «ظروف الحرب تسود في الغرب والشرق يا أخي. يتحدث والدي مع أصدقائه من وقت إلى آخر عما سمعه من القوافل الآتية إلى الأناضول ومن أصحاب السفن في الموانئ، كلهم متوترون تقريبًا. حتى أن ألفونسو ملك صقلية منح حرية الملاحة لسفننا التجارية في البحر الأدرياتيكي والبحر الأيوني، مقابل انسحابنا من أوترانتو جنوب إيطاليا، حيث انتشرت قوات السلطان محمد الفاتح، وإيقاف غاراتنا على إيطاليا. هذا يبدو أمرًا مضللًا تمامًا».

ثم لوَّح عروج بيده ليبعد ذبابة، وقال: «قوة ملك صقلية بالنسبة لنا كالذبابة، فما باله يعطينا حرية الملاحة، والحبال في يد الإمبراطور الروماني ماكسيميليان، مع أن الأمر يعود لآل هابسبورغ».

أردف خضر: «وفقًا لما قاله والدي يا أخي، استولت المنظمة الكنسية التابعة للفاتيكان على نحو 40 سفينة من سفننا في هذا الصيف، ووقع في الأسر أكثر من 200 تاجر من تجارنا».

ردَّ عروج وهو يتناول طعامه بسرعة: «مع الأسف، هذا ما حصل».

ثم أضاف: «في الواقع، مع وفاة السلطان محمد الفاتح بدأ العدو بالتمرد. وهناك موضوع الشيخ حيدر أيضًا، وقد خلقت أنشطته الدائرة في أذربيجان

وإيران وسوريا منطقة نفوذ غير متوقعة بالنسبة له. إذا لم تُقطع أذرع المتمردين التي تمتد إلى الأناضول في أسرع وقت ممكن، فقد تتحول إلى مشكلة كبيرة للدولة. كان طريقهم هو طريق أهل السنة والجماعة في يوم من الأيام، لكن الطائفة الصفوية التي تبنت المذهب الشيعي لأسباب سياسية وانفصلت عن جوهرها، تمارس نفوذها بسهولة على البدو الرحل في الأناضول، ولم نسمع بأي إجراءات اتخذت ضدهم حتى الآن».

قال خضر: «يا أخي، لطالما كان الناس يتحدثون عن زواج الشيخ حيدر من ابنة الأمير أوزون حسن آق قويونلو. ويقولون إنه محظوظ منذ الأزل، فلم ينل أي شخص مقدار الحظ الذي ناله الشيخ».

وأضاف: «إنه محظوظ فعلًا، تزوج أوزون حسن من الأميرة الكومينية في طرابزون، ماريا ديسبينا، وتكلل زواجهما بولادة الأميرة علم شاه حليمة بيكوم، وهي الآن زوجة الشيخ حيدر. هذا الوضع يمنح الشيخ حيدر مكانة وشأنًا عظيمين لدى الغرب والشرق، لأنه من سلالتي آق قويونلو وكومنين. من الواضح أن الفاتيكان يفضل دولة شيعية، يمكن أن يتصالح معها، على العثمانيين، وهكذا كان الحال أيام السلاجقة. إن الغرب ليس له عدو في الواقع سوى أهل السنة، يسلم الأسلحة النارية والذخيرة والمعدات، إلى جانب المساعدات النقدية للشيخ حيدر عبر الكنسيين».

هزَّ عروج رأسه على مهل، وقال: «إنه لأمر مؤسف، مؤسف جدًا».

قال خضر: «يُقال إن الشيخ وأتباعه لم يتمكنوا من التكيف مع الأسلحة النارية».

أجابه شقيقه: «نعم، إنه كذلك».

وأضاف خضر: «لم يتقن الإنكشاريون استخدام الأسلحة في البدايات أيضًا، لكن مستقبل ساحات الوغى يكمن في الأسلحة النارية. وبأمر من السلطان بايزيد الثاني ثُبتت المدافع بالفعل على سفن كالياتا الحربية، وكان زعيم البحار كمال ريس من أوائل الذين طبقوا هذا الأمر. لكن جِم سلطان،

ابن السلطان محمد الفاتح، كان يقف عائقًا. أهٍ لو لم يلجأ إلى فرسان رودس خوفًا على حياته، لكانت مساعدتنا المباشرة لإخواننا المسلمين الذين تعرضوا للاضطهاد في الأندلس أكبر بكثير».

بحسرة شديدة، نظر عروج بعيدًا إلى الطريق المغبرّ، وقال: «ربما كنا توجهنا إلى سواحل الأندلس بفيلق بحري كبير، وتقدمنا نحو المناطق الداخلية من تلك البلاد. ومن يدري، ربما كنا سننشر قواتنا في أوترانتو مرة أخرى، ونتجه لتصفية حساباتنا مع الفاتيكان. لكن السلطان جِم لجأ هذا الصيف إلى قلعة العدو اللدود للإسلام والأتراك، قائد فرسان رودس، الحاكم بيير دوبسون، وصار أسيرًا لدى الأعداء. فعندما تعطي العدو ورقة رابحة كهذه، لن تنال سوى الندم في نهاية المطاف». وظل يقول: «ماذا فعلتُ لأفرق بيني وبين المسلمين؟ وبكى بحرقة أشعلت قلبه، ولكن كان ذلك كله عبثًا»».

كانت لحية عروج الكثيفة المشتعلة بلونها الأحمر كاحمرار شمس الغروب، تهتز مثل شعره عند اشتداد غضبه. ومع ذلك أحس خضر بالراحة والأمن بوجود شقيقه عروج. أخذت الريح الهائجة تضرب شعر عروج ولحيته وتحوِّل ظلالهما إلى ألسنة من لهب، هكذا يتخيلها خضر حين تسرح به الأفكار عن شقيقه وترفعه إلى مستوى يصعب الوصول إليه. لم يسبق له أن احتاج إلى أخيه كاحتياجه إليه اليوم، والسبب في ذلك يكمن في الشبه بينه وبين والدته المتوفاة التي كانت تملك قلبًا فولاذيًا.

فجأة لم تعد نظرات خضر واضحة.

2

كان شَعر والدتهما التي دُفنت بعد ظهر اليوم أحمر اللون أيضًا، وكانت عيناها خضراوين. عندما تأمل خضر وجه أخيه عروج رأى الألم في أعماقه فارتجف، ولم يعرف كيف يتعامل مع تلك المشاعر العميقة.

تناول عروج الخبز بسرعة، وقال: «في الآونة الأخيرة، قيل إن قراصنة رودس شوهدوا على الساحل الغربي ليلًا».

وأضاف: «من لا يتوخى الحذر ليلًا يضع نفسه في موقف صعب، إنهم يهاجمون بشراسة لا نعرف سببها بعد. وكأنهم أصيبوا بمسٍّ من الجنون لم نشهده من قبل».

ثم صمت عروج فجأة ونظر إلى أخيه، وقال وفي عينيه عتمة: «لا تقلق. لقد قلت للتو إنك لست خائفًا منهم. ربما كان كل ذلك مجرد شائعات. انظر، لقد جلبت معي وعاء صغيرًا من اللبن، سأضيف بعضًا من دبس التوت إليه الآن، ستحبه كثيرًا».

قال خضر: «لست خائفًا يا أخي». وبالكاد استطاع أن يبتلع اللقمة التي كانت تدور في حلقه الرطب. ثم خفض رأسه قليلًا، وقال: «في الواقع، لا أريد أن أخاف. أكاد أجزم أننا إذا تراجعنا ولو لمرة واحدة فإن وحشيتهم ستزداد أضعافًا. هذا ما يقوله أبي بالضبط، ولم يكن مخطئًا، أليس كذلك يا أخي؟»

أجاب عروج: «لم يكن مخطئًا يا خضر. نحن حذرون دائمًا، بغض النظر عما يحدث، سنبقي قلوبنا قوية، وسنتخذ خطواتنا بصمت، وسنثبت أقدامنا».

ردَّ خضر بابتسامة بسيطة: «نعم». وأدرك أن شقيقه يحاول تشتيت انتباهه بجعله يتحدث، لذلك تابع: «وحوش رودس لا يمكنهم أن يؤذوني بقدر مصابي يا أخي. موت أمي في هذه السن المبكرة...».

وتوقفت أنفاسه فجأة، وانفجرت الدموع اللامتناهية من مقلتيه.

تذمر عروج بصوت هادئ، وقال: «نحن حزينون يا خضر، وقلوبنا مشتعلة. نعم، لكننا سنبقى أقوياء يا فتى. ويقال إن الشيء يُعرف من جوهره. إن معدن الإنسان يظهر في أوقات الشدة، فدع الآلام تحرق ما في الداخل. ستتبدل الأيام، وسننعم بالخير والسلام، وهذا ليس ببعيد. ولا تنسَ أن دوام الحال من المُحال، فالمعاناة ستنتهي حتمًا».

وعلَّق خضر على ذلك بقوله: «كالسعادة تمامًا».

وقال عروج: «أتذكر؟ كنتُ قد قرأت لك اقتباسًا عن الإمبراطور الحكيم ماركوس أوريليوس، يقول فيه: «بعد برهة من الزمن ستنسى كل شيء، وبعد برهة من الزمن سينساك كل شيء»».

قال خضر: «لن أنسى شيئًا يا أخي عروج، ولن ينساني أحد أيضًا».

أمال عروج رأسه إلى الأمام، كأنه يريد أن يخفي عذابه الداخلي، وقال: «هيا تناول طعامك، فإننا لم نصلِّ بعد. من الأسهل التعامل مع الآلام بمعدة ممتلئة وقلب قوي».

همَّا بجمع أغراضهما ومغادرة المكان، وكانت الشمس قد اختفت تمامًا خلف قمم المنحدرات الغربية الأرجوانية. وكانت الذئاب صغارًا وكبارًا بأعداد كبيرة تحتمي من الرياح الباردة في أواخر الموسم، فتلجأ إلى أغصان الأشجار وتندس بين فروعها، بحثًا عن دفء تحمله الأشعة الخافتة الشفافة بضوئها الأحمر الضبابي المتغلغل عبر الأشجار.

تمتم خضر قائلًا: «أظن أن أبي قد جُنَّ جنونه من الغضب! لو أننا غادرنا قرية والدتي في وقت مبكر لما اضطررنا إلى الركض الآن».

هزَّ عروج كتفيه، وقال: «أترى أنه من السهل ترك الأصدقاء ومغادرة المكان؟ لم يحب أبي أبدًا أن يمضي وقتًا طويلًا بين أقارب والدتي. بعد

الدفن تفاجأ الجميع عندما تركنا وغادر مع رفاقه دون أن يتناول الطعام. لقد وضعنا في موقف صعب للغاية».

حوَّل خضر نظره إلى أخيه، وكان معجبًا بذكائه وقدراته رغم أن فارق السن كبير بينهما ليس كبيرًا. وبصوت هامس يشبه همسات أغصان الصنوبر الجافة المنتصبة فوق التراب الأحمر الذي يطقطق تحت قدميه، قال: «ألا يحب أبي أخوالي وخالاتي لأنهم يونانيون ومسيحيون؟»

فأجاب عروج: «والدي رجل بسيط».

وجد خضر أن جواب عروج يخفي دلالات أعمق من الظاهر، فلم يوجه سؤالًا آخر عن الحقيقة التي استقرت في أعماقه. نظر إلى الطريق حيث الظلال كانت قاتمة. هل زادت نسمات الهواء رعشات قلبه؟ حين خطرت والدته على باله أخذ يتنفس بصعوبة مرة أخرى. لقد تذكر يوم كان صغيرًا وذهب إلى مصنع الحديد برفقة والده، ورأى هناك هلامًا نحاسيًا منصهرًا يقطر من البوتقة التي صُهر فيها. اقترب من تلك القطرات الحمراء الساطعة المبهرة الثقيلة دون علم والده، وحين لفحته الحرارة المرعبة وضربت وجهه وتسربت إلى رئتيه مع الهواء الذي يتنفسه، أخذ يبكي ويصرخ بصوت عالٍ. في السنوات اللاحقة قصَّ هذه الواقعة على أصدقائه وجنوده أكثر من مرة. عاوده الشعور بغليان يسري في عروقه عند وفاة والدته، وعانى من ضيق في التنفس من حين إلى آخر. وأحس بضعف في ساقيه، وكان يحاول تثبيت خطواته ولجم غضبه الخانق.

* * *

وفقًا لمخطوطات إشبيلية للمؤرخ فرانسيسكو لوبيز دي غومارا، والدراسات الشرقية للمؤرخ المعاصر أنطونيو دي سوسا، المحفوظة في المتحف الأثري الوطني في مدريد، فإن والد الأخوين عروج وخضر المدعو

يعقوب آغا، كان يحظى باحترام كبير في المنطقة التي يعيش فيها، لكنه حاول أن ينأى بنفسه وأبنائه عن عائلة زوجته كاترينا.

قال خضر وهو يشرب الماء من زقِّه: «أبي ليس على ما يرام يا أخي عروج».

هز عروج كتفيه قائلًا: «أعلم ذلك، لكن والدي يعقوب آغا رجل شجاع ويمكنه الاعتناء بنفسه، فقد أكل من طعام السلطان محمد الفاتح -رحمه الله، ونال من أدعيته، وحمل القمح من مدينة آستانة المباركة على ظهر سفينته. والآن، اختار شقيقنا الأكبر إِسحق ليكون خادمًا أمينًا له. فلا يمكن إخراج إسحق من هذه الأرض ومن تلك الجزيرة بسبب وفاة والدتنا. فقد كرَّس نفسه لخدمة والدنا دائمًا».

قال خضر بصوت أجش: «لا يمكنه البقاء هنا يا أخي. لا تقل لاحقًا إنني لم أخبرك بذلك، لم يعد بإمكاننا أن نتجذر ههنا، فقد اختلطنا بملح البحر. حتى أن والدي يسافر بعيدًا بقاربه الذي يتسع لخمسة عشر شخصًا بحجة نقل البضائع من الجزر القريبة».

حاول عروج ضبط نفَسه مع ازدياد توتره، ووصوله إلى منتصف الدرب الصاعد، وقال: «سيكون لنا موطئ قدم هنا طالما أن والدي على قيد الحياة». ثم طارد الذباب الكبير والصغير كلما حاولت الاقتراب من جلده المتعرق.

وأضاف: «بالنسبة لي ولك ولأخوينا إسحق وإلياس، لن نكون أسعد من كوننا إلى جانب والدنا دومًا. عمرك الآن ستة عشر عامًا يا خضر، وأنا على وشك بلوغ الثامنة عشرة، وشقيقنا إسحق الذي يشبه عمالقة كوركوت يبلغ من العمر عشرين عامًا. أما إلياس فيبلغ اثني عشر عامًا فقط، ورغم صغر سنه، فإنه شاب مليء البدن وقوي وذكي، مثلك تمامًا. أنت وهو، كلاكما تستحقان شأنًا عظيمًا. كلنا سنبحر قريبًا ما عدا إسحق، البحر سيأخذ آلامنا إلى أعماقه. سنبحر إلى الأراضي البعيدة ونتاجر، ونطارد القراصنة الغربيين بحراسنا وفرساننا عند الضرورة».

قال خضر: «البحار تنادينا، إنها تدعونا بلا هوادة، وتنادينا دون أن تيأس».

ثم ارتجف صوته فجأة، وقال: «لكن أمي... آه يا أمي...».

قال عروج متفهمًا: «كفى يا عزيزي، أخشى عليك من المرض، وتذكَّر أن والدتي كانت مسلمة حقيقية. لم تستطع إقناع أي من أقاربها باعتناق الإسلام، لكنها تحملت آلام ذلك بصدق، صدقني يا أخي».

ثم نظر إلى السماء الزرقاء عبر الأشجار المتذبذبة، وقال: «اقترب موعد صلاة العشاء يا خضر، سنصلي في الطريق مجبريْن، لكن علينا الوصول إلى مولوفا قبل حلول الظلام. وإلَّا، فلا يمكن لأحد أن ينقذنا حقًا من غضب والدي. هيا، دعنا نسرع».

كان خضر يمسح عينيه، ويأخذ أنفاسًا عميقة وقصيرة لشدة تأثره، ثم قال: «كمال ريس. هل سيأخذنا كمال ريس معه على متن سفينته يا أخي؟»

أجابه عروج: «بالطبع سيفعل».

انطلق عروج محاولًا نقل شجاعته إلى شقيقه الأصغر الحزين، فقال: «نعم، سيُطلعنا على آخر ما توصل إليها البحارة في الملاحة. سنشرف على السفن التجارية حول جزيرتي ليمنوس، وبوزجا أدا، ولن ندع الروديسيين يرتاحون، وسوف نذهب إلى قاعدة جاليبولي البحرية أيضًا. بهذه التجربة التي سنكتسبها حتى نهاية الشهر سنغدو ذئابًا على الأرض وفي البحر. سيأتي يوم نحاصر فيه أعداءنا بسفننا، سننقض عليهم كمجموعة من الذئاب تطوقهم في طقس ضبابي. سنكون الأمل لإخواننا وأخواتنا الذين يعانون في الأندلس، لأن قوة كمال ريس لها حدود يا خضر. لكن في مثل هذه الأوقات الصعبة التي يعيشها المسلمون يرسل الله عباده لمساعدتهم ونصرتهم».

قال خضر: «هل يمكن أن يكون سبب الاهتمام بنا خدمة لوالدي ومن أجله فقط يا أخي عروج؟»

تذمر عروج وهو يشرب الماء من زقِّه، وقال: «كم يصعب إقناعك يا خضر. نحن أربعة من بين عشرة شبان موصىً بهم من جزيرة ميديللي».

قال خضر: «أعلم ذلك، لم نتعلم الإبحار مثل والدنا بعد، فقد كان فارسًا شجاعًا قاتل ببسالة أثناء فتح ميديللي على يد السلطان الراحل محمد الفاتح قبل عشرين عامًا. بعد الفتح، تطوع للبقاء في الجزيرة قائدًا للقلعة مع خمسمائة من الجنود الإنكشاريين، وبدأ حياة جديدة هناك. وبعد الفتح، قدم الجنود طلبًا محقًا للسلطان قالوا فيه: «لقد أمرتنا بالبقاء هنا، لكننا نريد أن تلبى احتياجاتنا أيضًا، وإلا فأمورنا لن تكون بخير. نحن مجموعة من الشباب العزاب، ولا يوجد في هذه جزيرة بلدات مسلمة حولنا، وهذا الوضع لا يساعدنا على معالجة أمورنا. هل سنقضي حياتنا عزابًا هنا؟ هذا سيكون ظلم لنا ولن نوافق عليه»».

وأضاف خضر: «بناءً على هذا الطلب، رأى سلطان الأقاليم السبعة أن الجنود محقون في كلامهم، فهم عازبون، وبقاؤهم على هذا الوضع يمنعهم من تطوير علاقات جيدة مع أهل الجزيرة. ثم أصدر مرسومًا، جاء فيه: «بأمر مني، يجب أن يتزوج جنودي المقيمين في ميديللي من تعجبهم من البنات المسيحيات، وليكن ذلك وفقًا للشريعة الإسلامية، وينبغي ألَّا يتدخل أحد في شؤونهم في هذا الصدد. وهكذا سيسهل الحفاظ على القلعة بعد التوافق مع السكان المحليين»».

وقال عروج: «لقد أتينا إلى هذا العالم بفضل هذه الفتوى المباركة يا خضر. نسأل الله تعالى أن يرضى عن والدينا وعن سلطاننا. نحن نرث حاليًا مواهب ذوي الخبرة الواسعة. بإذن الله، سنفتح طرق التجارة للإمبراطورية العثمانية باتجاه غرب البحر الأبيض المتوسط وما بعده، وسوف نحقق أمورًا أعظم من تلك التي حققها كمال ريس. أما الآن فعلينا أن نركض، ومن يتخلّف عن المقدمة سُيعاقب».

3

بدأت خطوط المغيب الحمراء المرقطة باللَّون البنفسجي في التمدد فوق رأسيهما. إذا تمكنا من مواصلة الهرولة معًا بخطوات متساوية ورشيقة لمدة ساعة أخرى، سيصلان إلى ميناء مولوفا قبل حلول الظلام. كانا يعلمان أن كمال ريس وحراسه سيبقون في خان أردوغان كيديكلي، عند مدخل الميناء ثلاثة أيام وثلاث ليال. وكانت الليلة آخر ليلة لكمال ريس في مولوفا.

لم تكن لديهما النية لمغادرة مولوفا لولا موت والدتهما المفاجئ والجنازة. كان كمال ريس قد ابتعد عن الجزء الشمالي من مياه الجزر العام الماضي بسبب سوء الأحوال الجوية ووجود القوات البحرية لكل من رودس والبندقية التي كانت تراقب جميع الموانئ من بعيد. وصل هذا العام إلى ميديللي بأسطول مكوَّن من أربعين قادسًا، عشرون سفينة شراعية منها كانت تحمل مدافع بعيدة المدى، وبينها عشر فرقاطات، وسفينتان كبيرتان تتسع لخمسة وعشرين مقعدًا، إلى جانب ثلاثة آلاف فارس. كان الأسطول الذي يمتلكه أكبر وأقوى بالمقارنة مع القدرات القتالية الفعالة لقاعدة جاليبولي البحرية، والأخيرة هي القاعدة الرئيسية للبحرية العثمانية.

وأشار الباحث ألدو غالوتا إلى ما ورد عنها في كتاب جورجيو فازاري بعنوان «غزوات خير الدين بربروس».

لكن في نهاية تلك الرحلة القصيرة نال كمال ريس وعدًا من حاكم غاليبولي وقائد البحرية مسيح باشا، بتزويده بالزفت والقطران والحديد والأخشاب لقاعدته في ميناء مرمريس، وقد أوفى بوعده تمامًا.

وكانت معظم القوارب التي جهزها بايزيد الثاني البالغ عددها 70 قاربًا من أجل كمال ريس على وشك تفريغ حمولاتها. كان من المقرر أن تستمر

الرحلة حتى نهاية الشهر في وقتها المناسب لإظهار العلم لقوات العدو، ولاختبار المرشحين البحارة الشباب، وفحص السفن قيد الإنشاء.

لكن في اليوم التالي بعد صلاة الظهر، قرعت الأجراس، ونفخت الأبواق، وأخرج المصحف الذي كان محفوظًا في صندوقه المعدني تحت صاري غراندي، وقبّله القبطان وحراسه، وبعد ذلك بدأ الإبحار لمقاتلة الفرنجة.

من جهتهما، تذمر عروج وخضر من الكلمات التي غناها كمال ريس، التي تقول:

«كنتم الأسطول الذي يملأ الأفق البعيدة،

كنتم مثل السحب الرمادية الممزوجة بالغيم في سماء المسلمين.

وجاء يوم عجزكم عن الوقوف أمام كمال ريس.

لقد أتى الشراع الشامخ. اهربوا الآن إذا كنتم تستطيعون. اهربوا من غضب الأتراك الآن، والجؤوا إلى الخلجان المجهولة.

اعلموا أننا رحلنا منذ زمن إلى ذراعيه الرحيمتين».

سأل عروج شقيقه: «ماذا حدث؟ لماذا توقفت؟»

كان يحدق في الاتجاه نفسه حيث ينظر شقيقه وهو يمسح عرق جبهته بكمِّ قميصه الأبيض.

ردَّ خضر: «رأيت شيئًا يتحرك عند زاوية الطريق يا أخي».

عروج: «مناطق الصيد هنا، ولكن...».

خضر: «دعنا نبطئ قليلًا، لعلَّ هناك كمينًا في طريقنا. لكن إذا تجرؤوا على فعل ذلك بوجود كمال ريس على الجزيرة فيصح القول بأنهم مجانين حقًا».

عروج: «قلت لك يا خضر الماء ينام لكن العدو لا ينام. والمنظمة الكنسية متهورة! إننا نعرف قرى يونانية في خليج كالوني ساعدت وحرضت قراصنة رودس يا أخي».

فجأة، رفع خضر رأسه محدِّقًا بالنجوم التي بدأت تلمع بخفوت في السماء الزرقاء الخريفية الداكنة.

أصغى عروج لصوت صادر عن الحركة إياها، وقال هامسًا: «ماذا تسمع؟»

خضر: «إنهم هناك، انتبه، عند المنحدر في الجهة المقابلة للطريق. رأيت شخصًا ما في تلك المنطقة... وربما لا يدري بوجودنا هنا الآن».

***

وفقًا لشروحات السوربون لعامي 1855 و1863، وهي نسخ مترجمة لكتاب «غزوات خير الدين باشا» التي ترجمها السيد مرادي، وكتاب بعنوان «تاريخ عروج وخير الدين، مؤسِّسَي الوصاية في الجزائر»، بقلم ألكسندر رانج وفيرديناند دينيس، ذُكر فيهما أن السمتين الرئيسيتين اللتين كانتا تميزان خضرًا عن إخوته هي قوة ذكائه التحليلي والحِدَّة في بُعد النظر.

ولاحقًا، ستصبح تلك الميزات أقوى. ومع ذلك، فقد اعتاد خضر على وضع قراراته الحيوية موضع التنفيذ عبر المرور بثلاث مراحل. أولًا، كان يتحدث إلى أفراد فريقه ويطلب منهم طرح الأفكار المعاكسة. وثانيًا، يتشاور مع الخبراء والعلماء. وثالثًا، يراجع نفسه في النهاية، ويعيد تقييم الفكرة آخذًا بعين الاعتبار وجهات النظر المؤيدة والمعاكسة.

وبحسب ما يتداوله الناس، تطغى على الشاب خضر مشاعر الضيق والانقباض في قلبه في الدقائق الأولى من المساء، حين تتوارى الشمس خلف الأفق. وبعد الصلاة يبدأ الشاب بالتعرق، وربما هذا كان سببًا لبقائه بمفرده فترة من الزمن. في السنوات التي تألق فيها نجمه، كان يتخذ العديد من القرارات بشأن رحلاته وسفره. كان من عادته أن ينام بعد العشاء بقليل ويقسم ليله إلى ثلاثة أقسام، وعند استيقاظه كان يذهب إلى خرائطه ويجري حساباته، ثم يعبد ربه ويصلِّي الفجر، ويقرأ القرآن قبل الصلاة.

***

في نهاية ذلك اليوم العصيب، لم يكن لدى خضر بعد تلك التجربة الواضحة من بُعد النظر الحاد والمعنويات العالية، لكنه رأى خيال أمه في شفق الطريق. لم يكن ليخبر شقيقه عن ذلك بالطبع. بالنسبة لمقاتل شاب مثله، كان حريصًا على إثبات شجاعته، ولن يكون كلامه عن طيف أمه محل ترحيب، حتى لو كان المخاطَب هو شقيقه الأكبر.

أخبر خضر عروجًا عن ذلك في إحدى الليالي الطويلة التي قضياها بمفردهما لاحقًا. لم يتوقع ردة الفعل التي واجهها، وقال له عروج: «لقد فهمتُ أنك تلقيت أمرًا مباركًا لأنك كنت مختلفًا عنا جميعًا. في الليلة التي ولدت فيها، أخبرني والدي عن فيضان نور أضاء شواطئ ميديللي حتى الصباح. حينها، بدأت ماشيتنا تنتج الحليب ثلاثة أضعاف ما كانت تنتجه في الأيام العادية. علاوة على ذلك، في أكبر قرى ساكز (خيوس)، تسبب الرعاة الذين غنوا حتى الصباح مدة أسبوع في إصابة الكهنة بكوابيس شوَّشت عقولهم».

كانت والدته هناك... رأى طيفها بجمالها وشبابها الذي لا يضاهى، رآها في الشفق عند أفق البحر العميق بلونيْه البنفسجي والأزرق الغامق، كانت صورة ظلِّية لليل وعالمه الشفاف. انقطع نفس خضر... رأى شعرها الأحمر المغطى بالتول، وأحس بملمس ردائها الأبيض، وتراءى له مرآها أصليًا أكثر من صورتها الحقيقية. وكانت تقاسيم وجهها تخفف من آلام شوقه بعض الشيء. كان الشاب يحترق بنار الإيمان والمحبة.

وفقًا للكلام المنقول في ذلك الحين، فإن ظهور المتوفى وكأنه حي لهو دليل على أن رؤيته لم تكن مجرد حلم أو وهم.

التفت خضر نحو أخيه، وصعد إلى أعلى التلال على جانب الخليج مشيرًا إلى الخطر المحتمل. بدا الأمر كأنه تولى زمام الأمور فجأة. كان هادئًا

وشجاعًا، فتبعه عروج بهدوء. استخدم الشقيقان لغة الحرب عبر الإشارة عند التقدم والملاحظة والقرار، وصعدا نحو الجزء المكسو بالأشجار دون إضاعة الوقت. كانا يعلمان أنه إذا لم يكشفا عن الجنود الآن، فسيكون من الصعب العثور عليهم بعد ذلك. ثم أشار خضر إلى شقيقه عروج كي ينتظر، وعاد إلى جانب نباتات العرعر التي مرا من جانبها قبل حين. سرعان ما نظم بيديه في وقت قصير الفجوة بين الأشجار المتقزمة، التي كانت جذوعها مغطاة باللبلاب السام، وقد أتقن ترتيبها نتيجة التدريب المكثف. ثم حلَّ سلكًا رقيقًا، ولكنه متين وطوله خمسة أذرع مخبأ في وشاحه. تعلم هذا النظام عند الرجال النسور، ودرس طرائق التأكد من مطاردة العدو ومحاصرته وتدميره في المعارك الجبلية والميدانية وفي الجزر.

كان قد مرَّر طرفي السلك من خلالها، وربطه بسيقان العرعر الرفيعة والقوية، دون أن يزيل الأعواد الجافة التي تراكمت على جانبي الفجوة. وقد صنع حلقة صغيرة لصيد الأرانب في منتصف السلك، إنها نوع من التكيف الماكر للبشر مع المصيدة الشهيرة التي يتحرك الأرنب فيها ما إن يعلق بها، وكلما تحرك إلى الأمام يشد السلك حول رقبته أكثر. دقَّق خضر في آثار الأقدام على الطريق المؤدي إلى المصيدة، وعرف اتجاهها بوضوح بفضل تحديد علاماتها بالأغصان المكسورة، ورفع الحلقة مقدار ثلاثة أصابع ودعَّمها بشجيرات ناعمة. فإن كانت العناصر القادمة من الخلف عناصر صديقة يمكنهم التعرف على المصيدة على الفور، وسيمسكونها بطريقة صحيحة ويفكونها من حول الكاحلين في وقت قصير. لكن الوضع سيصبح أكثر تعقيدًا بالنسبة للعدو. فإذا أمسك العالق بالمصيدة الملتفة حول قدمه دون اتخاذ التدابير اللازمة، كي يحرر قدمه من ذلك القيد سيكون في ورطة حقيقية.

وفي غضون ثوان قليلة، تكون طبقة رقيقة سوداء من الصلصال والزفت قد انفصلت عن المصيدة، وخرج من القالب نوع لزج من تركيبة راتنج الحلاب والهندباء والقتاد المضاف إليها القطران، التي ستكون سببًا في تلطيخ أصابع الضحية وقدميه. فذلك السلك اللزج نوع من الدَبَق الشائع الذي يستخدم في آسيا الوسطى لصيد الطيور الكبيرة حية، لا سيما النسور.

وإذا تمكن الشخص المغطى بهذا الصمغ من الوصول إلى سيفه أو خنجره، سيزداد الأمر صعوبة في التغلب على أعدائه. وكان فرسان رودس وقبرص يحرصون على لف أذرعهم بجلد الغزال، عند صيد الغربان بالدبق. ومع ذلك، لم يستطع أي من الضحايا التخلص من المادة اللاصقة دون سلخ جلد يده.

4

عندما تأكدا من عدم وجود أي شخص يتبعهما، انطلقا عند الشفق عبر المنطقة التي شعرا بوجود حركة فيها. كانا حذرين، مع سماعهما أصوات رياح الخريف المعتدلة ورؤية لونها الضبابي. كان وجودهما أحيانًا أهدأ من صوت الأشجار، وأكثر برودة من الصخور، وأقل ثقلًا من إبر حبات الصنوبر على الأرض. ما هذا... إنه أمر لا يُصدَّق، لم يخطئا في تنبؤهما المتعلق بقراصنة رودس، فقد وجدا هؤلاء متمركزين في الجزيرة. لم يتمكنوا من الوصول إلى الداخل، لكنهم رتبوا أمورهم الأمنية المحيطة بهم بطريقة غير دقيقة.

همس عروج مستنكرًا، ثم حدق بسلك المصيدة أمامه، وقال: «هؤلاء لم ينزلوا إلى البر».

استغرب خضر وقال: «ماذا تقصد؟»

فقال عروج: «انتبه إليهم جيدًا... لا تظهر متاعب السفر على وجوههم. علاوة على ذلك، انظر إلى الفخ العادي الذي نصبوه، فلا ينصب هذا الفخ إلَّا من كان لديه نقص في عدد المقاتلين، أي إذا كنتَ لا تستطيع تسيير دوريات حراسة مكثفة فإنك تضع هذا الفخ لسد النقص في عدد الحراس ومساعديهم. أظن بأن وقتًا طويلًا قد مرَّ على إعدادهم للفخ».

وأضاف عروج: «اتخذ هؤلاء لأنفسهم مكانًا سريًا منذ زمن طويل يا خضر. انظر إلى آثار الأقدام في الجهة المقابلة للطريق، فقد تغير فيها لون التربة. أما اللمعان على أكتافهم، فإنه ناتج عن الاحتكاك بالأشجار؟ وهو دليل على قلة خبرتهم. ولا يمكن لرجل ماهر أن تفوته تلك التفاصيل، ولا يمكنك رؤية أي من رجالنا النسور عند خطوط العدو يتصرف بهذا القدر من التهور. حتى في هذا الطقس يمكنك رؤية الأغصان المكسورة بين الأشجار داخل الغابة. أتدري لماذا هم هكذا يا خضر؟»

أجاب خضر: «لماذا يا أخي؟»

قال عروج: «على الرغم من ألقابهم المتألقة، فإنهم مدمنون على الشرب، وهذا يخفف من حساسياتهم الروحية والعقلية. علاوة على ذلك، يملأ قلوبهم إحساس زائف بالأمان، فتتبلد تصوراتهم، ويغشى على عيونهم، ويصيرون عرضة للفجور».

هز خضر رأسه، وأردف قائلًا: «يا أخي، كان أبي يقول إن الروم والشراب المُسكِر هما القوة الروحية لهؤلاء، وإن نقاط ضعفهم الأخرى هي الشهوانية المفرطة. لقد أوضح ذات مرة أن حب النساء من شأنه أن يضعف دوافع المحارب، ولن يُضعف ساقيه فحسب، بل سيضعف روحه أيضًا».

ردَّ خضر: «أبي لديه معلومات وفيرة، ويعرف ما هو الأفضل».

وسأل: «هل يعيشون في هذه المنطقة تحت الأرض مثل الحيوانات؟ إذ إنهم يوجدون في نقطة قريبة جدًا من مكان عبور القافلة!»

رد عروج بالقول: «لقد وجدوا طريقًا لذلك».

كان يلبس قميصًا دون ياقة، وسترة جلدية بلا أكمام تلتف حول كتفيه العريضين، وكانت عضلاته تهتز مثل عضلات حصان الحرب الذي لا يهدأ. إنها علامة على أنه كان غاضبًا جدًا.

وتابع: «انظر يا خضر، هؤلاء بنوا سلسلة ملاجئ دائمة لهم وغير مرئية باتجاه قمة الجزيرة، وتمتد ملاجئهم باتجاه المنحدرات الصخرية عبر الأشجار. مثلما ترى، فإن العدو لا ينام...».

علَّق خضر قائلًا: «دعونا نطلبِ الدعم لنقضي على هؤلاء الأوغاد في لمح البصر».

أشار عروج بيده، وقال: «لا يمكننا استخدام هذا الطريق بعد الآن».

وافقه خضر، وقال: «أنت على حق، لكن الجروف المنحدرة إلى الخليج تصبح خطيرة للغاية بعد حلول الظلام، حتى لو حاولنا السير من قمم التلال، فسنقع بالتأكيد في فخهم».

وتابع: «قد يكون برفقتهم ممثلون عن الكنيسة، لكنهم ليسوا بهذه الحماقة. هل تعتقد أن هؤلاء الأوغاد يخططون للاغتيال يا أخي؟»

عروج: «كل شيء ممكن أن يحدث. لذا، سنبقى حذرين ونحوّل اتجاهنا نحو الخليج يا خضر».

خضر: «لكننا لن نصل إلى المدينة إلَّا مع الصباح».

عروج: «وليكن ذلك، أنا مسؤول عن حياتك، لقد وعدت أمي بذلك. أخي إسحق مسؤول عن إلياس، وأنا مسؤول عنك يا خضر. الآن سندرج بسرعة نحو درب الخليج قبل حلول الظلام، وبعد ذلك يتولى الله أمورنا. فما يجب أن يحدث سيحدث، وسنعمل بجدية وحسم».

تواريا في الظلال الداكنة وسط الرياح المعتدلة في أواخر فصل الصيف، وصعدا إلى قمة المنحدر ذي التربة الحمراء الجافة، وصخور البازلت البيضاء. ومع شدة الانحدار أحيانًا كانا يتشبثان بجذوع الأشجار من حولهما، تلك الجذوع الصمغية المتقشرة بفعل حرارة النهار. كانا يشربان الماء من وقت إلى آخر، متكئين على الجذوع والأغصان المنخفضة. كانا يتركان خطوتين بينهما كمسافة أمان، وكلما سارا عشر خطوات كان كل منهما يغرز سكينه في التراب في إجراء احترازي ضد الفخاخ، وفقًا لأنظمة الإنكشاريين الذين يؤدون خدمتهم في القلاع الجبلية. ووجدا أن المنطقة أنظف وأهدأ مما اعتقدا. وتبعًا لما استقياه من معلومات من الأتراك، توقعا أن يكونا بمأمن بسبب وجود كمال ريس، لكن الوضع جرهم إلى نوع من الراحة المحفوفة بالمخاطر.

وصل الشقيقان إلى الشاطئ الصخري للخليج قبل ربع ساعة من حلول العشاء، وكانا يتواصلان معًا بلغة الإشارة الخاصة بالحرب. كان هذا إنجازًا مذهلًا، على الرغم من الظروف التي مرا بها، وغمق لون بحر الخليج، وهدير الأمواج التي تضرب الشاطئ برائحة اليود والطحالب. عبرا ظلال التل، وقد باعدا المسافة بينهما أكثر. كان صمتهما يشبه صمت صيادي الطيور في الليل، وظلَّا على تلك الحال حتى وصلا إلى المنحدرات في الجهة المقابلة حيث ملاجئ الصيادين.

بدت الملاجئ هادئة للوهلة الأولى، لكن الحركة التي لاحظا وجودها عند المنحدرات خلف الأكواخ الخشبية دفعتهما إلى التباطؤ في البداية. إذ إن ارتكاب خطأ واحد يمكن أن يجعلهما هدفًا واضحًا.

سرعان ما اقترب خضر من شقيقه، وقال بهدوء: «رأيت مركبًا صغيرًا يرسو في الطرف الصخري للخليج. في البداية غالطت نفسي، لكن حين

أمعنت النظر جيدًا أدركت أنه رسا إلى جانب آخرين؛ يجب أن يكون هؤلاء قد وثقوا بهدوء البحر. لقد تسللوا إلى هنا عبر الصخور القريبة أو من إحدى الجزر متجاهلين دوريات سفن كمال ريس الشراعية في السواحل».

قال عروج بقلق: «يا له من قرار، وتصميمهم مثير للإعجاب. إذا كانوا يعززون وجودهم المحتمل أثناء وجود كمال ريس هنا، فهذا يعني أنهم يستعدون بالفعل لتنفيذ عملية اغتيال أو تخريب».

خضر: «إنك محق، دعنا نرهبهم قليلًا قبل أن نغادر يا أخي».

سأل عروج وهو يحدق في أخيه قلقًا: «بماذا تفكر؟»

خضر: «دعنا نتفقد الملاجئ أولًا، ثم نشعل النار في الأكواخ بما فيها».

عروج: «لا أظن أنها مسألة كبيرة».

خضر: «لا تقل ذلك يا أخي، إن عدم اتخاذ التدابير يؤدي إلى مزيد من الإهمال، ويكون ذلك غباء».

رفع عروج رأسه نحو السماء المظلمة، وتذكر الصعوبات التي واجهتها تلك الأراضي منذ قديم الزمان. لمعت النجوم في مياه نهر الرياح المتدفقة، وتمتم قائلًا: «هناك أربعة أكواخ متجاورة. سأراقب الكوخين في المنطقة البعيدة، وأنت راقب الكوخين الأولين، ولا تعرض نفسك للخطر. استمع إلى الأصوات أولًا، ثم تسلل إلى الداخل. سأمنحك وقتًا يعادل سحب عشرة سهام من الجعبة، ثم دعنا نجتمع بين الكوخين في المنتصف كي نخطط لخطوتنا النهائية».

خضر: «أليس من الأفضل أن نعمل معًا؟»

حين رأى أن خضرًا يحك لحيته الرقيقة، أدرك عروج عدم الارتياح المبرَّر لشقيقه، وقال: «لا تقلق، سأراقب الوضع».

كان الطريق أمامهما مخيفًا، حيث تتجول الظلال وتتخذ أشكالًا وتهزأ بالعقول، لكنهما تجاهلا ذلك. تقدما متمسكين بالرياح التي تهمس همسًا

سريًا للنجوم. كان ضوء البحر متوهجًا مثل الزمرد الصلب، وقد سمح لهما بتلمّس خطواتهما.

أنصت خضر إلى الأصوات، وتفحص ما يحيط به، ثم التقى عند الكوخين الأولين فارسًا قد ضعضعه النعاس رغم استلامه مهمة الحراسة. كان فلاحًا إيطاليًا لا يكبره إلا بعام أو عامين. كان خضر يتقن اللغتين اليونانية والإيطالية إتقانًا تامًا بفضل والدته وأخواله المتوفين. لم يدرك الحارس ما الذي يحدث إلَّا بعد أن ضغط خضر على فمه، فحلَّ به بالرعب وأخذ يتوسل إليه ليبقيه حيًا.

تذمر خضر، وقال له: «صه. كن هادئًا، ولا تعض كالكلب. هل أنت تساعد كلاب رودس؟ كن حكيمًا ولا تخسر حياتك في هذا الكوخ القذر».

وافق الشاب، فسأله خضر عما يوجد في البراميل التي أمامه. وارتعب من الإجابات التي تلقاها!

5

بحسب أحد قادة حركة التحرير التونسية، علي باش حانبة، وما ذكره في عدد نوفمبر 1907 من جريدة «التونسي» الأسبوعية، لمّا التقى الشقيقان وسط الأكواخ، استغرق الأمر منهما دقيقة واحدة لا أكثر لإنهاء خطتهما. كانت الأكواخ مملوءة ببراميل البارود. أسر عروج ثلاثة فرسان كانوا يلعبون النرد في أحدها، واضطر إلى إصابة واحد منهم. في البداية أخذا الأسرى إلى منطقة آمنة، وثقبا البراميل ووضعا بعضًا من البارود في دلاء جافة معلقة في الأسقف، ومدَّا شريطًا فوق المنحدرات بطول خمسين ذراعًا، ثم جمعا طرفي الشريط وأضرما النار فيه. ومع ذلك، لم يكونا بعد قد اتخذا القرار

بشأن تدمير الأسلحة والذخائر الأخرى المحفوظة في المخازن، مثل قذائف المدفعية وسلاح القربينة وأقواس السهام.

أخذ عروج زمام المبادرة، وقال: «الوقت الذي سنخسره عند نقل الأخبار إلى مولوفا، سيمكِّنهم من إنقاذ بعض الأسلحة أو استخدامها ضدنا. لذلك علينا أن ندمرها كلها!»

وافق خضر بتعبير واضح على وجهه، ثم باشرا بتنفيذ الخطة. كانا هادئين وحذرين ويقظين مثل حالهما دائمًا، كانت وحدتهما وجزيرتهما مصدر فخرهما، مثلما كانا فخورين بعائلاتهما.

قبل إشعال البارود مباشرة، مدَّ عروج يده وأمسك بذراع أخيه قائلًا: «ستدوم الحياة التي تختارها، وسوف تتصالح مع الوضع الذي تعيشه يا أخي. فإذا قُبض علينا بعد هذه المرحلة ستُغلق جميع أبواب المساومة، ما يعني أنه من الأفضل أن تموت بعد التفجير بدلًا من أن يُقبض عليك. نحن ننحدر من نسل النسر الأسمر ملك السماء، والذئب الرمادي ملك الجبال. نحن نفضل الموت على الاستسلام للعدو. هل تفهم ما أقصد؟»

قال خضر بابتسامة مريرة: «فهمت يا أخي. هل سمعت ما يقوله هؤلاء الفرسان عنا نحن الأتراك؟»

ابتسم عروج، وقال: «قل لنسمع».

ردَّ خضر: «يقولون عن التركي إن قدمه من رصاص ويده من حديد».

ضحك عروج، وكان على وشك التحرك حين أمسك خضر بذراعه هذه المرة، وقال هامسًا: «يا أخي».

ردَّ عروج: «قل».

قال خضر: «هل نحن على يقين من أننا نفعل ما هو صحيح؟ إذا غضبوا مما فعلناه فإنهم سيسلبون منا فرصة الإبحار مع كمال ريس».

عبس عروج، وأجاب: «دعنا نخرج من هنا أولًا، فلن يحدث إلَّا ما هو مكتوب لنا ومقدَّر يا خضر. نحن نقوم بعملنا في سبيل الله، وتذكَّر قول الإمام الشافعي: «من يظن أنه يسلم من كلام الناس فهو مجنون». لذلك، ما إن تقرر اِمشِ في طريقك حتى النهاية، فالله يعلم بنوايانا».

وقرأ خضر دعاءه المستنبط من قوله تعالى: ﴿حَسْبِيَ ٱللَّهُ لَآ إِلَٰهَ إِلَّا هُوَۖ عَلَيْهِ تَوَكَّلْتُۖ وَهُوَ رَبُّ ٱلْعَرْشِ ٱلْعَظِيمِ﴾ [سورة التوبة: الآية 129]. وتابع: «إن آباءنا كانوا يقرؤونه سبع مرات كل صباح ومساء، ويردِّدونه في الشدائد».

ثم بانت الشمس من بين الثكنات وأطاحت بالظلام القاتم، وارتفعت الغيوم أمام جلالتها، واختفت النجوم خلفها، وبدا كأنها أحرقت بجبروتها كل ذرة من ذرات الهواء. خلف الصخور التي كانت تخفيهما عن الأنظار مع الأسرى، بدا التعب على عروج وخضر نتيجة ضغط الانفجار الذي أحرق الوجوه وأخرج العيون من مُقلِها، وصُدِعت الرؤوس كأن الأدمغة تضخمت داخلها، وطنَّت الآذان على إثره. واهتزت الأرض تحت قدمي الشقيقين، ورمى بهما الضغط الهائل بعيدًا عن مكانيهما داخل عتمة الليل. وراحا يبعدان الصخور المتدحرجة في المنحدر من أمامهما.

أمطرت شرارات اللهب على بعد نصف ميل. ولمَّا سمع كمال ريس عن عملية التفجير لاحقًا، نظر إلى الشابين اللذين احترق شعرهما وحواجبهما ولحيتيهما وشحُبت قسماتهما، وقال بتعبير ضاحك: «ربما كانت نسبة الملح الصخري والكبريت زائدة في البارود. أو أن كمية البارود كانت أكثر بكثير مما كنتما تظنان. أنتما من دون شك وسعتما الجهة الشمالية الغربية للخليج بفوهة تزيد عن خمسين ذراعًا. تهانينا لكما، لقد كنتما على وشك الموت».

لن ينسى عروج أبدًا لحظة نهوضه من مكان سقوطه بعد الانفجار، فقد كان يتألم. لكن ما دام أنه وخضر ما زالا على قيد الحياة، وواقفين على

أقدامهما فإنهما لن يباليا بما حدث لهما. هكذا كان الأمر بالنسبة لجيلهما من المحاربين، فقد تدربا على ذلك بلا هوادة.

***

وفقًا لما ذكره هنري دلماس دي غرامون، في كتابه «تاريخ الجزائر تحت السيطرة التركية»، وتعليق المترجم أ. غرول، أن عروجًا كان مشاركًا في فتح قلعة ميديللي. وفي إحدى المرات جاء الرقيب الإنكشاري علي نوري ألب، الذي نفذ أعمالًا جبارة بمفرده على جدران قلعة، وأقدم على ضرب أحد المجندين حتى فقد وعيه، بسبب ضعف بسيط أظهره أثناء الحرب. وكانت جريمة الجندي أنه مسح الدم النازف من أنفه الذي أصيب برأس خصمه أثناء مصارعته.

أوقف علي نوري ألب المصارعة ونادى الفتى البالغ من العمر أربعة عشر عامًا وأظهر كتفيه العملاقتين، وقال: «لماذا فعلت ذلك يا فتى؟»

انزعج الشاب من إهانة كبريائه وتوبيخه أمام الشباب من جيله، وكان عظم أنفه يؤلمه بشدة، وسأل: «ماذا فعلتُ؟»

قال علي نوري: «لقد مسحت دمك». ثم أردف قائلًا: «هل أذنتُ لك بذلك؟»

كان الجندي الشاب يحاول شرح مستوى ألمه وحجم إصابته للرقيب، لكن الرقيب حدق في عينيه بغضب، وقال: «أنت لا تعرف ما هو الألم الحقيقي»، ووجه إليه بعض الكلمات القاسية.

ثم أضاف: «أيها الجندي، إن روح الرجل ليست في عظامه، لكن روحه تتألم عندما ينكسر أمله. وهذا الكلام لك ولجميع من هم من عمرك وبدؤوا بالتدرُّب معي حديثًا. ستعرفون ما أعنيه قريبًا جدًا».

جمع الرقيب علي نوري عروجًا وأصدقاءه حوله قبل صلاة الفجر، وكان قبل طلوع الفجر قد أخذهم في مهمة أظهروا فيها جهوزيتهم بالكامل. وقال لهم: «في المعركة لن يتشتت انتباهك أبدًا، وطالما يمكنك الوقوف فلن تهتم

بجروحك، لأن ذلك هو التدبير الاحتياطي الذي يجب اتباعه. العدو يبحث عن كل علامة ضعف فيك ويجيِّرها لمصلحته، ويزداد أمله بالنصر. وتنخفض كفاءة الجندي الذي يركز على جرحه، فيخذل رفاقه، حتى لو لم يكن يرغب في ذلك. هل تفهمون ما أقول؟»

وافق المتدربون بالإجماع على كلام معلمهم. لكن الرقيب التفت إلى الجندي ذاته، وقال: «هل فهمت؟»

راقب عروج كيف عمد الرقيب إلى ترهيب جميع المجندين، وسمع جواب صديقه المجند الذي قال بكل احترام: «نعم فهمت يا معلمي».

أجاب الرقيب: «لا، أنت لم تفهم، ولكن ستتعلم درسك قريبًا، وستفهمه ولن تنساه طوال حياتك».

عندها قال عروج: «يا أستاذ، من الآن فصاعدًا أنا الضامن لهذا الرفيق، لقد تعلمنا جميعًا درسنا».

قال الرقيب علي نوري، وهو يشد من رقبة المجند ويجذبه إليه: «انظروا يا أبنائي، مفاتيح الغيب خمس لا يعلمها إلا الله: أولًا، لا يعلم ما في غد إلا الله. ثانيًا، لا يعلم ما تغيض الأرحام إلا الله. ثالثًا، لا أحد يعلم متى يأتي المطر إلا الله. رابعًا، ما تدري نفس ماذا تكسب غدًا. خامسًا، لا تدري نفس بأي أرض تموت. إذا لم يعرف المقاتل تلك الأمور الخمسة ولم يتعلم كيفية توخي الحذر، سيظل دائمًا في مشكلة. نعلم أن القدر يسبق التدابير مهما كنتَ حذرًا، لكن الأشخاص الأكثر حذرًا هم الذين يجيدون الوقوف على أرجلهم حتى اللحظة الأخيرة. سأقبل كفالتك يا عروج، لكنني لا آخذ أو أعطي أي وكالة قبل أن أختم عليها».

أمسك الرقيب الشاب الصبي من رقبته وضربه لكمةً بين حاجبيه، وأوقعه أرضًا، ثم ضربه عدة ضربات متتالية حتى أغمي عليه. بعد ذلك، التفت إلى عروج وقال: «التقط أمانتك عن الأرض يا عروج، لقد ختمتُ على وكالتك».

الفصل الثاني

روح البحّار في الليل

1

«في المدينة التي حلم بها،
كانت هناك دروب مشرقة يسلكها الحب والنعمة.
كانت ثمار الحياة ناضجة، وبذور الأمل براقة متألقة،
لكنها سقطت في لحظة، وذهبت».
تشارلز ديكنز- رواية قصة مدينتين

شعر عروج بوجود مشكلة كبيرة في أذنيه بعد الانفجار. لهذا السبب كان بالكاد قادرًا على تحقيق توازنه. أخذ يصرخ في ذلك اليوم باسم أخيه، لكنه لم يكن يسمع سوى همهمة عالية النبرة في دماغه. توقف عن الصراخ حين أدرك الأمر، ومضى معتمدًا على عينيه وتخميناته فقط.

رآه هناك، كان شقيقه الصغير المحبوب يقف قرب شجرة غار متقزمة، ويشير إلى أذنيه، ويصرخ بشيء ما لأخيه. هرع إليه مترنحًا من الخوف واليأس، وفحص جسده بحثًا عن أي إصابة أو كسور، ثم عانقه بشدة. وهكذا محا الحب آثار الرعب بسرعة.

وما إن تأكد عروج أن أخاه في حالة جيدة، ذهب إلى الأسرى الذين تفرقوا أحياء في كل حدبٍ وصوب، وأطلق سراحهم جميعًا لأن جراحهم بدت خطيرة. بعد ذلك حمل أخاه وابتعد عن المكان بسرعة.

في اليوم التالي، قبل نحو ساعة من إبحار كمال ريس، عثرت الدوريات في محيط القلعة على الأخوين وهما في الطريق الرئيسي المؤدي إلى المدينة.

كانا في حالة يرثى لها. وعلى الفور باشر الأطباء والممرضات الذين جاؤوا مع والدهما يعقوب آغا بعلاجهما. وكانت الشائعات عنهما قد وصلت بالفعل إلى أذن كمال ريس.

اندهش كل من سمع أن موعد مغادرة كمال ريس ورجاله قد تأجل في اللحظة الأخيرة. وسرعان ما شوهد يسير على الطرق الحجرية المقطوعة في الجزيرة، وهناك من رآه يمشي نحو الأعالي باتجاه المشفى الذي كان ديرًا قديمًا في السابق. في البداية، لم يعرف عروج وخضر هوية ذلك الشاب الوسيم المهيب الذي ينام إلى جوارهما. لكن والدهما يعقوب آغا قد قفز ما إن رأى الشاب الشجاع واقفًا بين يديه. تبادل الشقيقان النظرات الصارخة، فارتد صوتها على الجدران الحجرية خافتًا بطيئًا، وكأن النظرات تنطق، وكأن صوت الأحلام مسموع. هل يمكن أن يكون هو؟ في الواقع، كانا متعبين ومشوشين، لانشغالهما باسترجاع تفاصيل الواقعة التي عايشاها في الليل، وتقشعر لها الأبدان.

حضر الشاب متوسط القامة وصاحب المنكبين العريضين والصدر الرحب، وكان في بداية ثلاثيناته. وأخذ يعاين الشابين ويمسِّد لحيته السوداء ببطء. عاين عضلاتهما وجسميهما وبنية عظامهما دون أن يتفوه بكلمة واحدة. وبعد أن نظر إلى أسنانهما وبياض عيونهما، قال: «أراك قد اعتنيت بولديك جيدًا يا يعقوب آغا».

قال يعقوب أغا، وقد حنى رأسه قليلًا: «شكرًا لك أيها الرئيس».

وعلى الرغم من أنه كان أحد كبار الضباط في الجزيرة، فإن الاحترام الذي أبداه تجاه شخصين أصغر منه بكثير أزال شكوك الفتيان، لا سيما حين قال:

«نحن بحاجة إلى مثل هؤلاء الشباب. يمكن للرجال الذين يتمتعون بصحة جيدة، ومرونة فائقة، وقدرة على القيادة أن يعطلوا جيشًا كاملًا، باستخدام وحدة عسكرية صغيرة في وقت عصيب».

قال يعقوب آغا: «لا شك أنك تعلم يا كمال ريس، أن كل الفتيان معجبون بك». ابتسم كمال ريس ابتسامة مليئة بالفخر، وقد بدا عليه ذلك بوضوح، رغم تقاسيم وجهه القاسية.

وقال باعتزاز: «أعلم ذلك».

ثم اقترب من عروج وسأله: «هل تعرف قصة الرجل الذي ذهب لطلب الموت؟»

أراد الشقيقان النهوض، لكن كمال ريس طلب منهما أن يستمعا إليه قبل أن ينهضا.

ثم قال بصوت ملؤه الثقة: «قال رجل من رجال الأمم القديمة كان يخاف من مصاعب الشيخوخة وما نسميه أرذل العمر: ما دام الموت لا يأتيني فإني ذاهب إليه. ثم اتخذ طريقه في ليلة عاصفة، ودون أن يعرف أحد مكان اختفائه، لأنه غادر أسرته والكل نيام...

وتجول في الجبال والصحاري فترة طويلة باحثًا عن الموت، وكان جسده منهكًا تقريبًا، وأدرك أنه لا يستطيع العثور على الموت بالبحث عنه، وإنما يستطيع أن يجده بالصدفة. وعقب ذلك أحاط به شعور دافئ بالأمان، للمرة الأولى منذ فترة طويلة، وعادت إليه إرادة الحياة. أحس بأنه قد أضاع سنوات عمره. وهكذا نوى أن يكرِّس حياته كلها لأعمال الخير بعد عودته إلى الوطن...

وبعد ظهر يوم مشمس، وصل إلى بيته، وأحس بصمت مخيف في أرجائه. أصابه العجب من الظلام المحيط بالبيت رغم سطوع الشمس. وما

إن فتح الباب، حتى رأى أن منزله قد تعرض للنهب، وأن زوجته وأطفاله قد قُتلوا. باختصار، لقد داهم الموت منزله حين كان بعيدًا عنه...

أيها الشابان، من كان مقدر له أن يكون غير سعيد فإن الحظ لن يحالفه، ويمكن للإنسان أن يكون مفيدًا إذا أدى ما هو مطلوب منه فقط. كل عمل تؤديه بمفردك يُحمِّلك مسؤولية كبيرة، يمكنك القيام بعمل إيجابي، لكن التاريخ والتجربة يوضحان لنا أن الناس غالبًا ما يكونون مخطئين عندما يتصرفون بمفردهم، لكنني سعيد بقدرتكما على القيادة التي أظهرتموها».

أراد عروج وخضر التحدث في الوقت نفسه، لكن كمال ريس أوقفهما، وقال: «سننتظر ثلاثة أيام أخرى على الأقل، ليس من أجلكما، بل للقضاء على مَن بقي مِن الفرسان المتمركزين في الجزيرة. في تلك الأثناء ارتاحا جيدًا كي تستجمعا قواكما، فجروحكما بسيطة».

وأضاف بعد أن غمز لهما: «على فكرة، أنتما مشهوران بالفعل بين أقرانكما وفي جميع أنحاء الجزيرة والبرية. لكن من الصعب أن تكونا من جنودي الخاصين، لذلك عليكما أن تكونا جاهزين وصبورين. الآن ارتاحا حتى لا تتخلفا عن الشبان الثمانية الآخرين الذين سيكونون معنا في طاقمنا. سنلتقي مجددًا».

أنهى كمال ريس كلامه، ثم ذهب مثلما أتى. تذكر خضر ما يقوله عنه أعداؤه، إذ أطلقوا على كمال ريس لقب «روح البحَّار في الليل».

نام خضر وهو يفكر في المعاني الغامضة والمخيفة لذاك الاسم، وكانت روائح الخريف العطرة تبعث الأحلام الجميلة.

2

رأى الملك أحد حراس القصر من نافذته في ليلة شتاء ثلجية، فنادى: «ألم تبرد يا بني؟»

أجاب الحارس: «لقد تعودت على ذلك يا صاحب الجلالة».

فقال الملك: «حسنًا، بعد قليل سأرسل لك عباءة من الفرو لتدفئتك».

نسي الملك وعده للحارس بسبب انشغاله بأعماله الكثيرة. وفي اليوم التالي وجدوا جثة الحارس المجمدة في نقطة الحراسة، وقد كتب قبل وفاته على الحائط المجاور له: «كنت قد تعودت على البرد، لكن وعدك لي بعباءة دافئة قتلني».

ظل كمال ريس صامتًا بعض الوقت، وقال: «أنا لن أقدم لك وعودًا لا أستطيع الوفاء بها، لا أريد إلى جواري رجلًا يتمسك بوعود فارغة. لهذا السبب، أواصل سعيي الدؤوب لتعليم جنودي وفرساني اللغات اليونانية والعربية والإيطالية والإسبانية بدقة شديدة، إلى جانب علم الجغرافيا، وعلم النجوم، والإبحار، والإسطرلاب، وعلم المثلثات، والخرائط، ورسم الخرائط المحيطية. ومثلما قلت صراحةً لسعادة سلطاننا المعظم بايزيد الثاني، يجب افتتاح مدارس بحرية في جميع أنحاء البلاد، وتلقين تلك العلوم للشباب من أمثالكم. بالتأكيد لن تتاح الفرصة لكل الشباب للتعرف مباشرة على تلك الأمور مثلك».

من حين إلى آخر، كان خضر يرى البحار والسماء كأنهما بخار ضوء أزرق عميق يتدفق. وفي بعض الأحيان، كان يمعن النظر بقائده كمال ريس وهو يخاطب المجندين المتجمعين في القسم الخلفي من سطح السفينة ألتاي. وكانت عيناه المغمورتان تبدوان كأن فسيفساء من زجاج ملونٍ ضخم قد غطاهما. وكان كمال ريس العنصر الأروع في هذا الطيف الضوئي الاستثنائي.

كيف يمكن له أن يكون مثل قائده؟ كان خضر متوترًا ومبهورًا به، وكأنه قائد جاء من العصور القديمة، أو كان مصنوعًا من معدن غريب ألقي به إلى الأرض من زاوية مجهولة من الفضاء. إن شجاعته، واستنكاره لكل مديح، ووقفته الشامخة -مع أن وقفته تشبه المجرمين- تدل على أنه زعيم بالفطرة

كان كمال ريس رجلًا متكاملًا بكل الجوانب الإنسانية في شخصيته، وربما ينظر الآخرون إلى تلك الصفات على أنها نقاط ضعف.

أدرك خضر وعروج في الأيام العشرة الأولى من الرحلة الاستكشافية أنه لا يمكن لأحد أن ينتقد كمال ريس على قراراته، لأنه لا يقدم على أي عمل جاد دون استشارة، ولا يتحمل مسؤولية الإخفاق في القرار المشترك دون ذكر الأخطاء في وجه من ضلَّلوه. كان الطاقم بأكمله يشبهه تقريبًا، وهم خمسة ملاحين رئيسيين، وتسعة عشر حفارًا، واثنان من رعاة الدفة، وأربعة حراس بحارة، وأربعة مجدِّفين، واثنان من موظفي المرجل، وثلاثة نجارين، وطباخَان، وحراس سطح السفينة، وبقية المقاتلين على متنها.

ذات يوم، كانت السفينة ترسو قبالة ساحل سمادِرَك، وقد شاهدوا حالة بدت لهم غير ذات أهمية. أشار كمال ريس إلى دور أحد ضباط سطح السفينة في قرار بسيط خاطئ، فأنكر الضابط مسؤوليته عن الأمر، وما كان من كمال ريس إلَّا أن اِتهم الرجل بأنه كاذب وعميل محتمل.

فجأةً، تحول الاضطراب الناجم عن تقاطع صخري في الماء غير مهم، إلى مصدر قلق كبير، الأمر الذي دفع الضابط في النهاية إلى التراجع عن موقفه والاعتذار. لكن هذا لم يمنع كمال ريس من الزج به في الزنزانة، لأنه أصر على أن المسؤولية ليست مسؤوليته، بل حمَّلها لشخص آخر.

بعد الاجتماع المسائي في ذلك اليوم، سأل كمال ريس المجندين المجتمعين: «يا أولادي، ما الدرس الذي نستنتجه من أحداث اليوم؟»

حاول الشباب تقديم بعض التفسيرات بحسب فهمهم للأمور وطرق تفكيرهم وأساليبهم في النطق والتعبير. وقبل مجيء دور الأخوين خضر وعروج، تكلم ابن شقيق كمال ريس، وهو الشاب اللامع المدعو محيي الدين بيري، فقال: «قال تعالى: ﴿إِنَّ ٱلسَّمْعَ وَٱلْبَصَرَ وَٱلْفُؤَادَ كُلُّ أُوْلَٰٓئِكَ كَانَ عَنْهُ مَسْـُٔولًا﴾ [سورة الإسراء: الآية 36]، فكل ما يحدث في المناطق التي نتحمل مسؤوليتها يقع على عاتقنا، سواء كانت إيجابية أو سلبية، وسواء كنا مشاركين فيها مباشرة أو لا. لأننا كالجسد الواحد، إذا اشتكى منه عضو تداعت له سائر أعضاء الجسد بالسهر والحمى».

ما إن سمع خضر هذا الجواب، حتى قال في قرارة نفسه: «والله، هكذا يكون ابن شقيق كمال ريس، لا يمكن أن تكون هناك إجابة أفضل من تلك».

وعندما استقر الأخَوان في طاقم كمال ريس، أصبح بيري صديقًا حميمًا لأخيه لأنه من جيله، وكان جنديًا جيدًا، وتبدو عليه ملامح قائد السفن المغوار الذي سيكونه في المستقبل القريب. نظر خضر باعتزاز إلى ملامح الشاب الناضج، ووجهه المغطى بتجاعيد عميقة حفرتها الشمس فيه بعناية.

قال كمال ريس: «لكن الرجل يصر على أن تلك الوظيفة المعنية ليست في نطاق مسؤوليته».

والتفت إلى خضر، وسأله: «وأنت؟ ماذا تقول يا خضر؟»

استدار نحو أخيه الأكبر الواقف إلى جانبه، فقال الرئيس بكل صرامة: «الجواب غير موجود عند أخيك، الجواب عندك أنت، إذا جمعت عقلك وروحك معًا فلن تحتاج إلى مساعدة شخص آخر. لكن لا تعتمد على عقلك فقط، فلو كان العقل وحده كافيًا للوصول إلى الحقيقة، لما نظرنا إلى العالم من مستوى الأوهام البسيطة».

كان خضر يحدق في حذائه اللامع ومفاصل الأرضية الخشبية، وقال في قرارة نفسه: «قد لا أقول ذلك بأسلوب أفضل، لكن يمكنني الإجابة عنه بطريقة تلفت الانتباه أكثر».

مسح عنقه بلطف قائلًا: «ما قاله الرفيق بيري رائع، لكن عقلي وروحي يخبرانني أنه كلما زاد خوف الشخص زادت مسؤوليته».

رد كمال ريس قائلًا: «يا خضر، يقولون عن الشخص بأنه مجنون إن أعطى مسؤوليات أكثر لشخص غير جدير بالثقة».

عقَّب خضر: «لكن الأمور تتغير إذا تعلق الأمر برجالنا، وإذا ثبت ذكاء المرء ومهاراته على الورق، فيجب على الأخير أن يثبت نفسه لنفسه أولًا، على أن تتاح له الفرص الكافية لإظهار كفاءته. بهذه الطريقة يمكن لأي شخص أن يثبت نفسه للمسؤولين عنه فقط، وبهذه الطريقة يمكنه أن يحب عمله ويمتلك مفاتيح نجاحه».

رفع كمال ريس حاجبيه، ونظر إلى خضر نظرة ثاقبة، وقال: «هل تظن أنه يجب عليَّ إعادة تعيين ضابط السفينة هذا؟»

لوى خضر رقبته، وقال: «حاشا أيها الرئيس».

أجاب القائد: «تحدث بحُرّية، ستؤثر جميع إجاباتك في التقييم الخاص بك».

عند سماعه ذلك، هدأ خضر وخف توتره. كانت روحه تلمع مثل حصى بلَّلتها موجة ببطء، وقال: «أمرك سيدي، لقد تركنا أسطولنا في قاعدة كليبولي في محافظة جنق قلعة للصيانة والتحميل، باستثناء الحراس الذين يتقدمون عبر الذراعين الأيمن والأيسر من أسطولنا. ومع أننا في مياه آمنة، إلَّا أن هذا الوضع لم يمنع القراصنة من الاقتراب. لذلك، زاد قلق الضباط بشأن أداء واجباتهم المعتادة، وربما ارتبك عزاب إسماعيل آغا، الآتي من تيكيرداغ، وارتكب خطأ بسبب ذلك».

علَّق القائد: «كيف كنت ستفكر لو أنه ارتكب الخطأ نفسه في المعركة، وكانت بحرية هابسبورغ وراءنا مثلًا؟»

أجاب خضر: «أيها الرئيس، إذا لم تكن واثقًا منذ البداية، لم احتفظت بإسماعيل آغا معك أو في طاقمك؟ امنحه قدرًا أكبر من المسؤولية. ربما هذا كل ما يريده».

قال كمال ريس بتمعن: «السلطان محمد الفاتح يا خضر، كان في الحادية والعشرين من عمره فقط عندما فتح إسطنبول، ولم يرتكب أية أخطاء».

ردَّ خضر: «السبب أنه حمل مسؤولية كبيرة على كتفيه، ولم يكن أمامه خيار آخر سوى فتح إسطنبول. وإلَّا لما تمكن من الخروج من القبضة السامة للسكان المحليين الذين أحاطوا به».

قال كمال ريس ضاحكًا بعينين مشرقتين: «إنك على حق يا بني. يجب عدم حصر الرجال الموهوبين في منطقة ضيقة، يجب توفير منطقة نفوذ ومسؤولية مطلقة للجميع... لكن لدي سؤالًا أخيرًا لك يا خضر».

خضر: «تفضل أيها الرئيس».

قال: «كيف يمكن للقراصنة التحرك بسهولة في مياهنا؟ هل تظن أن هناك حلًا لهذا؟»

حرَّك خضر عضلاته تحت معطفه الذي يغطي ذراعيه الغليظتين ومنكبيه العريضين. وفجأة تذكر والدته، ولم يعرف لماذا، وأدار وجهه نحو الأفق المحمر عند الغروب.

كانت الليلة الماسية تقترب، فتنهد بخفة، وقال: «أيها الرئيس، يمكنني أن أخبرك بما سمعته من شيوخنا في الجزيرة».

أومأ كمال ريس برأسه موافقًا.

تابع خضر: «فرسان رودس يتلقون دعمهم من البرتغاليين، وهؤلاء ينالون الدعم من الإسبان؛ وكلهم يعتمدون على الإمبراطور ماكسيميليان، والملك لويس الحادي عشر ملك فرنسا، والأخيران يتشاجران سرًا بخصوص من سيقود أوروبا. إنهما يأتيان بأسطول عظيم إلى البحار، ولا تستطيع أساطيلنا البحرية

الصغيرة منافسة العدو، كونها تضم بضع سفن حربية، باستثناء بعض جهودكم الشخصية. وإذا فكَّرنا في الأمر مليًّا... نحن على الأرض، وهم في البحر، فلن تُحل هذه المسألة. لحسن الحظ، هناك تنافس فيما بينهما، وليس لديهما الوقت للتعامل معنا مباشرة. لكن إذا أردتم إيجاد حل، فينبغي النظر إلى جهود شيوخنا ودولتنا لجعلها سياسة دولة. ستكون المدارس البحرية التي ترغب في افتتاحها من أكثر الخطوات إيجابية، التي يمكن لدولتنا أن تعتمدها لمواجهة تلك القضية».

أومأ كمال ريس برأسه بتعبير مدروس، ثم التفت الحارس الأول إلى منتشلي صُلحي ريس، وقال: «أخرجوا عزاب أرمادور إسماعيل آغا من الزنزانة، فهناك علم كثير ينتظر هؤلاء الفتيان».

أُحضر إسماعيل التكيرداغي، وسط نظرات حائرة من الشباب وضباط السفينة، أحضروه في اللحظة التي اشتد فيها ضباب الملح ورائحة البحر. كان محتجزًا في المخزن المنخفض في السفينة، لذلك تخدَّرت ساقاه وتيبَّس وسطه نتيجة الانحناء في زنزانته. كان بالكاد يستطيع الحركة بين أذرع الحراس، وكان معصماه ملطخين بالدماء وآثار الأغلال. كانت هناك آثار دماء على صدره، وعلى سترته القتالية المدرعة على ظهره.

قال كمال ريس باختصار: «هذا الفتى هو شفيعك يا إسماعيل. لقد سامحتك، وزادت مسؤوليتك في السفينة. من الآن فصاعدًا، لست مسؤولًا عن النظام فقط، بل عن صيانة الأشرعة وصحة الفرسان وتقديم الطعام. وسيكون مساعدك خضر، وستعملان بانتظام وتوافق، وفي أوقات فراغك خارج التدريبات الأساسية، عليك أن تدرِّس خضرًا نظام العمل المشترك في السفينة القتالية، وأقصد مهام الفارس وربان السفينة والقائد الحربي».

كان إسماعيل في أواخر عشريناته، وقد ومضت عيناه بعد كلام الرئيس. ثم خفَّ بريقهما، ونظر إلى خضر وعلى وجهه تعابير الموافقة، ثم قال: «أمرك أيها الرئيس. لقد أخطأت، وأعدك أن أكون أكثر حذرًا. اسمح لي أن أقبل يدك...».

كان كمال ريس يصعد إلى مقصورة القبطان، ولم يمد يده إلى إسماعيل، بل اكتفى بالقول: «سلَّمك الله». وأضاف: «أيها المجندون، لديكم جميعًا فكرة عامة عن التشغيل العام للسفينة القتالية، من الآن وحتى نهاية رحلتنا ستكونون مسؤولين عن ضبط سطح السفينة والأسلحة والمخازن. وإن شرح التفاصيل الدقيقة في موضوع سير السفن يعود لي وإلى القائد الثاني صُلحي آغا. سأعلن عن توزيع المهام عليكم بعد صلاة الظهر، ما عدا خضر. يمكنكم الذهاب الآن».

* * *

ومع ذلك، وفقًا لكتاب «حياة وتاريخ الأخوين برباروس» لكاتبه إنريكو بيليز، الذي نشر في ترجمة متسلسلة في مجلة «الأرشيف التاريخي الصقلي»، فإن الأيام المحمومة والمثيرة للأخوين عروج وخضر ستكون وتيرتها أسرع مع وجود سفينة قراصنة رودس، ولن تتباطأ بسهولة مرة أخرى.

ظُهْرَ اليوم التالي، ظهرت سفينتان من السفن الصغيرة المقاتلة التابعة لفرسان رودس إلى الغرب من الأسطول الصغير لكمال ريس، وشرَّعتا أعلامهما، وأُطلقت منها ثلاث قذائف مدفعية كي يبقى كمال ريس بعيدًا عنها. ثم أبحرتا إلى الشمال الغربي في اتجاه كافالا.

قبل ذلك بدقائق قليلة، كان كمال ريس يتحدث إلى بحَّارته عن السفن الشراعية بصواريها العالية، وعن الخُرافات الغريبة لدى الغربيينن وقال: «أيها الأبناء، إذا تعرفتم على الخرافات التي يؤمن بها هؤلاء الرجال، يمكنكم اتخاذ خطواتكم في المستقبل بثقة أكبر. يا بيري...».

أجاب بيري: «أمرك أيها الرئيس».

فقال القائد: «عدِّد لرفاقك خرافات البحارة الغربيين».

وسط هدير الأمواج المتصاعدة، سأل بيري: «هل أذكر المعتقدات المشتركة بينهم، أم تلك العائدة إلى فرسان الإسبتارية في رودس وقبرص فقط؟»

فأجابه: «يكفي أن تعدِّد بعض المشترك بينها».

انتصب الشاب بوقفته، وعقد حاجبيه، وبدأ بالعد، فقال: «أولًا، هم لا يذهبون في رحلات استكشافية أيام الجمعة، لأنهم يعتقدون أنها أيام لا تجلب الحظ الجيد، وبأن المسيح قد صلب يوم الجمعة. ثانيًا، يعتقدون بأن كل من يطأ السفينة بقدمه اليسرى يصيبها باللعنة، لذا يجبرونه على لعب لعبة الأسقف لإزالة تلك اللعنة...».

أشار إليه كمال ريس كي يتوقف، وقال: «اشرح لهم لعبة الأسقف».

وبطريقة جدية، رفع بيري يده اليمنى وفتح كفه، وقال: «يفتح الشخص الذي أتى باللعنة أصابعه الخمسة، ويضعها في برميل المتفجرات، ويبدأ في تحريك نصل السكين بيده الأخرى، ثم يغزّها بسرعة وبقوة بين أصابع يده المغروسة في برميل البارود. يكرر العملية عشر مرات، وإذا لم يكن شديد الحذر، فسوف يفقد أصابعه».

عرف عروج وخضر تلك اللعبة، وقد لعباها من قبل. لذلك لاحظا ذهول رفاقهما عند سماعهم باللعبة للمرة الأولى.

تابع بيري العدَّ قائلًا: «ثالثًا، إنهم لا يقتلون طيور النورس أبدًا لأنهم يعتقدون أنها تحمل أرواح القتلى من البحارة. وفي البحر، تغيِّر السفينة مسارها على الفور نحو أقرب ميناء إذا وقع على سطحها طائر نورس ميت، وبعد ذلك يُغسل السطح بالخل والبخور، ويؤدي الكهنة طقوسًا معينة».

وأضاف: «رابعًا، يمنعون إدخال حقيبة سوداء أو حقيبة مغطاة بالسواد على متن السفينة. وإذا عُثر عليها لاحقًا على متن السفينة، يكون لزامًا عليهم سكب الماء الطاهر عليها ورميها في البحر، بغض النظر عما في داخلها، وذلك درءًا للعواقب. ويعتقدون أنه في ليلة ظلماء ستهبط الكوارث على السفينة وطاقمها بسبب الحقيبة التي تفتح فجأة مثل صندوق باندورا. خامسًا، إن قتل الدلفين يعني انتشار الوباء.

سادسًا، لا يحملون الموز على متن السفينة أبدًا، لأن حمولة الموز تجلب العناكب السامة والأفاعي القاتلة. ويعتقدون أن البوصلة تنحرف من جراء ذلك، فتضيع السفينة في عرض البحر. سابعًا، إن اِزعاج قطة السفينة تجلب العاصفة. ثامنًا، يرون في الأشخاص ذوي الشعر الأحمر والأقدام المسطحة فألًا سيئًا...».

فجأة، استدار الجميع ونظروا إلى عروج، وكان شعره الأحمر الطويل يتطاير مع الريح.

قال عروج بثقة، وهو يعبث بلحيته الحمراء: «من الآن فصاعدًا، ستكون رؤيتهم لي، ولو من بعيد، فألًا سيئًا بالنسبة لهم. ولا يهم، سواء رأوني في البر أو في البحر». استقبل رفاقه هذه الكلمات بوقار وهزوا رؤوسهم بالإيجاب وتهامسوا فيما بينهم.

في تلك اللحظة، صرخ الحارس من فوق العمود المعلق، وقال: «اثنتان من سفن القراصنة من فئة قاذفات السحب المكوَّنة من ثلاثة طوابق، موجودتان على بعد ميل واحد... الرياح البرية تعبر من فوقنا، فلتكن الأشرعة مفتوحة وفي حالة الجهوزية».

حشد كمال ريس مقاتليه، وصرخ قائلًا: «ليكن كل منكم على رأس عمله... هيا».

ثم التفت إلى الفتيان، وقال: «أيها المجندون الشباب، انزلوا إلى القبو على الفور. لا أريد أن أرى غير المقاتلين على سطح السفينة».

ومع أن الفتيان عبروا عن رغبتهم في القتال، فإن كمال ريس قطع كلامهم قائلًا: «ما تحدثنا عنه في البداية سيُنَفّذ. تعلمون جميعًا إلى أين تتجهون في حالة الخطر، هيا إلى القبو الموجود إلى جوار المطبخ أسفل العمود الرئيسي، هيا... هيا».

3

عندما سمع القراصنة صوت مدافع الإنذار تنبئهم بعدم الاقتراب، وجهوا سفنهم نحو الشمال الغربي. تجمع الفتيان في منطقة منخفضة وواسعة من القبو. كان المكان خانقًا ومظلمًا إلى حد ما في الداخل، وتفوح منه رائحة الزعتر المجفف والنعناع. كانوا جميعًا مستلقين لأن انخفاض السقف لا يسمح لهم بالوقوف. كانت صناديق المعدن الخام الموجودة في مقدمة السفينة وبراميل زيت الزيتون في جزئها الخلفي مكدسة بإحكام ومهارة، لدرجة أنها جعلت السفينة ثقيلة ومتوازنة مثل الكبش.

كان الأخَوان خضر وعروج يعرفان أن هذا المكان لا يُعد مستودعًا. فكر خضر في جلود الماشية المحشوة بالرمل، التي تستخدم في ألعاب السُعاة على ظهور الخيل. إذ يصل وزن تلك الجلود في بعض الأحيان إلى مائة أوكة، وكان اللاعب يستخدمها أحيانًا كسلاح هجومي ضد الخصم، بأن يضغط عليها بين رجليه والسرج. اعتاد اليونانيون من ميديللي على تلك اللعبة. كانت المنافسات المتبادلة شرسة في بعض الأحيان، وتتسبب في حدوث توترات طفيفة أحيانًا.

تذكر خضر قصة ذلك المقاتل التركماني سيئ السمعة، المدعو بيراثان من بايبورت، الذي كان على ظهر حصانه، وعمد إلى أرجحة الجلد الضخم بكلتا يديه، ونجح في إسقاط فارس يوناني شهير وزملائه الثلاثة في حركة واحدة. لهذا السبب أدرك أن الوزن الفعلي مكدس في المقدمة لزيادة قوة السفينة.

ونظرًا لأن السفن التركية من نوع سفن النقل الساحبة، قد حققت مزاياها من ناحية السرعة والقدرة على المناورة، وتفوقت على القوادس الشراعية العالية ذات الحمولة الثقيلة التابعة للبحرية الغربية، وذلك بفضل هيكلها الخفيف منخفض الجانب، مع العلم أن مناطق التحميل الخاصة بالساحبات كانت محدودة للغاية.

وضعت بطاريات المدفع والذخيرة وغيرها من الأحمال المفيدة عند العمود الخلفي للسفينة، أسفل الميزان في المساحة السفلية المركزية. ووضع المجدِّفون في مقاعدهم الخمسة والعشرين مع أربعة عوارض على سطح السفينة العلوي أو سطحها السفلي. لم تكن الأجنحة آمنة في القتال، لأن مدفعية العدو تضرب عن عمد الأجنحة في الطوابق الثانية من الألوية الأمامية والخلفية. باختصار، لم يكن هناك مكان آخر يلجأ إليه الشباب.

كانت قياسات سفينة كمال ريس الكبيرة قريبة من المعايير البدائية تقريبًا. وقد تراوح طول المسافة بين طرفي السفينة بين 165-168 قدمًا عثمانيًا (60-65 مترًا)، وكان عرضها بين 21 و22 قدمًا عثمانيًا (نحو 8 أمتار)، وبلغ ارتفاع المؤخرة 17-18 قدمًا (8 أمتار تقريبًا)، ووصل ارتفاع المقدمة إلى 10-11 قدمًا (4-4.5 متر)، وكان ارتفاع حزام قوس السفينة يصل من 5 أقدام إلى 6 أقدام (بين 2 و2.5 متر). على الرغم من أن الشرانق من جميع الأنواع بُنيت على شكل عوارض، فإنه في فترتي عروج وخضر، بعد كمال ريس، بدأ بناؤها على شكل كروي من أجل زيادة المقاومة في الطقس القاسي.

أخذ المجدِّفون أماكنهم على السطح العلوي للسفينة، لأن كمال ريس لا يستخدم قوة الأسرى ولا يعتمد على عنصر عدو في السفينة. وكان يعيِّن المقاتلين المجدِّفين بالتناوب، كي يتمكن كل منهم من التدخل فورًا أثناء القتال، ويجعل استخدام العدو لمجاديفهم الطويلة عند الضرورة أمرًا صعبًا، ولا يستخدم الجرافات ما لم تكن هناك حاجة ماسة إليها. كانت فكرته تقضي بترك مخابئ جوفاء أمام كل صف من صفوف المجدِّفين، حيث يمكن نصب كمين لمجموعة من الجنود. لاحقًا، حافظ الأخَوان بربروس على تلك الأساليب وطوَّراها.

لم يعمد الجنود في المخبأ إلى حماية المجدِّفين فحسب، بل أنشؤوا بديلًا أقوى وأكثر فاعلية عن الجنود الذين أجبروا على القتال في العراء على

منصات تسمى «الأجنحة»، التي شيِّدت خارج حواف سفينة المقاتلين، وكانت معتمدة خصوصًا في سفن رجال البندقية.

وتدخل كمال ريس تدخلًا مباشرًا في تحديد سرعة التجديف، ولم يستخدم الضابط الوسيط. فعلى سبيل المثال، بعد إعطاء الأمر لـ«مجاديف أجنحة الصقر»، يفحص مباشرة أداء الضابط العسكري الذي يدق آلة الحرب الإيقاعية. وعندما يقول «مجاذيف أجنحة الصقر» فإنه يشير أحيانًا بيديه لتسريع الإيقاع، وإن زأر بالقول «مجاديف قلب الأسد» فإنه يسحب المنجل العريض المعلق حول خصره ويقلبه رأسًا على عقب مرات عدة.

قال خضر في لحظة غضب: «الاختباء هنا مثل الجرذان ليس مناسبًا».

سأله شاب يدعى آياز، أصله من جزيرة ساقز اليونانية، لذلك يكنّى باسمها، آياز الساقزلي: «ماذا تريد منا أن نفعل؟»

ثم رمشت عيناه، وتنهد قائلًا: «هل لديك شجاعة التصرف؟ إذا أغضبتَ الرئيس سترى ما الذي سيحدث، فالإجابات المتغطرسة التي قدمتها بالأمس أزعجتنا جميعًا».

لم يتفاجأ خضر، فمنذ اللحظة الأولى التي صعد فيها مع شقيقه إلى السفينة لمس الفارق الملحوظ بينهما وبين الآخرين، لكنه تجاهل الأمر. والسبب في ذلك هو التخريب الذي دبره الشقيقان ضد فرسان العدو أخيرًا. فقد رفع نجاحهما المذهل حاجزًا بينهما وبين أقرانهما لا يمكن تخطيه، وكان بيري الوحيد الذي لم يلحظ ذلك الاختلاف.

سأل خضر بهدوء: «عند قولك جميعًا، هل تتحدث باسم رفاقنا الآخرين؟»

بدت تعابير الغضب على وجه أياز، وقال: «طبعًا».

نظر خضر إلى رفاقه، فاستداروا نحو آياز وحدقوا به، إذ بدا أنهم لا يريدون الخوض في هذه المسألة مباشرة. ثم تدخل عروج قائلًا: «تمهل قليلًا يا آياز آغا».

تصدعت السفينة ومالت ببطء إلى اليمين. شعر خضر باضطراب معدته وكأنها انقلبت ووصلت إلى حلقه، كان يعلم أن رائحة التوابل الجافة سببت له ذلك، بالإضافة إلى تأثير مزاجه السيئ. لماذا احتاجت السفينة إلى مناورة مفاجئة؟ ثم رأى حزمًا من التوابل الجافة مصفوفة على شكل كتل على طول السقف.

إذاً، هذا هو مصدر الرائحة.

قال آياز بصرامة: «إذا غضب كمال ريس، فسوف يعطينا تذاكرنا يا عروج آغا».

ردَّ عروج: «فليعطنا تذاكرنا... أنت مصاب بخيبة أمل، ماذا كنت تتوقع؟ أنت لا تفهم».

ثم تدخل يونس قائلًا: «تحدث أخي بإذن من الرئيس، ما الخطأ في ذلك؟ نأخذ رؤوسًا بكلمة، وتنتهي الحرب بكلمة».

بدا شعر عروج الأحمر ولحيته متشابكين، وقال: «هل تفضل أن يبقى إسماعيل آغا في الزنزانة يا آياز؟»

رفع آياز صوته قائلًا: «يمكنه الاعتناء بنفسه، لأنه محارب محترف ومالك السفينة، الشيء المهم هنا هو عدم التشكيك بقرارات كمال ريس، وتنفيذ ما يقوله».

وأضاف آياز: «نحن نتحدث بما نعرف أنه صحيح، ولا يمكن لأحد أن يمنع ذلك». ثم عدَّل جلسته، وقال: «هل تتكبر علينا لأنك فجرت ترسانة القراصنة؟ سمعتك لا تضرني ولا تؤذيني...».

عدَّل عروج جلسته بسرعة البرق، كان يقف على قدميه وركبتيه منحنيتان، وجميع من حوله يسمعون صرير سريره وصوت خنجره في غمده. أسند يده على الأرض، واستعد لتصادم محتمل، وقال: «طلبت منك أن تتمهل يا صديقي، فلا تمتحن صبري أبدًا... لقد فعلنا ما كان علينا فعله، ونحن لا نتحدث عن ذلك، فلم أنت منزعج؟»

ثم سمعا بيري ينادي من آخر المخزن المعتم: «اِهدأ قليلًا يا آياز».

ثم سار نحوهما، وقال: «إنك تبالغ في رد فعلك وهو في غير محله، إذا كانت لديك مشكلة فاحتفظ بها حتى نهاية الرحلة. لكن لا تنسَ أننا جميعًا في مركب واحد، وإلَّا فإن الأذى سيلحق بك أولًا. ولا تقل لي لاحقًا إنني لم أخبرك بذلك».

تدخل الآخرون، ونبَّهوا من احتمال إنزالهم من السفينة في حالة حدوث قتال على متنها. كان خضر خلف شقيقه مباشرة، وفي حالة تأهب لهجوم مشترك محتمل. ولكن طالما كان بيري معهم، فلن يتخاذلوا أبدًا.

قال عروج باختصار: «أعدائي ليسوا هنا، لكنهم على متن سفينة العدو».

ولما لم يطل آياز المحادثة، بدا الأمر وكأنه قد حُسم. كان عروج يرى أنهم كبروا بما يكفي لوضع حد لمثل تلك المواقف الطفولية وراءهم، أو أراد أن يصدق أنها كذلك.

في تلك اللحظة غنَّى أحدهم ليونس بعض الأبيات بصوت مخملي:

«جاءني حب عجيب، وكنت على هذا الحال،

سكن في قلبي، وجلس عند روحي.

أنت السلطان وأنا الخادم،

أنت الوردة وأنا العندليب،

حكمك يكفي العالم، فماذا يبقى للعبد.

سيأتي الربيع، وتثمر الأشجار، ونرى البلابل تنشد لنا فوق الوردة.

ترى العاشق يتجول بين العامة، ولا يرى أحدًا، يجلس على قارعة الطريق.

لا تضحك يا يونس لأنني أنشدت هذه الكلمات، فأنا أعرف أن هناك من ينشد أجود منها، ومن يحسن الكلام».

بعد أن هدأ الفتيان وبدؤوا في التركيز على الأصوات القادمة من سطح السفينة. ولم يمر أكثر من ربع ساعة حتى انجرفت السفينة إلى الأمام بعد

اصطدامها من مؤخرتها. لم يتماسك الفتيان هذه المرة، وأخذوا يترنحون من هول الاصطدام.

ازداد الاضطراب والظلام في الداخل، وتعالى الصراخ على سطح السفينة، ثم حلَّت محله أصوات البنادق وقذائف المدفعية. أصبح المخزن مليئًا برائحة البارود التي طغت على روائح التوابل.

أمسك خضر بذراع أخيه، وصرخ: «دعنا نتماسك ولا نفترق».

قال عروج: «إن لم أكن مخطئًا، فإن السفن تحاول دفع بعضها بعضًا للتحفيز. وإذا فشلوا فإنهم سيزيدون حدة مناوراتهم المفاجئة مثلما فعلوا قبل قليل، لأن الهدف سيكون إلحاق الضرر بالغير وإغراق بعضهم... تماسك يا خضر».

سأل خضر: «ماذا لو نجح فرسان الأعداء؟»

ردَّ عروج: «دعونا نحذر الآخرين، إذا انزلقت الأحمال في المخزن فإنها ستغلق بابه. لذا من الأفضل أن نغادر الآن».

قال خضر: «ماذا عن كمال ريس؟ إذا رآنا على سطح السفينة سيغضب بشدة يا أخي».

هز عروج رأسه بعنف قائلًا: «في الوقت الحالي، لا أحد يرى الآخر يا خضر، الأمر متروك لنا لفعل ما نراه صحيحًا، لأن الناس عادة ما يرتكبون أخطاء في مثل هذه اللحظات».

قال خضر: «كيف يمكن أن يكون اتباع الأوامر خطأ؟»

عروج: «عدم تحديد الأولويات دائمًا ما يكون خطأ يا خضر. لكن كمال ريس جعلنا...».

قاطعه خضر قائلًا: «أعلم أنه حذَّرنا، لكننا الآن لسنا مسؤولين عن حياتنا فقط. ربما تعرضنا للمداهمة يا أخي، ولم يتوقع كمال ريس هذا».

أشار عروج بيده إلى الآخرين قائلًا: «حياتهم بين أيدينا أيضًا».

دعا الأخَوان كل الشبان للتجمع فورًا، لكن لم يتحرك أي من أولئك المجتمعين حول آياز من مكانه.

قال خضر محدثًا نفسه: «أين بيري؟»

وقال عروج: «سنقنع كمال ريس أو أحد الضباط بالانضمام إلى المعركة. وإلَّا فإنهم لن يتحركوا من أماكنهم دون أوامر، ألا ترى ذلك؟»

هز خضر رأسه موافقًا، ثم استدار وصرخ مناديًا بيري الذي كان غائبًا. لم يتلق أي ردٍّ. أحس بالقلق، وظن أن صديقه ربما يكون قد صدم رأسه وفقد وعيه عند تمايلهم في الداخل. لقد ذكّرَتْه الفجوة الضيقة فوق الأكوام المتراكمة بأفواه الحيوانات الزاحفة المفتوحة على وسعها وهي تنتظر فريستها بفارغ الصبر.

ثم تذكَّر والدته مرة أخرى. إنها أم لشاب يسرح في أحلامه عند رؤية ضياء الأمسيات مخبأة في شعرها الأحمر. كانت تداعب شعره كلما داهمه الحزن، وتقول: «كل شيء له زكاة، وزكاة العقل الحزن الطويل». في بعض الأحيان كان يكرر القول المأثور: «طول العمر لا يعني العيش طويلًا، بل يعني قضاء أيام سعيدة وممتعة. أحسب الأيام التي تلقى فيها ذاكرتي الاحترام، ويحظى فيها كلامي بمن يسمعه، على أنها قطعة من حياتي».

سارا منحنين نحو الباب بلا حول ولا قوة. اعتادا في ملاعب التدريب على المشي مشدودَي الكواحل لفترات طويلة. ظهرت تحت أقدامهما قطع لا حصر لها من معدات السفن كبيرة وصغيرة، مما أعاق تحركهما. فقال خضر لنفسه: «أخي كان على حق، لو كنا تأخرنا قليلًا لما خرجنا من هنا أبدًا».

ومع أنه استدار ونادى الشبان السبعة الآخرين بكل قوته، فإن آياز الساقزلي ومن حوله لم يحركوا ساكنًا. وهذه المرة أدرك أن بيري كان يتسلق بالفعل

من وراء الأكوام، ويحاول إخبار آياز والآخرين بأمر ما مدغدغًا رأسه. لكن الآخرين لم يتوانوا عن الانتظار، رغم أنهم كانوا يتشبثون بالأكوام القوية التي تصل إلى مقدمة السفينة. كان الأمر كما لو كانوا جزءًا من الأحمال في الداخل.

في تلك اللحظة، ارتفعت قدما خضر عن الأرض، وخدش صوت قوي آذانهم، وطاروا باتجاه مقدمة السفينة. وبدا أن سفينتهم ألتاي قد ضربت برأسها المدبب سفينة معادية.

4

توقفت السفينة فجأة، وبدا الأمر كما لو أن الوقت قد توقف أيضًا. ورغم الضوضاء في الخارج أحاط بخضر هدوء غريب. بعد هذه المرحلة، كان يعلم أن كلا الجانبين سيحاولان إنزال القوات على سطح سفينة العدو، وما أدركه أن سفينة ألتاي كانت عالقة في هيكل سفينة العدو، وكان رأس السفينة الصلب ومنقارها المدبب المصنوع من خشب الكستناء المغطى بالبرونز مغروزًا بسفينة العدو.

فرك خضر معصميه شاعرًا بالألم، ونظر إلى أخيه. كان عروج جالسًا على بعد بضعة أقدام، ممسكًا جبهته، وكأنه مذهول حائر. عندئذٍ ظهر بيري قربهما، وكانت راحتيها وشعرهما ملطخين بالدماء، فقال: «كسرت بعض الحلقات الموجودة في الرأس، والمثبتة في ضلع السفينة. دعونا نخرج من هنا قبل أن ينزلق الحمل، لا سيما أن الآخرين لا يستمعون إليَّ».

قال عروج وهو يفرك جبهته المنتفخة: «طرق العقل واحدة».

اِهتزت السفينة، وسُمع صوت حفيف غريب وتشقق شيء ما. صاح خضر: «يا أخي، القيامة قائمة في الخارج».

ارتفعت السفينة قليلًا، ثم انفجرت المدافع عند ميلانها إلى الميمنة.

صرخ عروج: «العدو بين الأمواج. لهم الأفضلية لأن الرياح تساعدهم، إنهم يستهدفون القسم الأسفل تحت الماء. سوف يمزقوننا...».

في تلك اللحظة، جرى اختراق الكتيبة من القبو، في القسم الذي يوجد فيه الفتيان. كانت الضربة في عمود قوس الميمنة. لم تكن قذائف المدفعية فعالة باستثناء عدد قليل منها، وهذه الضربة إحداها.

استدعى المقاتلون الشباب مرة أخرى، ولم يفقدوا سيطرتهم تمامًا لأنهم كانوا أفضل استعدادًا لذلك. وتمكن خضر من رؤية صناديق المعدن الخام وبراميل زيت الزيتون محطمة نتيجة ضربة العدو النافذة. وتمزقت الشباك والحبال التي كانت تربطها معًا. وبعد هذه اللحظة، صار بالإمكان إلقاء الأحمال إذ لم يعد من الممكن السيطرة عليها.

بينما كانت سفينة العدو تجدِّف بمجاذيفها، سُحب رأس منقار سفينة ألتاي المكسو بالبرونز، وقد تعطل مرة أخرى قبل أن يتمكن من تفكيكه تمامًا.

أصيبت سفينة ألتاي العائدة لكمال ريس بضربة العدو الفعالة، ولم يستطع سحب منقارها من العدو، وكانت ساكنة بلا حركة، واتضح ذلك من طقطقة المجاديف المتشابكة. ومع ذلك، لم يكن أحد يدرك ميزتها الصغيرة.

* * *

وفقًا لكتاب «قصة اثنين من بربروس» للكاتب تشارلز فارين، الصادر عام 1890، نظر عروج وبيري وخضر برعب كبير إلى الأمواج التي بدأت تملأ الفجوة التي فتحت في بدن السفينة، وذلك عندما حاول العدو سحب رأس سفينته المغروز فيها. ولكن بعد بضع ثوان، حين بدأ انحسار المياه وانصرافه من نفس الشق، أدركوا أن قواربهم كانت معلقة، مما يوفر لهم بعض الوقت.

ولما أدرك الفتيان الآخرون خطورة الموقف تحركوا نحو الباب، فظهر أحد ضباط السطح عند مدخل القبو، وصرخ بهم كي يغادروا على الفور. ومع ذلك، كان لدى خضر أمر آخر في ذهنه، وأشار إلى الرأس الذي لا يزال يحك المدخل ويوسعه ببطء. لم يفهم عروج ما كان يشير إليه أخوه في البداية، حدق به، وانتبه إلى أشعة الشمس النافذة عبر الشق والمياه الخضراء المتدفقة. كان اللون الأزرق المخملي الناعم خلفه. وشكَّل البحر المنبثق من جوهر الضوء النقي، مع ظلام المكان الذي كانوا فيه، مشهدًا غير متناسق.

لاحظ خضر أن شقيقه ما زال عاجزًا عن الرؤية، فقال: «إنها إحدى حبال الشد المعقوفة المتدلية من حافة السفينة، إنها واحدة من حبال الاستخراج. إنها هناك».

نقل عروج نظره بين شقيقه وبين بيري. ثم دقق في الأمر، فإذ بالخطاف الذي أشار إليه خضر كان موجودًا.

قال خضر: «يا أخي، يمكننا تحويل الفوضى في الأعلى لصالحنا».

أجاب عروج: «هل أنت مجنون يا خضر؟ كيف سنفعل ذلك؟»

فردَّ خضر: «الأمر يستحق الدراسة بإيجاز أولًا».

في تلك اللحظة، اقترب منهم الضابط الذي فتح الباب قبل قليل، كان وجهه ملطخًا بالدماء، وكان سيفه الذي يمسك مقبضه بإحكام نظيفًا.

كانت لديه طريقة لإظهار هول ما حدث، فقال عروج بثبات: «ماذا تنتظرون يا رفاق؟ هل فقدتم عقولكم؟ هذا المكان سيمتلئ بالماء قريبًا».

وأضاف بصوت حاسم: «توقف يا صبري آغا، هل ترى حبل الخطاف في الشق الذي دخل فيه رأس سفينة العدو؟»

أجابه: «واضح، ماذا هناك؟»

قال عروج: «اقترب منه وتفحصه بعينيك، أنت جندي بحري ماهر. أنت فخر الجنود البحارة».

كان لاز صبري آغا، ذا قامة صلبة، وابن منطقة البحر الأسود. نهض على الفور ومشى بضع خطوات نحو عروج وكأنه قرأ أفكاره. وقال: «هذا أحد الخطافات التي يرمونها للوصول إلينا، لقد حاولوا عدة مرات، لكننا أفشلنا محاولاتهم، ولم يتمكنوا من الصعود على سطح السفينة. انتظروا قليلًا، سأذهب وأتفقد الوضع».

جاء صبري آغا إلى الفتيان على حين غرة، وقال: «حلال عليكم، بوركتم أيها الشجعان، تعالوا وساعدوني الآن».

كان خضر وعروج وبيري يحاولون التغلب على أهوال تلك الحملات التدريبية الأولى بدعم بعضهم بعضًا. وأقدم صبري على تحرير حلقة الخطاف من الفتحة بعد أن كان قد ربطها وثبتها قبل قليل، وكانت الأمواج ترتفع إلى الخاصرة وتنخفض. ثم وضع قدمه على ألواح الرصف المكسورة وغير المفتتة خارج الرأس البرونزي، معتمدًا على متانة الألواح المصنوعة من خشب الكستناء وصلابتها.

ونادى على الفتيان: «أيها الشبان، هذا الحبل يذهب مباشرة إلى قوس سفينة العدو الضخمة. لا بد أنهم قذفوه على حافة سفينتنا لكنهم لم يتمكنوا من تعليقه فسقط منهم. وقد رأيت ما لا يقل عن عشرة حبال مثل هذا وقد علقوها بمراسي ظهر السفينة. سوف أتسلق قبل أن تتمكن سفينة العدو من إنقاذ نفسها، وأنتم شدوا الحبل بإحكام حتى أتمكن من الصعود بسلام. ثم اذهبوا وأحضروا المقاتلين الذين سيتبعونني فورًا، فإن أغرنا على العدو من مكان غير متوقع سنفسد خططه بالتأكيد...».

قال عروج: «سنأتي معك».

صاح صبري: «ماذا بعدُ يا شباب».

وأضاف: «أنت أمانة. ومثلما قال جنكيز خان: «مسمار واحد ينقذ حدوة،

والحدوة تنقذ حصانًا، والحصان ينقذ رجلًا، والرجل ينقذ جيشًا، والجيش ينقذ دولةً بأكملها». فأنا ذلك المسمار، هيا أيها الشجعان».

بعد أن تلفظ صبري بتلك الكلمات، أمسك بالحبل، وبدأ في التسلق.

بينما كان عروج وبيري يمدان الحبل ويشدانه، استدارا نحو خضر؛ كانت أعينهم القلقة كأنها تجاويف مظلمة في وجوه ملطخة بالدماء.

قال عروج: «لقد سمعت الرجل يا خضر، هيا اذهب واجلب القوات الداعمة، نحن سنمسك بالحبل، ثم سنلحق بصبري».

أمسك خضر بذراع أخيه بقوة، وقال: «هل جُننت؟ لن أتركك تذهب. وهذا الأمر غير مطلوب منا».

أصرَّ عروج قائلًا: «دعك من هذا الكلام يا أخي، لقد شرحت لك مرات عن كيفية العمل في اللحظات الهامة جدًا، وكذلك والدي. ستغادر وتأتي بقوات داعمة على الفور. لا يليق برجل شهم أن يترك رفيقه هناك بمفرده».

وبينما كان الخوف واليأس يصيب خضرًا بتشنجات في معدته، بدا وكأن الأضواء تومض أمام عينيه. كان يرى نظرات عروج الصبورة والمتفهمة، وكان تردده يجعل لحيته تهتز، لكنه لم يحرك ساكنًا.

فهم عروج أن الشيء الوحيد الذي يمكن أن يحركه هو حملته الخاصة. نظر من خلال الشق، فرأى أن صبري قد وصل إلى سطح السفينة. وبينما كان يتشبث بالحبل، رمى بنفسه في البحر الهائج، ثم تسلق بذراعيه القويتين، وكانت عروق ذراعيه منتفخة. خرج في وقت قصير من زاوية رؤية خضر وبيري، أي من فتحة القوس التي كانا يتابعانه منها.

أما الأحداث التي ستجري بعد تلك اللحظة ستبقى نوعًا من الحلم في ذهن خضر. إذ صرخ بيري قائلًا: «أنا أمسك بالحبل، لا تفكر بنا يا خضر، أسرع يا أخي».

أدار خضر ظهره وركض نحو الباب، كانت كلمات العالِم إبراهيم بن أدهم يتردد صداها في جنباته، وتضيء روحه: «فكر في ذنبك، وتب إلى ربك، ينبت الورع في قلبك».

ما إن صعد خضر إلى سطح السفينة العابق بروائح البارود والطحالب والبول والملح والدم، حتى واجه أحد فرسان رودس. كانت خوذة الأخير المطرزة منحرفة فوق رأسه، وكان ذا شارب طويل ووجه أسمر ملتحٍ ملطخ بالدماء، ويبدو في الثلاثينات من عمره. كان واضحًا أن الرجل مصاب ومنهك ويبحث عن درع له، وسيفه في يده. كان درعه المطرز برسم أسد مثقوبًا برصاص مسدس، وفيه شق كبير يسيل منه الدم، ويبيِّن قدرة الوحش الذي حطم درعه. لما رأى الفارس خضرًا توقف ووضع سيفه جانبًا، قال باللغة الإسبانية: «أيها الشاب... خبئني أيها الشاب... لدي ذهب سأعطيك إياه، سأعطيك الذهب لك وحدك. وأمتلك ميدالية لا تقدر بثمن...».

لم يكن خضر يعرف ماذا يفعل، ونظر حوله. كان كمال ريس بعيدًا جدًا على ظهر السفينة الشراعية التي صعد إليها، وكان مشغولًا بمجابهة العدو كالسيف البتار. وكان عروج وبيري يحاولان تسلق سفينة الرودسيين، أما السفينة الأخرى لفرسان رودوس التي غرزت رأسها في سفينة الأبطال، فقد واجهت مقاومة شرسة من قبل القبطان الثاني صُلحي ريس ورفاقه، الذين صدوا العدو وأبقوه خلف حافة السفينة. وكانت القوات العسكرية مقسومة بين قسمين.

كان بعض الروديسيين القلائل قد تمكنوا من الصعود إلى ظهر السفينة، وتصدى لهم خضر، ولو لم يكن خضر قد التقى بالرجل الجريح، لتسلل الأخير إلى الأقبية والمخزن بسهولة دون أن يراه أحد. وتذكر خضر

الصلوات والأذكار التي أوصاه بها والده في لحظات الشدائد، فأخذ نفسًا عميقًا وقال: «اللهم صل وسلم وبارك على سيدنا محمد وعلى آل سيدنا محمد بعدد علمك».

وقال خضر للرجل بالإيطالية رافعًا سيفه: «إذا ساعدتني، فسوف أساعدك».

أجاب الفارس بالإيطالية: «لك ما تريد».

أردف خضر: «لكن إذا حاولت خداعي، سأقطعك إلى نصفين بسيفي هذا».

ردَّ الرجل: «انظر إلى حالتي أيها الفتى. كل ما أريده هو إنقاذ حياتي».

أشار خضر إلى الفارس كي يبقى في مكانه، وسار بضع خطوات باتجاه حافة السفينة. رأى بيري يتسلق سفينة العدو مع أخيه. كان شقيقه على وشك الوصول إلى سطح السفينة، فعضَّ خضر شفتيه بعصبية ظنًا منه أن الحبل قد لا يحمل وزنيهما معًا.

بعد فترة وجيزة، أدرك أن صبري آغا -الذي لم يره العدو بعد- كان محميًا خلف غطاء المدخل المؤدي إلى مقصورة ضابط القسم الأوسط. لا بد أنه كان على علم بالمحاربين الشبان الذين يتبعونه. ولم يكن خضر مخطئًا. نظر صبري آغا حوله، وقفز واقفًا على قدميه، وركض نحو الحافة حتى وصل فوق السور، وسحب عروجًا إلى الداخل، ثم مد يده إلى بيري.

كان من الواضح أنهم سيحتشدون قريبًا ويضربون العدو من الأطراف. ومن أجل ذلك، رأى خضر أنه من الضروري استقدام تعزيزات عسكرية، لكن لم يكن في مجال رؤيته أي جندي احتياطي. كان جميع المقاتلين مهووسين بمحاربة العدو الذي يفوقهم عددًا، ولم يجد طريقة تمكنه من جعله يستمعون إليه.

تعرضت سفنهم للهجوم من قبل سفينتين من السفن الضخمة للعدو التي تزيدها في الارتفاع والحمولة بنحو ثلاثة أضعاف، في حين أن حراسهم إما غرقوا أو أجبروا على الفرار. كانوا هنا لوحدهم، وهذا ما أدركه خضر.

وبدا الوضع كأن بركانًا قد انفجر في بطنه، وتماسك كي لا يتقيأ، ونظر إلى الفارس الجريح وقال حازمًا: «اِمشِ»

5

سأل الفارس عند مدخل القبو: «هل يمكنك إخراجي من هنا؟ أقسم بأنني سأصبح مسلمًا، وسوف أقسم بالولاء لسلطان العالم بايزيد خان، وسأفتح أمامكم العديد من الطرق في الجزر والبحر الأيوني. أعرف طرقًا آمنة إلى إسبانيا، وسأعمل على تأمين موانئ صديقة لكم في مصر وتونس والمغرب، موانئ يمكنكم الوثوق بها. إضافة إلى ذلك، سأتعامل مع مرشدين موثوقين في إسبانيا كي أساعدكم على إنقاذ المسلمين هناك».

وأضاف: «صدقني، حتى أن كمال ريس ليس على دراية بمعظم ما أعرفه. يجب أن تعرِّفني عليه حتمًا».

قال خضر: «إذا لم تخدعني، فسوف أساعدك على كل هذا».

وأخرج منديلًا، وأعطاه للفارس، ثم سأله: «ما وظيفتك على متن سفينتكم؟»

ضغط الرجل بالمنديل النظيف على الجرح في جبهته، وقال: «أنا ضابط مدفعية».

خضر: «إذًا أنت الرجل الذي كنت أبحث عنه بالضبط، هل ترى الصدع الذي أحدثته سفينتكم؟ وما زال مهماز سفينتكم عالقًا فيها!»

الفارس: «نعم، لقد تسلَّل أشخاص إلى سفينتكم الكبيرة. كيف يمكنني مساعدتك أيها الشاب التركي؟»

وتابع: «احترس من فتحات المدفع».

ثم نظر الرجل حوله بجنون.

وقال خضر: «لا تبحث هنا عن شيء عبثًا، كرات المدفعية موجودة بين عمود غراندي وعمود الميزان في السفينة، ما لم تحسب النطاق الأولي لمدفع كولومبورن الطويل».

سأله الفارس: «هل تقصد كراتنا؟»

أجابه خضر: «نعم، يبدو أن الفتحات في جانب القوس قد تحطمت. يجب أن تكون جميع الفرق القتالية على ظهر السفينة».

قال الفارس: «كذلك بالضبط».

ثم خلع خوذته وجمع شعره الملبد المتدلي إلى الأسفل، فظهرت الندبة على جبهته، وسأل: «هل هذا ما أردت أن تعرفه؟»

ردَّ خضر: «من أي فتحة يجب أن أدخل إلى سفينتكم، كي أُلحق بها أكبر قدر من الضرر؟»

أجابه: «إذا وصلت إلى مستودع الأسلحة، ستتمكن من ذلك بالطبع، لكنه في الطابق السفلي. يبدو أن قسم الذخيرة المدفعية أصبح فارغًا بالكامل الآن. أيًا كانت الطريقة التي ستدخل بها، ما عليك سوى الخروج إلى الممر والنزول إلى الطابق السفلي».

قال خضر: «سنفعل ذلك معًا».

اتسعت عينا الرجل، وقال: «ماذا سنفعل؟»

خضر: «لا تسألني أي سؤال، ستبقى حيًّا إذا ساعدتني، وإلَّا فإنك تعرف ما الذي سيحدث. الآن املأ هذا المسدس على خصرك، وليكن الفتيل طويلًا، أشعله وأعطني إياه».

سأل الفارس من جديد، وهو يضغط الرصاصة والبارود بقوة: «ما الذي يدور في ذهنك يا فتى؟»

خضر: «لا تقل لي فتى، اسمي خضر... سنتأرجح بحبل الخطاف الذي تراه».

الفارس: «أنا مصاب يا فتى، أعني يا خضر... ضربني أحد مقاتليكم بوحشية وكاد أن يمزق كتفي، ولولا درعي لكنت قد قُطِّعت إلى قسمين».

مد خضر سيفه نحو حلق الرجل، وقال: «إذا تصرفت بما يناسب الحياة التي اخترتها فإنك ستعيش طويلًا».

ذَهُل الفارس، ووضع البارود من فم المسدس وأشعل الفتيل، وسأل: «بالله عليك، كم عمرك يا فتـ... خضر؟»

خضر: «توقف عن الهراء، وأمسك الحبل».

الفارس: «إذا رأوني معك، سيقتلوننا نحن الاثنين».

خضر: «وإذا لم تساعدني، فسوف أقتلك».

وعمل خضر على تسديد المسدس المحشو نحو الهدف. كان دخان أزرق بطيء يتصاعد من فتيله، وقال: «أقسم بالله أنني لن أنظر إلى دموعك».

الفارس: «هل سبق لك أن قتلت رجلًا يا خضر؟»

نظر خضر في وجه الرجل الأسمر المصاب باهتمام وتصميم، وقال: «تسلق أخي وصديقي المقرب وأحد ضباطنا عبر الحبل وتسللوا إلى الداخل. ستكون مهمتنا أسهل ما دام أنهم فعلوها قبلنا. لن نتسلق، لكن سنتأرجح قليلًا. يمكنك فعل ذلك، وستنجح. لن تتعرض في الداخل للمساءلة، ومن السهل عليك أن تجعلني أبدو كواحد من تلاميذك».

الفارس: «يجب أن أخلع درعي».

خضر: «لا تخلعه، وإن فعلت قد لا يتعرف عليك رجالك».

الفارس: «ماذا تريد مني يا خضر؟ هل تريدني أن أغرق في المياه؟»

خضر: «هيا، اختلِقْ عذرًا آخر».

ووضع المسدس على جبهة الرجل، وقال: «هيا، تجرأ وقل شيئًا آخر. أحتاج إليك وإلى معلوماتك عن البارود في الداخل».

صرخ الفارس: «حسنًا»، وعيناه مغمضتان بإحكام. كان الطرف الجاف من بشرته السمراء قد تغير لونها وكأنه أصيب بكدمات من القلق.

كان الفارس أول من تمسك بالحبل.

قال خضر: «توقف عند الكوة الأولى للسفينة، ولا تحاول الدخول».

سأل الرجل وتعابير الاستغراب ظاهرة على وجهه: «هل أنت متأكد أنني سأعيد الحبل؟»

خضر: «إذا فعلت خلاف ما أقول، سوف أمسك بمهماز سفينتكم وأتسلق لأصل إلى سطحها على أي حال. وصدقني، سوف أجدك. هذا إن لم أفجر رأسك بالمسدس قبل ذلك».

لم ينطق الفارس بكلمة أخرى، وأمسك بالحبل، وثبَّت نفسه بساقيه القصيرتين والقويتين.

في تلك الأثناء، أخذ خضر يتمتم ما حفظه عن العالِم خوجة أحمد يسوي، وقد سمعها على لسان والده وأخيه عدة مرات:

«عندما أسمع أخبار الآخرة، أتركُ الدنيا وأمضي. وعندما أسقطُ في بحر الصالحين، أتركُ الدنيا وأمضي.

الصالحون لم يختاروا الدنيا، ولم يهتموا بها، ولم ينطقوا إلَّا بالحق؛ سأتركُ العالم وأمضي.

ذهب موسى وعمران، لم يبق عرش سليمان، وذهب المعمِّر لقمان؛ سأترك العالم وأمضي.

من اختار الدنيا فهو غير مرتاح، وشكوى العباد الأذكياء، لا تصادق الجاهل؛ سأترك العالم وأمضي.

هذه حكمة بليغة، وليسمع العالم ما أقول، سأترك العالم وأمضي».

وبينما كان خضر يتأرجح فوق الأمواج الزرقاء الداكنة، أصابه دوار، فأغلق عينيه وتمسك بالحبل بقوة أكبر.

كان الأمر كما لو أُلقي به فجأة، واستغرق وقتًا أطول، وكأنه رُفع إلى السماء من فوق هاوية لا قعر لها. إذ وجد نفسه مع الفارس الإيطالي، بينما كان قلبه يخفق بشدة. عندما لف الفارس ذراعيه حول كتفيه خشية السقوط، قلق خضر من إقدام الرجل على خداعه، وسرعان ما استلَّ المسدس وصوبه إلى بطن الرجل، متجاهلًا الألم الذي أحدثه الفتيل عند خصره، وقال: «انظر، سأنهي الأمر».

قال الرجل بثقة: «تعال معي».

وشق طريقه عبر غطاء كوة السفينة إلى قاذفة مدفع كولومبورن الطويل، التي تقذف الكرات الحديدية. في الظروف العادية، كانت فوهة المدفع صغيرة جدًا بالنسبة لسفينته، لكن لم يواجه الفارس أي مشكلة في الدخول بعد أن طوَّع جسده لذلك. فقد أدت القذائف التي أطلقت من السفينة الكبيرة إلى تحطيم سطح سفينته في بعض أماكنها.

ومع دخول خضر معه، رأى الجثث والأمواج تتقاذفها على السطح المغمور بالماء حتى الركبتين، وكانت الدماء تسيل من بعض الجثث المقطعة، وتدفق دفقًا من بعضها الآخر. لقد تسببت كرات المدفعية البرونزية والحديدية عند تفجرها في إتلاف الجدران والأرضيات. كانت الحبال الغليظة متصلة بدفة السفينة «ألاباندا» بواسطة أجسام ثقيلة، وملتفة مثل الثعابين في مياه البحر، بعيدًا عن الأسطح المقواة التي انفصلت عنها.

لم يسبق لخضر أن رأى دمارًا بهذا الحجم من قبل، وقال للفارس وهو في حالة ارتباك: «انتظر لحظة، إذا كذبت بشأن الترسانة، فستموت قبلي».

سأل الفارس المخضرم: «أنت لم تر جثة من قبل، أليس كذلك؟»

حاول خضر الحفاظ على موقفه الصارم، وقال: «هذا ليس من شأنك. دعنا نصل إلى الترسانة قبل أن تنتهي الاضطرابات في الأعلى».

الفارس: «إذا حاولت تفجير السفينة فلن ينجو أحد منا يا خضر. وإن أخاك وصديقك على ظهر السفينة أيضًا».

خضر: «لن نفجرها يا أنت، وهل جلبتك معي دون سبب؟ نحن بحاجة إلى انفجار صغير بما يكفي لاختراق الأرضية، وكبير بما يكفي لإنهاء القتال فوق السفينة. يجب أن يكون انفجارًا من شأنه أن يجعل السفينة تغرق في ربع ساعة».

قال الفارس بارتياح واضح وهو يضحك: «حسنًا».

6

تبع خضر الفارس الإيطالي على طول الممر الضيق المضاء بمصابيح الزيت، ممسكًا المسدس على خصره. حين وصلا إلى نهاية السلالم شديدة الانحدار والضيقة المؤدية إلى الطابق السفلي، واجههما ضابط. كان معه اثنان من أفراد الطاقم يحملان صناديق بارود وأخرى فيها قطع معدنية صغيرة.

قال الضابط وملامح وجهه تعبر عن غضبه: «كارلو، هل أنت بخير؟ ماذا تفعل هنا؟ أنت مصاب، ولكني أرى أنك قادر على القتال!»

قال كارلو بصرامة تامة: «هناك مشاكل في تسليم الذخيرة في الأعلى يا غوستافو، كنت قادمًا للتحقق من هذا الأمر».

الضابط: «القبطان لديه أوامر صارمة، أي شخص يكون في وضع يسمح له بالقتال فسيقاتل على متن السفينة، وأنا أقوم بتنظيم عمل الذخائر من مِلْفاف الرفع الأوسط. مهلًا، من هذا الذي معك؟»

ظلَّ خضر مسيطرًا على هدوئه بحضور الضابط الذي كان يرمقه بتعبير قاس.

وقال كارلو: «إنه تركي من الأتراك الذين سجنتُهم».

واقترب غوستافو بثقة قائلًا: «إنه صغير جدًا. أظن أنه أعجمي الفروسية ومبتدئ». ثم انحنى قليلًا إلى الأمام وتمعن بخضر، وقال: «إن عظامه قوية، وكتفاه قويتين. هل سمعت أن هناك برتغاليين في ميناء برينديزي، يقدمون السبائك الذهبية نظير هؤلاء الفتيان؟»

في تلك اللحظة، سمعوا صوت جسم ثقيل يتدحرج على السطح العلوي، واختلطت صيحات الألم والصراخ مع انفجارات القربينة، وكانت السهام والرماح تنهمر بغزارة على السفينة كزخِّ المطر.

قال غوستافو ذو الشارب الرفيع بتعبير طموح: «سقط صاري السفينة».

وأشار إلى خضر وقال: «دعونا نرسل كمال ريس إلى الجحيم، وسنأخذ العديد من الحملان الصغيرة من الموانئ التركية، كهذا طبعًا. البرتغاليون لديهم شركاء من البربر لدرجة أنهم جميعًا يحبون أن يكون لديهم عبيد من الشباب الأتراك».

اهتزت السفينة، وسمع صوت شخص يجري على سطحها العلوي، ثم جاء صوت مدوٍ من البحر أو من الأعلى، تبعه صوت هدير غريب. للحظة، أحس خضر بأن لسانه التوى داخل حلقه.

قال غوستافو: «هناك أحد في الماء، أحد كان يتابعنا منذ أن كنا في ميناء كافالا».

عندها رفع خضر المسدس الذي كان يحمله خلفه.

اختلطت تعابير غوستافو الغريبة بين الضحك والبكاء، غير مصدق ما يجري. وكان عقل خضر متعلقًا بالصوت الغريب الذي سمعوه للتو، وليس بصوت المسدس الذي في يده وقال: «هذا الصوت... هذا الصوت، لقد سمعته منذ سنوات في البحر الأدرياتيكي أيضًا. كانت ليلة من الليالي المعتمة في البحر».

تقدم خضر خطوة إلى الأمام، وأراد أن يكون الضابط على علم بما سيحدث له.

قال غوستافو بعد ذلك، وقد اتسعت عيناه الكبيرتان من الدهشة: «هذا الشخص... هذا الشخص في حوزته مسدس!»

عاد كارلو إلى خضر، وتأوه عبر شفتيه الممدودتين، وقال: «تراجع عن ذلك يا خضر».

لكن خضرًا أطلق النار على غوستافو، وضربه بين حاجبيه، وقد تركت مقذوفة المسدس علامة سوداء على جدار السفينة الذي اصطدمت به، وانبعث من فوهته ضوء أبيض أقوى من ضوء المصابيح في الممر، فأبهر بصر خضر.

وبعد أن هبط غوستافو السلالم، انبعث دخان كثيف من البارود سبب الضيق للموجودين في المكان الضيق.

صوَّب خضر السلاح، دون أن يرتجف معصمه القوي، نحو أحد مرافقي الربان الذي سقط على الأرض، وصرخ في وجهه: «هل تريد أن تبقى على قيد الحياة؟»

كان ذلك المرافق يزأر وكأنه ابتلع لسانه، ولمعت عيناه المتضخمتان، بينما كان وجهه ملطخًا بزيت المسدس ودخان البارود. وألقى المرافق الثاني سلة الذخيرة من يده، وصاح قائلًا: «سامحنا يا سيدي، نحن فلاحون بسيطون. لا تقتلونا، وليعش السلطان بايزيد، أمد الله في عمر السلطان بايزيد».

توسل إليه الفارس كارلو، وقال: «لا تلمس هذين الولدين يا خضر، إنهما من فتية فلاحي القرية، وتتعرض عائلاتهم للاضطهاد. يعطون أطفالهم للفرسان مقابل عفو مدة عامين عن أعمال الكدح. ويُشغَّل الفتية ليكونوا إما أفراد طاقم في البحر أو مستخدمين في البر. لا أحد منهم لديه الفرصة للنهوض والتقدم في الحياة ولو خطوة واحدة. يغدو المجند الفتى لديكم

75

رجلًا وقائدًا ووزيرًا، في حين أنهم هنا أُجَراء يكتفون بالبقايا التي يجمعونها عن طاولات الولائم».

سحب خضر النفس الذي كان يحبسه في داخله، لقد كان متوترًا إلى درجة أنه كان باستطاعته أن يضرب بسيفه أي شخص يقابله في طريقه، وتمتم قائلًا: «أنا لست قاسيًا، هل تسمع؟ كأن القيامة تقوم على ظهر السفينة. إذا لزم الأمر، سأجعل الوضع هنا أسوأ بكثير. والآن اِمشِ أمامي».

قال أحد أفراد الطاقم بصوت باكٍ: «أيها السيد التركي، هل تعلم ما الصوت الذي سمعناه قبل قليل؟ هل صحيح أن الأتراك يحملون معهم شياطين البحر؟»

أجاب خضر: «لا تصدق كل ما تسمعه».

نزلوا إلى الطابق السفلي بسرعة، وكان الجو في الأسفل رطبًا وباردًا وخانقًا، بعد أن انفتح على خط المياه الآسنة، لكن خضرًا كان يشم رائحة الملح الصخري الحار في الطرف الآخر من الممر. كانوا قريبين من مستودع الأسلحة، وبدؤوا بالسير على طول ممر طويل وضيق، وكان الظلام قاتمًا وخفف من قتامته عدد قليل من شموع المحار الصغيرة.

في تلك اللحظة، استشعر خضر بوجود شيء ثقيل في البحر يحتك بعارضة السفينة، كان يرفع السفينة قليلًا كأنه يزنها، ثم يتركها. هل يمكن أن يكون الأخطبوط الوحش المذكور في قصص الأخطبوط العملاق التي سمعها كثير من الناس؟ أو ربما شيطان البحر الذي كان يتحدث عنه القراصنة!

لم يكن خضر واثقًا مما يجب فعله إذا تعرض لهجوم مفاجئ هنا، وليس هناك طريق آخر سوى المضي قدمًا. بدا مستودع الأسلحة في مرأى منه الآن. إذ يوجد في مؤخرة السفينة عنبر كبير جدرانه مبطنة بألواح نحاسية، وكان الباب المعدني الثقيل مفتوحًا للسماح بالدخول والخروج باستمرار.

دفع خضر المجندَيْن من كتفيهما وأدخلهما بسرعة من الباب وهو يراقبهما بطرف عينيه، ثم صرخ قائلًا: «اِدعُوَا ربكما كي يكون أخي حيًا». ثم ركل الفارس بقوة على ظهره أيضًا. ومع أن الرجل تمسك بالمجندَيْن أمامه، فإنهم سقطوا معًا على الترسانة، وانحشروا عند دعامة الباب.

كان كارلو ماهرًا في عمله، فأخذ البرميلين الصغيرين من الترسانة، وحدد نسبة البارود فيهما، وحملهما المجندان إلى القسم الداخلي من السفينة. ثم أشعل الصاعق من الفتيل الأسود بطول عشرة أمتار بواسطة حجر الصوان. كان الفتيل مكونًا من بارود نقي وفتائل القطن المبللة، فاشتعلت فيه النيران على الفور وامتدت بسرعة. في ذلك الوقت لجأ خضر مع الفتيَين إلى إحدى غرف السجن، ودعا ربه قائلًا: «يا إلهي، أنت حسبي، توكلت عليك. ساعدني بحرمة نبيك الكريم». ثم نظر إلى كارلو وطفلي القرية، فسمعهم يتلون دعاء كاثوليكيًا قديمًا ثم انفجرت براميل البارود.

بدأت السفينة تنغمر بالماء سريعًا بعد الانفجار، صرخ الفارس: «يمكننا الهروب من إحدى الفتحات التي دخلناها».

قال خضر: «لقد اخترق البارود السطح، سنغرق بأسرع مما توقعنا».

كان الفارس واثقًا من نفسه، فقال: « لقد أحدثت ضررًا بالحجم الذي تريده، كل من سمع الانفجار سيبدأ بالفعل في مغادرة السفينة. دعنا نذهب ولا نضيع الوقت». كانت المياه تغمر أرجلهم حتى الركب، وانطلق الفارس بسرعة عبر المياه العميقة.

كان خضر يكافح ويبذل قصارى جهده وسط الاحتمالات والمجهول الغامض، ويتذكر شقيقه، ويشعر نحوه بشوق كبير.

ثم تذكر طيف أمه، وأحس من أعماقه بعدم الثبات وبأنه هشّ. بدا له الأمر كأن قلبه قد كُوي ببطء بمكواة ساخنة، وكأن والدته الساكنة في قلبه

تقول له: «بعد تدمير مأوى الراحة في العالم بالكامل، سيتأسس مأوى السلام والهدوء في الآخرة ويزدهر». لقد تذكر ذلك، يوم قرأ وإياها رواية «ما الحياة؟» لحضرة يوسف الهمداني، وسمعا صبَّ المطر.

سمع صوت الفارس كارلو في ظلمات البهو، وهو يركض وراءهم. في الواقع، توقفت أصوات القتال في الطوابق العليا. لم يكن خضر يدرك أنه يبكي، بل تيقن أنه لم يكن مستعدًا لهذه الفوضى، ولن يكون كذلك؛ فإيمانه العميق يصطدم بالمعاناة المحتملة اصطدامًا عنيفًا، والألم يحفر في أعماقه. كانت هناك سلسلة من الاحتمالات بشأن وفاة شقيقه، وكان هذا الوضع يفك عقدة ركبتيه.

عندما وصل إلى سطح السفينة، حيث توجد المدافع، أدرك أن المياه كانت مرتفعة هناك أيضًا. لم ير الفرسان ولا الفتيان. بدأ يستمع إلى الأصوات القادمة من البحر، لا بد أن الجميع قفزوا في البحر لإنقاذ حياتهم. لقد فكر في الشيء الذي احتك بهيكل السفينة. اقتحم المياه وعاد إلى جناح القاذفات. في تلك اللحظة، أخذته الأمواج الهائجة في الداخل، وبدأ في الانجراف نحو الفتحات المحطمة، وعشرات الجثث تطفو حوله. وأدرك أنه يتعين عليه السباحة والغوص من أحد الشقوق، نظرًا لأن السفينة بدأت في الميلان، ولم يكن يملك الوقت ولا القوة للعودة إلى الوراء أو البحث عن طريقة أفضل.

أخذ نفسًا عميقًا، ونطق بالشهادتين، وغطس في المياه المليئة بالرفات البشرية التي كان يراها في كوابيسه.

الفصل الثالث
في بلد بحري

1

«أغلق نافذتك، واقتحم الدروب،

ولتبق الشوارع خلفك،

فإن كانت الرياح تعرف قيمتك، ستهب أمامك».

نيهان إشِكِر

قرأ خضر كلمات سيد العارفين الشيخ عبد القادر الجيلاني قدس الله سره: «دع المتاعب تزُرْك، افتح لها الدروب، لا توقفها، ولا تخف من ذهابها أو مجيئها. نارها ليست أكبر من نار جهنم».

وتابع القراءة: «ما ليس بين يديك، إما لك أو لشخص آخر. إذا كان لك فإنه سيدور ويدور، ثم يعود ويجدك، وسيجرك نحو مصيرك، ويتم اللقاء دون تأخير. وإذا لم يكن لك، فلن تستطيع الحصول عليه، وسيبتعد عنك ويهرب منك...

وعندما تنقطع عن خلق الله وتستغني عنهم، يقول لك أحدهم: أحاطك الله برحمته، أخذ شهواتك من صدرك وخلّصك منها....

وعندما تستغني عن شهواتك ورغباتك، ستسمع صوتًا ينادي مرة أخرى: يا خليل رحمة الله، فلتخرج رغباتك منك، ولتفارقك شهواتك. وعندما لا تبقى إرادة ورغبة في داخلك، سيقول صوت آخر في داخلك: يا من اتخذ

رحمة الله زادًا له، فليحييك الله، ولتكن حيًا. لا يوجد موت بعد تلك الحياة الأبدية، ولا موت مرة أخرى».

خرج خضر من الخيمة الطبية التي نُصبت فوق النفق، وجاء إلى أصدقائه الآخرين المصطفين في بهو مقصورة القبطان، بعد أن ضُمدت جراحه، وأُعطي ملابس جديدة ولامعة، مثل شقيقه عروج وصديقه بيري. وحين رأى خضر جميع أحبائه سعداء من جديد، جلس بهدوء، وهبت نسمات دافئة ولطيفة محملة بالخواطر مع غروب الشمس.

ثم أغلق كمال ريس الكتاب بين يديه وقال بتعبير حزين: «الحمد لله، ها أنا أراكم أمامي يا جنودي بصحة جيدة وبجسد واحد موحد، لكن لدينا إجمالًا ثلاثة وعشرين شهيدًا. لقد سعى العدو بنفسه إلى هذه الآفة، واضطر إلى تحمل عواقبها».

ثم تنهد بعمق قائلًا: «لولا عروج وخضر وابن أخي بيري الذين غيروا مسار هذه المعركة، لكان مصيرنا مجهولًا يا أبنائي. بيَّض الله وجوهكم في الدارين يا فتيان. أعطيكم راحة مدتها ثلاثة أيام، كلوا واشربوا واقضوا أوقاتًا ممتعة».

قال خضر: «أيها الرئيس».

فرد كمال ريس قائلًا: «قل لي يا بني».

خضر: «كان هناك فارس ساعدني داخل السفينة، اسمه كارلو».

الرئيس: «تمكنا من جمع شهدائنا فقط، من بين كل الأنقاض والجثث يا خضر».

خضر: «ربما أُخذ على متن إحدى سفننا التي أخذت الجرحى».

كان كمال ريس ينظر إلى سفن العدو التي أخذوها على أنها قطع غيار لهم.

الرئيس: «عندما تجد نفسك جاهزًا، قم بجولة على السفن ودقق فيها».

قال خضر وهو يرتجف: «الدم يأخذ لونًا مختلفًا في البحر أيها الرئيس. لقد رأيته، شاهدتُه بأم عيني».

هزَّ كمال ريس رأسه بتعبير حزين ومتفهم، وقال: «على عمق أذرع، يتحول الدم إلى اللون الأخضر يا بني. يعمل الماء أولًا على تصفية ألوان الضوء القادم من السطح ثم يبتلعه بقوة. الأحمر هو أول لون يختفي في البحر، ويمكن أن يصل اللون الأخضر في مكان أعمق. لكن صائدي الإسفنج واللؤلؤ يقولون إن اللون الأخضر يختفي في الأعماق السحيقة، ويبقى اللون الأزرق، ثم يظهر الدم أسود».

* * *

أغريبوز (وابية) - يوليو 1488م

وفقا لإحدى الروايات، أوحى الله -سبحانه وتعالى- إلى عُزَير عليه السلام قائلًا: «يا عُزَيرُ، إن أصابَتكَ مُصيبَةٌ فلا تَشكُني إلى خَلقي، فقد أصابَني مِنكَ مَصائبُ كَثيرَةٌ ولم أشكُكَ إلى مَلائكتي. يا عُزَيرُ، اعصِني بقَدرِ طاقَتِكَ على عَذابي، وسَلْني حَوائجَكَ على مِقدارِ عَمَلِكَ، ولا تأمَنْ مَكري حتى تَدخُلَ جَنَّتي».

من كان قلبه محجوبًا فلأنه مشغول بالفساد، ومن تبع لسانه قلبه، فيكون مثل بقية أعضائه مشغول بالفساد. حين يحدث ذلك يكون الشيطان قد تقصد إيمان الإنسان، ليخرج من لسانه كلام الكفر. وهكذا، تختفي كل الأعمال الصالحة التي يقوم بها...

وعندما ألقوا بإبراهيم في النار، جاء الملاك المسؤول عن المياه أولًا، وقال: «يا إبراهيم، إذا أردت فإني سأطفئ النار على الفور». ثم جاء ملاك

الريح وقال: «يا إبراهيم، إذا أردت، يمكنني أن أبدد كل النار في الهواء». فقال لهما إبراهيم: «أما إليك فلا حاجة لي، لأن حاجتي إلى الله، فهو ربي».

كان خضر ريس البالغ من العمر اثنين وعشرين عامًا يقرأ كتاب «أنوار العاشقين» للشيخ أحمد بيجان يازيجي أوغلو، أغلقه عند اقتراب أذان الظهر. تهيَّأ لمغادرة منزله المتواضع المكون من طابق واحد في الميناء للتوجه إلى المسجد، فجأة ظهر ولي أمره وصديقه القديم عَزَب إسماعيل آغا عند العتبة.

كان عزب إسماعيل يبلغ من العمر 33 عامًا، مولود في تيكيرداغ، وأنقذه خضر ذات مرة من زنزانته بعد رجاء خاص من كمال ريس، ولم يفترقا منذ ذلك الحين. وقال بهدوء: «لدي أخبار يا ريس».

خضر: «عساه خيرًا يا إسماعيل، بما أنك أتيت قبل الصلاة فالأمر ضروري وعاجل، هل يتعلق بالتحميل؟»

نظر إسماعيل إلى السماء الزرقاء العميقة الصافية، وكانت قطرات العرق تلمع على جبينه. لكن تعابير وجهه المألوف ملأت قلب رفيقه خضر بمشاعر سيئة، فسأله خضر: «قل لي يا أخي، فأنت بمثابة أخ لي، قيل لنا إن الحمولة من زيت الزيتون والشبَّة والصابون. لدي بالفعل نسخة من قائمة الشحن. إنه عمل روتيني بالنسبة لنا، ولن نعمل بثمن بخس في المرة القادمة».

إسماعيل: «أيها الرئيس خضر، لا مشكلة في التحميل»، ثم ساد الصمت.

خضر: «قل يا إسماعيل آغا، هل لديك مشكلة؟»

إسماعيل: «عروج...».

فجأة، هبط قلب خضر في صدره، ولكنه ما لبث أن عاد إلى طبيعته، وقال: «ماذا؟ ماذا حدث لعروج ريس؟»

إسماعيل: «نصبت بعثة رودس كمينًا لرئيسنا عروج قبالة ساحل طرابلس».

تسارعت ضربات قلبه داخل قفصه الصدري بقوة هذه المرة، كما لو أنه خرج من سباق جري طويل، وهذا ما حصل معه عند وفاة والدته المفاجئة، ثم قال: «أولًا وقبل كل شيء، هل هو على قيد الحياة؟»

إسماعيل: «إنه حي، ولكنه وقع أسيرًا».

خضر: «ماذا عن شقيقي إلياس، أصغرنا؟»

خفت صوت إسماعيل فجأة، وتحركت شفتاه، لكنه لم يستطع التكلم.

خضر: «لا يا إسماعيل... لا تقل ذلك!»

إسماعيل: «إلياس... لقد استشهد بطلنا إلياس أيها الرئيس. حارب ببسالة حتى لفظ أنفاسه الأخيرة، كانت ضربة رمح غادرة أصابته في ظهره، رحمه الله».

لم يستطع خضر سماع الجزء الأخير من كلام إسماعيل. كان فقدان شقيقه، البالغ من العمر ثمانية عشر عامًا، يعني قطع أحد أهم الأوردة التي كانت تربطه بالحياة فجأة وبلا هوادة.

وسأل دون أن يفتح عينيه المغمضتين: «من الذي جاء بالأخبار؟»

إسماعيل: «أتانا بها صبري آغا، والشاب سلمان ريس، أحد رفاق عروج ريس».

لم يقل خضر أكثر من ذلك. وفي الدقائق الأولى من الأذان خرج من المنزل، ومشى إلى المسجد كأنه يتهرب من الناس.

2

أما أمير ساروخان والحامي الأبرز للبحارة الأتراك، شاه زاده كركود بن بايزيد، فقد سمع عن شجاعة المقاتلين والخدمات المتميزة التي أظهروها مع كمال ريس، فأمر ببناء سفينة ضخمة رائعة من دخله الخاص.

في السنوات الست الأخيرة، كان الأخوان خضر وعروج بعيدَين عن القتال، وكانا يحاولان تطوير تجارتهما والاهتمام بالأعمال الخيرية، وفي بعض الأحيان كانا ينضمان إلى أسطول كمال ريس لمساعدة المسلمين الأندلسيين.

كان طريق عروج التجاري يتمركز في طرابلس والشام والإسكندرية وتونس، وكان طريق خضر باتجاه شمال بحر الجزر، أي فوتشا، وسلانيك، وأغريبوز. وقد زادت قوة الأخوين من نفوذهما المستمر ودعمهما لكمال ريس وقراصنته المشهورين. وكان العالم يعرف أن هناك قوة جبارة وراءهما، وهي قوة شاه زاد كوركود.

ومما يُذكر فقد لعب التقارب الفعلي الكبير الذي أقامه عروج ريس مع القادة المحليين في شمال إفريقيا دورًا مهمًا في إيجاد ملاذ آمن وسوق جيدة لسلعه، وكان سلوكه الأبوي والودي وعدم قبوله بالتفاوض السري موضع تقدير. كان معيار صدقه وإحسانه وتقواه أهم مما كان يتخيل في إرساء الأمن. وكان يعامل المعادين للمسلمين بقسوة، ويتجاهل الأخطاء والعيوب التي يرتكبها ضده إخوانه في الدين تقريبًا. كانت جهوده لخلق وظائف للاجئين على وجه الخصوص مدهشة.

في فترة حكم السلطان المملوكي قايتباي، وجد القطن المصري منطقة إنتاج وتوزيع قوية مثله مثل قطن الأناضول. وثمَّن السلطان جهود عروج ريس، ولم يتركها دون مقابل، ناهيك عن دعواته للمسلمين المضطهدين الذين وجدوا عملًا.

وبهذه الطريقة، لم يواجه المنفيون الأندلسيون صعوبة كبيرة في التكيف مع حياتهم الجديدة كما كانوا يخشون.

* * *

وفقًا لمؤرخين مثل لوبيز دي جومارا، وأنطونيو دي سوسا، وبروندیسیا دي ساندوفال، الذين خلقوا صورة سلبية تمامًا عن الأتراك والأخوة بربروس

في أذهان الغربيين، كان خضر ريس بنظرهم يمشي على خطى شقيقه في كل تلك الأمور.

ولكن كان خضر يعطي الأمان لأصدقائه المسلمين وغير المسلمين، وكان قاسيًا على أعداء الحق والعدل، لأنه لم يكن يتصور الواقع خلاف ذلك. ولا يحكم دون أن يعرف أصل الأمر، ويظهر مواقف أرحم من مواقف أخيه الأكبر.

***

ووفقًا لشرح كتاب «بربروسا» للكاتب برودينسيو دي ساندوفال، في النسخة المحفوظة في جامعة سلمانكا، بذل خضر ريس جهدًا واضحًا لتحصيل مظلمة لشخص غير مسلم لجأ إليه، وكان خضر متأكدًا من أن ذلك الرجل قد تعرض للظلم. ذلك الجهد الخالص والصادق أثار في البداية دهشة كبيرة بين الأتراك، لكنه جنى ثماره في النهاية. وبعد تلك الحادثة التي انتشرت بين شعوب المنطقة صار اسم خضر ملازمًا للعدالة المطلقة.

الشخص غير المسلم لم يُذكر اسمه في التاريخ، لكن خضرًا أراد تسريع آلية العدالة البطيئة في الدولة -بحسب ساندوفال- وأعلن صراحة أنه يدعم غير المسلم الضعيف في العموم. ثم أرسل بضع رسائل متتالية إلى شاه زاد كركود، فسرَّع العملية تمامًا وحوَّلها لصالح أصحاب الحق. ومع أن المدعى عليه كان مسلمًا ثريًا وذا شأن، إلَّا أن نضال خضر دون لجوئه إلى القوة المفرطة ساهم إلى حد كبير في بناء سمعته الحسنة.

لكن ردود فعل خضر المشروعة على الذين أساؤوا إلى اعتداله وتسامحه ثم خانوه بإصرار وتعمد، قد منحَ الغربيين فرصًا لتشويه سمعته، والكتابة بسلبية عنه.

كانت إجابته عن ذلك واضحة للغاية، يقول الجد كركود: «الشفقة على السيئين هي اضطهاد للجيدين، والعفو عن الظالمين ظلمٌ للمظلومين».

تلك الصفات وغيرها جذبت الانتباه إليهما، فقد ظل الأخوان عروج وخضر تحت مراقبة المنظمة الكنسية «الصليب الحديد» لفترة طويلة. وتلك الفترة من شبابهما وما شابها من تهور إلى حد ما، انتهت بتجربة مؤلمة للأسف.

بعد الصلاة، تقبَّل خضر ريس تعازي المصلين في الجامع، وأرسل إسماعيل ليقود السفينة الذي سار بها نحو الشاطئ الصخري، وكان معه صبري آغا، وسلمان ريس، اللذين جلبا الأخبار السيئة.

كان سلمان ريس يمسك شاربه المنجلي، ويتذمر من حين إلى آخر مع تعبير رهيب يظهر على وجهه الأحمر القاسي: «ما هذا؟ يا له من تطاول! يا رب ارحم رئيسنا، أرواحنا فداء لأشجع رجلين من رجال كمال ريس، خضر وعروج، لكن الأَسر مؤلم جدًا. الأسر يلوي أعناق الرجال. وأحيانًا يترك جروحًا في الروح تدوم مدى الحياة. فيا رب لا تترك عروجًا محزونًا».

قال صبري آغا، وهو ينظر إلى سلمان ريس، الذي يكبر عروجًا ببضع سنوات: «لا تُقلِق خضر ريس يا سلمان».

أجابه سلمان: «كان عروج ريس دائم الحذر، لا بد أنه تعرض للخيانة. لا يوجد تفسير آخر».

كان سلمان ريس ذا ذراعين ضخمتين مخيفتين كوجهه، يحدق في الأفق، فقال: «لم يحددوا مبلغ الفدية حتى الآن، وهذا ما يزعجني حقًا يا آغوات. عند الخروج من المسجد عرض عليَّ المصلون كل ما في أيديهم لدفع الفدية، قلت لهم إننا لسنا بحاجة لذلك في الوقت الحالي»

ثم أضاف: «سيكشفون عن الأمر في النهاية».

خضر: «لكن أخي ذاع صيته يا سلمان آغا، وهو مشهور في تجارته أيضًا. وإذا كانوا على علم بنجاحاته مع كمال ريس فقد يقتلونه! ما زال كمال ريس مع ابن أخيه بيري ريس في ساحل الأندلس، ولو كانا هنا، لوجدا لنا الحل».

صاح سلمان ريس: «نحن شباب، ولم نعد أطفال الأمس. معرفتهم بهوية أخيك لا يعني أنهم سيقتلونه حتمًا، فلا يوجد بينهم شخص واحد يستطيع الإقدام على هكذا فعل أو تحمل تبعاته، إنهم يتطلعون إلى زيادة مبلغ الفدية فقط».

تدخل صبري قائلًا: «يا خضر ريس، ما دام التحميل قد تم دعونا نذهب، لننتقل إلى قلعة مرمريس. هناك شخصان كفئان أعرفهما تركا القرصنة، ويهتمان بتجارتهما فقط».

قال سلمان ريس: «صبري على حق».

رد صبري: «ليكن تحقيق أمن تلك الأماكن من مهامي».

نظر خضر إلى صبري بجدية مفعمة بالأمل، وقال: «هل تقصد الرجلين الذين أسلما وأصبحا مسلمين؟»

صبري: «لا، نحن نحتاج الآن إلى المسيحيين يا ريس».

عبس خضر قائلًا: «لا أمان لأولئك المسيحيين يا صبري، ألا يكفينا عبرةً ما حدث لشاه زاده جيم؟»

قال صبري بنبرة قاسية: «أنت على حق أيها الرئيس. لكن الوضع مختلف، فلا يمكننا زيادة قدرتنا على التفاوض إلَّا عن طريق الأشخاص الذين يعرفون الخاطفين معرفة أفضل».

خضر: «بالنسبة لقوتنا التفاوضية، لا خيار أفضل من ديرمان آغا».

ساد الصمت، ثم قال صبري: «أنت على حق أيها الرئيس».

وسأل سلمان خضر ريس: «من هو ديرمان؟»

أجاب صبري: «تعرفنا عليه أول مرة عندما خرج الأخَوان عروج وخضر مع كمال ريس، لقد ساعدنا كثيرًا أثناء القتال، ثم اعتنق الإسلام».

تتبعت عينا سلمان ريس الموجات المتعرجة الأرجوانية المتمايلة في أشعة شمس الصيف، وقال: «هل تقصد ذلك الفارس القديم كارلو موراتا؟»

صبري: «هو ذاته».

تمتم خضر وهو يقلّب فكرة في رأسه، وقال: «على حد علمي، أنه موجود الآن في مرمريس».

قال سلمان ريس: «أنا أعرفه، لقد غدا مسلمًا مخلصًا ورفيقًا حقيقيًا منذ اليوم الذي فجّر فيه سفينة الروديسيين معك يا خضر ريس، إخوته سعداء به وراضون عنه. إنه مخلص لك جدًا يا خضر».

تنهد خضر تنهيدة عميقة، وقال: «لنذهب إلى مرمريس. من المحتمل أن يكونوا قد حددوا مبلغ الفدية مع وصولنا».

ظهرت على خضر حالة خاصة، وكأنه تنشق رائحة جبال مرمريس المنعشة ممزوجة برائحة الأرض الخضراء. وبشوق غريب تذكر الأمواج التي تضرب جدران قلعة مرمريس والوديان الخضراء المنبسطة في الربيع.

* * *

كان قائد قلعة مرمريس مصلح الدين بك، من هاتاي، من كبار المحاربين القدامى والمشهورين. وبسبب غزو الجزيرة والخدمات التي قدمها بعد ذلك، تلقى خدمات جليلة وخيرات حِسان من يعقوب آغا، ومن أبنائه لاحقًا.

عندما خرج خضر ريس، قوبلت قواته والأسطول التجاري المرافق له بقذائف المدفعية. جاء خضر ريس مع سفينته الخاصة واثنتين من سفن حراسة قره مرسال، بالإضافة إلى اثنتي عشرة سفينة جرارة، ثلاث منها كانت عبارة عن صنادل بحرية، وست منها من قره مرسال، وثلاث من فئة سفن بركندا.

زاره مصلح الدين بك، في مقصورة القبطان، تلك المقصورة الخشبية التي فكّكها الأخَوان عروج وخضر في الصيف، مثلما فعل كمال ريس، واستبدلاها بجدار أبيض، لتصير مثل خيمة أوغوز التي تنصب في السهوب.

كانت جدران الخيمة مطوية، وتُركت ستائر التول المعلقة تتطاير بفعل

رياح البحر الدافئة، وهي تشبه شباك الصيد، إنما عيونها الشبكية شكلت عملًا فنيًا، فقد حيكت بفتحات أوسع لتراعي مقاومة الرياح. وزُخرفت بأصداف البحر والزجاج الملون المعلق. أقمشة التول المزخرفة تلك صارت موضوع إنتاج واسع النطاق، وجرى تسويقها في بورصة.

كان مصلح الدين بك، إنكشاريًا سابقًا ومسؤولًا متمرسًا في منتصف الخمسين من عمره، وكما جرت العادة، قدم تعازيه لخضر ريس ودعا بالنجاة لأخيه.

ثم قرأ بأسلوب لائق الأبيات التالية من رثاء الإمام الشافعي الشهيرة المكتوبة عن واقعة كربلاء، ليبين له أنه يشاركه ألمه:

دَعِ الأَيَّامَ تَفعَلْ ما تَشاءُ وَطِبْ نَفسًا إِذا حَكَمَ القَضاءُ
وَلا تَجزَع لِحادِثَةِ اللَيالي فَما لِحَوادِثِ الدُنيا بَقاءُ
وَلا حُزنٌ يَدومُ ولا سُرورٌ وَلا بُؤسٌ عَلَيكَ ولا رَخاءُ
وَمَن نَزَلَت بِساحَتِهِ المَنايا فَلا أَرضٌ تَقيهِ ولا سَماءُ
وَأَرضُ اللَهِ واسِعَةٌ، وَلَكِن إِذا نَزَلَ القَضا ضاقَ الفَضاء
دَعِ الأَيَّامَ تَغدِرْ كُلَّ حِينٍ فَما يُغني عَنِ المَوتِ الدَواءُ.

3

استمع مصلح الدين بك بصمت إلى مقترحات خضر والقادة الآخرين. ثم أخذ رشفة من شراب الكرز الحامض في كأس من الصنوبر المليء بالثلج، وقال: «يا خضر ريس، عرضك معقول، لكن هؤلاء الرجال لا يستحقون مثل هذه المعاملة الإنسانية. إذا لم نتصرف بسرعة فإنهم سيزيدون سقف طلباتهم ويرفعون الفدية في وقت قصير، سواء عرفوا أخاك أم لم يعرفوه، فالمظهر اللافت والسلوك المميز لأخيك سيحفزهم لفعل ذلك».

قال خضر وتعبيراته العميقة منسوجة بخطوط من الألم: «لا أراها غارة عادية يا بيك. أنا متأكد من أنهم يعرفون من هو أخي، هل تقترح علينا أن نغير على الجزيرة فجأة؟»

قال السيد مصلح الدين: «رأيي مختلف».

عندئذٍ، سمعوا صوت قعقعة أصداف البحر المعلقة على ستائر التول.

ثم قال مصلح الدين بك: «لا يمكننا تنفيذ مهمة على هذا القدر من الأهمية دون كمال ريس. فالغارة شكل خطير من أشكال الهجوم، ويجب تحديد طرق الهجوم والتراجع بعناية، والخيارات المتاحة قليلة. ليس لدي خبرة في هذا الأمر وأنت عديم الخبرة يا خضر ريس. لكن إذا انتظرنا عودة كمال ريس من الأندلس مع ابن أخيه بيري، فسوف نخسر الوقت. وتنظيم هجوم كبير يعني تعريض حياة عروج للخطر، ففي حال واجه العدو صعوبة في صد الهجوم فإنهم سيلجؤون إلى إيذاء عروج ريس».

عبس خضر وتعابير وجهه تدل على عجزه الآني، وقال: «آهٍ... لولا موت محمد الفاتح المفاجئ، لكانت تلك النقطة الأمامية للتحالف الصليبي قد سقطت منذ سنوات. فالخيار الوحيد المتاح لدينا حاليًا هو حملهم على تحديد فدية بأقرب وقت ودفعها، وإذا عينّا شخصًا مألوفًا بالنسبة لهم واستبعدنا أنفسنا، فإن ذلك سيسهل انقضاء الأمر».

مصلح الدين: «لقد ذكرت للتو أنك تفكر في كارلو موراتا يا خضر ريس، لكنه خيار غير دقيق».

خضر: «لماذا؟»

مصلح الدين: «كارلو، الذي صار ديرمان ريس بعد اعتناقه الإسلام، ما زال مشهورًا جدًا بين فرسان رودس، فربما يظهر شخص ويتعرف عليه، حينها تسوء الأحوال».

نظر خضر في وجهي سلمان وصبري غاضبًا، ثم التفت إلى مصلح الدين بك، وقال: «أنت تقول لا لكل ما نقترحه يا بيك، لا يوجد من يدلنا أفضل من كارلو، لقد تغير كثيرًا بمرور السنين، فقد تخلص الفارس من كرشه القبيح، وتحول إلى بطل ناري حين تخلى عن الشرب، وأطاح بالكسل. لقد تخلص من كل آثار حالته السابقة، ومع أنه بلغ الخامسة والثلاثين، لكنه ما زال رشيقًا مثل فتى في الخامسة عشر، إنه مسلم مخلص وصديق جيد. أفصح لنا عن رأيك بوضوح».

مسح مصلح الدين بك العرق عن جبينه المتجعد، وقال: «وجهة نظري أن أذهب إلى الجزيرة شخصيًا لكن متخفيًا».

خضر: «أنت معروف أكثر منا أيها البيك».

مصلح الدين: «اترك الأمر لي يا خضر ريس. سآخذ معي أخانا ديرمان، أي كارلو، وإذا تمكنت من العثور على أحد الجواسيس من قرة توغ، جهاز الاستخبارات في الدولة العثمانية، ويجيد المساومة، فسأركب البحر في غضون يوم أو يومين».

مسّد خضر لحيته النحيلة برفق، وقال: «أنا أعرف شبانًا من قره توغ منذ أيام الطفولة، إنهم رجال مهتمون بالتفاصيل والتنظيم ولا يغفرون الأخطاء، لكنني لم أعمل مع أي منهم في الميدان من قبل. يقولون إن هناك شخصًا أو شخصين من أفراد جهاز قره توغ في كل حامية، لكن لا يعرفهم أحد أبدًا. ومع ذلك، هناك رجل ذو شأن مثلك على تواصل مباشر مع القره توغيين».

مصلح الدين: «لا تقلق بشأن ذلك، فلم يشب شعري من فراغ، إذا رافقَنا أحد من القره توغيين ستكون مهمتنا أسهل مما نتوقع، لأن هؤلاء لديهم أشخاص في أوساط العدو يتعاونون معهم، وشاهدت ذلك عدة مرات».

خضر: «يقول النبي (ﷺ): «اعملوا فكل ميسّر لما خُلق له»».

مصلح الدين: «نعم يا خضر ريس، ويقول العالم يوسف الهمداني: «يرتاح المرء ويهدأ في المكان الذي يجد فيه السلام، وعندما يفقده يضطرب ويكتئب، ومعه يتخلص الناس من الملل ووجع القلب». ويردّد الأنبياء، وهم رواد الطريق الحق، قاعدة عامة للتعرف على الكائنات الحية والحياة: فلان حي بكذا وكذا».

خضر ريس: «إذًا، اتخذ القرار، دعونا نقرر التفاصيل وطريقة التنفيذ فورًا».

* * *

في الواقع، لم يكن من الصعب التكهن بأن خضرًا لن يقول «نعم» عن طيب خاطر لأي عملية تستبعده. ومع ذلك، فإن الذين ركزوا على إنقاذ عروج ريس لم يتوقعوا أبدًا أن يذهب خضر إلى رودوس مع صبري آغا متنكرًا بزي تاجر صغير، فهم ليسوا على دراية بمدى تغير الظروف في الجزيرة.

كان العملاء الكنسيون قد استولوا على أكثر من نصف عناصر أمن الفرسان، وأقاموا شبكة استخبارات واسعة النطاق على الساحل التركي، وبدؤوا في بناء شبكاتهم الدفاعية خارج أراضيهم وأمام أعين عناصر قره توغ الأسطوري.

لقد اكتشفوا هوية عروج ريس بالفعل، وعرفوا جزءًا من الخطة التي سيطبقها خضر ريس وطاقمه، وأُعدّ كمين وفقًا لذلك.

بدا مصلح الدين بك متفاجئًا وقلقًا للغاية عندما رأى خضر ريس أمامه في حانة في المكان الذي نزل فيه، حيث مكث فيها الليلة التي سبقت يوم المزاد في سوق العبيد.

بعد ذلك مباشرة، أعاد تجميع صفوفه، وقال: «أيها الرئيس، مجيئك إلى هنا يجعلك في خطر كبير».

خضر ريس: «أنا هنا لإخراجك يا بيك، علينا إجراء تغييرات في خطتنا».

مصلح الدين: «لله درّك، هل جئت لوحدك؟»

خضر ريس: «صبري آغا معي، إنه هناك على الأريكة».

خفض مصلح الدين بك عينيه الصارمتين، وقال: «لقد شعرنا بوجود شيء خاطئ، كان خطرًا لم نستطع تحديده، إلَّا أننا أحسسنا به. كان ديرمان كارلو ريس، والاستخباراتي سرهات جلبي، يتجولان في محاولة لمعرفة حقيقة الأمر. لذلك نحن تحت المراقبة».

وكان النُزل مليئًا بروائح المشروبات واللحوم المقلية مع البصل، وأوضح خضر قائلًا: «إنهم يعلمون أن أحدًا جاء من أجل عروج، لكنهم لا يعرفون أوصافه. فمن الواضح أن جواسيسهم دخلوا بيننا، ووسط هذا الشر المستطير هنا توصَّلنا إلى أنباء عاجلة ومفيدة كان علينا نقلها إلى دولتنا العليا».

مصلح الدين: «معنى ذلك أن الأمر لن يستغرق وقتًا طويلًا حتى يصلوا إلينا، فإن عدد التجار القادمين إلى مرمريس مضبوط وواضح».

نظر خضر من النافذة المغبَّشة بالبخار، بدا كأن شيئًا لزجًا يزحف على النوافذ، وذلك من ظلمة الشوارع الحارة والمخيفة. ولاحظ أن صاحب الحانة يقترب بذهول، فطلب منه أن يحضر حساء السمك.

ثم قال: «إنهم لا يعرفون حتى الآن كيف سنأتي وإلى أين؟ لهذا السبب ما زالوا مترددين».

مصلح الدين: « كيف علمت كل هذا يا خضر ريس؟»

خضر: «أنت تعلم أن شاه زاده كركود يخصص جزءًا كبيرًا من دخله كل عام، لفدية المسلمين الذين يأسرهم قراصنة رودس».

مصلح الدين: «بلى، أعرف».

خضر: «الحمد لله، إذ يوجد معه أشخاص من قره توغ ما زالوا يعملون بجد، ولم يتعرضوا للفساد أو الارتخاء والتساهل في العمل، فلولاهم لفسد

كيس التين بالمجمل. وما إن علموا أنني كنت في مرمريس، حتى جاؤوا لزيارتي وأبلغوني عن الأحوال. لكنني صدمتُ في الحقيقة من موقف القره توغيين، لقد صُدمت تمامًا لأن الكنيسيين كانوا قادرين على زيادة قوتهم التنظيمية وقدراتهم العملية إلى هذه الدرجة».

نظر مصلح الدين بعناية إلى خضر، الذي كان متنكرًا بزي شاب من نبلاء البندقية، ويتعامل براحة وسيطرة على الموقف، ثم سأله: «هل لديك معلومات لست مطلعًا عليها أيها الرئيس؟ وهل صحيح أنهم رفعوا فدية عروج إلى خمس وعشرين ألف آقجة؟»

خضر: «هل علمتَ ذلك؟ إنه صحيح للأسف».

مصلح الدين: «متى رفعوها إلى هذا الحد؟»

خضر: «في غضون يومين».

وأضاف: «وفقًا لردود الفعل التي سنقدمها خلال المزاد، سيتأكدون من هويتنا يا مصلح الدين بك. وقد علمت أن تنظيم جهاز الاستخبارات قره توغ التابع لشاه زاده كركود، معزول إلى حد كبير عن المركز، وأنه من الضروري إعادة ترتيبه بعد إجراء عملية كبيرة لتطهير الداخل. وضربوا لي أمثلة عن عار وخيانة الجواسيس لدرجة تُذهب العقل. أرى أننا كنا نعيش في حلم يا سيد مصلح الدين. حلم انتهى بوفاة السلطان محمد الفاتح؛ فإما أن نبعث، وإما أن ندفن في مزبلة التاريخ».

4

لماذا رثى مصلح الدين بك جهاز قره توغ بالقول: «آهٍ أيها القره توغيين، لقد أنهكتكم السنون».

كأن أمطار فبراير شديدة البرودة قد تساقطت عليه. ودفع وعاء الأرز الذي أمامه جانبًا، وكانت كلتا قبضتيه مشدودتين، ثم قال: «لو لم تهتز الجبال التي وثقنا بها لما تعرض عروج للغارة، ولما استشهد إلياس الشجاع بهذه الوحشية».

قال خضر: «هذا قضاء الله، وكان أمر الله مفعولًا. كل الأمور تجري بقضاء الله وقدره، ولا تسقط ورقة من الشجر إلا بإذنه. وهنا يأتي دور التوكُل، فقد قال العلماء: «التوكل هو الإيمان بأن الأمور بيد الله، وعدم الاعتماد على العباد».

مصلح الدين: «فما هو الدواء أيها الرئيس؟»

خضر: «هناك تاجر اسمه سانتورلو أوغلو، ولقبه السنتوري، وهو من الأصدقاء المسيحيين القدامى لأخي عروج، رجل جيد من روم الأناضول. والذي يعقوب آغا علَّم أبناءه، وكان له دور فعال في دخول أحدهم الإسلام».

مصلح الدين: «أين يمكن أن نجده الآن؟»

خضر: «لقد تحدثت بالفعل إلى الرجل».

اتسعت عينا مصلح الدين بك بالأمل والإثارة، وقال: «لم يقولوا عبثًا إن العمل لأهله، والسيف لفارسه».

أحضر صاحب النزل حساء السمك الذي طلبه خضر للتو. جفف يديه بالمنشفة التي كانت على كتفه الأيسر، ونظر إليهما وبياض عينيه مائلتان إلى الصُفرة، وسأل: «ألديك أوامر أخرى يا سنيور؟»

خضر: «شكرًا».

ضحك الرجل بعد أن تمتم بكلمات يونانية وإيطالية، وكان فمه يرغي، وقال: «لم أر قط أحد سكان مدينة البندقية يأكل دون كحول، يا سنيور».

قال خضر مشيرًا إلى بطنه: «لسنا مرتاحين. إنها المعدة، لقد أكثرنا من الشرب الليلة الماضية، أظن أن ذاك هو السبب».

ثم أخرج من جعبته دوكات ذهبية وسلمها للرجل، وقال: «جهِّز لي زادًا كي آخذه معي، أريد ماء وجبنًا وفواكه فقط».

وبتعبير ساخر، وكأنه يضحك ويسعل في آن واحد، قال الرجل: «ألا تريد شرابًا».

ابتسم خضر بحنكة، وكأنه سمع نكتة رائعة: «لا شراب أيها الحانوتي».

أجابه: «لدي غرف جميلة للسادة النبلاء أيضًا».

فجأةً، قال خضر بنبرة جادة: «شكرًا أيها الحانوتي. نحن نفضل قضاء هذه الليالي الصيفية الجميلة على قواربنا الرائعة. ألا تعرف ذلك؟»

الحانوتي: «لماذا يا سينيور؟»

ابتسم خضر من جديد، وقال: «لأننا نحمل روح الشعراء».

ثم قرأ أبياتًا من شعر فيرجيل بلهجة رومانية أصيلة:

«فجأة، يئن أينيس، تبرد يداه وقدماه وكأنها الجليد، ويفتح كفيه ويتوجه إلى النجوم صارخًا:

أيها الرجال الشجعان الذين ماتوا على أسوار طروادة العليَّة أمام عيون أعز الناس.

أنت أسعد مني بأربعة أضعاف أو خمسة أضعاف يا ابن تيديوس.

يا أعظم شجعان اليونانيين العظماء.

كنت أتمنى لو كنت قد ضحيت بحياتي في سهل طروادة، كنت أتمنى أن أموت هناك.

حيث سقط ذلك الشرس هيكتور على الأرض بحربة أياكس،

حيث سقطت ساربيدون العظيمة،

حيث تدور جميع التروس والعباءات وكل الجثث العظيمة في مياه النهر، إنه نهر سيمويس».

انحنى الرجل أمام خضر انحناءة إعجاب، وابتعد وهو يكلم نفسه. ظهرت على خضر مظاهر الانتعاش عندما بدأ بتناول الحساء، فقال له مصلح الدين بك ضاحكًا: «لقد خرَّبت عقل الرجل».

أجاب خضر: «تعلم مدى حب التجار الإيطاليين للمال، فقد تفاجأ وارتبك في البداية حين ناولته الذهب كي يجهز لنا زاد الطريق».

ثم سحب مصلح الدين بك أنفاسه بكل راحة بعدما كان يحبسها. ولما رأى خضر أن يدي الرجل ترتعشان قليلًا قال: «على رُسْلك يا بيك. إنك لم تر كل شيء بعد».

أخفى الرجل يديه بطريقة محرجة، وقال: «لا تنظر إليَّ أيها الرئيس، لقد هرمنا، وأنت واصل المسير».

خضر: «سيأخذ السنتوري دور المشتري بدلًا منا، سأسلمه المال شخصيًا الليلة، وسيحاول خفض المبلغ المطلوب، وإلَّا فإنه سيثير الشك حوله. سيحتفظ بالمبلغ المتبقي لنفسه، وذلك لقاء خدماته».

مصلح الدين: «هل أنت متأكد من أنه يمكننا أن نثق بالرجل؟»

هز خضر رأسه ببطء، وقال: «لست متأكدًا».

مصلح الدين: «مهما حدث فأنت رجل عظيم يا خضر ريس... أنتم الإخوة الأربعة أصبحتم فخر الأتراك والعثمانيين والإسلام».

شكر خضر صاحب النزل لأنه لفَّ الزاد بقطعة قماش نظيفة، ثم التهم ما في طبقه بسرعة، وقال بهدوء: «مديحك بحق إخوتي صحيح... حتى أخي إسحق آغا وضع عصاه في ميديللي جانبًا بإذن من والدي، وجهز سفينته بمائة وخمسين مقاتلًا مقدامًا، وثلاثمائة قوس، وخمسة عشر مدفعًا».

سأل البيك بتعبير متفائل: «هل هو آتٍ إلى هنا؟»

خضر: «تلك هي نيته، ولكن سننهي عملنا قبل وصوله بإذن الله، فأنا لست شخصًا مفيدًا يا بيك. تجاهلت ما كان يحدث أمام عيني لسنوات

عديدة، معتقدًا أن الحقيقة ستتجاوزني. هل تعرف لماذا؟ لأنني لم أعتمد على نفسي، وكنت خائفًا من الذل نتيجة ارتكاب الأخطاء، وكنت أتجاهل مشاعري. انظر ماذا حدث الآن؟ اصطادوني عبر الحقائق التي غضضت الطرف عنها، وتعرضتُ مع عائلتي للإذلال، وغدونا في حالة يُرثى لها...».

مصلح الدين: «على رُسْلك أيها الرئيس، أنت مخطئ في تفكيرك، بل كلنا كنا مخطئين. الشعور بالأمان في بحارنا هو أمر طبيعي، أليس كذلك؟ وكنت ما تزال أصغر من أن تمحِّص وتدقق في التغيير والفساد».

ضحك خضر بمرارة، وقال: «كان الإسكندر والقيصر شابين في معاركهما، وكان متى خان، وجنكيز خان، وسيدنا علي والصحابي أبو عبد الله مصعب -رضي الله عنهما-، شبابًا... لكنك تعلم ما الذي أنجزوه في حيواتهم الرائعة؛ كانت إنجازاتهم بمثابة قصص خرافية بالنسبة لي ولمن هم في عمري. لكنها دخلت من أُذن، وخرجت من أخرى».

وتابع بعد أن وضع بأريحية قبعته الفينيسية ذات الحواف العريضة والمكسوة بالريش، وقال: «أتذكر قولًا لشيخنا الشيخ إده بالي أيها البيك، وأعتقد أنني بدأت فهم معناه حديثًا»

التزم مصلح الدين بك الصمت، وبملامح تعبير ساخط، قال: «العالم ليس كبيرًا مثلما يتراءى لك، كل الأسرار غير المنضبطة والمجهولة والمغيَّبة لن تظهر إلا بفضائلك وحميد أخلاقك».

***

قضى خضر ريس الليلة في سفينة البندقية القديمة الراسية قبالة الجزيرة، وكانت جزءًا من أسطوله الخاص.

وكإجراء احترازي، رفعت البندقية علمها، ووضعت جميع الحراس على متن قاربها في حالة تأهب. وكان على مصلح الدين بك أن يعرف

نتيجة المزاد ويعود. وفي الليلة ذاتها أو في صباح اليوم التالي، كانا سينتظران وصول السنتوري الذي أخذ عروج ريس معه، ولم يشعر أي منهما بالراحة طبعًا، لكن أيديهما كانت مقيدة.

بَيد أن مصلح الدين بك لم يأت ليلًا. وكان خضر يحاول الانشغال بالعبادة والصلاة في مهجعه حتى الصباح، إلَّا أنه كان يواجه صعوبة كبيرة في تنظيم الفوضى والانشغال في عقله وقلبه. وبدأ يردد القصيدة القديمة للشاعر الروماني مارتياليس، ويقول:

«اِسحق وأَرعِب من يستحق السحق، عزيزي مارتياليس،

حاول بجد، فالأغنياء يهلكون، ولا يتركون وراءهم أي ألم.

أريد تهدئة عقلي على أرض خصبة، أصدقاء متساوون، لا حسد ولا شجار، لا حُكم ولا حاكم.

أريد حياة خالية من الأمراض، تجتمع فيها المعرفة مع البساطة.

أريد ليالي هادئة غير معقدة، وخالية من الهموم ومن الشراب.

أريد زوجة مخلصة لا تحزن.

أريد أن أنام رغم إغراءات الليل، وقناعتي بما أملك تغلب تفضيلاتي.

أريد حياة لا رغبة فيها بالموت، ولا خوف منه».

في أواخر ساعات الليل الحارة الحالكة، حين قرأ كلامًا لأبي الحسن الخرقاني- تلميذ أبي يزيد البسطامي الكبير- امتلأ قلبه بالثقة، وقال: «راودتْ فكرة نفس أيوب -عليه السلام- ذات يوم، فقال في قرارة نفسه: «لقد صبرت على المصائب بثقة»، فجاءه نداء: «هل أنت صبرت أم منحناك الصبر يا أيوب؟ لو لم نضع ستارة للصبر مع المرض الذي يلامس كل شعرة في جسدك لما استطعت تحمل المرض»».

سجد خضر وقال: «يا رب، ألهمني القوة لأجابه بصبر، وأتحمل ما لا أملك ولا أستطيع تغييره».

عندما طال الانتظار ولم يصل أحد، كان خضر ريس يعتزم الخروج مباشرة بعد وقت الإمساك، لكنه تردد.

* * *

وفقًا لبعض التعليقات التي كتبها كاباسو في الأرشيف التاريخي الإيطالي ومحفوظات الدولة في البندقية في بداية القرن العشرين، كان خضر ريس يردّ بعزم وبراعة تفوقُ عمره وخبرته ضد الفصيل الذي أراد إغراءه عبر فخ مميت، وذلك في العملية التي بدأت بأسر أخيه الكبير واستشهاد أخيه الصغير.

5

مع طلوع شمس اليوم التالي، جاء مصلح الدين بيك غاضبًا وحزينًا وعاجزًا، فقال بصوت مرتجف: «لقد خاننا السنتوري أيها الرئيس. لقد اشترى عروج ريس بأموالنا، وتفاوض على عشرة آلاف آقجة فقط، ونام على ما تبقى من المال. أردنا التدخل، لكن كان علينا الانسحاب على عجل عندما قيل بصوت عالٍ: «خضر ورجاله هنا»».

جمد خضر في مكانه، وكأن ماءً مغليًا قد سكب على رأسه، وردَّ بعبارات التوبيخ والغضب والانتقام، قائلًا: «يا له من نجس، لن أترك فعلته هذه دون رد، سأضيّق عليه ظهر الأرض وباطنها، فلن تهنأ بالعيش أيها السنتوري اللعين».

مصلح الدين: «أيها الرئيس، لقد علم الكنيسيون أنك على تواصل معه».

ذهب خضر إلى حافة سطح السفينة، ونظر إلى البحر، وقال: «ربما كان هذا الوغد يعمل بالفعل لدى الكنسيين منذ مدة، ولم يدرِ أحد بذلك لأن القره توغيين يعيشون في بؤسهم».

مصلح الدين: «اسمع أيها الرئيس».

خضر: «قل أيها البيك. لماذا تتلوى أمامي؟ هل لديك المزيد من الأخبار السيئة؟»

مصلح الدين: «علمنا قبل المزاد أن السنتوري لديه مزرعة صغيرة في رودس».

خضر: «مزرعة؟»

مصلح الدين: «نعم، هذا الرجل أدى أعمالًا كثيرة لصالحنا، لكن لا تتأسف أيها الرئيس».

ردَّ خضر بحزم: «ما كان عليَّ أن أنخرط في هذه العملية دون التأكد من هذه المسألة. على الأرجح سيأخذ عروجًا إلى تلك المزرعة، وسنجد طريقة لنجثم على صدره».

مصلح الدين: «هذا مستحيل أيها الرئيس!»

التفت خضر إلى مصلح الدين بك والألم يعتصره، وغشاوة رمادية على عينيه، وسأله بلباقة: «لِمَ تقول ذلك؟»

مصلح الدين: «حددت المنظمة الكنسية مزرعة السنتوري في رودس قاعدة لها، اعتادوا على إجراء جلسات الاستجواب والتعذيب وحتى الإعدامات هناك».

تمايل خضر يُمنة ويسرة، ممسكًا بسور السفينة، وهمس قائلًا: «ماذا؟... لا يمكن... لا يمكن أبدًا... لا يمكن أن نكون عميانًا، وأن يكون السنتوري جاحدًا وناكرًا للجميل».

مصلح الدين: «عليك بالصبر أيها الرئيس، سيتعامل عروج ريس مع هذا الوضع، ولن يسمح لأحد بأن يؤذيه».

جلس خضر وعيناه تطرفان، وقال: هل تحمدني الآن يا بيك؟ وقعتُ في الوحل، وأحاول الخروج منه. انظر، إذا أردتَ الثناء عليَّ، فانظر إلى حالي الآن».

103

تهرَّب مصلح الدين بك من النظر في عينيه الدامعتين.

عند سور السفينة، تلا خضر دعاء السيد إبراهيم بن الأدهم رضي الله عنه، هذا الدعاء الذي كان يعشقه: «اَللّٰهُمَّ صَلِّ عَلٰى سَيِّدِنَا مُحَمَّدٍ مُفَرِّقِ فِرَقِ الْكُفْرِ وَالطُّغْيَانِ وَمُشَتِّتِ بُغَاتِ جُيُوشِ الْقَرِينِ وَالشَّيْطَانِ وَعَلٰى اٰلِ مُحَمَّدٍ وَسَلِّمْ».

عاد خضر ريس بعد أن مكث في المنطقة بضعة أيام، كانت أشرعة سفينته متلألئة ومحمَّلة برياح قوية من الجهة الشمالية الغربية. وبعد يوم واحد، عند غروب الشمس، قابل أخاه الأكبر إسحق في سفينته المجهزة بالكامل، ورأى والده على متن السفينة أيضًا، فغدا سعيدًا مثل طفل، ولم يستطع إخفاء حزنه.

عانق والده وشقيقه وقبَّل أيديهما، وأقسم اليمين: «من الآن فصاعدًا، سيوجد معنا قباطنة آخرون، سنعيِّنهم على رأس أساطيلنا التجارية، فلا يمكنني التعامل بالتجارة بعد الآن. وصدق من قال: «إذا انكسر الإبريق فلن يبقى الكأس، وإذا ذهب الرأس فلن تبقى القدم واقفة». لقد حان الوقت لاستخدام اللغة التي يفهمها العدو، وذلك لا يمكن تحقيقه إلا عبر القرصنة يا سادة. إما أن أستعيد أخي بأمان، أو سأجعل هؤلاء الرجال يتقيؤون دمًا».

وتابع خضر: «أقسم بالله، من الآن فصاعدًا لن أستمع إلى قلبي حتى أجد أخي عروجًا. كل دولة لها قراصنتها الخاصون، لكن لا أحد منهم يستطيع ملء مقعد كمال ريس، ولن يستطيع. في هذه الأيام عندما يكون شاه زاده جِم على رأس العمل، فإن اليد الخفية للدولة ستدعمنا في كل خطوة كدعمها الدائم لكمال ريس. ولا شك أن شاه زاده كركود سيدعمنا أيضًا. وفي حين يعمل كمال ريس على ضرب الشواطئ البعيدة، سأدك الشواطئ القريبة، وأقسم أنني سأبذل قصارى جهدي كي يعود أخي بأمان. الآن اسمح لي يا أبي بالذهاب، ولا تنْسَنا في دعائك».

كان يعقوب آغا المنهار يفرك لحيته البيضاء التي كانت تهتز كالنجوم. نظر إلى ابنه، وعيناه تلمعان كأنه ينظر إلى الشمس.

ثم قال: «أنت مثل أخيك، شاب مثقف وفاضل وشجاع، وعن طلبك لإذني ونصيحتي يا بني أقول لك: «لسان العاقل من وراء قلبه، فإذا أراد الكلام رجع إلى قلبه، فإن كان له تكلم، وإن كان عليه أمسك، وقلب الجاهل من وراء لسانه، يتكلم بكل ما عرض عليه»».

وأضاف: «هذه الكلمات نقلها الإمام الماوردي من أحاديث النبي (ﷺ) يا بني، تذكرك بالرجوع إلى الله، وأن تكون من أهل التوبة لتنجح في عملك. وعندما سئل العالم ذو النون المصري عن التوبة أجاب: «توبة العوام تكون من الذنوب وتوبة الخواص تكون من الغفلة». أما يحيى بن معاذ فكان يدعو: «إلهي أعلم أن لا سبيل إليك إلا بفضلك، ولا انقطاع عنك إلا بعدلك، إلهي كيف أنساك وليس لي رب سواك؟ إلهي لا أقول لا أعود، لا أعود، لأني أعرف من نفسي نقض العهود. لكني أقول لا أعود، لعلي أموت قبل أن أعود»».

ثم تابع: «نصيحتي الأخيرة يا بني أن تبتعد عن الظلم، لأن الكبار يقولون: «ما من شيء أسرع تدميرًا من الظلم في خراب الأرض وتدهور ضمائر الناس، لأن القسوة لا تتوقف عند حد معين، ولا تنتهي عند نقطة معينة. كل جزء منه له نصيب في فساد الناس، حتى يكتمل الظلم»».

* * *

قبالة ساحل ساموس - مارس 1489م

استيقظ خضر على وقع ليلة عاصفة وجميلة، لم يسبق له أن رأى النجوم تتألق بمثل هذا السطوع من بين الغيوم الرمادية. كانت ركبتاه المثنيتان قد خدرتا لأنه جلس القرفصاء، لكنه ما يزال منتعشًا. وتمتم قائلًا: «لا بد من وجود إعصار حولنا. فالريح قوية، تضرب من اتجاهات مختلفة».

وقف محدقًا بالغيوم المنخفضة بما يكفي لتلامس الأعمدة، وكانت كثافتها مذهلة. كان بإمكانه رؤيتها تتقارب وتتلاحم بسرعة كبيرة مع الرياح المتغيرة، وكأنها تفتح أجنحتها كالطيور. كان الضباب الكثيف يحيط بكل الأجسام الأرضية على الشاطئ القريب، وكان مضاءً بضوء مشبع ببخار غامض يسهل تمييزه.

وعندما رآه عزاب إسماعيل آغا، قال: «نحن نتسلى ونفتح الأشرعة أيها الرئيس، الأشرعة المثبتة على الأعمدة الرافعة جديدة تمامًا، فلا تقلق».

رفع خضر شعره عن عينيه، معاندًا هبوب الرياح المحملة بملح البحر، وقال: «عندما تستقر الرياح اِبدأ في المناورة يا إسماعيل، دعونا لا نتعثر».

عزاب إسماعيل آغا: «أمرك أيها الرئيس، حتى الأسماك نامت في الأعماق في هذه الليلة الغريبة، نحن الوحيدون الذين نتجول بحذر».

خضر: «سنبقى كذلك يا إسماعيل، سوف نستريح وننام نوم الطيور، وبهذه الطريقة سنهاجمهم كالصاعقة. يمكنك الآن إيقاظ صبري والذهاب إلى النوم».

عزاب إسماعيل آغا: «أنا بخير أيها الرئيس، إن وقت العملية قصير جدًا، فلا يمكنني النوم الآن. وقد عمل صبري بجد طوال النهار، فلينم قليلًا ذلك الشجاع».

نظر خضر إلى البحر، وقال: «أنت أدرى يا إسماعيل».

وأضاف: «أحرقنا ثماني سفن حتى الآن. وفجرنا المستودعات التي وجدناها، وأسرنا رجالهم، واغتنمنا ممتلكاتهم. ومع ذلك، لم يرد على أي عرض من عروضنا حتى الآن ذلك الرذيل».

ضحك إسماعيل آغا، وقال: «لا يمكن لذلك السافل أن يُخرج رأسه دون أن يتلقى الأوامر».

خضر: «آه، لو كان القره توغيين في قوتهم السابقة ذاتها، لما تجرأ أي من الأعداء على الإقدام على مثل ذلك الفعل. وليكن، لقد أفسدنا عليهم عملهم، وحولنا بحر الجزر حولهم إلى جهنم. لقد تمكنا من إخراج أخي من الزنزانة أخيرًا... شكرًا لله».

إسماعيل: «أظن أن عروج ريس عمل مجدِّفًا في السفينة».

خضر: «كان ذلك أفضل من أن يرفع الحجارة من الحقل يا إسماعيل، فهو رجل البحار. من يدري ما المحن التي تحمَّلها؟ وكيف تحمَّل ذلك الأسر الخانق!»

إسماعيل: «تمكنا من تبديل مسارنا نحو أربعين مرة للالتفاف على مطاردة العملاء الكنسيين لنا أيها الرئيس، وفعلنا ذلك كي نتسقَّط الأخبار أيضًا. لو لم يكن لدى القره توغيين وحدات استخبارية مختصة، لما علمنا أن عروج ريس كان قريبًا منا».

خضر: «إنهم يفعلون ذلك عن قصد يا إسماعيل، لقد تعاملنا مع عدة أشخاص مهمين في سبيل إنقاذ أخي، وهكذا أخرجناه من الزنزانة. لقد وضعوا عروجًا في سفينة من السفن المعرضة أكثر من غيرها لخطر الهجوم، بذلك كانوا سيتهموننا بالتسبب في العواقب إذا حدث له مكروه أثناء الهجوم».

نظر خضر إلى الساعة الرملية بالقرب من قائد الدفة، وقال: «بقي أمامنا أقل من ساعة على الإمساك، اترك جهاز قياس العمق في الماء وتأكد من عمق التيار وسرعته. لا تدع سرعتنا تتجاوز عشر عقد في دورة الساعة الرملية. ثم حرر المرساة لمنع التأرجح يا إسماعيل».

إسماعيل: «ماذا عن الأعمدة أيها الرئيس؟ هل ستتمسك بخطتك الأصلية؟»

خضر: «لتُقرع الطبول في غضون نصف ساعة، من الضروري بالنسبة لي أن أشرح خطورة الموقف لجنودنا مرة أخرى، وذلك بعد إزالة القوس والصواري».

إسماعيل: «حاضر أيها الرئيس».

6

خاطب خضر ريس بحارته قائلًا: «لقد تكسَّرت أعمدتنا يا إخواني باستثناء عمود غراندي، وجُمعت أشرعتنا، حتى أن لوح التركيب على الزئبق رفع بطريقة تجعله يفتح الأشرعة بشكل مفاجئ. وحتى يومنا هذا، أرى أن كبيرنا هو أخي الأكبر، وصغيرنا أخي الأصغر، وأقراني هم رفاقي. ومع ذلك، سيضعف حكم الإسلام في البحار إن غاب عروج ريس. أما كمال ريس فلن يعيش إلى الأبد، لكن طلابه سيحافظون على سمعته حية عبر فتح فلاندرا عند شواطئ بلاد المسيحيين. اليوم سيجدف رفاقي أكثر من أي وقت مضى، لأنهم يحملون على أكتافهم المسؤولية بكل أثقالها».

وتابع: «سوف تسود سفينتنا، وعلى الرغم من العاصفة سنسلك الطريق الصحيح. ونعتزم إعطاء الانطباع للعدو أن العاصفة خلفت سفينة فارغة ومتداعية ومهجورة. وعلى الأرجح أن قباطنة السنتوري رجال طموحون مثله. بدايةً، سيرغبون في ركوب السفينة وفحصها، ثم سيحاولون أخذها كنسخة احتياطية. لن نصدر أي ضوضاء ولن نفتح أعين العدو علينا، ونحن نثق بربنا. والمركب المصنوع من خشب الدردار، هيكله قوي لا يتزعزع».

هلل جميع أفراد طاقم السفينة وكبَّروا، فأضاف: «بإمكانكم البدء بالعمل الآن أيها الشجعان، عندما تظهر سفينة العدو في الأفق يجب أن يكون الجميع مستعدين للقيام بأدوارهم بإخلاص. سدد الله خطاكم يا إخوان».

شرعوا في الانتظار، ومع بزوغ نهار جديد هبت نسمات الريح، وبدأت أمطار خفيفة تتساقط فوق البحر كأنها لوحة فضية. لم تكن سفينة السنتوري قد ظهرت بعد، لكن الطاقم بأكمله صامت ينتظر، وكأن القضية مسألة شخصية تخص الطاقم بأكمله، من الأفراد إلى القادة.

مد خضر يده ولامس كتف لاز صبري، وقال: «أترى يا صبري آغا، رغم الريح فقد أحاط المطر البحر بهالة صفراء ضبابية. كأننا محاصرون في فانوس زجاجي. وإذا خفتت الرياح فإن الضباب سيزداد كثافة».

صبري: «بلى أيها الرئيس، إذا زاد الضباب فلا يتعين علينا انتظارهم حتى يخدعونا، يمكننا الهجوم على الفور».

خضر: «إنك على حق، كل ارتباك في الحياة له مفتاح سري للتكيف معه يا صبري، ما نحتاجه لنكون قادرين على الشعور به والتعمق فيه أكثر هو الهدوء. هل تدرك كيف سقطت الحجارة في مكانها؟ قال السلطان محمد الفاتح: «الشجاعة ضرورية في القتال». ومع اقترابنا من هذه الحقيقة أي الشجاعة الصادقة التي تحدث عنها السلطان -رحمه الله- فإن يدًا سرية ستسهل مهمتنا أكثر».

همس صبري قائلًا: «لا أستطيع فهم مثل هذه الأشياء الدقيقة يا خضر ريس».
ثم أمسك منجله، وقال: «هذه هي اللغة التي أفهمها، وسأتحدث مع القراصنة بهذه اللغة. وإن سألتني لماذا، فأجيبك بأن السلاح الحاد هو الحكمة الوحيدة التي تليق بقلب الظالم وروحه».

ثم التفت نحو إسماعيل وقال له: «الويل لعدوك يا إسماعيل، والحمد لله العلي الأعلى أننا معك في نفس الصف».

تبادل الصديقان القديمان الابتسام باعتزاز، ومرت حوالي ساعة، عندما صرخ الحارس في منطقة غراندي، وكان خضر ريس على وشك أن يفقد الأمل: «السفينة التجارية تقترب من الجنوب الغربي... إنها تبحر في منتصف طريقنا... الريح مترددة في هبوبها... والعدو يسير في مساره دون تردد...».

صاح خضر على الفور: «ارفعوا الحديد من المؤخرة. حرّر مرساة القوس، وليكن المجدِّفون جاهزين في أماكنهم أسفل السكة مثلما كنا نعمل

109

من قبل. سنطلق المدافع من خلف المنافذ، لذلك يجب أن يبقى أفراد الطاقم متيقظين وفي حالة تأهب لأي حوادث طارئة. قل لحاملي البنادق أن يكونوا جاهزين للإطلاق عندما يكون العدو على بعد ربع ميل. حذار، لن تطلق المدفعية والبنادق ذخيرتها حتى لحظة الاشتباك والاصطدام. يجب ألَّا يشك العدو بنا... لا تخجلنا يا رب...».

***

وفقًا للمؤلف سفاتوبلوك سوتشيك، في كتابه «صعود الإخوة بربروس في شمال إفريقيا»، ووفقًا لأطروحة كتبها لاديسلاف أليس، من الجمعية التاريخية في جامعة براغ، فقد كان لأسر عروج آثار ثنائية الاتجاه وسريعة في شقيقه خضر، تمثل الأثر الأول بغضبه الذي كسر هدوءه، والثاني كان بتعاطفه وكرمه اللذين تأججا نتيجة ندمه.

في تلك الليلة، عندما اقتربت السفينة التجارية ببطء، وكان أخوه من بحارتها، وكانت سفينته تنجرف مع الأمواج في الظلام، زأر من قوس سفينته التي تبدو وكأنها حطام: «أيها المجدِّفون... جهزوا أنفسكم».

ترك المجدِّفون مجاديفهم على الفور، وشرع بعضهم في تجهيز الأسلحة النارية وإشعال صماماتها بسرعة.

صرخ خضر: «أيها الرفاق، لقد زاد الضباب من ثقله، والحكمة ضالة المؤمن، سنقاتل ضد الطغاة الجبناء. لنستسمح من بعضنا بعضًا».

فنادى الكل بصوت واحد: «مُسامَح... مُسامَح».

خضر: «وأنا أقول لكم مُسامَح. لنبدأ غزوتنا في سبيل الله، ونلقن المسيحيين درسًا قاسيًا... الله أكبر، ﴿سُبۡحَٰنَ ٱلَّذِي سَخَّرَ لَنَا هَٰذَا وَمَا كُنَّا لَهُۥ مُقۡرِنِينَ ١٣ وَإِنَّآ إِلَىٰ رَبِّنَا لَمُنقَلِبُونَ﴾ [سورة الزخرف: الآية 13-14]».

المجدِّفون كانوا غاضبين من أعماق قلوبهم، وكأنهم نقلوا ذلك الغضب من قلوبهم إلى أكتافهم والعضلات التي تجدف، وبدا كأن السفينة تكاد

أن تطير. اقتربت سفينتهم المظللة بالضباب الأصفر بسرعة نحو الجناح العالي لسفينة العدو، من دون أن يلاحظ العدو أنها على بعد ربع ميل منه. كانت سفينة خضر الصغيرة تدنو من سفينة العدو الشراعية، التي كانت تتقدم في مسارها، عابرة الموج ومدفوعة بكل ثقلها.

رعدت السماء بشدة وتصدع هيكل السفينة، ووفقًا لحسابات خضر ريس، فإن سرعة التيار وطول الموجة تغلبتا على قوة الرياح فأفقدتها استقرارها مرة أخرى، وصارت سفينة خضر الصغيرة إلى ميمنة سفينة العدو، بمساعدة المجدِّفين الماهرين. في تلك الأثناء، أطلقت المدفعية التركية أولى طلقاتها فوق خط مياه العدو مباشرة. واشتدت قطرات الماء الصفراء مع تصاعد البرق. وتفاجأ العدو بالهجوم على حين غرة من قبل الشجعان الأتراك، وصارت ألسنة اللهب تتصاعد من سفينته.

زأر خضر أمام القبطان، وقال: «اتركوا المراسي... أما جنود الاعتراض، فارموا الحبال الخاطفة».

بدأ الفرسان الشجعان رمي الحبال إلى سفينة العدو التي كانت تعلوهم بخمسة أذرع على الأقل، وعلت أصوات التكبير في كل مكان. صعد نحو خمسين جنديًا إلى سطح سفينة العدو في غمضة عين تقريبًا. ونال الضعف من السفينة الشراعية، لكن قبطانها الماهر حاول أن يناور الشجعان وقد ساعده اتجاه الريح على ذلك، وحاول التخلص من سفينة خضر عبر ضربها بهيكل سفينته الثقيلة.

كان خضر من بين الذين صعدوا إلى سطح سفينة العدو مع المجموعة الثانية، وكان حريصًا على العثور على أخيه. تخلى عن القيادة والخدمات في السفينة إلى صبري وجنود البحارة، ولقبهم اللاوند، الموجودين تحت قيادته، متجاهلًا الاعتراضات الموجهة إليه.

هرب المئات من المرتزقة واثنا عشر شخصًا من جناح الحرس الرئيسي في السفينة، وهم من العملاء الكنسيين الذين يعدُّون خط الدفاع لدى العدو. ولاذوا بالفرار حين رأوا الجنود الأتراك على ظهر السفينة ينتشرون بسرعة وفق تشكيل تكتيكي، ويتجهون نحو غرفة قبطان السفينة والطوابق السفلية. ولا يبدو أن خضرًا قد هاجمهم وهم غير مدركين، إذ إنهم لم يكونوا في حالة سكر على الأقل.

فجأة نُفخت الأبواق، وبدأت الطبول تُقرع في الجزء غير المرئي من السفينة. كان المجدِّفون من الرقيق، ويسمون الفورسا، في الأسفل قد بدؤوا بالفعل في مد المجاديف. لكن، هل سيأخذون ما يحتاجونه؟ كان الأمر موضع شك. سرعان ما بدأ خضر وجنوده بالاستيلاء على المواقع الدفاعية الرئيسية للعدو.

وفي ذلك اليوم الممطر والضبابي بدا المهاجمون مضيئين ومخيفين ومرعبين، مثل مخلوقات فضائية نزلت من طبقات السماء المظلمة. لكن موقف العملاء الكنسيين وضع حدًا مطلقًا لانشغال المرتزقة بحياتهم أولًا، وباشروا بخوض عمليات الدفاع في الجزء الأمامي من السفينة وشن هجوم مضاد.

* * *

وفقًا للمؤرخ النابولي الإيطالي المعاصر جيكو سيرجيو بوكياردو، في كتابه «تاريخ الاختراع»، ذكر أن الإيطاليين قاتلوا ضد الأتراك ببسالة في ذلك اليوم. وفي الواقع، كان هناك محارب شديد من صقلية اسمه ماركونيتي، وقد وقع خضر ريس في مواقف صعبة أمامه، وفقد سيفه وقفز في البحر وهرب. وعلى عكس المصادر الزائفة التي تشوه الحقائق، مثل لوبيز دي جومارا، وأنطونيو دي سوسا، وبروندیسیا دي ساندوفال، فقد كان خضر ريس الشاب أول من وصل إلى مقدمة باب سطح السفينة، وسل سيفه في وجه العدو.

وفي شروحات أكسفورد من عام 1897، وفي ترجمة سيد مرادي لكتاب «غزوات خير الدين باشا»، وفي كتاب «تاريخ عروج وخير الدين، مؤسِّسا الوصاية في الجزائر» بقلم الكاتبين ألكسندر رانج، وفيرديناند دينيس، توجد إشارات عديدة إلى كيفية تصرف خضر ريس الشجاع في ذلك اليوم.

7

كان خضر يلهث من شدة اندفاعه وغضبه، حتى وصل إلى باب سطح السفينة. كان ضوء النهار الخافت يغطي المحيط كالخيال، وكانت الدفاعات المترددة عن المرتزقة المهاجمين على وشك الانهيار أمام قوة ذراعه الممسكة بالسيف وتصميم تحركاته.

ومع ذلك، كان من الضروري إيقاف الهجوم المضاد الذي بدأ حول الجزء الأمامي من السفينة، والأهم كان تحرك الجنود وصعودهم على متن سفينة العدو بسرعة. لكن خضرًا لم يهدأ، بل بدأ يقلق، فربما كان من المفترض أن يكون الوضع أفضل.

لما وصل إلى مقدمة باب السطح، توقف للحظة ليشهد على انعدام أخلاق ذاك الوغد. هز رأس البندقية المنحنية، أمام ذلك الدامي، وخفضه بحركة حادة من معصمه الرشيق ولفه إلى الداخل، ثم نظر بعيون حادقة إلى البقايا البشرية الملطخة بالدم فوق ألواح الأرضية.

فجأة انفتح الباب أمامه وكأن شيئًا ما انفجر من الداخل، فقد بدأ المرتزقة بالخروج من صحن السفينة ووجدوا أمامهم شابًا جَلِدًا وغاضبًا. وبحسب الشائعات فقد تعرف الجنود على ذلك المحارب على الفور. قفز خضر ورفاقه نحو جنود العدو الذين حاولوا الخروج من الباب، وأخطأ المرتزقة

حين اِعتمدوا على سيوفهم الطويلة، لأنها كانت ثقيلة وغير مجدية في الميدان. ثم بدؤوا في التراجع أمام السيوف القاطعة للأتراك.

أثبتت سيوف «الغدَّارة»، أكثر السيوف قسوة بين السيوف التركية المناسبة للدفاع والهجوم، أنها فعالة للغاية ضد الجنود من حاملي الحراب. وكحلٍّ أخير، تقدم خضر وجنوده بالمناجل وراحوا يضربون بها المرتزقة وهم يحتضنون رماحهم البحرية القصيرة، مما أدى إلى انهيار المقاومة في غضون بضع دقائق عند الباب المؤدي إلى السطح حيث تجمع الجنود البحارة، وعلى الدرج الخلفي. سهَّل تمايل سيوف «الغدَّارة» بين أيدي خضر ورفاقه قطع مقابض الأسلحة الخشبية للعدو مثل الرماح والحراب، وأصبحت غير قابلة للاستخدام بعد أن كانت فعالة الغاية ضد الأسلحة ذات الماسورة الطويلة.

قفز خضر على الدرج وهو يصرخ: «يا أخي... لقد جئتُ يا أخي... اصبر يا أخي!»

كان إسماعيل يحاول البقاء إلى جانب خضر، لأنه رآه يتصرف بعدوانية شديدة وبغير حكمة. وحين نزل الرفيقان من الدرج الضيق، ألقيا بنفسيهما على سطح السفينة، بسبب الدخان الخانق الذي أحدثته النيران.

تفرق الرفيقان على الجهتين بين أكوام المعدات، وكانت الرؤية معدومة، والدخان كثيفًا. فدخان الأسلحة النارية كان من بين أكبر المشكلات في ذلك الزمن، وكان استخدامها في الأماكن المغلقة يعدُّ عقبة رئيسية. أدرك خضر أنه أصيب بألم شديد في ساقه اليسرى، ولم يستطع التنبؤ بأن الضباب في الداخل سيزداد. لكن هذا ما حدث بالفعل.

في البداية، ظن أن الانفجارات كانت صادرة من طلقات مسدس جديد، لكنها بالفعل كانت تأتي من الخارج. ورأى سفينته في وضح النهار، من خلال الثقوب المفتوحة بين أعمدة ميمنة السفينة، فالضوء كان يمر إلى

الداخل عبر حزم ضوئية كبيرة من بين الثقوب. ولمّا رأى السلاسل المكسورة والجثث المتناثرة في صفوف الفورسا في ذلك الجناح، نادى على إسماعيل: «يا إسماعيل... يا إسماعيل، قل لهم أن يكون رميهم تحت مستوى الماء... فهؤلاء الحمقى يضربون منصة الفورسا».

لم يكن خضر متأكدًا من أن إسماعيل قد سمعه، وبعد أن هدأ الطنين في أذنيه حدَّق في الفوضى من حوله، وكان عدد ضحايا بين الفورسا كبيرًا في منطقة الميمنة. نادى على أخيه مرة أخرى، ولكنه لم يتلق إجابة. كان عروج يتحول ببطء إلى الجزء الأشد لمعانًا من حلم قديم وجميل يراوده؛ أصابه الغثيان، وكان الألم يزداد في ساقه التي تفاقم ورمها بسرعة. نادى على أخيه من جديد. وفي تلك اللحظة، خرج أحد الجنود المرتزقة ممسكًا بخنجر في يده الشبيهة بالمخالب، وصوبها إلى حلق خضر.

وحسب الحكايات الشعبية لأهالي ميديللي، فإن خضر نجا من هذه الحركة عن طريق ثني جسده قليلًا إلى الوراء. والسبب في هذه الحركة التي تستند على ثني الركبة ووضع الوزن على الساق اليمنى هو الجرح الموجود في ساقه اليسرى، حتى أدخلت في الرقصات الشعبية المحلية التركية واليونانية بوصفها حركة لطيفة.

وبيده اليسرى، أمسك خضر الجندي من رقبته ورماه، دون أن يستخدم «الغدَّارة»، وكانت سرعة الجندي غير منضبطة، والتقطه في الزاوية الصحيحة، مما أدى في النتيجة إلى تقليل وزن جسده.

لم يجد خضر صعوبة في رمي الجندي لأن ذراعيه قويتان، ومن شدة ضربه للجندي فقد الأخير وعيه. وكانت الكلمة الأخيرة لخنجره الخاص.

***

بعد فترة وجيزة، بدأ جنود اللاوند في الصعود إلى سطح السفينة، مما أخاف الحراس والجنود الروديسيين الذين بدؤوا في التجمع مرة أخرى. شق

خضر طريقه بين الجثث والتجهيزات المهشمة، وقاتل ببسالة وشجاعة دون شفقة جنبًا إلى جنب مع إسماعيل. غضب خضر بعد أن سقط على ركبتيه جراء ضربة تلقاها على ساقه المصابة، لكن غضبه لم يكن على عدوه أو حيال مشاعر الشفقة التي وصلته، بل كان تجاه نفسه. رغم أن جرحه كان ينزف، فقد قفز قفزة الأبطال غاضبًا، ووضع ثقل وزنه عمدًا على ساقه اليسرى، وقلص أهدافه في الهجوم، وقضى على خصمه بضربة واحدة من غدَّارته. انهار الرجل وهو يحدق في أعضائه الممزقة النازفة وجراحه التي امتدت من بطنه إلى حلقه، غير مصدق ما أصابه.

بعد ذلك، انتهت المقاومة في منصة الفورسا تمامًا. اندفع خضر بين الصفوف إلى جانب الجنود الأحياء والمصابين. كان يمسك كل منهم من كتفه ويهزها، ويسأل كل شخص واعٍ عن أخيه عروج، وكان إجابتهم: «نعم، لقد كان هنا، لا يمكنه أن يبتعد، لأننا جميعًا مقيدون بسلاسل من أقدامنا».

قال خضر: «من أي الديار أنتم يا رجال؟»

أجاب رجل عجوز هزيل في عباءته المتسخة، ذو لحية بيضاء: «نحن مسلمون».

لم يستطع خضر أن يصدق ما سمعه: «مسلمون؟ هنا... في مياهنا؟»

قال: «نعم أيها الشاب، معظمنا مغاربة، ويفعلون بنا ذلك عن قصد. في هذه المياه، يستخدمون الفورسا المسلمين نكاية بالعثمانيين».

ردَّ خضر: «جرى الاتفاق على عدم استخدام عمال الجدف الأتراك أبدًا في البحار التركية».

ضحك الرجل العجوز بمرارة، وقال: «أنت طفل طاهر ونقي».

بدأ خضر في فك قيودهم جميعًا، عاضًا على شفتيه، وقال: «أنا خضر، شقيق عروج ريس الشهير الذي كان من مجدِّفي الفورسا هنا. ومن كان منكم

قادرًا على القتال فليأت كي يساعد جنودي على ظهر السفينة. سأعطي كل واحد منكم الفرصة ليكون شهيدًا بشرف، بدلًا من أن تأكلكم الفئران الجائعة وأنتم تجدِّفون».

تقدم نحو ستين شخصًا من الفورسا إلى الأمام، وصرخوا بصوت واحد: «سلمتَ أيها الرئيس».

كان جشع الانتقام قد أشعل نار قوة جديدة في عيني خضر، وهرع الفورسا إلى سطح السفينة بعدما استلموا الأسلحة الاحتياطية المخصصة لرفاق خضر. فتش خضر في أنحاء سطح السفينة، وبحث تحت العوامات المكدسة في الزاوية، وبين الحفارات المجهزة، وخزائن الأدوات المفككة، ومداخن المجارف ومواد صيانتها، ومستلزمات حبال السفينة، وبين حبال البراغو الاحتياطية، وأكياس الصابورة، لكن دون جدوى.

وتمتم قائلًا: «سأجدك يا أخي، سأتبع أثرك في كل بلدة بحرية، وسأجدك بالتأكيد في إحداها».

بعد فترة وجيزة، قال إسماعيل إن هناك أشخاصًا أبحروا من تلال ساموس مع البيريميين.

سأله خضر: «من هؤلاء؟»

قال إسماعيل: «ما زالوا مجهولين أيها الرئيس. يبدو لي أن هؤلاء لهم مآرب أخرى».

خضر: «كيف الوضع على سطح السفينة؟»

إسماعيل: «لقد أرهبنا الأعداء بإذن الله أيها الرئيس، ولكن إذا جاء هؤلاء لمساعدتهم فإنهم سيصعِّبون الأمور علينا».

خضر: «ما الأحوال في سفينتنا؟»

إسماعيل: «بخير حتى الآن، لكن علينا أن نسرع أيها الرئيس».

خضر: «لن أذهب حتى أجد أخي وآخذ هذه السفينة المحملة معي».
صرخ إسماعيل: «يا خضر ريس، إذا لم نتحرك ونذهب فورًا، فسيتعين على إخوتنا العمل على إنقاذنا لاحقًا».
كزَّ خضر على أسنانه، ولحق بإسماعيل خارج السفينة.

الفصل الرابع
شعاع وحيد يمكنني رؤيته

1

«لم تترك صوتًا ولا صدى...
لقد أحيا غيابك فينا من جديد».
علي أونور شن كول

جزيرة ميديللي - أغسطس 1489 م

«أدعو الله كي لا تتهاوى الجبال السوداء، وألَّا تقطع الشجرة الخشنة المظللة، وألَّا يجف الماء المتدفق كالدم القاني، وألَّا تنكسر أطراف أجنحتك، وألَّا يجعلك القادر محتاجًا للتافه، وألَّا تنقطع السبل بمركبتك، وأن يعزف سيفك البتار أفضل الألحان، وألَّا تتقلص ودائعك، وأن يُرزق والدُك ذو اللحية البيضاء الجنةَ، وأن ترقد والدتك ذات الشعر الأبيض بسلام، وألَّا ينكسر رجاؤك من الله، وألَّا يُبعدك عن الإيمان بقضائه وقدره. ودعَونا الله بخمس كلمات، فليقبلها منا، وليتجاوز عن خطايانا، وليغفر لنا ولكم بجاه حبيبه المصطفى».

من يدري عدد المرات التي ردد فيها خضر دعاء الجد كركود هذا، كان يتلو الدعاء من أجل نفسه وأخيه والسلطان بايزيد وابنه شاه زاده كركود اللذين دعموه بقوة، فكان دعاؤه مخصصًا لهؤلاء الثلاثة. قال له أصدقاؤه المقربون ممن قلقوا على حالته: «لم يعد هناك أمل من تلك الغارة، إما أنه قفز

في البحر، أو اختفى في أعماقه بعد أن تلقى ضربة أثناء القتال، أو ربما كانت المعلومات الاستخباراتية التي تلقيناها خداعًا. الآن عليك أن تعتني بحياتك وتساعد كمال ريس من أجل المسلمين المضطهدين، فليس من المناسب لشخص شجاع مثلك أن يتراجع وينغلق ويكون كئيبًا».

لكن وقع الأمر عليه كان صعبًا للغاية. مرت أسابيع وشهور، ولم يكن الزمن له بلسمًا، ولم تهدأ الزوبعة القرمزية في داخله. والغريبُ أنه بدأ ينسى وجه أخيه؛ كانت الخطوط التي حاول توضيحها في عقله تتشابك وتتحول إلى صورة ظليلة غير واضحة، وتتلاشى في مقبرة الذكريات وسط مجموعة من الصور والأوهام. لم يكن قادرًا على قبول الأمر الواقع.

هبت رياح باردة منعشة من تحت ظلال الأشجار، وتدفقت من خلال نافذته. نظر يمنة ويسرة، وتمعن في السحب المليئة بخزانات المياه. فتح كتابًا من كتب الإمام الغزالي ليريح روحه، جاء فيه:

«... إن المودة تضعف آلام الحزن، وفرح المحب بمن يحبه يخفف مشاعر الأذى منه، مثل فرحة شخص تلقى صفعة أو وخزه من أحد أفراد أسرته. فالحب القوي يخلق فرحًا يغطي على الألم الذي فيه».

كان يحدق في البحر من خلف المنحدرات، وكانت هيئته مثل أرض صلبة ورمادية اللون كدرع روماني، يمتد سطحه الساكن في ضوء باهت إلى ما لا نهاية. بينما كان غارقًا في تأملاته، فتح صفحة أخرى من الكتاب عشوائيًا، وقرأ:

يقول بعضهم في محبة الله: «لا فرق بين البلاء والنعمة، لأنها من الله جميعًا». ولقد وصلوا إلى حد القول: «نحن سعداء بما يرضى عنه».

غمر الدفء والراحة قلب خضر، وسكنت أعماقه طمأنينة لم يذق مثلها منذ سنوات، وكانت متوهجة ورائعة. خرج وهو يردد العبارات المشهورة للشاعر الشعبي التركي كايغوسوز أبدال:

«سادتنا يكون بألوان مختلفة
ويأتي إلى الأبدال موسى
ويربط العبادلة بمقبض المنصب
ويأتي إلى الأبدال موسى
أتمنى أن يأتي إلى الأبدال كصديق
إلى منحنانا بالخرقة يأتون
يأتي مرضاهم ويطلبون العلاج
ويأتي إلى الأبدال موسى.
أمسك عليٌّ بذي الفقار وسار في دربه
ولوح بسيفه أمام العِدا
جاؤوا أفواجًا نحو علي
ويأتي إلى الأبدال موسى.
لدي طلب من المولى الكريم
من سر الولي الذي لا يعرف منكرًا
أنا كايكوسوز، انفصلت عن سيدي
وآتي باكيًا إلى الأبدال موسى».

* * *

تبقَّى على أذان الظهر ساعة تقريبًا، وقلب خضر لا يهدأ ولا يدري ماذا يفعل، فسأل هامسًا: «هل من أخبار عن أخي؟»
ثم انتفخت أوداجه وفاض الدم في عروقه، وقال: «دعوني أنزل إلى المرفأ. أظن أن والدي في المطبخ الكبير، يتحدث مع الصيادين. ولا أحد يريد خوض الأمواج في هذا الطقس الصعب».
مشى وسط أشجار الصنوبر المهيبة وأشجار الحور والصفصاف البرية، وعلى طول المسار الترابي لم يغير البحر عند الميناء سطحَه المعتم والأملس ذا المظهر المعدني المعتاد في تلك المواسم. ولكن على بُعد بضع خطوات

من المرفأ، رأى الشمس المطلة من بين الغيوم بحجم العملة المعدنية، وكان قوس قزح الأنيق يمتد من المرفأ إلى مؤخرة الرصيف. فجأةً تذكر أمه وعائلته وكل ملامح طفولته.

كانت قدماه كأنهما لم تلامسا الأرض عند وصوله إلى الميناء، ولفتت انتباهه قعقعة المطارق وآهات الزجاجات على الأرصفة. أدار رأسه نحو المنحدرات للحظة، وكان الأمر يشبه الإحساس بوجود حركة على الرصيف، حيث وضعت المراكب الشراعية للتجارة وصيد الأسماك بترتيبها المعتاد. توجه نحو مطعم الرصيف المزدحم حيث تجمع الصيادون. وعندما رأى القارب الشراعي على الرصيف القريب في الميناء، بدأ نبض قلبه يتسارع ويبطئ بإيقاع غريب. بدا الأمر وكأن جسده قد ثقُل فجأةً، وأصبحت خطواته أثقل.

قال بهدوء: «يا إلهي، لقد أتى هذا القارب محمَّلًا بالأخبار إلى هنا. أعرف ذلك، وأتمنى ألَّا تكون الأخبار سيئة. ومع أنني متشائم دومًا، لكنني متفائل هذه المرة بسماع أخبار جيدة».

اقترب من الباب وإذا به يمد يده إلى الأمام. في البداية تفاجأ بالدموع المنسكبة من عينيه، لكنه نسي وجودها على الفور. فتح الباب الخشبي بلطف. كان الزيت يحترق في الفوانيس الملونة فوق النوافذ مع تلاشي الشفق. رأى حشدًا بالقرب من مطبخ المطعم، ورأى الناس يتجهون نحوه فجأة. وكان في عينيه العجوزين المبتسمتين نظرة شبه سعيدة فيها نشوة وعدم تصديق. وعندما انقطعت الأصوات، تحرك الحشد ببطء وبدأ الازدحام يخف.

أدرك أن شيئًا ما قد تراكم في زوايا قلبه يتعلق بعائلته الكبيرة، وكأنه استقر في حلقه. لقد رأى ظلًا مألوفًا جالسًا على الطاولة أمامه، وبعد أن نظر الظل إليه، قام ومشى نحوه. ذلك الشخص لم يكن والده أو شقيقه إسحق،

لأنهما كانا على الطرف الآخر من الطاولة؛ وأراد خضر أن ينادي ويصرخ، لكنه لم ينجح في ذلك. مشى بصمت، غير قادر على تصديق عينيه اللتين كادتا أن تخرجا من مقلتيها، وألقى بنفسه في أحضان عروج.

وقال: «كيف؟ ومتى أتيت؟»

عروج: «أتيتُ الآن يا خضر، سنعود إلى المنزل معًا. من أخبرك بوصولي؟»

خضر: «لا أحد، لا أحد، لقد شعرتُ بذلك».

عروج: «وأنا قلتُ سيحس خضر بوجودي. سيعلم وسيأتي بالتأكيد».

2

كتب علي رضا سيفي عن الأخوة بربروس كتابه «بارباروس»، وكتب إسكندر فخر الدين سرتيللي كتاب «موت بربروس». ومثلما ورد في التعليقات على ترجمات كتاب «تاريخ المطرقة» لكاتبه أتا بي، فقد كان تأثير نمط الحياة في الأسر في عروج كبيرًا جدًا، وساد حزن كبير على وجهه المتبسم. ففي بعض الأحيان بدا عروج وكأنه شخص آخر، في نظراته تعابير غامضة عن معاناة حقيقية. كان خضر يظن أحيانًا أن أخاه أصبح «شخصًا معلولًا في حياته».

قال عروج في إحدى سهراته مع شقيقه الأصغر: «هناك شيء يتغير مع مرور الوقت، يتسلل إلى لحظات السعادة التي تعيشها في حياتك ويدمرها دون أن تدري كيف! وما أعيشه الآن لا يختلف عن ذلك».

ثم أضاف: «لقد ضربوني كثيرًا يا أخي».

جلسا متقابلين حول الطاولة في غرفة الضيوف في المنزل، فقال عروج: «كانوا يعرفون من أنا، ويحاولون إبقائي على قيد الحياة من أجل الحصول على فدية عالية، ولم يمتنعوا عن التصرف بقسوة. كانوا يراقبونني دائمًا،

ووضعوا مراقبين فوق رأسي من الصباح إلى المساء، ومن المساء حتى الصباح، وكانوا على أهبة الاستعداد على مدار الساعة، تحسبًا لمجيئكم مع القره توغيين».

وأضاف: «كانت نجاحاتك ونجاحات كمال ريس تزعجهم وتؤجج النار في أعماقهم، لكنهم كانوا عاجزين عن فعل أي شيء. اشتروا ذمم بعض القره توغيين ودسوهم بينكم. ومع ذلك، كان يجن جنونهم حين يرون أن خططهم لا تنجح ولا تحقق آمالهم».

وتابع: «منذ نحو ثلاثة أشهر، مرضتُ في منتصف الشتاء يا خضر، وأنت تعلم أنني لم أمرض في حياتي، لكنني لم أستطع أن أقاوم هذه المرة. كانت حرارتي ترتفع بسرعة، وكنت أعاني من ألم مستمر مع أزيز في صدري، وفي الليل كنت أرى كوابيس حافلة بمواقف غريبة. بعض تلك الكوابيس كادت أن تجمد دمي، فقد رأيتُ زلازل مروعة تسببت في انقسام الأرض، وابتلاع مدن ضخمة، وكانت الأعاصير تعصف، والبيوت تغرق بالفيضانات، والبحار ترتفع فوق الجبال...نعم البحار. وتذكرت القارات القديمة التي قيل إن المحيطات قد ابتلعتها. لقد نمت ثلاثة أيام بالإجمال. ولو كنت سجينًا عاديًا أو مُجدِّفًا عاديًا، لكانوا ألقوا بي في البحر فعلًا، لكن بتقدير إلهي، لم يفعلوا ذلك. في نهاية اليوم الثالث، كان جسدي المنهك يتألم، كنت مسكينًا منهكًا من الجوع والبرد والعطش. ورغم إرهاقي، تمكنت في النهاية من استنهاض جسدي يا أخي».

حاول خضر إخفاء حزنه، وقال: «لا تفكر في هذا بعد الآن يا أخي. عودتك كافية وافية، ستمضي هذه الذكريات الأليمة مع مرور الوقت وستتلاشى بإذن الله، وستتخلص من تلك الكوابيس بفضل الله».

واصل عروج حديثه، وقال: «لكنني رأيت حلمًا في منامي في تلك الليلة التي قضيناها قبالة أنطاليا يا خضر، لكنه لم يكن كابوسًا، بل ربما

حلمًا، والحلم رسول الأخبار الجيدة. أخيرًا، رأيت نفسي في منزلنا القديم، وأردت أن أعيش فيه طوال حياتي، لكن غرفتي كانت مثل زنزانة مظلمة ومخيفة. الشيء المثير للاهتمام أن تلك الزنزانة الكئيبة كانت ما تزال غرفتي المحبوبة، لأنها كانت هدية والدي الرائعة التي لا يمكنني أن أنساها، وكان حصاني الخشبي، بطل رواية أحلامي في طفولتي، هناك أيضًا. هل تذكر ذلك الحصان يا خضر؟»

قال خضر ضاحكًا: «أمِن المعقول ألّا أتذكره؟ لقد ركبتُه كثيرًا».

وللخروج من المزاج الكئيب، أشار بيده إلى النادل الذي أعد الطاولة، وبدأ في تقديم الطعام.

وأكمل قائلًا: «ثم استيقظتُ و...». نظر عروج بتوتر إلى النادل وعماله الذين كانوا يحومون مثل النحل من حوله.

فقال خضر: «لا تقلق يا أخي».

عروج: «أنت تعرف وضع القره توغيين يا خضر».

خضر: «لا تفكر في ذلك يا أخي، لم يعد أحد من القره توغيين التابعين لشاه زاده كركود هنا. أكمل كلامك أنت، فمن المؤلم الاستماع إلى أخبارك، لكنني الآن أعيش معك لحظات حلمت بها منذ فترة طويلة جدًا. فلا تقلق، وانسَ كل شيء».

انتبه عروج إلى صوت الأمطار التي تضرب النوافذ، وقال: «أخيرًا، استيقظت على السطح السفلي من السفينة التي كنا نشاهدها في البحر الأبيض المتوسط، وشعرت بتحسن وقوة وباستعداد أكبر مما كنت عليه منذ شهور يا خضر. وبدأت الرياح تهب مسرعة، وعلمتُ أن القارب الذي أبحر لصيد السمك ليلًا لم يعد، وكان الطاقم مع القبطان قد أبحروا لصيد سمك سياف البحر، لكنه اضطر للرسو عند الشاطئ بسبب قوة الرياح المعاكسة.

وتغيَّر مسار سفينتنا واسمها بومبارتا، بسبب الأمواج العاتية والعواصف المتسارعة، ثم بدأت في الانجراف نحو الشعاب المرجانية والصخور القريبة من الشاطئ. كان الطاقم خائفًا خوفًا شديدًا، حتى أن الضابط الأول ومن معه كانوا يكافحون من أجل إبقاء القارب على سطح البحر ومنعه من الغرق. لم تكن جهود الفورسا كافية لمواجهة الأمواج الهائلة التي علت فجأة، لأنهم فقدوا نظامهم».

وتابع: «عرضتُ عليهم المساعدة، وحاولت أن أوضح لهم استحالة الخروج من تلك الفوضى، عبر الاعتماد على حساب اتجاه الرياح وقوة التيار فقط، وقد كانوا قريبين من الشاطئ. كان الضابط الأول أليكساس تيوس رجلًا ذكيًا، ويعرفني جيدًا؛ فجاء صوبي، وفك قيودي، وأوضح لي أن بإمكانه أن يغض الطرف عن بعض الأمور مقابل إنقاذ حياتهم. لم أكن أعرف ما إذا كان عليَّ الوثوق به، لكن لم يكن لدي خيار آخر. توليت المسؤولية وأمرت رجال الفورسا بتثبيت المجادف على جوانب الهيكل، وأشرت إليهم كي يجدفوا وفق إيقاع جناح النسر، وشرحت لهم شرحًا تطبيقيًا بعد أن وجهت رأس السفينة نحو الأمواج. بعد ذلك فتحت ذراع الرافعة عكس الريح، وألقيت مرساة القوس، وأمرتهم بانتظار عودة تيار الأمواج من الشاطئ».

وأكمل عروج: «لقد حسبت وقت وصول التيار وزاويته على فترات منتظمة، والتقطت المرساة بعد أن ظهرت حواف الموجة الأولى عند مؤخرة السفينة، وأمرت رجال الفورسا بمساعدة الشراع بمقدار نصف جدفة، فتعلقوا بمهمتهم بكل طاقتهم. بعدها، أمرت برفع شراع المؤخرة ربع رفعة إلى الأعلى، وغيّرنا اتجاهنا، وصححنا اتجاه القارب».

* * *

شاهد خضر وميضًا براقًا في عيني أخيه الذي عزز تعبيره الصادق،

ورأى الرعشة في ثنايا حاجبيه، وقال: «وافق الكابتن تاسوس على إظهارك بمظهر الهارب؟»

عروج: «نعم، لكن الضابط الثاني كان على استعداد للسماح بذلك سرًا، وكان يظن أنه إذا سمح بالأمر علنًا، فسيصل إلى مسامع القبطان. لذا، أتاح لي فرصة القفز في الماء».

خضر: «في خضم تلك العاصفة، أليس كذلك؟ أي نوع من الخير هذا؟»

عروج: «أرجح أنه ظن أنني لن أكون قادرًا على التعامل مع الموج والتيار على أي حال».

خضر: «هكذا أظهر لك امتنانه إذًا؟ إن توقع المساعدة والشكر من المسيحي لا يجلب إلَّا الكدر».

هز عروج رأسه، وقال: «ظللت مرهقًا لفترة طويلة لأنني لم أتغذَّ جيدًا، لكن النشاط البدني أبقاني على قيد الحياة».

وكرر خضر إعجابه بشقيقه الأكبر، وفي محاولة منه لإخماد حماسه الشديد، قال: «أَكمل كلامك يا أخي».

تابع عروج: «ثم سبحتُ يا خضر. لقد كافحتُ لفترة طويلة وأديت ضربات جانبية وأنا أتجه نحو الشاطئ، مثلما كان القره توغييون يسبحون في أيام التدريب. لقد استخدمت التيار السفلي خوفًا من أن يجرفني الماء سريعًا إلى العراء عند انحساره. في تلك الحالة، غطستُ إلى القاع في ظلام العاصفة وحنكة الليل الدامس، إذ يلتف التيار بما لا يقل عن ثلاثة أذرع في الأسفل، وبعد عمق أربعة أذرع يستمر التيار السفلي في التدفق نحو الشاطئ. قاومتُ في الأسفل بقدر استطاعتي، واستخدمت قوة رئتيَّ، وطاقتي بالكامل، كي أتحمل».

وأضاف: «تمكنتُ من الاقتراب من الشاطئ يدفعني موج البحر وضرباتي القوية، حتى وصلتُ إلى الشعاب المرجانية، ثم إلى المنحدرات خلفها، وانتظرت طلوع الصباح».

بدهشة وإعجاب، سأل خضر شقيقه الأكبر الذي عايش تجليات القدرة الإلهية: «كيف تحملتَ كل هذا يا أخي؟»

مد عروج يده ولامس ذقن أخيه، وقال: «تمامًا مثلما كنتَ ستفعل يا خضر».

خضر: «لا أظن أنني كن سأستطيع فعل ما فعلته يا أخي».

عروج: «يعلم المرء حدود طاقته حين يوجد في بيئة يظن أنه لن يستطيع تحمُّلها، لكنه يدرك معها شيئًا آخر...».

خضر: «ما هو؟»

عروج: «لا توجد حقيقة قديمة قِدمَ الموت، ولكن عندما تواجهها مباشرة، فإنها تمنحك انطباعًا جديدًا عن الواقع».

ساد الموقع صمت قصير.

خضر: «بعد ذلك تبنّاك اليوروك (بدو الأناضول)، أليس كذلك؟»

عروج: «بلى يا أخي، أطعموني اللبن بالزبدة والحليب الرغوي وأقراص العسل البيضاء، تناولت هناك لحوم الصيد وشربت السوائل العلاجية. رفعوا معنوياتي ووفروا لي جوارب صوفية مطرزة تصل إلى الركبة، وجعلوني أمتطي خيولًا رمادية ذات عيون سماوية تعصف عصفًا. ركبت تلك الخيول التركمانية الجميلة التي لم نكن نعلم بوجودها في هذه الجزر يا خضر».

خضر: «كيف كان يا أخي؟»

عروج: «الخيل منها يتعرف على رائحة العدو، ويحذر صاحبه عن طريق حفر المكان، وإذا شم رائحة صديق فإنه يعطس عطسة خفيفة ويقترب منه بشفتيه. إنه متحمس دائمًا للركض واللعب والقتال، ويُظهر ذلك ببراعة. يحول الرجل العجوز الذي يمتطيه إلى شاب تركماني لائق بدنيًا، ويحفز الرجل البالغ من العمر مائة عام، ويجعله مثل شاب شجاع في الخامسة عشرة من عمره».

خضر: «يجب أن نشتري من تلك الخيول يا أخي، يجب أن نحصل عليها حتى لا تعاني أسرتنا مثلما عانت من الألم والحزن مرة أخرى».

قال عروج بعد أن تنهد بعمق: «سنحصل عليها يا أخي».

وتابع: «مع نهاية تلك المدة تعافيتُ، وبحثتُ عن طريقة للعودة إلى ميديللي، وفي الميناء وصلتُ إلى القبطان المشهور علي ريس. لم يصدق أنني عروج بذاته، ووعدني بأن يأخذني معه على متن سفينته، ويعطيني مهمة ضابط الإبحار، ويمنحني راتبًا جيدًا مقابل مجيئي معه إلى مصر. وقال لي إنه، في تلك الحالة فقط، سيتركني في ميديللي عند عودتنا. وبدوري أخبرتُه بأنه إن أجبرني على القيام بذلك سأجعله يدفع ثمنًا باهظًا لفعلته. شيءٌ ما في صوتي أو في حالتي أو مظهري أثَّر في ذلك القبطان، علم أنني أمتلك ما هو أكثر من القميص الذي ألبسه، وأنني لستُ من الفورسا. لقد كان رجلًا ذكيًا، ثم قال لي أن أذهب بعيدًا، وأعتني بنفسي».

وأوضح عروج: «أخبرته بأدب أن الفرصة قد فاتته، وأنه سيكون قادرًا على مواصلة التجارة البحرية في مقابل تغيير مساره، وإيصالي إلى الجزيرة، وقد فهم الأمر. ما مررت به من أحداث علمتني دروسًا عن الحياة والناس لم أكن لأتعلمها طوال ألف عام يا خضر. إذا لم تكن رقمًا صعبًا سيتمكن الآخرون من إنشاء أربعين نوعًا من المخططات والألاعيب من حولك، فلا خيار أمامنا سوى الردع والترهيب. لقد بذلت قصارى جهدك في غيابي يا خضر، أنا فخور بك يا أخي. لقد ازددت صلابة، وتحولت إلى رقم صعب، أحسنت يا بطل».

وسأله خضر سؤالًا محرجًا: «هل رضي القبطان عن ذهابك يا أخي؟»

عروج: «نعم، لقد رضي، وغدونا صديقين حميمين في الطريق. وقد أعجبَته طريقة تهديدي له، رغم أنني كنت مضطرًا لذلك. بعد الآن، طريقنا

هو طريق القرصنة يا خضر، وستستمر تجارتنا. ربما حصلت بعد المتغيرات أثناء غيابي، لذا سأنتقل إلى مصر وتونس والجزائر لفترة من الزمن. لقد حان الوقت لإحياء الصداقات القديمة وجمع القوة والتنظيم بسرعة بعيدًا عن الأنظار. ستكون وجهتي الأولى جزيرة جربة على الساحل الجزائري».

خضر: «لقد وصلت للتو إلى هنا يا أخي!»

عروج: «لكل فعلة زمانها المناسب يا أخي، فلا تقلق».

3

تونس - يونيو 1503م

قرأ خضر على مسمع جنوده «قول النبي ﷺ: «...إِنَّ أُمَّتِي سَتَفْتَرِقُ عَلَى ثِنْتَيْنِ وَسَبْعِينَ فِرْقَةً كُلُّهَا فِي النَّارِ إِلاَّ وَاحِدَةً وَهِيَ الْجَمَاعَةُ»، والمقصود بالجماعة هنا هم أهل السنة والجماعة، ويُطلق على الفرد من هذه الجماعة لقب السُنِّي، ويطلق على الفِرق الأخرى تسمية «أهل البدع». أما المبادئ الأساسية لعقيدة أهل السنة والجماعة هي باختصار: كل الصحابة -رضي الله عنهم- عدول، وإن خلافة الخلفاء الراشدين جميعًا خلافة صحيحة، وهم على التوالي أبو بكر الصديق، وعمر بن الخطاب، وعثمان بن عفان، وعلي بن أبي طالب رضي الله عنهم، وأن الله ليس جسمًا وليس كمثله شيء، ولا يشبه الإنسان، وأن المؤمنين سيرون الله تعالى في الجنة على هيئة مخصوصة، وأن معجزة الإسراء والمعراج صحيحة وخروج المهدي ونزول عيسى المسيح صحيحان، وأن عذاب القبر والشفاعة حق، والإيمان لا يزيد ولا ينقص، وأركان الإيمان لا شك فيها، والإنسان حر في أفعاله، وأن العمل ليس جزءًا من الإيمان، فمرتكب الكبيرة ليس بكافر. ولا ينتسب أهل القبلة والصلاة إلى

أهل البدع والكفار، ولا يخرج على ولي الأمر، حتى لو كان ظالمًا أو فاسقًا، ويظن الظن الحسن بالإمام المجهول».

وتابع خضر: «قال حضرة مولانا لتلامذته ذات يوم: يا مَن أحبنا، علينا اتباع طريق أهل السنة الذي سلكه نبينا الحبيب وإحياء هذا الطريق، وأن يدخلوا في زمرة عباد الله المخلصين الذين رضي الله عنهم، عبر كسب رزق أولادهم بالحلال من الأعمال والعبادة التي يحبها الله تعالى، فيمشون في مناكب الأرض من أجل الرزق الحلال، ومأكله من حلال، ومشربه من حلال، وملبسه من حلال. فينبغي أن يكون كل ما نقوله ونسمعه ونفكر به من حلال، وينبغي أن تكون أفعالنا وسلوكنا موافقة لأفعال النبي (ﷺ)، وينبغي أن يمتلك كل منا فنًا، وأن يتعلم العلوم الشرعية جيدًا. هذا ما أطلبه من طلابي على وجه خاص، فينبغي مساعدة كل من يمشي في دربنا كي يجتاز الصراط، وأن نجعل وجوههم بيضاء يوم القيامة. لكن من لا يحترم الأخلاق ويعارض طريق أهل السنة فلن يتمكن من رؤيتنا يوم القيامة».

ثم أغلق خضر ريس الكتب المكدسة أمامه. كان في السابعة والثلاثين من عمره، شعره ولحيته الشقراوان يلمعان تحت وطأة الشمس التونسية، ولم يصبه الشيب أبدًا. ونظر إلى جنوده الجدد، معظمهم من البربر الذين كانوا يستمعون إليه، وتابع قائلًا: «إن تونس أرض إسلامية خصبة ترعرع فيها كثير من العظماء، أمثال: أحمد بن محمد العروس الهفاري، وقاسم الجليزي، وأحمد بن محلوف الشعبي، وسالم المزوغي وابنه أمير بن سالم المزوغي، وأبو سعيد خلف بن يحيى التميمي الباجي، وأبو الحسن علي المنتصر، وأبو محمد المرجاني، ومحمد بن عمران، وأبو القاسم بن خلف التجيبي. في الواقع، كانت محبة أبي القاسم بن خلف لحضرة عبد القادر جيلاني كبيرة لدرجة أنه ذهب إلى قبره في بغداد سيرًا على الأقدام مرتين، بحسب

ما قيل ونقل، ومرة اصطحب معه الى بغداد اللصوص الذين هاجموه على الطريق. يقولون إن أشرف أوغلو الرومي، أحد عظماء بلادنا، كتب سطورًا رائعة بعد سماع كلام أبي القاسم، جاء فيها:

«كل دراويش سيدي عبد القادر الجيلاني صادقون
هم أتباع سيدي عبد القادر الجيلاني.
وضعت يدي على يديه، روحي فداء سيدي عبد القادر الجيلاني.
إذا أنكرت على سيدي، فاعلم أن المرشد يرشد الشيطان أيضًا. إنه سيدي عبد القادر الجيلاني.
هو دليل الأولياء، ومَظهر الحق، ومعه تكبر القدرات، إنه سيدي عبد القادر الجيلاني.
شأنه عظيم عند الله، وصِيته شائع في الثقلين، ها هو خادمه أشرف أوغلو، فهو سيدي عبد القادر الجيلاني»».

***

استقبل السلطان الحفصي التونسي أبو عبد الله محمد، الشقيقين بربروس في الصالة الكبرى تحت قباب الفاكهة في قصره. كان يجلس ساكنًا على عرش مصنوع من خشب الماهوغني المطعَّم بالذهب والفضة وسط القاعة، وكانت أرضها مغطاة بسجادة تركية قرمزية وكحلية اللون وعليها نقوش أزهار. بدا كأنه في بداية الستينات من عمره، إلّا أنه كان رجلًا نشيطًا للغاية، يرتدي رداء من الكتان مطرزًا بالديباج. دلت تعابير وجهه على أنه يقدّر هذين الأخوين الشهيرين وينظر إليهما باحترام، ولكن نظراته كانت حادة. ألقى الأخَوان عروج وخضر التحية على السلطان محمد بهزة رأس خفيفة، وأعلنا في البداية أنهما لن يمتثلا لتعليمات مسؤولي المراسم بالركوع، وأُبلغ الوزير طلحة بن وهبي بالوضع، وبدوره أبلغ السلطان الذي وجد قبول حضورهما مناسبًا. رحب مسؤولو المراسم بهما بموكب مهيب كأنهم يرحبون بسلطان،

وغادر الموكب المكان بالقدر نفسه من المهابة، بينما واصل الشقيقان متابعة ما يجري في ذهول.

قال السلطان محمد وهو ينظر إلى عروج ويزنه من الرأس إلى أخمص القدمين: «أظن أنك الشخص الذي يسمونه بربروس».

عروج: «نعم، أنا عروج أيها السلطان».

السلطان محمد: «ويلقبون أخاك باللقب نفسه».

عروج: «نعم أيها السلطان».

السلطان محمد: «لقد حدثوني عنكما بإيجابية كبيرة منذ فترة طويلة، وإن أفكاركما تثير اهتمامي، وإن تمكنا من التوصل إلى اتفاق فيمكننا إنجاز أعمال مثمرة للغاية».

أكد عروج على موقفه القيادي الذي لم يتغير منذ سنوات، وقال: «بالطبع، يمكننا أن نتفق أيها السلطان العظيم، ففي الاتحاد قوة وفي التفرقة ضعف. نحن جميعًا مسلمون، وكلنا من أهل السنة، فأنا حنفي وأنت مالكي المذهب، لكن عقيدتنا واحدة، وإيماننا واحد. أما باقي التفاصيل الصغيرة جدًا، يمكن حلها معًا. وإلَّا لن يرضى الله ورسوله على من يبث التفرقة، ويكون عائقًا أمام وحدة المسلمين أجمع».

السلطان محمد: «إنك محق أيها الشاب التركي، وسمعتكما الطيبة تجعلنا فخورين بكما. صحح معلوماتي التالية إن كنت مخطئًا؛ لقد اشتهرتما قبل خمس سنوات حين بدأتما في استخدام الساحل الجزائري قاعدة لغاراتكما ضد الإسبان في إيطاليا والأندلس، وكنتما مستقلَيْن في تلك الغارات عن كمال ريس. في الواقع، لم يبق أحد في العالم لم يسمع عنكما، فقد دخلتما إلى إيطاليا وإسبانيا، وأخذتما الغنائم من قراهم وبلداتهم، وزرعتما بذور الخوف في قلوبهم. لقد أصبحوا يفضلون كمال ريس عليكما، لأنه لا يحب النزول من سفينته، ولا يتجول كثيرًا مع جنوده في البَر».

عروج: «كمال ريس كبيرنا الذي نسير على خطاه، لقد درَّب بحارة أفضل منا، وأطلقهم في البحر».

السلطان محمد: «لا حاجة للتواضع، فقد درَّب كمال ريس قباطنة من البربر والعرب، لكن لم يكن مثلك أبدًا. فما على القباطنة الآخرين إلَّا أن يدعموا عملياتكما ويقدموا لكما الإمدادات والذخائر، ويُعدّوا التقارير الخاصة بكما. اِسمحا لي أن أذكركما يا صديقي، بأن سلطان مصر المملوكي العظيم قانصوه الغوري، له تأثير كبير في الجزائر، فلا أرى مانعًا من وجود قاعدة صغيرة لكما هناك».

قال عروج متبسمًا: «أيها السلطان، الجزائر ليست منطقة دائمة وآمنة لنا بعد، وإذا لم تكن قوتنا رادعة بما يكفي فلن يتمكن أحد ولا السلطان المملوكي الغوري من حمايتنا لفترة طويلة، أما بالنسبة لقضية الغنائم التي تكلمت عنها قبل قليل، فنحن نتعامل مع الأسرى معاملة أبناء البلد، يأكلون من موائدنا، ويعملون بعقد المكاتبة، فإن جمعوا مالًا لحريتهم نطلق سراحهم. من ناحية أخرى، تعمل الدولة على رعاية أطفالهم في أفضل المدارس الإنكشارية ليكونوا قادة ورجال دولة في المستقبل. فإن بقي الطفل في قريته هناك سيجمع عزقًا من أرض سيده، بينما تنطلق مواهبه وقدراته في بلدنا من غير حدود».

ابتسم السلطان محمد، ولوَّح بيده في تعبير غامض، وكانت تقاسيم وجهه تدل على السخرية تارةً، وعلى الارتباك تارة أخرى، لكنه كان يريد أن يفهم أكثر: «أنتم الأتراك، يصعب فهمكم يا عروج ريس. لماذا تعاملون أسراكم بتلك الطريقة؟ فهل يعاملونكم بالمثل؟ يموت أسراكم المسلمون في الزنزانات اللاتينية من الجوع، والعطش، والتعذيب والوباء. فلن يتذكروا مواقفكم الإنسانية الراقية أبدًا، بل سينكرونها عليكم في المستقبل».

وأضاف: «هل تتوقع التقدير منهم؟ هم من الآن يسمونكما الوحشين البرِّيين، ويخيفون أطفالهم الذين يسيئون الأدب من مجيء الأخوين بربروس لأخذهم».

عروج: «أيها السلطان، نحن نحاول أن نعمل من أجل العدالة، ونسعى جاهدين للبقاء ضمن الحدود التي رسمها الله ورسوله».

السلطان محمد: «أود أن أخبرك يا عروج أن هذه ليست عدالة، فلدى الأتراك بساطة طفولية، لكن أتساءل عما إذا كانت تلك النوايا المفرطة في حسنها، هي السبب في تَمكّنكما من حكم كل مكان تدخلانه تقريبًا، ومن تنظيم الدول وتأسيسها بسهولة؟»

أخفض عروج رأسه بابتسامة حزينة بعض الشيء، وقال: «أيها السلطان، نحن نتلقى نتائج كل عمل نقوم به، وكل موقف نتخذه، وكل كلمة نقولها، وتسير معنا تلك النتائج كظل لنا. لذلك عندما نصلي، نرفع أيدينا إلى السماء بأمل، ونحني رؤوسنا خجلًا».

فرد السلطان: «يا لها من سذاجة، يا لها من أعمال طفولية. آهٍ منكم أيها الأتراك، إن القدوم من ماض مبني على تقاليد قوية للغاية، يخلق خطًا رفيعًا وثابتًا ومحدِدًا في مواقفكم الحيوية. أنت تتبع هذا الخط عن غير قصد، ولا تتخلى عن الحياة الفاضلة الخاصة بك».

4

كانت الشمس تغرب خلف الأفق ببطء، فقال السلطان محمد: «ليس من السهل التصالح مع أمراء الجزائر بني عبد الواد». ثم رشف رشفة كبيرة من شراب الفراولة التي قدمها له الخدم.

وأضاف: «هناك هيكلية مجزأة في أراض مختلفة من الجزائر، حيث إن الإسبان والبرتغاليين سيتمكنون من التحكم في إدارتها بسهولة».

وضع خضر الشراب على الطاولة، فقد كانت حلاوته شديدة، ثم تدخل في الحديث وقال: «أيها السلطان، لقد أصبح وضع المسلمين الأندلسيين أصعب مع معاهدة إشبيلية الموقعة بين ملوك قشتالة والأراغون والبرتغاليين الكاثوليك العام الماضي، فكل من بلغ الرابعة عشرة من عمره يجري تعميده، ومن يرفض التعميد يُطرد على الفور، ومَن يصرُّ على البقاء يُعاقب بالموت حرقًا. وهذا لا يرضاه صاحب ضمير، ولا يمكن للمسلمين أن يغضوا الطرف عن هذا الفعل. وإن أرادوا السيطرة على الأرض فإننا نذكرهم ببطنها أيضًا، من المهم جدًا لكرامة العالم الإسلامي وعدالته أن نتمكن من الرد عليهم باللغة التي يفهمونها».

قال السلطان بتمعن: «الجزائر بلد كبير، بينما يضايق هؤلاء اللاتينيون أبناء جلدتنا، فإنهم يستهلكون كل قوتهم في النزاعات الدائرة فيما بينهم، وربما لن تجدا قاعدة لكما هناك يا صديقيَّ».

رد عروج قائلًا: «يمكننا تغيير هذا المسار أيها السلطان».

ضحك السلطان محمد، وقال: «ستعانيان كثيرًا أيها الشابين، حتى أنكما لن تجدا قوة تنقذكما من الإسبان، لقد سمع أعداؤنا أن القره توغيين الذين تثقان بهم كثيرًا أصبحوا غير قادرين على رؤية الذبابة، حتى لو كانت أمام أنوفهم».

عروج: «أيها السلطان، إذا أعطيتمونا قلعة حلق الوادي قاعدة لنا، فإننا نتحمل تبعاتها بعد ذلك. أنت تعرف أن حجم التجارة في المنطقة أقل مما تستحقه بكثير، ولا توجد دفاعات في جدران قلعتها المهترئة، إلَّا بضع كرات مدفعية قديمة قصيرة المدى ومنجنيق بارباتا. سنجعل القلعة متقطعة، ونزيد

من أمنها، لتكون منيعة ومستعصية، ونحوِّل الميناء إلى إحدى مناطق التحميل الرئيسية مع إنشاء مستودع كبير فيه. وهكذا يزداد دخل جميع المدن والقرى المحيطة بالقلعة بمقدار الضعف، وشعبك سيدعو من أجلك».

مال السلطان قليلًا إلى الأمام، ثم قال: «ولكن إذا فشلتما، فإن الإسبان وأعوانهم البرتغاليين سيحاسبونني لدعمي لكما، وسيثأرون مني ومن سلالتي بأكملها. وسيسعى الكنسيون إلى محاصرتي من كل الجهات، ولن يتركوا لي حفرة ألجأ إليها».

أعد عروج ريس أسطولًا مكوَّنًا من سفن تتسع بين خمسة وعشرين وستة وثلاثين مقعدًا، ومن خمسة إلى سبعة مجدِّفين، وثلاث سفن قوادس فيها من سبع إلى عشر بنادق، وخمسة عشر مدفع ثُماني وعُشاري، وقارب شالوب، وبارجة فيها ستة وعشرين مقعدًا، وشراعين، وأربعة قوادس حراسة تتسع لتسعة عشر مقعدًا، وأكثر من ألف وثلاثمائة مجدِّف مقاتل، وأكثر من ألفين من أفراد الطاقم، وقوة نيران عالية، ودعم لوجستي مقدم في الموانئ الصديقة، وقال: «لا يمكن لهؤلاء الأعداء أن يؤذونا أيها السلطان، يمكنك أن ترتاح».

أمسك السلطان بلحيته الممشطة، وفكر قليلًا، ثم قال: «أعتقد أنكما لم تتعلما أي درس من الجزائر».

عروج: «لم ندخل تلك المنطقة بنية التمسك بها أيها السلطان، ولم نضع كل ثقلنا فيها، فما هو تحت إدارتنا معلوم. وعلاوة على ذلك، فإن هدفنا الرئيسي في الجزائر هو تنظيم المنطقة».

السلطان محمد: «وهل نجحتما في ذلك؟»

عروج: «علينا أن نعمل، وسنبدأ في رؤية النتائج الإيجابية مع مرور الوقت بإذن الله».

انحنى السلطان إلى الأمام، وجمع قفطانه المطرز بالفضة برفق، ثم قال: «صديقاي، من عادتي التحدث بصراحة، أعرف ما يمكنكما فعله، لكنكما لم تمنحاني الاطمئنان بالكامل، إذا حدث مكروه لكمال ريس، فإن دولتكما التي تعاني من الفتنة الصفوية ستدير ظهرها لكما. علاوة على ذلك، لم يستمع شاه زاده سليم إلى والده السلطان وشقيقه الأكبر الأمير شاه زاده أحمد، ويعد العدة لمداهمة دولة الشاه إسماعيل التي نشأت حديثًا، وهذا يعني أن الخطط المستقبلية للإمبراطورية العثمانية ستتجه نحو الشرق وليس الغرب. وإذا واجه شاه زاده كركود، الذي يدعمك يا عروج، مشكلة في مثل هذه الفترة العصيبة، فهذا يعني احتراق خطتكما رسميًا، لأن هذه القضية بالنسبة إلى شاه زاده سليم قد تكبر، وتتحول إلى حالة مشابهة لحالة شاه زاده جيم. أقول لك ذلك كي لا تقل لاحقًا إنني لم أخبرك».

رد عروج محوّلًا أسلوبه العاطفي اللين إلى وِقفة صارمة صلبة: «أيها السلطان، لقد مرت ثماني سنوات منذ أن استشهد الأمير جيم، وكان ذلك نتيجة خطاياه وأعماله الصالحة، فالدولة العليا لن تقع في المشكلة نفسها مرة أخرى، لذا كن مطمئنًا. وإذا كنت لا تريد ذلك فدعنا نذهب. لقد كان عرضنا نافعًا للطرفين، فإذا كنت لا تريد ذلك فأنت أدرى، والأمر متروك لك. نحن أتراك، والعالم لنا، ونحن قادرون بإذن الله على إقامة قواعد مؤقتة أو دائمة حيثما شئنا. لكن إذا رفضت عرضنا في وقت تهتز فيه الأندلس من الظلم والاضطهاد، فاعلم أن المتاعب ستصل إلى أراضيك أيضًا... أقول لك ذلك كي لا تقل لاحقًا إنني لم أخبرك».

ساد الصمت والتوتر لفترة قصيرة، ثم قال السلطان محمد: «أنت شجاع للغاية، لم يجرؤ أحد على التحدث معي بهذه الطريقة، وهذا أوضح دليل على عدم امتنانك لغير الله عز وجل».

وأضاف: «أنت لا تلوي كلماتك، وتتصرف بثقة كبيرة، ولا تحيد عما تعرف أنه الحق بعينه، ولا ينتج عن مثل تلك المواقف إلَّا سبيلان، إما النصر أو الموت. سنكمل حديثنا بعد طعام العشاء، أتمنى أن ترتاحا في بيت الضيافة التي خصصناه لكما، فهو موجود في المباني الملحقة بالقصر، سترتاحان فيه حتمًا».

بعد ذلك، أراد خضر أن يتدخل في الحديث، فقال: «أيها السلطان، نعلم أنك رجل مسلم وصالح ومخلص، ولكن ينبغي أن نتصرف بسرعة، ومع مرور الوقت وتقادم الزمن سترى أن كل مخاوفك لم يكن لها مبرر».

قال السلطان مبتسمًا: «أيها الشابان بربروس، أتمنى أن نتمكن من التفاهم والاتفاق، ولكن هناك تفاصيل يجب الاهتمام بها وحلها، وتلك التفاصيل تحتاج إلى جلسة مطولة».

* * *

اكتفى الأخوان بالقليل من الطعام الموجود على المأدبة، وكانت الطاولة مفروشة بأنواع متعددة من الأطعمة والأشربة، فلم يريدا أن ينصرفا إلى الطعام وهما يتحدثان عن الأعمال. طلب السلطان أن يكون خُمس الغنيمة ملكًا لهما، وأن يسلماه أسيرين من كل عشرة أسرى، على أن يختار هؤلاء الأسرى، وأن يُمنح السلطان ضريبة سنوية معقولة مقابل القلعة. وكان هناك شرط آخر مفاده أنه عند دخول أسطول الشقيقين المياه التونسية، سيحضر أحد مساعدي السلطان على متن السفينة الرئيسية ممثلًا عنه، من أجل إحصاء البضائع.

وافق عروج على ذلك، لكنه طرح شرطًا مضادًا وقويًا، مفاده نقل خمسين فارسًا مع خيولهم كل عام، ممن يختارهم السلطان، إلى قوات الأخوين بربروس، على أن يكونوا مجهزين تجهيزًا كاملًا. وجد السلطان أن العدد

المطلوب أكثر من اللازم، فحاول تقليصه إلى عشرة ثم رفعه إلى عشرين، وفي النهاية اتفقوا على خمسة وعشرين فارسًا.

كان لدى السلطان طلب خاص آخر، إذ وعدهما بأن ينقل إليهما الأخبار عن كل عروض التعاون المقدمة من العدو، إذا تمكنا من إقناع الإسبان والبرتغاليين أن السلطان خارج أي اتفاق، وأنهما استوليا على قلعة حلق الوادي بالقوة.

وجد خضر الأمر منطقيًا، واتخذ خطوة حازمة لتعزيز نفوذهما، فقال بأنهما إن تمكنا من إحضار مركبات إلى طرق القوافل وتكون معفاة من الضرائب، فيمكنهما تولي سلامة الطرق أيضًا.

كان السلطان قد لاحظ أهمية هذه الخطوة وأبعادها، لكنه غضّ الطرف، وطلب في المقابل عشر حمولات من الجمال يحددها كل عام، مُحمّلة بالفراء وزيت الزيتون والصابون والنسيج والحلي والأعمال الزجاجية... وهكذا تم الاتفاق.

وكي يكون التعاون مباركًا، أقسم الطرفان على أن تُنظم كل تلك الأمور في المقام الأول لصالح المسلمين، وأن يكون الهدف المرجو من كل ذلك مرضاة الله.

قال عروج ريس في بيان حاسم: «يقول والدي دائمًا إن جميع أعمال التعاون التي ليست لله تدخل فيها الأنانية وحب الذات، وأن الطرف الآخر سرعان ما يصاب بالسأم، وأن ذلك يفتح الباب واسعًا للتدمير ودخول الشيطان. وفي جميع الصداقات الدنيوية، يوجد احتمال لتضارب المصالح يومًا ما».

ابتسم السلطان محمد، وقال: «أبارك هذا التعاون يا صديقيَّ، ولكي أبدي إخلاصي فإنني أقدم لكما الأراضي التي سأخصصها للمهاجرين الأندلسيين، وسأنصب لهم خيامًا فيها. بالإضافة إلى ذلك، سأغطي نفقات تعليم جميع أطفال هؤلاء المهاجرين الأندلسيين، وسأتبرع بعائدات دار الدراويش والأوقاف».

أومأ الأخَوان بربروس برأسيهما للدلالة على الارتياح، وقال خضر: «يمكنك إخبار الإسبان بأننا هددناك من أجل ذلك».

السلطان محمد: «سأفعل كل ما ذكرت لكما، لكن بقي شرط صغير وتحذير بسيط أيها الشابان التركيان».

سأل عروج: «ما هو؟»

استدار السلطان، وهو يعبث بخيوط قفطانه، وقال: «هناك شاب في مثل عمرك، إنه أمير من جنوى، واسمه أندريا دوريا، بدأ يتجوَّل في مياهنا، وهو متعطش للنجاح مثلك لأن عائلته لا تحظى بدعم الفاتيكان، كما أنه تلميذ الدوق أوربينو».

عروج: «أليس هو الدوق الذي قيل إنه درب أفضل جنود الغرب؟»

السلطان محمد: «هو بنفسه. الشاب أندريا دوريا لا يتردد في توظيف مهاراته وسيفه مثلما يفعل المرتزقة، وأظن أنه سيكون خصمك الأساسي والأهم في بحر سفيد».

ضحك عروج ريس قائلًا: «هذه البحار، لا يعبرها أحد بسبب الأدميرال الشهير على أي حال. كن مطمئن البال أيها السلطان، ومثلما يقول المثل الشعبي: جزار واحد يكفي لكل قطيع الغنم».

قال السلطان محمد مصفقًا: «ممتاز، والآن سأعلمكما بشرطي الأخير، بأن يروي لنا خضر بربروس حكمة عظيمة عن خوجة أحمد يَسَوي».

استغرب خضر، وقال: «حكمة؟»

السلطان محمد: «نعم، لأنك مشهور جدًا في هذا يا خضر ريس».

فتح خضر يديه وتحدث بدهشة: «أيها السلطان، لم أُرِح كياني إلَّا في أيام أَسر أخي، وهذه العادة تعود إلى تلك الأيام».

السلطان محمد: «هذا ما أريده يا صديقي الشاب».

خضر: «حسنًا أيها السلطان... سأل الرسول عن الغريب والفقير واليتيم بعد تلك الليلة التي عرَّج فيها ورأى جمال الله، وبعد أن عاد سأل عن أحوال الفقراء:

إذا كنت أمة فاتبع الغرباء،
واسمع كل آية كريمة وحديث شريف.
شربتُ شراب الشوق وقد شبعت عيناي.
وصل الرسول إلى المدينة فأصبح غريبًا. لقد تألم في الغربة ذلك الحبيب، عانى واقترب من الخالق.
غدوتُ غريبًا واجتزتُ المنازل.
إذا كنت عاقلًا فاكسب قلوب الغرباء، زر أهل المدينة مثل المصطفى وابحث عن أيتام.
أدر وجهك عن الأوباش الذين يعبدون الدنيا.
قلبتُ وجهي وأصبحت كالبحر الفائض،
لقد ناسبني الأمر عندما فتح مولاي باب الحب. غَربلَ الترابَ وقال: «استعد»، ثم أحنى رقبتي، وأصابني سهم الملامة والعناء كحبات المطر.
فها هو السهم قد أصاب قلبي واخترق صدري».

5

وفقًا لتحليل ألونسو دي سانتا كروز للمقاله بعنوان «تاريخ الإمبراطور تشارلز الخامس» في الأكاديمية الملكية للتاريخ، لم يلم الأخَوان بربروس السلطان محمد ورجاله على ما حدث في وقت لاحق من تلك الليلة. ولم يقبل السلطان رغبة الشقيقين في العودة إلى سفنهما، وطلب منهما أن يبيتا تلك الليلة على الأقل. لم يكن من الممكن رفض طلب المضيف بعد أن توصلوا إلى تلك المرحلة من اتفاق التعاون.

عندما انتقل الأخَوان إلى غرفتيهما الواسعتين في ملحقات القصر، وجدا أرائك مرتبة، إلى جانبها طاولات مليئة بالأطعمة والمشروبات. وقد وضع خُرْج لكل منهما، فيهما ملابس جديدة وقيِّمة، كل قطعة من تلك الهدايا كانت تساوي ثروة. كان مكان إقامتهما في الطابق الأول، وكانت النوافذ ومفتوحة ومغطاة بالتول المنسدل من السقف العالي. نادى خضر على لاز صبري الذي كان قائد الجنود المرافقين لهما، وكان واقفًا أمام النافذة، فقال له: «يا صبري آغا، أنت ومرافقينا عُزَّل من السلاح، فما السبب برأيك؟»

كان صبري في الثالثة والأربعين، واقترب بطريقته المجنونة المعتادة قائلًا: «لم يُسمح لنا بدخول القصر ومحيطه والسلاح بأيدينا يا خضر ريس، لا أعلم لماذا تخاطران بحياتكما؟ فقد وضعتما رقبتيكما في أيدي هؤلاء البربر الأجانب! علاوة على ذلك، لا يوجد سوى خمسة حراس هنا، وبيت الضيافة قريب جدًا من الجدران الخارجية للقصر».

قال خضر: «على رسلك، لا تجن يا صبري آغا، وتكلم بصوت منخفض. السلطان محمد رجل مخلص وفاضل، وهؤلاء الرجال ينظرون إلى ضيوفهم على أنهم أمانات قيِّمة، وقد توصلنا إلى اتفاق مهم للغاية الليلة، وسنبتعد عن كل المواقف والتصرفات التي من شأنها أن تضر بالاتفاق. أول عمل ستقوم به في الصباح هو إرسال أحد جنودنا الشجعان إلى الميناء لتحذير بقية الأفراد هناك، إذا اكتشف الكنسيون أننا قد اتفقنا مع السلطان فسوف يخلقون الكثير من الفتن لإفساد ما أنجزناه».

ضحك صبري ساخرًا: «أيها الرئيس، هناك مرتزقة إسبان وبرتغاليون في الميناء قاتلوا في صفوف جيوش السلطان مقابل المال، كم سيستغرق الوقت حتى يسمع الكنسيون باتفاقكم؟»

تجاهل خضر هذا الكلام، وتابع قائلًا: «يا صبري، إذا أصاب هؤلاء أحد جنودنا وفرساننا فلا يجارُوهم وليبتعدوا عن المشاكل، فقد تكون هناك لعبة معنية، وأي عمل يؤثر في خطواتنا سيؤدي إلى اضطهاد المسلمين».

صبري: «كن مطمئنًا يا خضر ريس، واسترح. وسواء كنت مسلحًا أو غير مسلح فلن أسمح لأحد بالاقتراب من النافذة، ولو كانت بعوضة صغيرة».

خضر: «أعلمُ ذلك يا آغا، هيا عُد إلى وظيفتك».

عاد صبري إلى مكانه في المراقبة، وتعابير وجهه تدل على أنه غير مرتاح.

ولم تمر ساعات حتى تبيَّن أن خضر ريس كان محقًّا بخصوص ما كان قلقًا بشأنه. إنها ساعات منتصف الليل، فلن تجد أي مخلوق مستيقظًا إلا المتعبدين والمخلوقات الليلية، وبقي على وقت الإمساك ساعات قليلة. سمع صوت التغيير الثاني لنوبة الحراسة عند الجدار، سقط شيء ما على الجانب الشمالي الغربي من غرفته، حينها لاح لاز صبري عند النافذة مرة أخرى. كان عروج ريس يغط في نوم عميق في ذلك الوقت، أما خضر ريس فكان يصلي بلا حراك مثل رمح حديدي مثبت على الأرض. علِم صبري أن صلاة خضر ستطول، فأطلق السعال ثلاث مرات ثم انسحب من قرب النافذة، فهو يعلم أن خضر لو سمع سعاله سيعرف مضمون الرسالة.

بعدما أنهى خضر صلاته أيقظ شقيقه عروجًا فورًا وأسرع نحو النافذة، وقال: «ما الذي يجري يا صبري؟»

قال صبري ونظرته مضطربة، وعيناه تجولان حول إيوان الفناء الأخضر الكبير، وعلى طول المسار الحجري المؤدي إلى الجدار: «هناك شيء ما يجري».

خضر: «ماذا تقصد؟»

صبري: «أنا قلق أيها الرئيس».

اقترب عروج ريس منهما، وقال بغضب: «هيا يا صبري، كن على رأس عملك. لم يتبق على طلوع الصبح إلَّا القليل».

صبري: «الوقت ما زال باكرًا يا عروج ريس، لكن دوريات الجنود أطفأت مشاعلها عند تحذيرها، ألم تلاحظا الظلام من حولنا؟»

أصر عروج ريس على موقفه، لكن مقاومته كانت من باب العناد، فقال: «مهما يكن... اهتم بعملك».

ناشد صبري عروج ريس: «لنخرج من هنا أيها الرئيس، دعنا نعُد إلى سفينتنا، وعند الصباح نرسل أحدنا كي يشرح الموقف للسلطان».

التفت عروج إلى خضر مترددًا ومتأملًا، لكن خضرًا اعترض قائلًا: «يا أخي، سيكون هذا الفعل دلالة على عدم الاحترام، وعدم احترام شنيع جدًا، لا يرغب أي سلطان في أن يغادر ضيوفه قصره سرًا لأنهم لم يشعروا بالراحة، سيكون سلوكًا معيبًا».

رد عليه عروج ريس قائلًا: «دعك من ذلك يا خضر، صبري على حق، هناك شيء غريب في هذا الوضع، ألا تشعر به؟ إذا كان العدو موجودًا هنا فقد نخنقهم بمفاجأة غير متوقعة».

أصر خضر قائلًا: «دعونا نرسل أحد الحراس الموجودين أمام الباب كي يبلغ السلطان».

رد عروج بالقول: «كفى»، ثم التفت نحو صبري، وقال: «لنلتقِ عند درج الباب الرئيسي، خروجنا من النافذة سيشكك حراس القصر فينا».

قال صبري: «مثلما تأمر أيها الرئيس».

ثم دعا صبري رجاله كي يتقدموا نحوه. ورضخ خضر ريس لقرار أخيه على مضض، وسرعان ما توجها إلى باب الغرفة.

كان من المفترض أن يكون من بين الحراس عند البوابة أحد جنودهم للحماية، لكنهما لاحظا أن الممر كان فارغًا ومظلمًا للغاية، رغم وجود قباب دائرية وجدران من الحجر الرملي القرمزي.

سأل عروج: «هل ما زلت تريد البقاء؟»

رد خضر بالقول: «لا».

عندئذٍ بدأ الهجوم.

صاح عروج: «إنهم عند النافذة».

تحرك خضر نحو الممر، ومد عروج يده وأمسك بكتفه، وقال له: «لا... لا أريد أن نعلق في منطقة مغلقة، سنهجم من النافذة».

وافق خضر أخاه، ثم ركضا باتجاه النافذة، حيث كان خمسة ملثمين يحاولون الدخول منها، فتصدى الشقيقان لهم لمنعهم من الدخول. ركل عروج أحدهم ركلة في منتصف جبينه، وأرسله إلى غياهب الليل المظلم، في حين تابع الآخرون صد تحركات البقية.

اعتملت في صدر خضر مشاعر مختلطة من الغضب والدهشة والإحباط الشديد، ثم أمسك بإحدى الطاولات الموجودة في المكان، وألقاها على أحد الملثمين الذين حاولوا الدخول من النافذة الأخرى. لم يلحظ الملثم أن مزهرية وقعت على رأسه مع الطاولة، من هول الضربة، فغطت الدماء وجهه رغم أنه كان ملثمًا بطرفٍ من عمامته، ومع ذلك تابع القتال. عندئذٍ أيقن خضر أن العامل الرئيسي الذي جعل هؤلاء القتلة لا يتألمون من الضربات التي يتلقونها كان مخدر الأفيون الذي استخدموه قبل تنفيذهم للعملية، فلا يمكن لأي قوة أن توقفهم سوى الموت.

فهِم عروج الأمر وأراد معالجة الموقف، وتراجع الشقيقان وأسندا بعضهما كتفًا بكتف، لأن الملثمين لم يكونوا سريعين ومصممين على عمليتهم فحسب، بل كانوا مسلحين أيضًا.

نادى عروج صبري، لكن كان الاتفاق أن ينتظر صبري ورجاله عند البوابة الرئيسية، فأحس خضر بشيء من الخوف واليأس يجريان مجرى الدم من العروق. كان ثلاثة من الملثمين يحملون خناجر فارسية ملتوية رفيعة

وطويلة، من النوع الذي يستخدمه الكنسيون، وكان اثنان منهم يرتديان ملابس بربرية فضفاضة لا تشبه لباس الآخرين، وقد تميزا بأساليب هجوم متغيرة.

وصل خضر إلى جوار أخيه وأمسك بالطاولة الأخرى، وركلها باتجاه الملثمين، وكان ذلك تكتيكًا دفاعيًا بحتًا. وعلم أن المهاجمين سيغيرون تكتيكهم على الفور ويتكيفون مع الوضع، لذلك تصرف كالمعتاد واختار مفاجأة خصومه، إذ قذف الطاولة بكل قوته إلى نقطة معينة مستهدفًا أحد القتلة.

انهار الرجل بتلقيه ضربة في ركبته، ولم يشعر بأي ألم بفعل تأثير المخدر، لكنه كافح من أجل النهوض كحيوان بري عالق في فخ. رأى خضر أن الآخرين ما زالوا يزنون قوة الخصم، ليختاروا الهدف الأصعب ويتوجهوا نحوه لإيقافه، بينما يهاجم البقية الأهداف التي يعتقدون أنها أسهل نسبيًا. في حين أنهم اختاروا التكتيك الأبسط، أي بمهاجمة الأضعف في المجموعة للقضاء عليه، تاركين الأقوياء للمرحلة الأخيرة.

أدرك خضر أن القتلة تركوه ليقتلوه في نهاية العملية، وعَلِم أنه إن تمكن من كسر الحصار من حوله، فسيكون قادرًا على مساعدة أخيه. لكن عروجًا سرعان ما أثبت لهم خطأهم، وأنه ليس لقمة سائغة، فقد صد الهجوم الأولي للملثم ذي الخنجر الإيراني وصفعه صفعة واحدة، فخسف به الأرض. كانت الأصوات المسموعة في ذلك المكان الضيق أشبه بصوت طلقات البندقية المنفجرة. على الأرجح كُسرت رقبة القاتل، ثم تشتت انتباه الثلاثة الآخرين الذين تجمعوا حول خضر، وكان من المستحيل عليهم ألَّا يخافوا وهم يواجهون مثل هذه القوة، حتى وإن كانوا تحت تأثير المخدرات. انتهز خضر الفرصة، وأمسك بيد القاتل الذي تمكن من إسقاطه بضرب ركبته بالطاولة، فأمسك بها ولواها كالغصن المكسور، وانتزع الخنجر من بين أصابع الملثم التي كانت تتكسر وتفرقع.

دخل صبري آغا مع جنديين من الناجين من النافذة. كان خضر يقاتل بغضب منضبط وحركات قصيرة، وكأنه يرقص رقصة شعبية قديمة بحذر. وكانت ضرباته دقيقة إلى حد بعيد، لأنها أصابت أهدافًا متعددة. وارتاحت يدا خضر بعد مساندة صبري والجنديَيْن لهما، وقد استفادوا من أسلحتهم هذه المرة ولم يكونوا عزلًا، ولو أن عددهم كان قليلًا.

علم خضر لاحقًا أن اثنين من جنوده قد استشهدا بيد القتلة، لكنه شك بالأمر في تلك اللحظة، فازدادت ثقته بنفسه وأصبحت حركاته مدمرة. كان يقفز على المهاجمين حينًا، ويثني ركبته ويرفع كعبه أحيانًا أخرى، وكل ذلك للتهرب من ضرباتهم القاتلة. كان يُظهر كل مهاراته في المصارعة والهجوم ببراعة وقوة كبيرتين، وينقض على خصومه.

لم يكن عروج مختلفًا، ولكن بفضل الوزن العلوي للجسم حافظ على موقعه الهجومي بدلًا من الدفاع، وكان يتجنب توجيه صفعاته القوية على رؤوسهم، بل كان يضرب على أجسادهم ضربات ترميهم على بعد أذرع.

مع وصول صبري تحول مسار القتال ضد القتلة، إذ هاجمهم هجوم الأسود، ولم يستمع إلى صرخات خضر وندائه بضرورة عدم الانقضاض على آخر القتلة، وترك أحدهم حيًا لاستنطاقه.

صرخ صبري حزنًا على الجنديين القتيلين، قائلًا: «لقد كانا أخواي أيها الرئيس، لقد كانا نور عينيَّ اللتين أرى بهما العالم...».

في تلك اللحظة اقتحم السلطان محمد وحراسه الباب.

هرع خضر نحو صبري في اللحظة الأخيرة، وأمسكه من كتفيه وأسقطه أرضًا قبل أن يقتل القاتل. وأخذ صبري يصارع خضرًا للتخلص منه، وكان غاضبًا جدًا ويريد الانتقام للشهيدين. استمر في القتال بجنون حتى قبض عليه جنود السلطان محمد وأوقفوه.

الفصل الخامس
قاسٍ

1

«أليست المصادفات التي تحدد التوازن الروحي
للفرد بمثابة تفاصيل صغيرة تزيد شجاعته أو تحد منها؟»
شتيفان تسفايغ - رواية قلوب تحترق

زار السلطان محمد الشقيقين على متن سفينتهما في مساء اليوم التالي. كان النهار دافئًا وخانقًا، وتكسو السماء غيومًا خفيفة كالشاش. قدم تعازيه في الشهيدين من الجنود، وبدا حزينًا ومنزعجًا من جراء ما حدث في قصره وتحت سقفه.

تفهَّم الأخَوان وضع السلطان، وطلبا منه ألَّا يلوم نفسه، وأشارا إلى أن ما حدث كان سيحدث ولا يملك منع ذلك. عندئذٍ أعلن السلطان أنه سيلغي الضريبة السنوية للقلعة وضريبة العبور من الطرق الرئيسية التي سبق أن طلبها، واستثنى ضريبة الغنائم، ثم قال: «أيها الصديقان، تعلمان أن فضيلة العالم عطاء بن يسار، أحد علماء العصر، قال في ليلة النصف من شعبان: تُعطى قائمة الذين يموتون لملك الموت. وقال أيضًا: تنسخ في النصف من شعبان الآجال، حتى أن الرجل ليخرج مسافرًا وقد نسخ من الأحياء إلى الأمواتِ، ويتزوج وقد نسخ من الأحياء إلى الأموات».

وأضاف السلطان وهو يهز رأسه: «لكن الجنديين اللذين ماتا شهيدين، فرحتنا لهما يجب أن تطغى على حزننا».

شكر الأخَوان السلطان ووجها إليه الدعوة إلى مأدبة سينظمانها بعد صلاة الجنازة. وفي الوقت نفسه، فتح السلطان تحقيقًا على الفور في المدينة، وتكثفت التحقيقات، لا سيما في منطقة الميناء، حيث من المرجح أن يكون القتلة قد تسللوا منها إلى البلاد. انضم شخصان من رجال الأخوين بربروس إلى التحقيق، وشاركا في المداهمات، وفي جمع المعلومات المتقطعة والمنقوصة، وفي الضغط على الأسيرين من القتلة، اللذين رفضا التحدث، ولم يدليا بأية معلومات تذكر.

في الأيام التي استقر فيها الشقيقان بربروس في حلق الوادي، على بعد ستة أميال ونصف الميل شمال شرقي العاصمة، بدأت بعض المعلومات في الظهور. فقد اعترف أحد الأسيرين المصابين، وأفشى بموقع العملاء والمتعاونين في المدينة، لكنه لم يذكر الأسماء. في غضون أسبوعين، تكشف تفاصيل أخرى، إذ عُلم أن التخطيط للاغتيال حصل في صقلية، وإن الكنسيين والغربيين قد أنشؤوا نظامًا مشتركًا لتلك الغاية.

***

واستنادًا إلى بعض التقارير الضعيفة في كتاب «الرحلة الاستكشافية في بروفانس» للكاتبين جان ديني، وجيمس لاروش، شارك الأخوان بربروس في استجواب القتلة. كان خضر ريس عطوفًا ومتفهمًا، على عكس أخيه الذي كان موقفه قاسيًا.

قال خضر ريس في نهاية جلسة مسائية: «أنا أتفهم وفاءكما وتصميمكما، أحدكما مرتبط بالفاتيكان بصفته عميلًا، والآخر مرتبط بتبريز بوصفه جاسوسًا يتعامل مع الغربيين. ستموتان من أجل وفائكما المزعوم لقادتكما، وأنا مثلكما مرتبط بدولتي أيضًا».

وأضاف: «في الماضي القريب، قرأت كلمات الشيخ الجليل محمد صديق الكشمي، وهو أحد الرجال العظماء الذين نشؤوا في الهند، وقد حييت بها من جديد واكسبتني منظورًا جديدًا للحياة. ويقول مولانا الشيخ: الحياة الأبدية مرتبطة بالموت، فالموت زينة الحياة الأبدية، وربما هو الحياة نفسها. الموت يقوي الصداقة، ويضرم النار في المخلوقات، ويحرق حجاب الحزن، إنه مرآة الحقيقة، ويرفع الستار عن الجمال المخفي. ففؤادي يحب الموت ويرغب به، إذ إنه يجمع فوضى الحياة، ويجمع المحب بمن يحب».

وأضاف: «لكن الأفضل أن يموت الإنسان لهدف سامٍ ومقدس. لا أريدكما أن تموتا في مثل هذه الظروف، لأن زوالها عظيمٌ أيضًا، فإذا أخبرتماني من الذي دبر عملية الاغتيال، فسوف أسمح لكما بالخروج من هنا بأمان».

لم يصدق عروج ريس ما سمعه، ولم يصدقه رجاله كذلك. لكن خضر ريس طلب من شقيقه تأمين حياتهما إذا تحدثا. ومن كان موجودًا ذلك اليوم سيروي عن تلك اللحظة السحرية والتحول الرائع في حياة كل من رئيس قضاة تونس أحفر بن علي، وقائد الحرس رشيد بن عمار، والكاتب حسن بن طاهر ومعاونَيْه.

استمر موقف القتلة الغربيين المتحفظ على ثباته، لكن العميل الكنسي سرعان ما اعترف بما حدث، وقال إنه يرغب في دخول الإسلام. لم يصدق الموجودون طلب المتهم، لكن خضر ريس استقبل هذا المطلب بسعادة. ورغم ما يحمله من تهديد مبطن، فإن المتهم أمسك يدي خضر ريس ونطق بالشهادتين.

في الأيام الأولى من شهر يوليو، قال عروج لخضر الذي جاء إليه من حصون حلق الوادي، بينما كان يراقب الوضع خلف البحيرة التونسية: «يمكنني أن أفهم سبب رفض الكنسيين وجود قاعدة بحرية تركية قريبة منهم.

لكنني لا أستطيع أن أفهم الموقف المتشدد للشيعة، لا يمكنني قبول القوة التي تعرِّف عن نفسها على أنها مسلمة وتكون مخالفة للمسلمين الآخرين».

نظر خضر إلى مياه البحيرة التي اختلط ضوؤها بالسماء، وقال بنبرة مريرة: «يا أخي، إنهم يتعاونون مع الغربيين، يرون فيهم شركاء لهم، ويروننا أعداء أزليين لهم. إنهم يعرفون أنه إذا اهتز عرش العثمانيين وكُتم صوت الشعب، فلن يبقى عقبات في طريقهم. على أي حال، إن ما أفسد كل ألاعيبهم هو اعتناق الأتراك الإسلامَ في زمن نهضتهم وتوجيه الضربة القاضية لنزاع القاهرة الفاطمي الذي امتد إلى البويهيين، ومنذ ذلك الوقت تزعجهم الحملات التي نقوم بها».

عروج: «لا يمكننا أن ندع الأمر يمر دون رد يا خضر، يجب أن نبحر ونضرب أساطيلهم التجارية وأساطيل شركائهم، ونداهم موانئهم، ونمنعهم من التصرف بتهور ضدنا مرة أخرى».

خضر: «يجب أن نفعل ما هو أفضل».

عروج: «مثل ماذا؟»

خضر: «دعنا نذهب إلى صقلية أولًا، أو إلى البر الرئيسي الإيطالي مباشرة، وتحديدًا إلى أوترانتو الإيطالية، ونجول هناك بخيولنا».

رفع عروج يده نحو المدينة الواقعة وراء البحيرة، وقال: «لكننا استقررنا في قلعة حلق الوادي منذ أيام، وما يزال أمامنا عمل كثير علينا إنجازه يتعلق بالدفاع عن القلعة وترتيب طرق التجارة، فنحن بحاجة إلى الوقت».

خضر: «هذا ما يفكر به العدو أيضًا يا أخي. ليعتنِ صبري وإسماعيل آغا بالأمور هنا، ولندعُ أخي إسحق فورًا كي يقدم لنا الدعم اللازم، وبدورنا نكمل ما ينقصنا بعد عودتنا».

* * *

سواحل ريجيو وإقليم كالابريا (إيطاليا) - أكتوبر 1503 م

قرأ خضر كتاب «محاكمة اللغتين» للشاعر علي شير النوائي: «... من المعروف أن التركي أكثر ذكاء وتفهمًا وأنقى من الفارسي، لكن الفارسية تبدو أكثر نضجًا وعمقًا في تحصيل المعرفة والفهم عبر الاجتهاد. يتضح هذا الموقف من النوايا الحقيقية والصادقة والنقية للأتراك، ومن علم وحكمة الفرس. لكن هناك اختلافات كبيرة لجهة الكمال بين اللغتين التركية والفارسية. إذ تتفوق اللغة الفارسية على التركية في غزارة الكلمات والعبارات، وفي معناها ومفهومها. لكن اللغة التركية تحوي تفاصيل دقيقة رائعة وجماليات، آمل أن تظهر للكل عندما يحين الوقت...

وهل هناك دليل أقوى من تفوق الترك على الفرس، وأكثر قدرة وأوضح وأكثر إشراقًا على الاختلاف بينهما؟ فمع أن الاندماج بين الشباب والشيوخ والكبار والصغار نجده في هاتين الدولتين على نفس المستوى، ولا يختلف الناس في تسوقهم وعملهم وتحصيل قوتهم وفي نهوضهم بعد سقوطهم، بل إنهم يعيشون في نفس الظروف المعيشية. لكن جميع الأتراك يتعلمون الفارسية ويتحدثونها بسهولة، لكن الفارسي لا يمكنه التحدث باللغة التركية بيسر. على الرغم من أن شخصًا من كل مائة أو ألف شخص يتعلم ويتحدث التركية، لكنه ما إن ينطق أول كلمة حتى يظهر أنه ليس تركيًا... لا يوجد شاهد أقوى من ذلك على أن التركي موهوب أكثر من الفارسي، ولا يمكن لأي فارسي أن يدعي عكس ذلك.

واللغة الفارسية غير كافية لشرح بعض المواضيع بالعمق، لوجود تفاصيل دقيقة وأصيلة في مكونات وموضوعات اللغة التركية. لقد وُضعت اختلافات دقيقة جدًا لأكثر المفاهيم تقلبًا، ولا يمكن فهمها بسهولة إذا لم يفسرها أهل الاختصاص من العلم. ويعتقدون أن الشبان الأتراك جاهلين وإن جمالهم

مأخوذ من جمال المساكين، لأنهم يطمحون إلى غناء القصائد الفارسية. وإذا فكروا بشمولية سيدركون سهولة الغناء وإظهار الفن بتلك اللغة، وستكون أشعارهم أكثر استحسانًا وقبولًا، بينما يظل اتساع اللغة التركية ودقتها وعمقها وثرائها باقيًا».

أغلق خضر الكتاب، ونظر بحب إلى رفاقه الذين كانوا يستمعون إليه بتركيز على ظهر سفينتهم الشراعية، وقال: «إذًا يا إخواني، دعوني أوضح لكم معنى السطور الشعرية الرائعة من قصة فرحات وشيرين، لشاعرنا العظيم علي شير النوائي، قبل أن نكمل واجباتنا وعملنا: سواء كانت الأمة التركية قبيلة أو مائة سلالة أو ألفًا، فهي بالنسبة لي ملة واحدة. لقد استوليت على المناطق الممتدة من هيتاي في الصين إلى خراسان دون أن أحرك جيشًا، وكانت كلها تحت إمرتي. ليس خراسان وحدها، بل شيراز وتبريز، جعلتُها جميلة بقلمي في عصر الأتراك. أعطى الأتراك قلوبهم لكلماتي، فاستنهضتهم حتى ضحوا بحياتهم. لم أرسل مرسومًا للاستيلاء على تلك البلدان؛ لكنني فعلت ذلك بإرسال ديوان. لقد تجاوز الديوان حدود الدولة، ولم يستطع أي مشرع مصادرته».

2

كانوا في خليج صغير مهجور، وكانت الغابات ملونة بالأصفر والأحمر، وأشجارها تغطي منظر البحر الذي يطل من بين أغصانها بأزرقه الداكن، والمنحدرات مكسوة بأشجار البلوط والصفصاف القديمة، وقد بسطت أشجار البلوط أذرعها العريضة نحو البحر، مقلدةً شجر الصفصاف الذي نبت إلى جانبها، وتدلت أطرافه في الماء. وكل جذوع الأشجار على الشاطئ

يعود تاريخها إلى القرون الماضية، وكستها أنواع من الفطريات الزرقاء المائلة للخضرة. وقد يكون ذلك بمثابة تفسير لعدم استخدام أخشاب تلك الأشجار رغم أن موقعها مناسب.

رؤية السناجب وهي تركض فوق الأغصان، والطيور تبني أعشاشها بأمان وراحة، حوَّلت قلق الجميع إلى سعادة غامرة. كانت أشجار الكستناء والقيقب مهيمنة على المنحدر الحاد، ورأى الأخوان بربروس أن جذوعها تستحق الفحص قبل قطعها.

كانت تلك الغابة مليئة بنوع غريب من الأشجار القزمية، التي تشبه النباتات الاستوائية بأوراقها مثل الخيزران وبجذوعها الزيتية السميكة التي يسهل تمييزها.

قال خضر: «ما قولك يا أخي؟ كيف يتركون هذا المكان عرضة للفطريات الغريبة؟»

عروج: «يمكننا أن نستوضح الأمور بصورة أفضل مع إشراقة الشمس، لكن تلك من خارج البيئة ودخيلة عليها يا خضر، غريبة جدًا... ومن الغريب أيضًا وجود المواشي في مثل هذا الخليج، على مسافة نصف يوم من ريجيو».

وأضاف عروج: «أفادنا المرشدون المحليون بأن المنطقة مناسبة للنقل، وأنا أقترح الانتظار حتى الصباح».

خضر: «ما زال الوقت باكرًا للصباح، وقد نتأخر. أعددنا مفاجأة للعدو، نشرنا خمسة عشر خبرًا منفصلًا، وغيرنا المسار ست مرات على طول الطريق، وجعلنا سلمان ريس خط دعمنا الخلفي، وقد جاءنا الريس من لبنان مندفعًا حتى الموت».

تمتم عروج ريس قائلًا: «لم نلتق بأحد، حتى أننا لم نلتق بقارب واحد على الأقل».

فهم خضر أن قلق أخيه يتزايد، فقال: «يمكننا إلغاء العملية، والذهاب مباشرة إلى إسبانيا يا أخي».

عروج: «لا، ما يزال الطليان يحاربون جيوش ملك فرنسا لويس الثاني عشر الذي يطالب بميلانو. تلك الحروب الإيطالية المستمرة منذ سنوات نعمة بالنسبة لنا للي ذراع العدو، وهذا مطلوب. كان الفاتيكان غاضبًا من فرنسا منذ عهد بابوية أفينيون، ويمكنك إضافة جميع المجتمعات الغربية بمواقفها المشابهة، لأنه خلال وباء الطاعون الكبير بين الأعوام 1347-1351م تقسمت أوروبا بين بابوية الفاتيكان وبابوية أفينيون. وقد وجه هذا الانفصال ضربة لجذور العقيدة الأوروبية، التي عانت فعليًا من جروح بالغة جراء ذلك الوباء».

***

وفقًا لترجمات الكاتب إنريكو بيليز من كتاب «حياة وتاريخ بربروس» لصالح مجلة الأرشيف التاريخي الصقلي، بدأت سلسلة الأحداث التي قادت الأخوين إلى اتخاذ قرار صعب في ذلك اليوم، حين خرجت سفن نابولي فجأة من مسار ميسينا.

لقد لجأ الشقيقان بربروس بأسطولهما إلى المياه الآمنة في الخليج، وشنَّا هجومًا على العدو في الوقت المناسب. ويرجع الفضل في ذلك، في المقام الأول، إلى قوة مجاديف سفنهما وبراعة المجدفين، إذ كانوا تحت حماية سفينتين.

كان أسطول نابولي قادمًا دون تباطؤ، وقد عُلِم في غضون ربع ساعة أن عددهم خمس سفن. لا شك أن الغارة كانت ناجحة، لكن البحارة الأتراك، الذين كانوا يعلمون جيدًا أنه لا مكان للمفاجأة والرثاء في تلك الحياة التي يعيشونها، بدؤوا يصطفون أمام الخليج على شكل هلال كالمعتاد.

واتخذ سلمان ريس موقع الريادة منذ اللحظة التي كان العدو يتمايل فيها، فقد كان الحارس عبر قوادسه الثلاثة التي كانت معه. أبقى شراعه ثابتًا، وثبَّت موقعه باتجاه الريح، ووقف ساكنًا ينتظر. منذ اللحظة التي هبط فيها العدو على بعد ربع ميل، أطلق ثلاث كرات مدفعية لإيقاف تقدمه، ومع ذلك لم يتباطأ العدو، وعلى مسافة خمسين ذراعًا بدأ في توجيه نيران المدفعية بكراتها المدمرة على الصواري والهيكل.

كان سلمان ريس على رأس قادوسه في المقدمة، متشبثًا بحبال منحنى السفينة، فقال وهو ينشد للقتال: «فلنقاتل ولنُعلِ كلمة الله، ودعونا نذهب إلى البحرية ونهاجم الإفرنج».

كان يصيح وينشد رافعًا سيفه العريض إلى السماء، وكان شغفه هذا يحفز إرادة مرافقيه للقتال أيضًا.

كانت كل سفينة من نابولي تحوي عشرين بندقية ذات ماسورة قصيرة المدى. وأطلقت نيرانها باتجاه سفن سلمان ريس. لكن العدو أوقَف إطلاق نيران مدافعه بعد اختراق سلمان ريس مواقع السفن، ومحاولته اعتراضها. وأمر فجأة بانطلاق المجاديف بالسرعة القصوى. ومع ذلك، لا بد أن سلمان ريس قد أدرك بأنهم يعتزمون إجراء مناورة سريعة من مسافة قريبة عن طريق سحب مجاديفه، فتظاهر بأن السفينة ثقبت بمهماز موجود أمامها، وجمع المجاديف الموجودة على جوانب المنفذ، وأوقف سيرها. وبنفس الطريقة قامت سفن الحراسة بالتشويش على سفينة العدو الأمامية وحاصرتها من جهتين، ثم بدأت بإطلاق النار في آن واحد.

وانفجر الوضع وكأن القيامة قد قامت.

كانت سفن العدو الأخرى تحاول تثبيت الأشرعة وتنزيل المجاديف على الأرض وتخفيف ثقلها وحولتها كي تتماشى مع حركة سلمان ريس وسفنه.

بدأ سلمان ريس في الالتفاف حول خصومه ومباغتتهم، وأمر بتوجيه رميات مدفعية حرة نحوهم، وسحق قاذفات المطرقة التي يتميز بها العدو. وتتكون قاذفات المطرقة من كرتي مدفع متصلتين معًا بسلسلة، وصمِّمت خصيصًا للقضاء على عمود الشراع أو سحق الشراع نفسه. وحين رأى سلمان ريس صعوبة إلحاق الضرر بالأعمدة الكبيرة لسفينة العدو وعمودها الخلفي وفق المطلوب، أمر بإطلاق النار على مكان الصعود، وسرعان ما اقترب من سفينة العدو وأنزل المرساة. وفي تلك الأثناء، أكملت سفن نابولي الثلاث الأخرى مناوراتها الواسعة، وبدأ المجدفون في التجديف لضرب السفن والقوادس التي يقودها سلمان ريس بالمهماز.

لكن عروج ريس وخضر ريس أرسلا في البداية سفينة ذات شراعين من نوع بومبارتا لمساعدة إخوانهم. وتقدمت خمس سفن منها بسرعة، وأحدث مخزون البارود في مدافعها قصيرة المدى والمصقولة انفجارات كالرعد والبرق. لم تكن السفن المعادية قد وصلت إلى أقصى سرعتها بعد، وتمكنت سفن بومبارتا من حماية هياكلها، ولكن على الرغم من قوتها النارية الفعالة، فإنها لم تتمكن من إبطاء سرعة سفن العدو.

كانت سفن العدو الشراعية ثقيلة جدًا، لا سيما أذرعها المحصنة ذات الطراز الفينيسي، ومهاميزها الحادة والفعالة المكسوة بالبرونز، التي تمكنت من تحطيم أبراج سفن بومبارتا عند الضربة الأولى. قبل وصول قوداس عروج وخضر، كانت قد بدأت جميعها في الغرق، وألقيت الحبال والشباك لانتشال الجنود البحَّارة من الماء. لم تكن الأمور جيدة بالنسبة لسفن نابولي، وقد شوهد جنود سلمان ريس بالفعل على سطح أول سفينتين رغم طلقات البنادق فوق سورها العالي. وقُضي على السفينة النابولية الثالثة فجأة بانفجار على سطحها، لم يستطع أحد معرفة كنهه.

لم ينته الخطر قبل الاستيلاء على سفن المدفعية أو تدميرها بالكامل.

لم يحدق الخطر الحقيقي بقوارب سلمان ريس قبل بدء الضربة الثانية، وقد اتخذت الإجراءات لتقوية القوارب من كلا الجانبين، خصوصًا أن تجهيز المدافع الغربية يتطلب أحيانًا ما يتراوح بين خمس دقائق وثمانٍ لإطلاق الضربة الثانية. وبعد فك محور المدفع المثبَّت عند قاعدته، يصار إلى تبريده عن طريق سكب مياه البحر عليه، ثم يُفصل المدفع عن ذراعه وتنظف ماسورة الكرات بِخشبة طويلة رأسها ملفوف بقماش للتنظيف. بعد ذلك مباشرة ترفع الماسورة عموديًا، ويُدكّ البارود فيها مع القذيفة، وبعد ضغط البارود باللفائف في خزان المدفع، ويكون جاهزًا للرمي.

مع بداية استلام خضر ريس مهامه القيادية، كان البحارة في السفن التركية يضعون بعضًا من زيت الزيتون في سبطانة الأسلحة النارية، ويستخدمون كمامة قابلة للاستبدال بسهولة لحشوة واحدة داخل السبطانة، وذلك لتسهيل التنظيف وتلقيم الذخيرة. ذلك التطبيق جعل عملية تجهيز القذائف للإطلاق في السفن التركية، أسرع بمقدار دقيقة أو دقيقة ونصف تقريبًا.

وهكذا اكتسب البحارة الأتراك وقتًا إضافيًا، مكَّن سلمان ريس من الإبحار والصعود إلى سفن العدو بسرعة وتطهيرها من الأعداء، إلى جانب الدعم من مدفعية سفن الأخوين بربروس القريبة. وكان خضر ريس منزعجًا نتيجة التعب من الحملة، أو ربما من المظهر الغريب والمهجور للمنطقة التي كانوا فيها. ثم أمر رجال المدفعية بالأداء السريع على وقع إيقاع «قلب الأسد»، من أجل الانتقام لسفن بريكس التي فقدوها، في حين كان بإمكانهم إبعاد سفن نابولي الأخرى.

هجمت سفينته مع سفينتي حراسة المياه المعتدلة، وما إن رأت طاقم سفينة العدو المصابة راية خضر ريس حتى توقفوا عن القتال ضد أسطول

سلمان ريس، وسُمعت أصوات الضباط والصفارات تتصاعد من منافذ سفن بوكا. فجأةً، انحرفوا في الاتجاه الذي أتوا منه، عندئذٍ أدرك خضر ريس نوايا العدو، وأمر بفتح الأشرعة، ودعا المجدِّفين للاستراحة. كان عليهم استخدام قوتهم باعتدال، للبقاء نشطين في المعركة.

كانت راية خضر ترفرف مع هبوب رياح خفيفة من خلف مؤخرة السفينة، وكانوا يرون بسهولة رسم ذو الفقار الأبيض على الأرض الخضراء، إلى جانب الآية: ﴿وَأُخْرَىٰ تُحِبُّونَهَا ۖ نَصْرٌ مِّنَ ٱللَّهِ وَفَتْحٌ قَرِيبٌ ۗ وَبَشِّرِ ٱلْمُؤْمِنِينَ﴾ [سورة الصف: الآية 13].

* * *

أمر عروج ريس أسطوله بالتوجه نحو سفينة خضر ريس على الفور، فلا يمكنه ترك أخيه وحيدًا بوجود عدة احتمالات سيئة، ووفقًا لكتاب «أخبار الأخوان بربروس» للكاتب لوبيز دي جومارا، فقد رأى خضر ريس سفينتي العدو الشراعيتيْن اللتين قررتا الالتفاف والقتال في اللحظة الأخيرة، فاتجه بسفينته بمقدار 45 درجة نحو سفينة العدو الأضخم عددًا والأكثر تجهيزًا، وقد فعل ذلك بسرعة كبيرة كون الماء بدأ يتسرب إلى سفينتهم المصابة.

3

أرسل عروج ريس السفن الاحتياطية لمساعدة سلمان ريس، وذهب بسفينته لملاحقة آخر سفينة من سفن للعدو. فقد أدرك أنه إذا لم يوقف تلك السفينة، ستهاجم بكل قوتها لإغراق سفينة خضر ريس. تقدم عروج ريس بسفينته كالسهم الطائر، وما إن صار بمحاذاة منتصف سفينة النابوليين، حتى أطلق الطرفان قذائفهم في الاتجاهين.

أمر عروج بإطلاق كرات المدفع بزاوية 25 درجة إلى الأعلى، مع كمية مزدوجة من البارود. وتحول السطح العلوي لسفينة العدو إلى جحيم، وتكدست عليه أكوام من الخردة، فيها الكرات المعدنية والأحزمة والقطع الفولاذية والمسامير المكسورة والمفصلات وكل ما يخرج من مواسير الأسلحة. أراد العدو الرد على ذلك بالمدافع الخاصة المثبتة على السفينة، وكانت ذخائرها نصف كروية، وأطلقت باتجاه واحد مثل قذائف الهاون، وكان من الصعب جدًا توجيه ضربات دقيقة الأهداف بوجود الرياح، فذلك النوع من الهاون اخترعته مدينة البندقية. على الرغم من عدم وجود رياح قوية في ذلك اليوم، فإن المقذوفات نصف الكروية لم يكن لها تأثير فعال، سوى إصدار أصوات فارغة ودخان كثيف.

على أية حال، لم يبد الأتراك أي اهتمام بمثل تلك المدافع أبدًا، بل أبقوا عليها في مؤخرة السفينة لمنع عمليات المطاردة أو تعقيد الظروف.

أرسل خضر ريس جنودًا إلى سفينة العدو التي أصيبت، وكان عروج ريس بضرباته يجبر بحارة نابولي على ظهر السفينة، الذين كانوا يستعدون لإطلاق القذائف المدفعية، على الاختباء أو الفرار إلى الطوابق السفلية. بدت ضربات العدو أكثر فاعلية من قبل، فأبطأ عروج ريس سفينته بعد أن خرجت من مرمى المدافع. أما السفينة الشراعية الثقيلة، فكانت تحتاج منه إلى مناورة قصيرة استعدادًا لمهاجمتها من جديد، وطالب عروج ريس بإجراء تقييم فوري للأضرار كي يكونوا جاهزين للتصدي لها. بدأ بتفتيش مكان الصعود إلى السفينة وعلى الأطراف، ونزل لتفقد الطابق السفلي بنفسه. بعد ربع ساعة، أُغرقت سفينتان للعدو، وبقيت سفينتان في الاحتياط لتقديم الدعم، وكانت إحداها ما تزال تقاتل عروج ريس ولم تكن مستعدة للاستسلام. حاصر الأسطول التركي سفينة العدو من كل الجهات، لكن العدو اختار الانتحار

بدلًا من الاستسلام، فأقدموا على تفجير ترسانتهم من البارود المحمَّل في السفينة، وإغراق مائتي شخص من بحَّارتهم.

وقال عروج ريس محتضنًا خضر ريس: «من كان الله عونًا له، فلا رادَّ له».

قال خضر بصوت حزين: «أتمنى لو أنهم لم يفعلوا ذلك، لا يحق لأحد أن يقضي على أناس مجتمعين في آن واحد».

كان عروج صابرًا ومتوكلًا على الله، فقال: «نجمع الناجين من البحر في قوارب مع الحطام والجثث. وأذكر ما تكرره دومًا من كلمات الجد كركود: «الرحمة على السيئين تكون ظلمًا للأشخاص الجيدين، والعفو عن الظالمين فيه ظلم وإهانة للمظلومين». آمل أن يكون هذا درسًا كافيًا لهم وألَّا يعبثوا بنا ومعنا مرة أخرى. وقد سمعت من الضباط الأسرى أثناء القتال، عن سفن تعود لأسطول كبير يحمل البضائع التجارية الشخصية لدوق ريجيو».

خضر: «إلى أين يتجه؟»

عروج: «إلى كورسيكا أولًا، ثم إلى إسبانيا».

سأل خضر بابتسامة ساخرة: «وهذا يعني أننا...».

ردَّ عروج: «يمكننا أن ننغمس في إيطاليا في وقت لاحق يا خضر، فهناك غنيمة كبيرة تنتظرنا على خط صقلية - كورسيكا يا أخي، وإن أسرعنا سنعود بحلول ظهر الغد، ونتولى المسؤولية بسهولة. لقد علمنا من الأسرى أن الأسطول غير محمي، ولا يوجد حاليًا إلَّا عدد قليل من القوادس الصغيرة وسفينة بارسا واحدة».

قال خضر: «سفينة بارسا تعادل ثلاثة قوادس على الأقل يا أخي».

عروج: «لا تفكر في الأمر، فإذا عدنا إلى حلق الوادي بغنائم كبيرة سيزداد شأننا لدى السلطان».

انشرح صدر خضر، وقال: «إذًا، تحتاج إلى رجال يسيرون معك على نفس الدرب، أليس كذلك؟»

كافحوا طوال الليل كي يتمكنوا من إصلاح جميع سفن الأسطول ولو جزئيًا. أشعَلوا النار في المرجل على سطح السفينة، ووضعوا فيه القار وزيت الزيتون ومادة الكبريت والتربة الصلصالية، وبعد إضافة القطران الزيتي صار الخليط مادة قوية لسد الثقوب والكسور في أجسام السفن، بعد وضعه على أقمشة الشراع السميك، ولصقه على الأماكن المتضررة.

في وقت لاحق من تلك الليلة، شاهد خضر النجارين والصنَّاع يركزون على عملهم تحت ومضات اللهيب البرتقالي والوردي والأزرق. وحاول مساعدتهم قدر استطاعته، وأحس بالبهجة والإرهاق في نفس الوقت، وقال لنفسه: «أنا على الخط الفاصل بين الحلم والواقع، الذي ينهار بسبب التعب. أنظر إلى السماء عبر حطام الجسور التي دمرتها، وأشعر ببرد الموت يرتجف بين جنباتي... لكنني سعيد».

انضمت السفن التي وقعت بالأسر إلى الأسطول مع اقتراب الفجر، ورافقتها القوادس الاحتياطية. وأثناء قيادتها نحو حلق الوادي، أدرك خضر أن البرد أثر في جسده حتى اخترق قلبه. فجأةً، تذكر والدته التي فقدها، وتأمل عينَيها الخضراوان وكأنهما مرسومتان على سطح البحر، وشعرها الأحمر المغطى بشمس الغروب، فقال محدثًا نفسه وهو يلهث: «الموت كالخنجر الحاد... ما زلت أتذكر لمعان دموعي مع كل رمية من سلاحي. كنت أرتعش في منتصف النهار، ومع آلام منتصف الليل اِرتعشت رموشي المتربة، هذه هي الوحدة يا أمي...».

أقبل عليه عروج، وقال له: «إذا كنت ترغب في النوم لبضع ساعات، اِذهب ونم. تبدو متعبًا».

ابتسم خضر، وقال بصوت مخنوق أجش: «كيف أنام في مثل هذا الوقت يا أخي؟»

عروج: «من جديد، هناك شخص شغل عقلك... إنها أمي، أليس كذلك؟»

تجنب خضر النظر في عينيِّ أخيه، وردَّ بالإيجاب.

سأله عروج: «لم تعتد على فراقها بعد!»

خضر: «لا أريد أن أعتاد على ذلك، وفي مثل هذه الليالي الطويلة، لا أفكر في أمي وحدها».

عروج: «أنا أعلم أنك تفكر في حسن طوبال أيضًا...».

خضر: «نعم يا أخي، وقف حسن طوبال على جدران إسطنبول وتلقى السهام بصدره، كان صدره مثخنًا بالجروح، لكنه لم يترك الراية، بل على العكس من ذلك، ضمها إلى صدره بإحكام، فتلك الراية كانت راية الإسلام، وردَّد أعظم كلمة نقلناها إلى العالم، إنها كلمة الله».

قال عروج بصوت صادق: «كان أبي يروي لنا بطولاته في صغرنا يا خضر، وبأن السلطان العظيم محمد الفاتح حين كان يخاطب جنوده بعد كل غزوة، يذكر حسن طوبال دائمًا، ووالدي يعقوب آغا سمع ذلك من السلطان نفسه مرات عدة. في بعض الأحيان أحدق في الأفق وتجول عيناي في السماء، وأجدهما تتجمدان عندما أتذكر البطل حسن طوبال... إنه الأولوباطلي».

***

بعد إبحار شاق، واجه الأخوان بربروس الأسطول التجاري الكبير المذكور. وانسحبت القوادس الثلاثة التي كانت مسؤولة عن سلامة الأسطول من المعركة ما إن رؤوا رايات الأخوين بربروس. كان الأسطول يضم سفينة شراعية ضخمة من ثلاثة طوابق، من فئة سفن «بارسا» المقاوِمة. لم يعرفوا قائدها، لكنهم لاحظوا أنه كان يقودها بكل سهولة، ويديرها كما لو كان يدير مركبًا شراعيًا، ثم أدار وجهة السفينة نحو أسطول الشقيقين بربروس دون تردد. ومن دون سابق إنذار بدؤوا في القتال، وكان مجموع المدافع أربعين

مدفعًا على سطح السفينة. كان من الصعب حصارها لأن بحارتها قادوا السفينة بتفانٍ كبير. ونجحت مدفعيتها في إبعادهم عن طريق رمي طلقات منتقاة مدمرة بوتيرة متتالية.

لم يتوقع الأخَوان بربروس مواجهة بهذا القدر من المقاومة، لكن الاشتباك لم يدم طويلًا. كان قائد سفينة بارسا الكبيرة يظن أن الأتراك لن يجرؤوا على الصعود على سطح سفينته، لذلك واصل مناوراته المتحمسة ودك القنابل. كان الإخوة بربروس يدركان عدم وجود أي طريقة يمكنهما اتباعها لحماية الأسطول وإيقاف هؤلاء، إلَّا بمساعدة القوادس الأخرى. في نهاية المطاف، إما أن يحاولا كسر الحصار أو أن يعرضا صفقة على الخصوم.

أخيرًا، تيقن قبطان سفينة «بارسا» بأن عدوه لم يهاجم بسبب خوفه من الصعود على متنها -مثلما كان يتوقع- بل يهدف إلى الاستيلاء على سفينة «بارسا» دون إلحاق الضرر بها. حاول كسر الحصار عنه، في الاتجاه الشمالي الشرقي أي نحو نابولي. لم يستجب أسطول الأخَوين لهذه الحركة المتهورة بسبب تضرر سفنهم بشدة، وسمح للسفينة الشراعية بالابتعاد عنهم، لأن الانخراط في قتال مباشر ضد سفينة «بارسا» سيلحق بها أضرارًا جسيمة غير ضرورية وخسائر في الأرواح. وكانت السفينة في حالة هروب، ولن يتمكنوا من التسلل نحوها طالما وُجَدت سفينة الحرس في الخلف.

سارع الأخوان بربروس للحاق بالأسطول واستولوا في فترة ما بعد الظهر عليه. كانت السفن محملة بثلاثين طنًا من الملح، واثني وعشرين طنًا من القمح، وثلاثة أطنان من الشعير، وثلاثة أطنان من الأرز، ومئات الكيلوغرامات من العسل، وألف وثمانين برميلًا من زيت الزيتون من براميل فودر سعة الواحد منها ثمانين ألف لتر، وخمسمائة أوكة من الجبن، ومثلها من الصابون، وخمسين طنًا من المعدن الخام الجاهز للمعالجة في ثلاثة

صنادل. وعندما أدرك قائد الأسطول الكونت الإيطالي نيكوديمو بيدريتي، أن الأخوين بربروس سيقبضون عليه، انتحر شنقًا على عمود غراندي.

ولما صعد عروج ريس إلى سطح السفينة ورأى حالة بيدريتي، قال: «لماذا فعلت ذلك يا رجل؟»

رفرف طرف عمامة عروج ريس مع رياح أكتوبر، والتفت إلى أخيه، وقال: «لا بد أنه فقد كل الحلول، سواء كان قلبه واسعًا أو ضيقًا. الانتحار محرم في عقيدة هؤلاء المسيحيين، ولكن طغى رعب الأسر في قلبه على حقائق الآخرة. لقد نشروا عنا أكاذيب مخيفة للغاية، لدرجة أن كثيرين لم يعرفوا عنا حقيقتنا. ويقول سيدنا أحمد يسوي -رحمه الله-: «لا تعلم أمم آخر الزمان أن الدنيا فانية، ولا يعتبرون ممن يغادرون»».

أمر خضر بإنزال الجثة المتمايلة عن العمود، وقال لاحقًا: «ربما اعتقد أننا سنسلخه حيًا، أو نقطع أطرافه وهو حي ونرميها لأسماك القرش. أو كان يظن أننا سنضعه في زنزانة ونتركه للجوع أو الوباء، فقد قال مشايخنا: «مهما كنت غارقًا في بحر من الغم، فأعلم أن الكوارث ستمر بإذن الله». وهؤلاء يغذون الشك بالموت وما بعده أكثر من الإيمان به. لذا فإن قلوبهم مظلمة وكئيبة، وتُثبَّط عزيمتهم بسهولة».

تنهد عروج قائلًا: «يتركون وراءهم الأكاذيب والافتراءات الرهيبة التي سينقلونها انتقامًا من جيل إلى جيل. لكن للأسف، لا يمكننا أن نفعل الفعل نفسه».

قال خضر: «لأنك بذلك لن تكون عادلا».

جفف خضر عرق جبينه، وأضاف: «لا يمكن بناء الحقائق على الأكاذيب».

ضحك عروج قليلًا، وقال: «أتظن ذلك يا أخي النقي النظيف! فكر بما سيقولونه عنا على امتداد هذه البحار والشواطئ بعد خمسة قرون من الآن».

خضر: «يا أخي، لن يبقى أثر من عظامنا في القبور بعد خمسة قرون. حينها من سيسمع باسمنا؟»
ضحك عروج، وقال: «أنت مخطئ».

4

حلق الوادي (تونس) - نوفمبر 1509 م

قال السلطان محمد: «لا أظن أن وجودكما في جيجل مؤقتًا، من الأنسب أن تستوليا على المنطقة مع أقاليمها وتحويلها إلى مكان محصن، أخبرتكما عن صعوبة التعامل مع أمراء عبد الواد».

كان عروج ريس في الطرف الآخر من المأدبة التي استضافا إليها السلطان، فقال له: «هذا ما نفكر فيه أيضًا، لكننا بحاجة إلى مساعدتك ونفوذك أيها السلطان».

السلطان محمد: «الأمور ليست كما كانت عليه هنا يا صديقيَّ. عرشي مهدد من قبل أفراد من سلالتي مجددًا، وهذه المرة الوضع أخطر من ذي قبل، هذا لأنني فقدت بجاية الجزائرية أمام الإسبان، وهي مدينة ساحلية مهمة مرتبطة بنا. أما بالنسبة لأمراء الجزائر، فإنهم يفضلون إعطاء الأرض لمسيحي يحترمهم على أن يعطوها لمسلم آخر».

عروج: «هل هذا يعني أنك لا تستطيع مساعدتنا؟»

السلطان محمد: «على الأقل، لا يمكنني مساعدتكم علانية».

ثم نظر السلطان إلى النوافذ المفتوحة حول القلعة الحجرية الرملية، المطلة على البحر الشاسع، وعلى بحيرة تونس من الخلف، والحقول القاحلة بمنظرها الخريفي. بعد ذلك، تلفت إلى محتويات الغرفة الكبيرة وما فيها من

رفوف مصنوعة من خشب الجوز، ومنقوشة بالزخرفة الإسلامية، وإضافة إلى الأثاث الفخم، والمزخرف بفن أدرنة كاري، ثم قال: «أنتما أفضل من يجعل هذا المكان قصرًا رائعًا وقلعة محصنة. لا أستطيع أن أشكركما على ذلك بما فيه الكفاية، لو كان لدي القليل من الرجال أمثالكما لحكمتُ إفريقيا بأسرها».

قال عروج ريس بهدوء: «في أثناء تدريباتنا الميدانية أيها السلطان، طلب أستاذنا علي نوري ألب، وكان صديق والدي منذ أيام معركة ميديللي وأحد أقرانه، أن نحفظ قول الفيلسوف الصيني لاو تزو، وألّا ننساه أبدًا».

السلطان محمد: «ما هذا القول؟»

عروج: «إن الله يعطيك الأشخاص الذين تحتاجهم، وليس الأشخاص الذين تريدهم، لدرجة أن هؤلاء الأشخاص سيساعدونك، ويؤذونك، ويتركونك، ويحبونك، حتى تصبح الشخص الذي يريدونه». والآن أيها السلطان، أنت تعلم أنك لن تجد أناسًا أفضل منا في الحفاظ على عرشك».

كان السلطان يحتسي شرابه الساخن، فأرجع رأسه إلى الخلف وأغمض عينيه، ثم قال: «لقد أصبحت مسنًا أيها الشابان، فإن لجأت إلى قوة أجنبية من أجل حماية عرشي، فسوف أُستبعد من هنا، حتى من قِبل عائلتي أيضًا».

نظر خضر إلى أخيه، وقال: «ظننتُ أننا كسبنا قلوب الناس والأعيان».

فرد السلطان محمد: «نعم، كسبتما القلوب يا خضر ريس».

ثم أمال السلطان وجهه الأسمر، وقال: «لكن الأمور هنا لا تشبه تتويج ملوك وأمراء تابعين في أوروبا».

خضر: «لماذا يصعب على الآخرين فهم حماية المسلم لمسلم آخر؟ ها قد بلغتُ من العمر ثلاثة وأربعين عامًا، ولم أجد تفسيرًا لذلك بعد».

السلطان محمد: «المشكلة تكمن في أنك تحمل دمًا مختلفًا يا خضر ريس».

عروج: «سنساعدك سرًا أيها السلطان. أنت الضامن لوجودنا هنا، بالطبع سنساعدك».

السلطان محمد: «أنتما بحاجة إلى الوقت يا صديقيَّ».

عروج: «يمكنك أن توفر لنا ذلك الوقت، لهذا السبب عليك مساعدتنا على التغلب على قادة جيجل».

السلطان محمد: «لستما قويين بما فيه الكفاية حتى الآن، وقد أخبرتكما بأن كل ما يتطلبه الأمر هو المزيد من الوقت والغنائم، حينئذٍ ستحصلون على المزيد من الجنود والسفن. لكن عليكما الآن أن تبقيا هادئين، وأن تهتما بتجارتكما. إذا تمكنتُ من إعادة تعزيز موقفي فسوف يتغير كل شيء. لدي مشاكل مع الأمراء الجزائريين وعليَّ أن أتعامل معهم أيضًا، فأنا أعلم أنهم يدعمون كل خصومي سرًا وعلانية. في العام الماضي تجاوزت كمية الذهب التي نقلوها من البندقية إلى المؤسسات الجنوبية ثلاثة وخمسين ألفً قطعة، وهذا المبلغ كافٍ لأعدائي كي يجمعوا جيشًا كاملًا».

بادر خضر ريس بالقول: «إذًا، أعطنا أسماء أعدائك، وهكذا نعرف الأعداء حتى لا يتزعزع موقفك وموقفنا».

ثم عقَّب عروج ريس قائلًا: «قال مشايخنا سابقًا: «الصديق الحقيقي هو الذي يقف إلى جانبك في أوقات الشدة، في حين أن الجميع يقفون معك في وقت الفرح». ثق بنا وتغاضى عن بعض المناوشات التي ستحصل من حين إلى آخر، وبعدها سيتلاشى الضجيج، ويبقى الهدوء لنا».

رمش سلطان عينيه بتعبير ذكي ومدروس، وقال: «إذا سألوني عنكما، فسوف أنكر معرفتي بكما».

أومأ عروج ريس رأسه بالقبول.

مع مرور الوقت، اختفى أعداء السلطان محمد واحدًا تلو الآخر، وحررت القاعدة الجديدة للأخوين بربروس في جيجل عند الساحل الجزائري، وحينئذ

كُتمت أصوات الأعداء القدامى في الجزائر. لكن لم يُسمح للأخوين بزيادة قوتهما في المنطقة، ولم يسمح لهما بترميم جدران جيجل المدمرة من أجل السلامة. من ناحية أخرى، لم يصر الأخوان على فعل ذلك، بل انتظرا الوقت المناسب بصبر.

في تلك الأيام، أخذت هذه القصيدة القديمة صداها بألحان مختلفة ولغات مختلفة، وانتشرت في الجزائر وعموم شمال إفريقيا تقريبًا، وجاء فيها:

«الأيدي التي تزرع الأرض ذات فضيلة وقيمة كبيرة.
الثروة تتدفق من تلك الأيدي.
والبحر يتدفق أمام منازلها.
إذا شاركتَ ما تنتجه يداك، وأكرمتَ الفقير على عتبة بابك،
ستأخذ ثمرة كرمك حتمًا».

* * *

جيجل - سبتمبر 1511م

«اسمحوا لي بخلع لباس الأمراء والعيش من دونه برهة من الزمن.
دعوني أسافر إلى الخارج، وأذهب بعيدًا برهة من الزمن.
دعوني أطرب بصحبة الآلات العازفة، وأبكي على نفسي وأنا مطروب.
دعوني أسقط وأضحك حينًا وأبكي حينًا آخر، حتى أبتلع الدم وأثمل وأغدو حيران».

طوى خضر الورق السمرقندي الأصلي ذا الحجم المزدوج والمصنوع من القطن الخالص، الذي كتب عليه أشعار شاه زاده كركود، ووضعه ضمن قصائده الأخرى التي جمعها.

كان شاه زاده كركود من أشهر علماء عصره في الدين والعلم، وكان فقيهًا شافعيًا عظيمًا. كتب قصائد تحت الاسم المستعار «حريمي». كان خضر

يرتجف من الأوراق التي كُتبت عليها قصائد شاه زاده، فقد تسلَّم بعضها على شكل هدايا بخط يد شاه زاده، واحتفظ بتلك الأوراق في شرنقة ذهبية خاصة، لأنه كان يخشى عليها من الفئران.

التفت خضر إلى أخيه وقال: «سمعت أن شاه زاده عائد من مصر، فقد قصدها بعد الحج».

قال عروج ريس: «هذا قرار جيد».

ثم ترك سيفه الذي كان يسنه، وكان يلبس سترة البحارة دون أزرار، وقد أصيب جسده القوي المليء جروحًا بحروق الشمس. ظهر تعبير مدروس وصعب على وجه عروج، وأضاف: «إنه قرار جيد حقًا، لأن ذهابه إلى الحج لم يكن مرحبًا به في دار السعادة، أقصد إسطنبول، وعودة شاه زاده كركود ستكون خير جواب من شاه زاده جيم، لكل من يخشى أن يتحول رحيله إلى حالة مكررة. حقيقةً إن تتويج شاه زاده العظيم أحمد وليًا للعهد من قبل السلطان بايزيد وكبار الشخصيات قد أضر بالأميرين شاه زاده سليم وشاه زاده كركود. ومع ذلك، فإن رحيل الأمير كركود عن البلاد كان له آثار سلبية للغاية».

نظر خضر إلى السفن، وإلى الربان والعمال الذين كانوا ينشطون حولها، وملأت الروائح الحلوة أنفه، من خشب القيقب والبلوط والكستناء. كان يجلس مرتديًا سترته مثل أخيه، ومستمتعًا بدفء بشرته التي أحرقتها الشمس، فقال لأخيه عروج: «يا أخي، طالما أن شاه زاده سليم يحظى بدعم الجنود الإنكشاريين وجنود الولاية، فلن يُفتح طريق السلطنة للأمراء الآخرين. إن نجاحه العسكري والسياسي في حملته ضد الصفويين وجورجيا، والغنائم التي منحها لأتباعه، أكسبته شهرة واسعة ومصداقية كبيرة في الولايات ولدى جميع طبقات الجيش. وإن شاه زاده كركود ليس لديه ابن ذكر، لذلك، فإنه يتخلف في السباق. ونأمل ألَّا يتحول هذا الصراع إلى صراع مسلح بين

الأمراء، لأن الأميرين سليم وأحمد سيفعلان ما بوسعهما للانتصار، وسنكون موضع شك بوصفنا الأصدقاء القدامى لشاه زاده كركود».

عبس عروج، وقال: «ماذا تقصد؟»

ردَّ خضر: «أعني أنهم سيحاسبوننا مقابل ذلك، فالكل يعلم أن البحرية تقف إلى جانب شاه زاده كركود، وكذلك القراصنة. فهُم لا يطلقون على شاه زاده كركود لقب والد البحرية التركية من فراغ، ولكن إذا اشتدت الأمور، فيمكن القول إن هذا الرابط ليس رابط حب فقط، بل هو تضارب في المصالح العسكرية، وحالما تبدأ أي معارضة داخل الجيش سيضعوننا في الهدف مباشرة. سيجعلون الأمر يبدو وكأن هناك صراعًا بين قوات البحرية والقراصنة وجنود الدولة والإنكشارية».

كان عروج ريس مرتبكًا، فقال: «يا خضر، ما يهمنا هي الدولة العَلية، هل علينا أن نكون طرفًا في شؤون السلطنة هذه؟ فالجميع يعلم أن شعارنا الدائم: الدولة أولًا. ولن يصدق أحد عكس هذا الكلام».

خضر: «هذا صحيح يا أخي، ولكن إذا انقلبت الأمور بينهم رأسًا على عقب في يوم من الأيام، سيُوجه الاتهام إلى الأصدقاء من كلا الجانبين».

ألقى عروج حجر المَسَن جانبًا بغضب، وقال: «نعم، شاه زاده بايزيد مريض، لكنه ما يزال على قيد الحياة، إذا أخذ الله أمانته فسوف نبايع السلطان الجديد على الفور، ولن نترك أي علامات استفهام في أذهان أحد».

كان خضر ينظر أمامه، ولم يرد على أخيه؛ وهذه الحالة جعلت عروج ريس قلقًا أكثر مما كان يبدو عليه. ثم قال: «لا تقلق، سأكون في ميديللي قريبًا، سنقيِّم الموقف وأعلمك بآخر الأخبار».

فجأة شاهدا سحابة كالجبل، مثل لوح نحاسي، تتحرك بوهج قرمزي مبهر، وتتجه غربًا نحو سطح البحر الضبابي، مثل ماء يتسرب من إبريق

بلوري متصدع، يغطي الضوء الأرجواني المتدفق من الزاوية السفلية هالة من الأمواج. بدا خضر كأنه غير مُدرك لذلك، ونظر عروج إلى أخيه بذهول، بدا وكأنه يختنق. ثم قال: «يا أخي، لديك خيرات وفوائد عظيمة».

5

جيجل (الجزائر) – مايو 1512 م

«إن سعادة الشخص الذي تريحه زينة العالم تكمن في جمع خيرات العالم وحفظها وتلقيها ومنحها، فيغدو العالم كالقصر الوهمي. ذلك الشخص يحيا مع العالم، ويعيش مع العالم، وهو أدنى قيمة ومستوى من حياة ابن آدم ومكانته، لأن جميع الحيوانات البرية والداجنة والحشرات والطيور والأسماك تشترك في البحث عن المتاع الدنيوي، وتعيش من متاع ذلك القصر الوهمي. لذلك، إن الله تعالى الذي خلق العالم، شبه هؤلاء الناس الذين يلهثون لإشباع غرائزهم والبحث عن المتاع الدنيوي بالحيوانات، فقال تعالى: ﴿ذَرْهُمْ يَأْكُلُواْ وَيَتَمَتَّعُواْ وَيُلْهِهِمُ ٱلْأَمَلُ فَسَوْفَ يَعْلَمُونَ﴾ [سورة الحجر: الآية 3]».

كان خضر ريس يغلق كتاب «رتبة الحياة» للعالم والفقيه يوسف الهمداني، بعد أن قرأ السطور السابقة، كي يستريح ويأخذ قيلولة قصيرة، فإذ به يرى صبري آغا عند عتبة الباب، ويقول: «لقد جاءتك رسالة من عروج ريس».

ردَّ خضر ريس على الفور: «تعال يا صبري... ادخل وأغلق الباب خلفك».

في جيجل، كان جنود الحراسة يوجدون أمام أبواب الأخوين ليلًا ونهارًا، لأنهما يعيشان في أكواخ مؤقتة صغيرة بنيت على الشاطئ. كل الحراس رجال موثوق بهم بالطبع، لكن خضرًا يفضل الحفاظ على خصوصيته عندما يتلقى أخبارًا أو يستعد لإرسالها. لم يكن مخطئًا حيال مثل تلك التنبؤات،

بحسب ما أورد رينيه باسيت في كتابه «وثائق إسلامية حول حصار الجزائر عام 1541». وربما لهذا السبب، أخرج الرسالة من شرنقتها الخشبية التي تفوح منها روائح طيبة، وقرأها.

فضَّ خضر رسالة شقيقه عروج، وقرأ:

«عندما ذهب الانكشاريون في إسطنبول إلى ساحة الحصان، وأعلنوا صراحة أنهم لا يريدون شاه زاده أحمد، وأنهم يدعمون شاه زاده سليم، لم يستطع شاه زاده أحمد الكبير تجاوز منطقة أوسكودار، وكان أنصاره قد أعلنوه سلطانًا. صدقني يا خضر إنني تألمت لألم شاه زاده من أعماق قلبي وبشدة.

وفي تلك الأيام أُرسلت خطابات دعم إلى شاه زاده سليم الذي كان يقيم في سنجق كافا في القرم. وتناقلت الأنباء أن الصدر الأعظم أحمد باشا الهَرسَكي كان من أنصاره، وأن الوزيرين مصطفى وسنان باشا قد سانداه بدوريهما. وفي نهاية المطاف، رضخ السلطان بايزيد المتعب للضغوط، واستدعى شاه زاده سليم إلى إسطنبول بأمر مؤرَّخ في محرم 918هـ.

قرَّر السلطان تعيين شاه زاده سردار قائدًا للتجهيزات في الحملة الكبيرة ضد الشاه إسماعيل. حينها سُمع أن شاه زاده كركود جاء سرًا إلى إسطنبول، ولجأ إلى الإنكشارية، كان بإمكاني الذهاب لرؤيته، وربما كنت نجحت في زيارته، لكني رأيت أن تلك الحركة ستلفت الأنظار إليَّ، وسأكون موضع شك. ربما كان شاه زاده يفكر باستخدام نفوذه في البحرية كي يؤلف مجموعة حوله، لكنه ربما لم يجد ما كان يبحث عنه، فقد سمعنا أن الإنكشاريين أغلقوا على شاه زاده في غرفة في ثكنتهم، وعزلوه عن العالم الخارجي.

بعد ذلك، تسارعت العملية التي أوصلت السلطان سليم إلى العرش، جاء شاه زاده من سنجق كافا في القرم، ودخل إسطنبول بهيبة جلالة السلطان. كنتُ هناك عندما اِهتزت المدينة بأكملها بهتافات مناصريه

يا خضر، أقام في مكان مهيب، أُعِد له كخيمة في يني بهجة، وقد انحاز الفرسان المسلحون إليه تمامًا. وفي النهاية، تخلى السلطان بايزيد الثاني عن عرشه لصالح ابنه، لتقديره بأنها ستكون الخطوة الصحيحة لصالح الدولة. وهكذا اعتلى يافوز سليم خان العرش بوصفه الحاكم العثماني التاسع في 7 صفر 918هـ، الموافق 24 أبريل 1512م.

بناءً على ما قيل، يبدو أن سليم خان بدأ بداية قوية في سلطنته، مثلما فعل حين كان أميرًا، لأن شخصية الإنسان تبقى كما هي. على الرغم من أن شاه زاده كركود تعهد على الفور بالولاء للسلطان الجديد سليم خان، فإن وصوله المفاجئ إلى العاصمة يبدو أنه أزعج السلطان، إذ دلَّ على أنه سيحاول الصعود مجددًا عندما تتاح له أية فرصة. في الوقت الحاضر عُيِّن شاه زاده كركود على رأس إمارة ساروهان وأُرسل إلى مانيسا. ولكن يا خضر، يجب علينا أن نبتعد عن بلدنا نحن أيضًا، حتى تصل الخلافات بين السلطان وإخوته إلى نتيجة واضحة. لذلك كنت محقًا في تخمينك».

وتابع القراءة:

«إذا كنتَ تسأل لماذا؟ فقد كنت في طريقي لزيارة شاه زاده كركود في مكتبه في مانيسا قبل أسبوع، وأدركت أن القره توغيين -الذين كانوا مخلصين لشاه زاده سابقًا- كانوا مكلفين بإبقائه قيد التحقيق هذه المرة. كانت معظم وجوههم مألوفة، وقد حذروني من الأمر، وقالوا إن أفضل ما ينبغي فعله الآن هو الابتعاد والإبحار فور وصولي إلى سفينتي. لا أستطيع أن أصف لك كم كنت غاضبًا، وكم كنتُ خائفًا على شاه زاده كركود، وقد قال كبارنا سابقًا: «لو في استطاعة الإنسان فعل ما يقوله لسانه، لأصبح المتسولون سلاطين».

وسمعت أمرًا آخر يا خضر، إذ يقال إن السلطان كان لديه رجل يعرفه منذ أن كان أميرًا، ويثق به كثيرًا، واسمه وهيمي أورهون جلبي، وكان

ينظم وكالة استخبارات تسمى «الهلال الفولاذي» لتحل محل القره توغيين، ويقال إن عملية تفكيك جهاز القره توغيين قد بدأت بالفعل.

كان وهيمي أورهون جلبي رجلًا فظيعًا له وجه جهنمي، يفعل كل شيء من أجل دولته وسلطانه، وكان محترفًا في التسلل بين الحشود ويبقى غير مرئي. وما إن شك بأحدهم، فيكون ذلك كافيًا ليودي بحياته، وكان يقال: «التعاطف مع الشك والمشكوك فيه، كالاحتراق في نار الكوارث والندم».

ربما صاغ تلك الأقوال وبالغ فيها أعداء سليم خان يا أخي، لكن الكبار قالوا: «يعمل الإنسان حسب سمعة الشخص المقابل له، وقد لا يستحق ذلك الشخص أن يُطبع بأي طابع يقلل من سمعته».

باختصار، سلكت طريق العودة دون إضاعة للوقت، وكنت أنوي رفع علم الدولة على الشواطئ باسم شاه زاده كركود، لتهدئة آلام قلبي، لكنني تلقيت معلومة مؤكدة من القره توغيين بأن هناك قافلة تجارية تسير نحو البندقية في البحر الأيوني. لقد كانت إحدى المعارك الصغيرة، لكنني أخذت غنائم كثيرة من السفن التي استوليت عليها على ساحل بوليا دون إطلاق أي طلقة، بل رفعنا علم الدولة فقط. وقد غنِمت أربعًا وعشرين ألفًا من القطع الذهبية والمعادن الثمينة، وأطنانًا من الحبوب. أنا الآن في مصر يا أخي، أنقل لكم تحيات السلطان غوري ومحبته لكم. وأعلن عن دعمه لخططنا في جيجل وجربا، وسأوافيكم بالتفاصيل عند وصولي إليك.

الأيام الجميلة تنتظرنا يا خضر ريس، ولكن لا يسعنا إلا الدعاء من أجل شاه زاده كركود... والسلام».

* * *

بعد قراءة هذه السطور مرات متتالية، كتب خضر ريس رسالة على الفور ردَّ فيها على رسالة أخيه.

«يا أخي، في هذه الأيام التي يختلط فيها الحزن مع الأمل، عاد الإسبان عودة غير متوقعة إلى الجزائر، وأسقطوا قلعة تلمسان بضربة واحدة. بناء على ذلك، تقدم أمراء عبد الواد وطلبوا منا حماية مدن لها أهميتها كالجزائر وعناب، وهم الذين كانوا باردين تجاهنا حتى هذا الوقت، وبالكاد كانوا يتحملون وجودنا في جيجل. ومن شأننا أن نحمي تلك المدن التي ما زلنا ننظم القوافل والتجارة حولها، إضافة إلى أنهم يريدون طرد الإسبان -الذين كانوا يفضلونهم علينا حتى وقت قريب- من بجاية التي استُولي عليها في عملية مفاجئة، عندما كانت تابعة لتونس قبل سنوات.

لم يكن لدي الوقت والفرصة للتشاور معك، لذا قبلت عرضهم يا أخي، لكننا بحاجة إليك هنا، لأن سلالة سيري المنافسة والقوية تتعامل مع الإسبان علنًا. إنهم يضايقون أمراء عبد الواد في تلمسان وريفها باستمرار، وهم رجال مدللون وفاسدون ومسلحون بأسلحة إسبانية. ويحلم الإسبان بتوحيد الجزائر في ظل حكم إمارة سيري، لذلك فهم يضخمونها. إن قيادتك ضرورية ضد المنافقين الرهبان اللاتينيين الذين بدؤوا بالفعل في مهاجمة قوافلنا، وأصدروا مذكرة واضحة لنا كي نغادر الجزائر، ويعرف جماعة عبد الواد جيدًا أن حكام سيري يخافون منك، وقد قالوا عني: «إنه تنين صغير، من السهل سحق رأسه»، في حين قالوا عنك: «الخطر الحقيقي هو التنين الكبير عروج، فإن ناره ستحرقنا جميعًا».

ويقول كبارنا: «هناك من يظن أن النملة إذا فقدت جناحها، فهذا دليل خير، لكنهم لا يعرفون أنها علامة على خسارتها. ونحن سيفنا حاد ضد السيريون والإسبان، وفي حالة تأهب لأي الخداع أو غارات.

لم تتح لي الفرصة لأسألك، لكنني باشرت بإنشاء قاعدة جديدة في جزيرة جربا، بإذن من السلطان محمد، وهكذا سنحصل على موقع محصن في تونس أكبر من حلق الوادي وبعيدًا عن أعين حكام العاصمة. على الرغم من التطهير الذي قمنا به في الداخل التونسي،

فإن معارضي السلطان محمد الذين فروا من سلالة الحفصي في تونس يتحدون مع الإسبان ويعملون معهم.

لقد اختلط العدو بالصديق، لذا حان الوقت للعب بأسلوب أكثر انفتاحًا وصلابة يا أخي، فعندما يدرك الأعداء بأن اليد الحامية لشاه زاده كركود قد رُفعت عنا، سيصبحون أكثر شراسة وسيزداد المتعاونون معهم يومًا بعد يوم. لذا انتهى عصر حساب خواطر الآخرين الآن، وربما لن نتمكن من البقاء في شمال إفريقيا لفترة طويلة إذا لم نقطع حبلنا السري بيدنا. تعال بسرعة، كي نحدد سياسة جديدة يكون الفصل فيها للسيوف بدلًا من الكلام. مثلما قلت أنت، بعد الآن لا يمكننا فعل شيء لشاه زاده كركود سوى الدعاء».

6

جيجل (الجزائر) - فبراير 1513 م

«افتح الطريق أمام المتاعب كي تزورك، لا تتوقف أبدًا، لا تخف من مجيئها أو مغادرتها، فنارها ليست أكبر من نار جهنم».

كان خضر ريس يقرأ في كتاب «فتوح الغيب» للإمام عبد القادر الجيلاني، فالتفت عروج ريس إلى شقيقه وقال: «آمنا يا خضر».

كان التعب ظاهرًا في عينيه وهو يحدق في شمس الغروب، وأضاف: «هذه ليست قلعتنا، لكن يمكن تشبيهها ببكرة مؤقتة. يُقدَّر عدد الإسبان والمتعاونون معهم بما لا يقل عن عشرين ألف شخص، إذا أرادوا إخراجنا من هنا، فلن نتمكن من الخروج من المشاكل».

قال خضر وهو ينظر إلى الجنود البربر والإسبان المتجمعين في الميدان وسط الصحراء: «لن يتمكنوا من إخراجنا يا أخي».

وأضاف: «نحن هنا خمسة آلاف شخص، وظهرنا محمي من البحر، لأن أسطولنا المؤلف من ثلاثة آلاف مقاتل متأهب في المياه الضحلة، ويحرسنا من الخلف، وهؤلاء الجنود احتياطيون. ونحن جئنا إلى هنا لنبقى هذه المرة، هذه ليست قضية قابلة للتفاوض أو للتسوية».

عروج: «كان علينا ألَّا نستمع إلى هؤلاء الأشخاص، إنما كان يجب أن نبني قلعة محصنة لا يمكن اختراقها، وذلك من أموال الغنائم التي وزعناها ولا تقدر بثمن. وماذا عن قرار السلطان محمد بالابتعاد عنا في مثل هذا الوضع؟»

خضر: «لا يمكننا أن نلومه يا أخي، إنه يتجنب الخوض في حروب مباشرة مع الآخرين، وإن تونس بعيدة كل البعد عن قوتها القديمة، التي كانت تمتد إلى الجزائر. وقد بدا أن نجاحنا في الجزائر قد أخافه قليلًا، ومن الطبيعي أنه يجد نفوذنا المكتسب خطيرًا جدًا، وأن قوتنا تشكل خطرًا على سلطنته».

عروج: «إذا طردونا من هنا سيُقطع رأسه أولًا، بل سيأتي أقاربه الذين هم على اتصال وثيق بالإسبان ويقطعون رأسه، وهم أقرب الأقرباء له».

خضر: «هذا صحيح، لكن لا تقلق يا أخي، إنهم غير مدركين لوجود المدافع التي وضعناها خلف جدراننا الخشبية والطينية. سأرد على الإسبان بالتكتيك الذي نجحنا فيه بالدفاع عن جزائر العاصمة أواخر العام الماضي، الذي عاد علينا بأصدقاء جدد موثوق بهم».

عروج: «السلطان محمد رجل ذكي يا خضر، ذكي بما فيه الكفاية. يعلم أنه إذا تركنا وشأننا فهذا يعني الانتحار بالنسبة له. لا بد أن الإسبان مقتنعون الآن أنه مع حلول الليل، سنبتعد من هنا حين نصعد على متن سفننا، أو بالأحرى سنعبر إلى جربا».

خضر: «يظنون أن أخلاقنا كأخلاقهم يا أخي، إذا تراجعنا بهذه الطريقة ولو لمرة واحدة، ماذا سيقولون عنا؟ لا يمكننا ترك شبر واحد من الأرض دون قتال».

وقف عروج ريس عند الجدار المؤقت فأرجحه الدوار، عندئذ استدار وجلس مستندًا إلى ظهره. كانت الرياح دافئة، تفوح منها رائحة الملح والطحالب المتعفنة، تهب على وجهيهما في تلك اللحظة.

وراقب خضر أخاه عروجًا مطولًا، وسأله: «هل أنت بخير يا أخي؟»

عروج: «أنا بخير، سأجلس قليلًا. ظننت لوهلة أن العالم قد انزلق من تحت قدمي، إن هذا نتيجة الجهد ومتاعب الطريق الصعب الذي نسير فيه... آهٍ».

ردَّ خضر: «لا تقل ذلك يا أخي».

عروج: «كان يجب أن تكون مسؤولًا عن تلك الأمور منذ البداية يا خضر، وليس أنا. إنها تجربة اكتسبتها عبر التواضع والعمل الجاد، لكن ما فاتني لا يمكن تعويضه».

خضر: «أجد صعوبة في إيجاد معنى لهذه الكلمات».

عروج: «لديك الموهبة والوداعة، بالإضافة إلى ما عندي يا خضر، مع أن السنوات والتجارب قد قست عليك جزئيًا، فإنها لم تستطع كسر الهدوء في جوهرك. وسمعة حلفائنا القوية من صنيعك، وليست من صنيعي، هل تعرف لماذا؟»

لم يجب خضر، فقال عروج: «لأنهم يعرفون أن باستطاعتهم الوثوق بك».

خضر: «أنا لا أتفق مع ما تتفوه به يا أخي».

هبَّ عروج ريس واقفًا بسرعة من مقعده، وقال: «لا بأس على كل حال. خوفي الحقيقي ليس من الإسبان أو شركائهم البرتغاليين، بل من الخيانات التي سنعاني منها في تونس أو الجزائر يا خضر».

خضر: «لا تفكر في أي من هذا يا أخي، سأفترض أنني لم أسمع ما قلته للتو. الخيانة في هذا المكان أمر طبيعي كالخبز الذي نأكله والماء الذي نشربه، لكن قالوا سابقًا: «لا تظن أن الخائن سيكون مضيعة، ومصيره إما أن يُقطع رأسه أو يُمنع من العمل».

فجأة، أشار عروج ريس، وقال: «أليس هذا تلميذك محمد الأكثر ولاءً لك؟»

نظر خضر إلى حيث أشار عروج، ثم ابتسم وقال: «يسمونه أصدقاءه محمد الدالي أي المجنون، لكن الله تعالى وحده يعلم من هو الولي ومن هو المجنون. في كل خط دفاعي أنشأناه في الجزائر، كان هذا الشاب البالغ من العمر 23 عامًا ينطلق مثل العاصفة يا أخي، وحماسه الحالي بمثابة جنون قتالي».

قال عروج ريس: «أتذكر ذلك».

وتابع: «هؤلاء القباطنة الشباب الذين سعيت إلى تنشئتهم هم رجال أبطال مثلك، كلما علِق ملفاف الرافعة حيث يقف الشاب محمد إلى جانبها، يمسك ببكرة الحبل ويتعلق بها بكل قوته وينقذ المجموعة، ألم تر ذلك؟»

خضر: «نعم، إنه يفعل ما بوسعه. لقد كان وأصدقاؤه مستائين للغاية لأننا عدنا من بجاية دون الوصول إلى الهدف، وأعلم أنهم سيبذلون قصارى جهدهم هنا، إن شاء الله، يا أخي».

عروج: «قلبي مجروح يا خضر، لم نتمكن من طرد الإسبان من بجاية. ما زلت أتأوه».

قال خضر، والحزن يسيطر على عينيه الترابيتين: «سنعوضها».

تمتم عروج ريس قائلًا: «نحن نتقدم في السن، لقد أكملتُ التاسعة والأربعين يا خضر، وأنت في السابعة والأربعين، نحن أحياء وأقوياء، لكن الزمن قاسٍ، إنه لا ينظر إلى دموع أحد».

ضرب خضر قبضته في راحة يده الأخرى كالمطرقة، وقال: «أنا وأنت كالأسُود يا أخي، وجود خصلتين من الشعر الأبيض لا يرهبنا، على الرغم من أن الشيخوخة تُعد فترة الانهيار، فإن صلابتنا الرحيمة ستبقى».

أومأ عروج ريس برأسه قائلًا: «محمد قادم في هذا الاتجاه يا خضر».

***

وقف محمد الدالي كسهم النار، عاقدًا يديه أمام قائديه، وقال: «سنفعل هنا ما لم نتمكن من فعله في بجاية، سنطرد الإسبان وأصدقاءهم من هذه الأراضي الإسلامية -بإذن الله- أيها القائدان البطلان. يا خضر ريس، لست وحدي من يريد ذلك، فقد أقسم رفاقي على ذلك، ومنهم طلابك صالح، وكورد أوغلو، وتورغوت، وأيدين، وسيد علي ريس. لقد رششنا على جروحنا من هذه التربة الإفريقية المريرة، إنها تربة معطرة بالزعفران اللاذع ودافئة ومليئة بالنور. وهكذا اختلطت الدماء في عروقنا بالتراب».

وأظهر محمد جرح السكين الحاد في راحة يده اليسرى.

سأله عروج ريس: «ماذا فعلت أيها المجنون؟»

محمد الدالي: «لست أنا وحدي أيها الرئيس، بل كل رفاقي فعلوا ذلك، نحن إخوة بالدم، ووضعنا علامتنا الخاصة على التراب الإفريقي. لا يمكننا أن نترك هذه الأرض التي تتدفق في عروقنا الآن، فإذا لم نتمكن من الوفاء بكلمتنا، فبطن الأرض خير لنا من خارجها».

قال خضر ريس، بعد أن أغمض عينيه الدامعتين: «أتمنى ذلك يا بني، بحمى الرحمن».

وقال عروج ريس: «لو لم أكن مهتمًا بالحملات التجارية، لكان بإمكاني تربية رجال شجعان من أمثالك. لكن الحياة التي أعيشها لم تمنحني هذه الفرصة أبدًا، فالخير موجود في التوكل والثقة بما حدث وما سيحدث، وأقول سندافع عن هذه الأرض بشراسة».

أقبل محمد الدالي على يد عروج ريس وقبّلها، وقال: «نحن أبناؤك وأبناء خضر ريس أيها الرئيس الكبير. والآن أيها القائدان، إن جنودنا الاحتياطيين مستعدون للتوجه بسرعة إلى الشاطئ والبدء في إطلاق النار من مسافات بعيدة، مثلما فعلنا تمامًا قبالة الساحل الجزائري في المرة الأخيرة. وبناء على أوامركما جهزنا ست مجموعات عائمة من الفرسان، كل مجموعة تضم مئة فارس من البحارة، وعملنا على إخفاء فِرقنا المكونة من ألف فرد من المشاة، وهم في الغابة خلف حقول الذرة الممتدة باتجاه تلال الحد. سنطوق العدو ونقضي عليه من جهتين بإذن الله».

نظر خضر باتجاه الإسبان والبربر الذين بدؤوا نصب خيامهم ليلًا في السهل، وقال: «هل تلك البساتين آمنة؟»

ضحك محمد، وقال: «هؤلاء الإسبان يعانون من قرود المكاك البربرية أيها الرئيس، وهم السكان الأصليون للمنطقة».

كان الأخوان بربروس ينظران إلى محمد الدالي بأعين متسائلة، وبعد صمت قصير التفت خضر ريس إلى أخيه، وقال بتعبير لاذع: «تلك الحيوانات العليلة لا تخاف من الناس».

وأضاف: «إنها عدوانية، والأهم من ذلك أن رائحة كريهة تفوح من تلك الحيوانات، وأجواء البلدات والمدن والمجمعات التي يعيشون فيها لا تطاق بالنسبة لأشخاص مثلنا، لأن اللاتينيين لا يغتسلون بسهولة. لقد سمعنا هذه الحقيقة لأول مرة من كمال ريس، وشهدناها في المرة الأولى التي هبطنا فيها على شواطئ إسبانيا. كانت القرية قرية صيد صغيرة على الساحل، ومع أنها كانت مفتوحة الأجواء وتعبر منها رياح البحر، فإن رائحتها كريهة، وكأنك فتحت فيها مقبرة جماعية عمرها قرن من الزمان، وكأن الهواء السام يتدفق داخلها».

قال خضر ريس: «هؤلاء الناس لا يغتسلون أبدًا بعد تعميدهم، ويعتقدون أن عدم الاغتسال وعدم الشفاء من الأمراض علامة على التقوى، لأنهم يؤمنون أن عيسى المسيح مات على الصليب متألمًا؛ إنهم يساوون بين احتفالات التطهير في الحمامات اليونانية والرومانية القديمة التي دمروها بالوثنية، ويرجع ذلك جزئيًا إلى مناخهم البارد، فهم يخافون من الاستحمام في الجو البارد، كي لا يصابوا بنزلة برد ويمرضوا. ومثلما قلت لكم، المسيحي الصالح لا يقبل العلاج عندما يكون مريضًا، خصوصًا أنهم يخافون جدًا من الطاعون، لدرجة أن وباء الطاعون العظيم الذي حصد نصف سكان أوروبا، يظل دائمًا في ذاكرتهم. ومع ذلك فإنهم يدينون الشخص الذي يخضع للعلاج، لاعتقادهم أن علاقته بالله ضعيفة».

وقال عروج ريس: «إنهم يؤمنون أن الخمر يمثل دم يسوع المسيح لذلك يظنون أنها نقية وطاهرة، بينما يعدون الماء مشروبًا خطيرًا يمكن أن يسبب اضطرابات في المعدة. يكتفون بالمسح بقطعة قماش مبللة عدة مرات في السنة، وذلك باسم التنظيف، أما الأغنياء الذين يحصلون على روح الكافور هم أكثر حظًا بقليل. أنظف شخص فيهم يدفن نفسه في المياه الراكدة ضمن البرميل خلال أوقات الصيف الحارة جدًا، ويستحم جميع أفراد الأسرة في الماء نفسه، ويرون أن تغيير الماء هدر ومضيعة».

وتابع عروج ريس: «الرائحة السائدة في جميع الساحات والميادين هي رائحة البول. إنهم لا يرون أي ضرر في بناء المدابغ داخل المدن، لذلك لا تتدفق مياه الصرف الصحي وأكوام القمامة من الأنهار التي تمر عبر المدن فحسب، بل تتدفق فيها دماء جميع الحيوانات المذبوحة. لكن الأسوأ من ذلك كله هو برزخ النهر، حيث تتراكم الدماء العفنة في جزر شاسعة من المسطحات، التي تغلف رائحتها الثقيلة منحدرات التلال على بعد أميال.

وتفوح رائحة العرق والقذارة من الغربيين، وإذا اقتربت من شخص منهم بضعة أذرع فلن تتخلص من الرائحة الشديدة التي تلازم أنفك فترة طويلة. المسيحي المتدين لا يتعامل بسهولة مع طبيب الأسنان لأن خلع الأسنان الفاسدة يدخل في نطاق العلاج هو الآخر».

وأضاف عروج: «لذلك يعتمدون على البصل الأحمر وعصير الثوم لمداواة القروح والالتهابات التي تنتشر في فمهم بالكامل، لكن في هذه الحالة تصبح رائحتهم كريهة ولا تطاق. لا يمكن تمييز رائحة القصور عن الحانات، ولا رائحة الكنائس عن الصالونات، فروائح الملكات أسوأ من روائح الملوك، وروائح النبلاء أسوأ من روائح الجنود، وروائح التجار أسوأ من روائح الفلاحين...».

قال خضر ريس: «نحن بشر، ربما نتعود على ما هم عليه، ولكن بالنسبة لقرود المكاك الشجاعة والعدوانية فالحال مغاير، لهذا السبب يخشى الإسبان والبرتغاليون من الهجمات ليلًا ونهارًا، لا سيما في المناطق الحرجية».

الفصل السادس
نسي ذاته

1

«ما أكثر ما يخافه الناس؟
ربما يخافون من خطوة جديدة سيتخذونها،
أو من كلمة جديدة سيقولونها».
فيودور دوستويفسكي - رواية الجريمة والعقاب

في صباح اليوم التالي، شنت قوات المشاة هجومًا على العدو، وأمر خضر وعروج ريس بأن تكون البداية مع رماة السهام ذات المدى الطويل، فأقواس هؤلاء الرماة مفتوحة أكثر، ويضغطون على أوتارها بالإبهام كي تخترق سهامهم هواء الشتاء الضبابي والدافئ. تُرفع الأقواس إلى الأعلى، وتبدأ الأسهم اللامعة بالتطاير عبر ضباب الصباح، ثم تنهمر على العدو مثل المطر المميت.

كان الإسبان ينتظرون، وفق ترتيب المعركة، خلف قاذفات المدفعية التي نصبوها، وأمامهم صفوف البربر الذين تمكنوا من إقناعهم ليكونوا في طليعة الهجوم. حين رأى خضر ريس هذا التدفق غير الحكيم للبربر، قال: «يا أخي، هاجمونا عبر حلفائنا قبل ضربنا بنيران المدفعية، بهدف عدم إهدار الذخيرة... ماذا تسمي ذلك؟»

قال عروج ريس وهو يهز رأسه ببطء: «هذا الموقف للعبرة. إذا صددنا هجوم هؤلاء الحمقى بإذن الله، فسوف نسير إلى بجاية مرة أخرى، ونخبر الجميع عن تلك المشاهد المخزية التي شهدناها».

ما إن بدأ العدو بإطلاق سهامه ومنجنيقاته، حتى أعطى عروج ريس الأمر بإطلاق قاذفات المدافع عن بعد مائة قدم. اهتزت اللافتات، وبدأت قاذفات مدفع «باليمز» تدك مواقع العدو، وكان مثبتًا في الأرض جيدًا. ملأ الدخان الأبيض والأزرق الثقيل ورائحة الملح الصخري الهواء الضبابي، ومع هذا الهجوم الذي حطم الصفوف الأولى والثانية من المهاجمين البربر، توقفت الصفوف التالية عن التقدم، وقد بلغ عددها نحو خمسة آلاف مقاتل، ثم بدأت بالتراجع غير النظامي.

لف عروج ريس ذراعه حول كتف أخيه، وقال: «بغض النظر عن عدد البط، يكفي صقر واحد لإنهاء الأمر. ها هم أفراد جيش المنافقين، يحاولون إنقاذ أنفسهم بالهروب، من المفترض أن يدافع هؤلاء السفلة عن أرضهم».

وأضاف: «ستأتي الورطة وتجلس في أحضان صاحبها. همهم الوحيد هو الحفاظ على كبريائهم ضد المسلمين، ولهذا السبب لا يرون أي مانع في الانصياع لأعدائهم الحقيقيين».

وذكر قائد القوات الإسبانية، عبر مراسلاتهم القصيرة قبل المعركة، أن اسمه الفارس غارسيا دي تينيو، وعرَّف عن نفسه أنه حاكم بجاية، وظهر أنه في أواخر الأربعينات من عمره، وبدا رجلًا نحيفًا. كانت ملامح وجهه غير متناسبة، ولديه حدبة بارزة على ظهره، كانت تثير دهشة من يراه للوهلة الأولى. في الرسالة التي بعثها ذلك القائد، حذر الأخوين بربروس من عدم قدرتهما على الاحتفاظ بجيجل والجزائر وتونس والمغرب، وفي كل منطقة توجد فيها مصلحة للإسبان. كان يجلس على كرسي يشبه العرش أمام خيمة العمليات الضخمة خلف القاذفات، واضعًا رِجلًا على رِجل، يراقب قواته المحاصِرة لقلعة جيجل والمحيطة بها. كان يدرك أن عروج ريس يراقبه وجيشه، ويقف على السور جانب البَكرات، ويشاهدهم عبر منظار طويل بيده.

رفع نخبًا وحيّا عروج ريس، فابتسم الأخير والألم ظاهر في عينيه الضيقتين، ثم قال: «انظر إلى هذا الفارس يا خضر، ومن يرى ذلك يظن أن الإمبراطور قد جاء بنفسه».

وأضاف: «بينما نحن نسحق طلائع جيشه، يفترش مقعده ويتنهد، معتقدًا أنه يحمي جنوده. من يدري من أي أمير بربري أخذ هذا الكرسي الضخم، والآن يوبخ أحد أمراء عبد الواد دون خجل».

رد خضر قائلًا: «كلاهما سيندمان على ذلك قريبًا... أنا سأبدأ بتحريك فرساننا المختفين».

قال عروج: «هيا إذًا».

كان تورغوت ريس عازف كمان ماهرًا، أشعل السهم الذي بيده بأن غمّسه في خليط من الزئبق والقطران والكبريت، ثم قال: «يا الله». وكرر تلك العادة الحسنة على كل سهم وبندقية ومدفعية، ثم تمتم قول الله عز وجل: ﴿فَلَمْ تَقْتُلُوهُمْ وَلَٰكِنَّ ٱللَّهَ قَتَلَهُمْۚ وَمَا رَمَيْتَ إِذْ رَمَيْتَ وَلَٰكِنَّ ٱللَّهَ رَمَىٰ وَلِيُبْلِيَ ٱلْمُؤْمِنِينَ مِنْهُ بَلَآءً حَسَنًاۚ إِنَّ ٱللَّهَ سَمِيعٌ عَلِيمٌ﴾ [سورة الأنفال: الآية 16].

عندما أطلق تورغوت ريس السهم الملتهب، أطلق الفارس غارسيا دي تينيو قاذفته من نوع الحقل من عيار عشرين أو خمسة وعشرين ملليمترًا. كان لديه في القلعة ثلاثة مدافع هادفة، وخمسة مدافع كبيرة من نوع «بيجولوشكا» أي ما مجموعه ثماني قاذفات. ومع أنه كان يتمتع بميزة تسديد كبيرة على المدفعية، لكن سرعان ما علم الأخوان بربروس وجيوشهم أنهم خدعوا بمظاهر مدفعية العدو. لم تتضرر جدران القلعة الحاملة لبكرات المدفعية إلا ضررًا طفيفًا، وذلك بسبب تقتير الأعداء في كمية البارود.

لاحظ الفارس غارسيا دي تينيو الأمر، وصرخ في وجه ضباط المدفعية لزيادة حصة البارود. ثم رأى قائد الدورية المساندة من الخلف النقيب إكناسيو

أبيلاردو، يخرج من قلب دخان البارود المحيط بهم، وصاح ذلك الرجل ذو البنية القوية من على ظهر حصانه: «إن الأتراك قادمون، أيها الفارس، إنهم يقتربون بخطى واثقة من مسافة نصف ميل».

صُعق الفارس من الخبر، وعاودت قاذفاته الضرب مرة أخرى، وصرخ قائلًا: «كيف؟ ومن أين؟ ألم تقولوا إنكم فتشتم كل شبر من الأرض!»

قال الضابط بتعبير باكٍ: «لقد ظننت ذلك أيها القائد».

ردَّ الفارس: «ماذا تريد أن تقول؟ ألم تتفقد شخصيًا كل المنطقة والغابات خلفها؟»

الضابط: «أيها القائد، كان هناك قرود... القرود توجد هناك يا سيدي! لكن عناصر دورياتي أفادوا بأنهم فحصوا كل شبر منها».

الفارس: «تقصد أنك لم تذهب إلى الغابة لأنك كنت خائفًا من القرود!»

تجنب الضابط النظر إلى القائد الفارس، ثم سأله القائد: «كم عددهم؟»

كان ضابط يفكر وهو يخلع خوذته ويحك رأسه، إذ سمع دوي طلقات من سلاح القربينة ذات الفتيل، وقد صُنعت في المعاقل التركية. أحاط بهم ضباب أبيض برتقالي مع ظهور جزر من الضوء.

عاد الفارس وسأل من جديد: «لماذا تحدق بي دون معنى أيها الضابط؟ سألتك عن عدد أفراد العدو».

كان الضابط يتصبب عرقًا رغم برودة الرياح، وصرخ بعد أن شحب وجهه قائلًا: «قد يكونوا ثلاثة آلاف... أو أربعة آلاف شخص».

قال الفارس: «أيها النقيب، كيف تمكنوا من إخفاء هذا العدد الكبير من جنودهم في غابة صغيرة؟»

أجاب الضابط: «التلال يا سيدي... ربما كانوا مختبئين خلف التلال».

استل القائد دي تينيو سيفه، وصاح بأعلى صوته: «ألم يكن من واجبك أن تكون حارسًا خلفيًا؟ أنت لم تؤد واجبك، لقد خنتَ الجيش وخنتَ مهنتك. ستمثل أمام مجلس الحرب غدًا...».

صرخ الكابتن إغناتيو بصوت متمرد: «سيدي... إنها القرود، تلك القرود لا تتوقف عن القتل، تهاجمنا من جميع الجهات، ولا تهاجم المسلمين. رأيت ذلك بأم عيني يا سيدي... القرود تبتعد عن المسلمين».

وحين تلاشت أصوات القاذفات، زأر الفارس بأعلى صوته: «أغرب عن وجهي أيها الكلب».

* * *

فجأة، تغير مسار المعركة مع شكوك الإسبان أن وحدة كبيرة من الفرسان الأتراك تحاصرهم من الخلف.

اشتبه القائد الفارس غارسيا دي تينيو بتعرضه للخيانة من قبل البربر الذين شاركوه هذه المعركة، فتوقف عن إثارة الخلاف مع الأمراء من حوله، وأمر على الفور برفع الحصار والبدء في التراجع التدريجي إلى بجاية.

لم يكن لدى الأخوين خضر وعروج ريس أي نية بالسماح للفارس بأن ينسحب بسهولة، فركبا الخيل على الفور، وأخذا يخططان للهجوم قبل أن تتمكن قوات العدو من سحب قواتها الثقيلة من المواقع.

حفَّز خضر حصانه، وتوغل في القوات المتبقية للعدو بغضب كالإعصار، وقال لحراسه على جانبيه: «لا تدعوهم يغادرون». ومن فوق الحصان، حارب بفعالية وبسالة، وكان درعه المستدير في إحدى يديه وسيفه الشرس في اليد الأخرى مثلما يفعل في المعارك البرية دائمًا. لقد أرعب أعداءه بضربات قوية بدت خفيفة للوهلة الأولى، لكنها كانت دقيقة للغاية، ومدعومة بعضلات ذراعيه وكتفيه القويتين.

في ضوء الضباب في الصباح، غطت المشاعل والسهام المشتعلة ساحة المعركة بضباب أحمر، واختلطت آهات النجدة والرحمة برائحة الدم والموت والمعادن، وكانت الرياح تهب من البحر فتزيد من قسوة الوضع وصعوبته. في الواقع، كان من الممكن أن يتحول هذا الهجوم إلى تدمير ساحق للعدو، لكن قائدهم الفارس عمد إلى حماية الممرات عند مخرج السهل بحنكة وذكاء، وأمر الرماة بإطلاق سهامهم لتغطية الانسحاب، مما أضعف التوغل التركي.

بعد فترة وجيزة، جاء إسماعيل آغا إلى خضر ريس، وقال له: «أيها الرئيس، أخوك في انتظارك، ويريد رؤيتك على الفور».

أوقف خضر كتيبة الحراس والعمليات الأمامية للفرق الثلاث التي ساندت من الخلف عن طريق اللافتات المرفوعة، ونظر إلى العدو الذي يبتعد بإحباط، وقال: «لماذا يا إسماعيل؟ إذا لم نقمع قوات العدو في هذه اللحظة، فسوف يتشجعون في مرات أخرى، أما إذا تبعناهم على طول الطريق حتى بجاية، فإننا سنخنق بقاياهم تحت أسوار المدينة».

أخفض إسماعيل رأسه تعبيرًا عن عدم مسؤوليته عن الأمر، وقال: «أخوك في انتظارك في القلعة أيها الرئيس، فالأمر قطعي. من فضلك لا تضعني في موقف صعب».

أجاب خضر: «لنعد إذًا».

قابل عروج ريس شقيقه عند بوابة البكرات التي تحولت إلى خراب، وكان سلوكه صارمًا، فقال: «قلت لك أن تطرد العدو وتبعده من هنا، لا أن تلاحقه في اتجاه فخ محتمل».

أجاب خضر: «لكن يا أخي، كانوا خائفين مضطربين، وأردتُ أن...».

لكن عروج ريس قال والقسوة تظهر في عينيه الخضراوين: «اسمعني يا خضر، أنا من يلاحق العدو. أقاموا خطوط دفاع متحركة عند البوابات

والمعابر، لكنهم سرعان ما أزالوها. وقد جاء الفارس وجيشه من بجاية، والآن ينسحبون إلى هناك مباشرة، ومنذ أن عدنا من هناك خاليي الوفاض العام الماضي، فهم يظنون أنهم آمنون للغاية في تلك القلعة. لكن بعد ذلك صار الأمر مختلفًا كما تعلم».

قال خضر بصوت حزين: «لم يكن لدينا مدافع لحصارهم، وكانت القلعة محكمة جدًا، علاوة على ذلك، كانت هناك تقارير تفيد بأن أسطولًا إسبانيًا كبيرًا آتٍ لتقديم المساعدة، لكنه ثبت أنه كاذب».

وأضاف: «لقد هزمناهم اليوم بقوات صغيرة، لأنهم لم يتوقعوا أن نحاصرهم بين نارين. إنهم لا يتوقعون ما سيحدث بعد الآن، وسأستخدم كل الأسلحة الميدانية الثقيلة التي خلفوها، وأحاربهم بها مرة أخرى».

ودون أن يخفي خضر دهشته، قال: «سيكونون في القلعة بحلول ذلك الوقت يا أخي، وإن حمل الأسلحة الثقيلة سيأخذ منا وقتًا طويلًا، دعونا نتخذ إجراءات على الفور حتى لا نفقد هيمنتنا، ونحاصرهم».

عروج: «إنهم كثر يا خضر، لا يمكننا سحقهم بقواتنا القليلة، ولا شك أن قائدهم الفارس له تجارب عسكرية كثيرة، وإذا فكر في التراجع التدريجي فقد يصل الأمر إلى التصادم، والطريق مسدود في العديد من نقاط التصادم».

خضر: «لكن الغارة المفاجئة...».

عروج: «إن احتمال الإغارة منخفض للغاية، سأذهب وأعلمهم درسًا لا يُنسى، وسأعود».

خضر: «وأنا؟»

وقف عروج ريس وقفة شامخة توحي بالصلابة والقسوة، وقال: «ستبقى هنا وتبدأ العمل على الفور اليوم لتحويل البكرات البائسة إلى موقع محصن. وعندما أعود، أريد أن أرى قلعة كبيرة قد بنيت هنا، وسنبني جيوب أبراج قوية على أطراف المقاطعات».

خضر: «لن أتركك وحدك».

عروج ريس: «يا خضر، افعل ما أقوله لك. إن العاصفة قادمة، والعواصف الشتوية في هذا المناخ ستكون غزيرة المطر وسيئة. إذا أذن الله تعالى وكنتُ محظوظًا، فلن يتمكن هؤلاء من الوصول إلى بجاية يا خضر، وإذا هدأت العاصفة فإن البربر الذين جاؤوا معه سيتصرفون بطريقتهم الخاصة ويتركون القائد الفارس وحيدًا مع جيشه الخاص. في تلك الحالة سيصعب الوصول إلى القرى حول جيجل، وبعد ذلك سيطلب جنوده الإيواء».

خضر: «ماذا تقصد؟»

عروج: «إذا بدأت العاصفة بعد نصف ساعة مثلما أتوقع، سيكون هؤلاء المقاتلين قد لجؤوا إلى العفنا بحلول وقت متأخر من بعد الظهر، الواقعة على بعد عشرة أميال إلى الغرب. ولن يتمكنوا من رفع رؤوسهم حتى نتجاوزهم ونتمركز أمام قلعة بجاية، فأنا أعرف عقلية هؤلاء، وأعرف مدى سهولة تخويفهم من الصعوبات التي يواجهونها».

وافق خضر، ومضى نحو الحشد في المنطقة التي تمركزت فيها الخيام الطبية للتعامل مع الجرحى أولًا.

* * *

لكن وفقًا للكاتبين مصطفى بن عبد الله ولقبه «كاتب جلبي»، وسيد مرادي، كان خضر برفقة أخيه في البحر ومعهم أربع سفن قوداس، وحسب فرنسيسكو لوبيز دي غومارا، كان الأخوان ضمن موكب مؤلف من سفينة قادس واحدة، وسفينة غاليوت، وثلاث سفن فوستات، أي ما مجموعه خمس سفن. وعلى الرغم من خطورة العاصفة فإن خضرًا تمكن من إقناع عروج ريس بقبول خطته.

2

جيجل (الجزائر) - مايو 1514م

قرأ خضر: «كل عمل له وقت مناسب، وعندما يحين وقته تفتح الأبواب المغلقة لتنفيذه، ويقول الحكيم: «في العجلة الندامة وفي التأني السلامة». ويجد السيئون بعض العيوب في الرجل الخيِّر، فيقولون: «لو لم يكن سيئًا لما استطاع أن يجد عملًا جيدًا يحسِّنه»».

وتابع: «لكن الجيد لا ينظر إلى السيئ مطلقًا، وكل من يريد فعل الخير يفعله دائمًا. وصاحب الأعمال الشريرة أو السيئة لا يفكر إلَّا في راحته اليوم، ولكنه سيعاني غدًا. اِفعل الخير دومًا، وستجده صديقًا لك، ولا يتركك أبدًا. الخير الذي تفعله اليوم لن يضرك، لكن عليك أن تؤمن أنه سيفيدك، حينئذٍ ستستفيد. حتى لو بدا الشر نافعًا ومفيدًا اليوم، فسيلحق ضرره بك غدًا بالتأكيد. يا بني، إذا أصبحت حاكمًا يومًا ما، فأحسن بكلمتك وعملك على الدوام. ويقولون: «حياتك أيام الشباب تمر بسرعة خاطفة، وجوهرك يزول بسرعة من العالم مثل حلم أو خيال. اِجعل حياتك رأسمالك، ورأسمال هذه الحياة هي أعمال الخير، تكون زادًا لك في قادم الأيام»».

طلع الصباح، وكان كتاب «كوتادغو بيليغ» للفيلسوف التركي يوسف خاص حاجب، بين يدي خضر، وقد أضفى على نفسه ارتعاشة خفيفة. كان الأمر أشبه بالتهويدة عند سماع دقات المطارق التي تضع اللمسات الأخيرة على جدران البكرات القديمة، التي تحولت إلى جدران ضخمة. حاول خضر أن يقرأ المزيد، لكن نوم الصباح غلبه في ذلك اليوم الرائع، مع وجود بعض نسمات الربيع التي غطت كل نواحي جسده.

في حلمه، كان يسير في طريق قديم في فصل الربيع، ويستمع إلى طقطقة الكستناء والجوز والدردار المتصاعدة من الجانبين، وقطرات الندى تجري على

جذوعها السليمة القديمة، وكان يستنشق الرائحة اللطيفة التي تتصاعد من قشورها ببهجة. كانت الأرض أسفل الشجر مغطاة بالفطر المجنون بلونه البني وشكله كالقبعات. كانت الطبيعة تستعيد مرارًا الأيام الخوالي التي مرت عليها قرون؛ فنبات الحلاب منتشر بأزهاره الحمراء، وهناك الأرقطيون المصفر، والخشخاش الأحمر المبهر، والنرجس البري، والفراولة البرية التي تنمو تحت نبتات الشاي الصغيرة.

ومع تقدمه في السير، وصل إلى خان مقفر بدت جدرانه متهالكة مثل زهور الأقحوان في حديقته، لكنه لم يكن مكانًا مهجورًا. وهناك أخذوه إلى غرفة لم يكن وحيدًا فيها، بل كان العطار جالسًا القرفصاء على السرير المجاور له، ويغطي وجهه بكلتا يديه، ويبكي بصمت. كان يريد أن يفهم ما الذي حدث له، لكنه لا يجرؤ على سؤاله. كان نعسًا ويريد أن ينام، لكنه لم يستطع ترك ذلك البائس دون مساعدة.

سأل خضر: «لِمَ البكاء يا صديقي؟ أعلم أن جدران النزل محاطة بآهات المنكوبين، لكنني لم أقابل شخصًا يذرف دموعًا من الدم مثلك».

كان العطار يردِّد قول كلمة «أنا»، ويبحث في حقيبته الملونة والمليئة بأشياء غريبة تحفِّز الفضول، ويقول: «أنا جائع».

خضر: «إذًا، أنت لا تملك أي نقود الآن... لكن محتويات حقيبتك قيِّمة للغاية. وما دمت جائعًا سأشاركك طعامي، لا تقلق».

اشتكى العطار مجددًا: «لكنني سأجوع مرة أخرى، وهذا الحال يتكرر ولا ينتهي أبدًا، فأسمع معدتي تئن من البكاء، إنها تصدر ضوضاء عالية لدرجة أنني أبدأ في البكاء من شدة حزني على معدتي المتألمة، ومن شدة الألم في أذني. يجب أن تنتهي هذه المشكلة الآن».

كان خضر مستلقيًا، وبالكاد استطاع أن يرفع رأسه من الإرباك، وقال: «يا لك من رجل غريب، لا يمكنني فهم كلامك، هل صحيح ما تقوله أم لا؟ ماذا تنوي أن تفعل؟»

العطار: «سأعطيها لشخص ما».

خضر: «ستعطي ماذا؟»

العطَّار: «معدتي».

تلك الفكرة الغريبة، جعلت خضرًا يبتسم، وبدت كأنها معقولة بالنسبة له، ثم قال: «لمَن ستعطيها؟»

لكنه لم يحصل على إجابة.

استيقظ خضر ريس في الغرفة شديدة البرودة، وكانت ألوان السماء الرمادية تتسلل إليها عبر العتبات الخشبية البالية. تسربت إليه الرائحة المرة للضباب، فعبقت في الغرفة عديمة التهوية. كان السرير المجاور له فارغًا، نظر حوله بحثًا عن العطَّار، لكنه لم يسمع سوى صوته المرتد من الجدران العمياء. لكن العطَّار ترك شيئًا خلفه، ربما كان هدية قيِّمة... إنها الحقيبة.

أمسك خضر الحقيبة وفتحها ببطء، وتذكر أنها تحتوي على أشياء كبيرة وصغيرة أثارت فضوله في الليلة السابقة. وفجأة، أحس إحساسًا غريبًا مترافقًا مع شعور بالغثيان، كما لو كان للواقع المرئي صورة خلفية أكثر تعقيدًا، لكنها أكثر تماسكًا؛ وكأن جميع «الموجودات» تختفي على بعد خطوة واحدة خلف الواقع الذي نراه.

وجد داخل الكيس معدة العطار الضخمة، فانفجر خضر ضاحكًا، ثم قال: «أنتِ هنا إذًا، ولم يأخذك العطار معه، أليس كذلك؟ تعالي معي، ودعيني أرعك وأطعمك».

بعد هذا الحلم الغريب -الذي ورد ذكره في هامش كتاب «تكاليف الحروب البحرية» للكاتب كولن أمبر- قفز خضر ريس على الفور من مقعده، وجدَّد وضوءه، وأدى ركعتي صلاة التوبة، بعد أن شعر أن ذلك الحلم لم يكن بسبب الحساء المدهن الذي تناوله وقت الاستراحة! أغلق

عينيه بإحكام وهو يردد الصلوات التي نصحه والده بتلاوتها في أوقات الشدة والاضطراب، وقال: «اللهم صل وسلم وبارك على سيدنا محمد وعلى آل سيدنا محمد بعدد علمك».

ثم دعا ربه قائلاً: «يا رب، يقول حبيبك المصطفى: «الدُّنْيَا سِجْنُ الْمُؤْمِنِ وَجَنَّةُ الْكَافِرِ». ويدل هذا الحلم على أن أبواب النصر وبركات الدنيا ستفتح لنا، لكن مبتغاي أن أموت وأنت راض عني، وأن أسهم في إعلاء كلمتك الإلهية العليا، وهذا مبتغى أخي أيضًا. ارزقنا القوة كي نقاتل في سبيلك يا رب، واحرسنا من الدنيا وهواها وملذاتها... آمين».

***

في نهاية اليوم الرابع عشر جاء الخبر، فقد تمكن عروج ريس من هزيمة القائد والفارس غارسيا دي تينيو، وفتح مدينة بجاية. لكنه لم يتوقع انعكاس الأمور بهذه السرعة مع القائد دي تينيو، إذ إن الأحداث تطورت مثلما أراد لها عروج ريس أن تسير تمامًا. لكن في المقابل، وبينما كانت العاصفة تشتد على الشاطئ، مع وجود رياح مالحة ورطبة دون انقطاع، كان القائد الإسباني وجيشه يطردون بالفعل سكان بلدة العفنا، ويصادرون منازلهم بالقوة.

في هذه اللحظات، كان عروج ريس وجنوده الفرسان وتعدادهم ثلاثة آلاف فرد، قد ابتعدوا عن الإسبان الذين أخذتهم الفوضى وحجبت انتباههم.

لم يكن القائد الفارس غارسيا قد أنشأ خط دورية خارجية بعد، أو بالأحرى لم يستطع ذلك، والسبب يعود إلى الرمال المالحة التي نفختها الرياح واخترقت كل الأماكن التي لامستها. وكان الجندي الذي اهتزت معنوياته يقاوم البقاء في المكان المغلق، ولم يعرف أحد سبب العناد الغريب للجنود، إلّا بعد العثور على مذكرات القائد الفارس الذي أوضح الأمر، وبيَّن كيف دفعوا ثمنًا باهظًا نتيجة أخطائهم عند مدخل قلعة بجاية بعد يوم واحد من المعارك.

جاءهم عروج ريس وقواته مثل البرق، ومن شدة خوفهم لم يتمكنوا من إغلاق بوابة القلعة، وتراجعوا في اتجاه البحر تراجعًا غير منظم. كان القائد الفارس قد تعرض للمفاجأة والترهيب والهزيمة في وقت قصير، وفقد زمام قيادة جنوده تمامًا. وكان هناك أسطول تركي صغير رسا على شاطئ البحر الهائج رغم العاصفة التي لا هوادة فيها. تخلى الحراس عن قائدهم الفارس غارسيا، فتوارى عن الأنظار واختفى بين الحشود التي فرت باضطراب في خضم فوضى عارمة. ووقع جيش الإسبان تحت تأثير الطلقات من قاذفات فوستا التي توغلت في نقاط تمركزه. والسبب الأساسي الذي دمر جيش القائد الفارس حقًا في ذلك اليوم، وفق ما كتبه لاحقًا في مذكراته، كان رؤية السنجق التركي يرفرف فوق جدران القلعة فجأةً، من دون أن يلاحظوا اقتراب الأتراك من القلعة قبل ذلك.

لكن الفارس كان ذكيًا ومتكيفًا مع ظروفه أكثر من زملائه الآخرين، ولا يُحبط بسهولة، وهذه الميزة من أكثر السمات الإيجابية التي ورثها عن عائلته النبيلة، لذلك كان محظوظًا في كثير من الأحيان. وربما لم يتوقع النجاح بعد تلك الكارثة الكبيرة. ففي تلك الأيام، أبحر الأدميرال أندريا دوريا من جنوى، وتوقف في جزر البليار للحصول على المياه والإمدادات، ثم أبحر إلى الساحل الجنوبي لاصطياد أسطول تجاري أو قرصان تركي، لكنه اضطر إلى الانحراف عن مساره بسبب اقتراب العاصفة.

كان هدفه الرئيسي ميناء الجزائر، لكنه حين أدرك أن الرياح العاتية من جهة الغرب دفعته نحو بجاية، قرر أن يرسو في هذا المنفذ مستفيدًا من التيار السطحي. وعلى الرغم من اقتراب العاصفة، واجه الأدميرال دوريا سفينة متهالكة ذات عمودين على بعد سبعة عشر ميلًا بحريًا قبالة ميناء بجاية، وكان على متن السفينة التي تمكنت من الخروج من بجاية دون أن يراها الأسطول

الصغير للقائد عروج ريس، رجل نبيل مع عائلته، وبحسب بعض المصادر كان اسمه أليكس كوستا ديونيسيو. كانت السفينة متجهة نحو إسبانيا، لكن بسبب الظروف الجوية السيئة لم تستطع الالتزام بمسارها، مع تعرضها لخطر الغرق مرات عدة، فانحرفت عدة أميال، وبقي رواد السفينة ينتظرون مصيرهم. أنقذ الأدميرال دوريا عائلة ديونيسيو من سفينتهم الغارقة جزئيًا، وكانت جميع مضخات التصريف مسدودة فيها، حينئذٍ عِلم بكل ما يجري في بجاية. وبعد فترة وجيزة أرسل سفينة شراعية ذات عمود واحد تحمل الضابط الرائد فيديريكو داليسيو، إلى ماركيز وهران أليخاندرو بلانكو، الذي كان في رحلة استكشافية تجارية إلى منطقة شرشال الجزائرية -بسبب طبيعته البراغماتية- تحت حماية وحدة عسكرية كبيرة.

انسحب الفارس غارسيا دي تينيو باتجاه القرى الواقعة جنوب بجاية معلنًا عن نقطة تجمع جديدة لجنوده المذعورين، ورفع الراية الإسبانية هناك، وتمكن أخيرًا من جمع عشرة آلاف من جنوده المتناثرين البالغ عددهم اثني عشر ألف جندي. بعد ذلك قرر غارسيا الوصول إلى ميناء الجزائر بمناورة تكتيكية، ولو لم يلحق به ماركيز وهران في اللحظة الأخيرة، ويحوِّله عن طريقه، لربما كانت قضية غارسيا ستصبح مختلفة تمامًا.

ومع ذلك، كان الماركيز أليخاندرو بلانكو يتخذ إجراءات صارمة، ولا يتراجع عن موقفه بسهولة.

***

وفقًا لكتاب «تاريخ بربروسا» للكاتب لوبيز دي غومارا، فقد أمسك الماركيز بياقة الفارس غارسيا وهزه وجرَّه على الأرض، وزمجر قائلًا: «ستُقنع رجالك بالمجيء معي صباحًا».

ثم رفع مستوى تهديده، وقال: «وإلَّا سأقتلكم جميعًا بسيفي، وبخطاب واحد للإمبراطور تشارلز الخامس سأمسح عائلتك من على وجه الأرض».

قد يكون ما حصل هو السبب في أن الفارس غارسيا سئم من تلك التهديدات بلا شك. ورغم أنه رجل خطير، لكنه امتنع عن المواجهة المباشرة مع الشاب النبيل في ذلك الوقت بالتحديد، ووضع القضية جانبًا. فالفارس غارسيا عضو في عائلة تينيو التي كانت علاقاتها بالفاتيكان متينة دومًا، وكانت تلك العائلة تلعب أدوارًا مهمة في إدارة رأسمال الفاتيكان وتحويل أمواله في الداخل والخارج. ومع أن الفارس غارسيا قد يبدو منبوذًا بسبب حالته الجسدية، ولأن والدته كانت واحدة من الخادمات في منزل تينيو، فإنه لم يستطع أبدًا تحمل الماركيز النبيل البسيط الذي صفعه وأهانه بتلك الطريقة، ولا تسمح عائلته بحدوث ذلك. ربما بدا غارسيا في ذلك الوقت رجلًا بسيطًا في عائلة مرموقة، ولا يمتلك الفراسة والبداهة، لكن ما لم يعرفه الماركيز هو أن غارسيا كان طموحًا جدًا.

3

نجح الماركيز أليخاندرو بلانكو في إقناع القائد غارسيا في وقت قصير، وكان الأخير ينظر إلى جيشه الذي تقلص إلى عشرة آلاف شخص باعتزاز، بما في ذلك ألف من الخيَّالة. كانت عينه اليسرى كبيرة بما لا يتناسب مع حجم وجهه، وكانت قد احمرَّت من شدة الغضب واليأس، وأدرك أنه لن يتمكن فعليًا وبسهولة من جمع مساعديه الأمازيغ والجنود المفقودين الذين تفرقوا من حيث أتوا. لكنه ما إن فتح الباب أمام نقاش في هذا النوع مع الماركيز بلانكو بهذا الخصوص، حتى تعرض لنظرة ازدراء من الأخير، زادت حدة الضغط المهين عليه، وتحمَّل كلماته السامة والمزعجة.

وبسبب احتقار عائلته له، كان غارسيا يعرف كيف يكتسب احترام من حوله في نهاية المطاف، وهذه حقيقة لم يفهمها الماركيز، أو أن كبرياءه لم يسمح له إدراكها، أو أنه تجاهلها عن عمد بغطرسة كبيرة.

نظر القائد غارسيا إلى الماركيز مبتسمًا، وقال: «أيها السيد النبيل، لا أريدك أن تراني شخصًا سيئًا وجبانًا، ها نحن قد حاصرنا بجاية مرة أخرى، ولا نترك مجالًا لأحد بأن يُدخل أي شيء إلى المدينة أو يُخرجه منها، ولهذا السبب أصبح عروج عاجزًا في هذه القلعة إلى حد غير متوقع، وقلعته تعاني من نقص كبير في المؤن والشراب والماء».

الماركيز بلانكو: «ادع ربك أيها الفارس كي نستولي على القلعة قبل أن يأتي خضر، فقد خبرتُ أن قلعة عروج تقاوم... عليك اللعنة».

الفارس غارسيا: «ليس مع خضر سوى حفنة من الجنود أيها الماركيز، ولا يمكنه الانتقال من مكانه في تلك الحالة، أقسم بأنني سأحضر رأس عروج وأقدِّمه إلى خضر شخصيًا».

كانت عينا الماركيز بلانكو محمرتين ووجهه المتعرق محمومًا من شدة الغضب، وقال: «دعنا نأمل حدوث ذلك يا غارسيا، لقد بنى الأتراك قاعدة جماهيرية كبيرة هنا، ويستحيل فعليًا التنبؤ بما سيحدث».

وأشار غارسيا إلى جنود عروج الذين يسيرون على الأسوار الحجرية المحفورة للقلعة، وإلى استعداداتهم المحمومة، وقال: «إنهم يضيعون وقتهم، وما أن يهاجم رجالنا ببنادقهم تلك الأسوار، فإننا سننهي أمورهم ونقضي عليهم».

الماركيز بلانكو: «لو لم تهرب وسط الظلام والعاصفة كالدجاج في تلك الليلة، ولم تلجأ إلى بلدة العوانة وقتها، لما اضطررنا لمواجهة أية مشاكل في بجاية الآن».

ثم تحرك الماركيز داخل الصفائح البرونزية لدرعه الثقيل بقلق، وأضاف: «علاوة على ذلك، سمعتُ أنهم اقتحموا مكانكم عند مدخل القلعة، فعندما كان حراس القلعة مترددين في تحمُّل مسؤولية السماح لكم بالدخول أو ترككم في الخارج، اقتحم عروج بربروس مدخل القلعة».

ارتاح القائد غارسيا عندما رأى الماركيز يرتدي سترة قتالية برونزية مع حاميات الركبة، وكان على يقين من قدرته على استخدام تفوقه في الحركة إذا حصلت مصارعة بينهما. ومع ذلك، فإن اتهام الماركيز له بالجبن كان جريمة أخرى دوَّنها في قائمة حساباته الانتقامية.

راقب الاثنان الخيام الرمادية المنصوبة بانتظام في وسع الأراضي الوعرة ذات التربة الحمراء، وقد غطاها ضباب أزرق حديدي شاحب، من أثر الدخان المتصاعد وركض الجنود، حتى أن صيحات القوات المتبعثرة كانت تثير غضب غارسيا.

الماركيز بلانكو: «استمع إليَّ يا غارسيا».

غارسيا: «تفضل يا حضرة الماركيز».

الماركيز بلانكو: «أنا قائد هذه العملية منذ الآن، وأعلم أن جلالة الإمبراطور كلفك بقيادتها شخصيًا، ولكن إذا كنت لا تريد أن يسمع الإمبراطور عن حماقتك فلا تقف عائقًا في طريقي».

شدَّ الفارس قبضتيه بهدوء، وقال: «هل أعيد تنظيم الصليب الحديدي بدلًا من الكنسي؟ وهل تعتقد أنهم لن يتبلغوا بتقرير عن هذا الموقف؟ لديهم زعيم يدعى لويجي سافينو، يقولون إنه شيطان على الأرض».

الماركيز بلانكو: «اترك هذا الأمر لي، ونفِّذ ما سأقوله لك بالضبط. عند الهجوم الأول، ستندفع أنت ورجالك إلى البحر، لأن الأسوار هناك تكون في أدنى مستوى لها على الأرض».

تفتحت عينا غارسيا أكثر فأكثر، ثم قال: «لكن الأمواج عالية جدًا هناك».

الماركيز بلانكو: «تلك ليست مشكلتي، يجب عليك إزعاج عروج بربروس من تلك الناحية».

غارسيا: «يا حضرة الماركيز، إذا اقتربنا من هناك فسوف يتحطم قاربنا الذي سنستخدمه، وإذا ذهبنا سيرًا على الأقدام سنغرق».

فتح الماركيز عينيه على وسعهما، وقال: «هل أزعجتك بمشاكلي من قبل؟ فلا تزعجني بمشاكلك».

وسرعان ما لفَّ سيفه الثقيل دورة كاملة، وكأنه سيف لا وزن له، ثم اقترب بسلاحه اللامع نحو غارسيا، الذي بدا مذهولًا، ويضحك ضحكًا كالعواء، وقال له: «انظر إليَّ أيها الوغد الجاهل. سيكتمل البدر الليلة، وهذا يدل على أن المياه ستنحسر بما يكفي بعد السادسة مساءً لفتح مساحة لك».

غارسيا: «هل أنت واثق من ذلك؟»

الماركيز بلانكو: «أنت جنرال ميداني أيها الفارس، وينبغي لك أن تكون على إطلاع بمثل هذه التفاصيل البسيطة».

غارسيا: «أنا في الواقع...».

الماركيز بلانكو: «اذهب وجهِّز جنودك على الفور، سوف تتعلم تفاصيل العملية قبل غروب الشمس. اِنسَ احتمال فشل العملية، وإلَّا سأحطم رأسك».

* * *

وفقًا لما ورد في بيان تشارلز فارين، تحت عنوان «حكاية الأخوين بربروس»، والمؤرخ في عام 1890م، فقد كتب عروج ريس رسالة إلى شقيقه في الليلة السابقة لهجوم العدو، كانت مليئة بالحماس مع اتسامها بالكرب، وكانت أجزاؤها مفككة، وأحيانًا غير مترابطة، وتتناول الأيام الخوالي والوضع الأخير لوالده المريض. تلقى خضر الرسالة بخبر إصابة شقيقه بجروح بالغة، لكن

القلعة كانت ما تزال تقاوم، وقد قاد الفارس غارسيا الحملة بنجاح غير متوقع، بعد أن أقنع رجاله من ذوي الإرادة القوية بالصعود فوق السور من طرف البحر.

ورغم تمكن المحاربين البحارة من صدهم، بعد أن أدركوا ما يحدث في وقت قصير، فإن رجال غارسيا باغتوهم بإطلاق النار من بنادقهم في الضربة الأولى، حينها أصيب عروج ريس في كوعه الأيسر، وكانت الطلقة الحديدية قد اخترقت عظم الكوع ومزقت الشرايين. ومع أن ذراعه هوتْ بجانبه، فإنه كان يركض نحو السور مع منجل في يده اليمنى، ثم انهار وسقط أرضًا بسبب النزيف والإرهاق.

بعد تلك الأخبار قرَّر خضر ريس تجهيز كتيبة كاملة قوامها خمسمائة فارس بكامل عتادهم، إذ كانت بجاية تقاوم وتحتاج إلى مساعدة عاجلة. وإذا تمكنوا من شق الحصار ودخول المدينة، سيتمكنون من جذب قوات الحلفاء إلى جانبهم. أما تخلي السلطان التونسي محمد عنهم في تلك المرحلة، فيعني توقيع فرمان موته بيديه.

وبتقدير إلهي، في صباح يوم مغادرة خضر ريس وصله رسول. كان الأسطول المصري المرسل من قِبل السلطان قانصوه الغوري، يضم خمسة آلاف جندي بحري مجهزين بالكامل، وكان على وشك الوصول إلى جيجل. في ظهر اليوم نفسه، ورد خبر من السلطان محمد، أن مجموعة هجومية مكونة من سبعة آلاف فارس بكامل عتادهم في طريقها إلى جيجل. أدرك خضر أن قانصوه الغوري قد استخدم نفوذه المباشر لهذا الغرض، ثم شعر بقشعريرة غريبة تسري داخله؛ فلو حدث أمر غريب لأخيه لفقد أهم داعم له في تلك الشبكة المعقدة من العلاقات.

وتذكَّر السلطان سليم الذي انتصر على الصفويين في معركة جالديران، ورأى أنه إذا انتصر في صراعه الصعب لكان طوق النجاة لأهل السنة على

أيدي الأتراك مرة أخرى، ولن يكون هناك سلطان آخر يحظى باحترام أكبر من السلطان سليم في الشرق والغرب، بما في ذلك السلطان قانصوه الغوري، وهابسبورغ ماكسيميليان في الغرب. إذا لم يكن السلطان سليم غاضبًا من الأخوين بربروس الذين كانا مقربَين من شقيقه شاه زاده كركود والذي أُعدم العام الماضي، فمن المستحيل العثور على حليف أفضل وأكثر قوة منه. لكن ماذا سيقول قانصوه الغوري عن ذلك؟

هذه المرة فكر في بيري ريس، بعد وفاة عمه كمال ريس قبل ثلاث سنوات، انسحب إلى قصره في جاليبولي وقدم خريطة العالم للسلطان سليم، وهي أفضل الخرائط التي رسمها بخبرته الهائلة ومعرفته بالخرائط البحرية. ألقى السلطان نظرة على خريطة العالم، ثم قال: «كم هو صغير هذا العالم».

ثم قسم الخريطة إلى قسمين، وقال: «سنحتفظ بالجانب الشرقي في أيدينا». وقدم العديد من الهدايا لبيري ريس. وبناءً على ذلك، كان صديقه القديم بيري هو الذي يعطي أكثر الانطباعات صدقًا عن حالتهم.

4

كان خضر ريس يقود القوات التركية والمصرية والتونسية، وقد دمروا جيش التحالف المكون من الإسبان والبربر بضربة واحدة.

وفقًا لسجلات مكتبة مراكش الوطنية، كان ماركيز وهران أليخاندرو بلانكو، يبتعد عن حائط القلعة، فرآه القائد غارسيا دي تينيو، وسأله: «لماذا تركض؟»

أجابه الماركيز: «ولماذا تهرب أنت؟»

غارسيا: «كنت تقول إنني كالدجاجة، أليس كذلك؟»

لكم الماركيز ذلك القائد على وجهه، وقال: «سأكسر فكك كي تضطر إلى شرب الحساء لبقية حياتك أيها النجس».

ثبَّت غارسيا رأسه الذي كان يتمايل فوق كتفيه، ثم بصق بصقة دم، وقال: «هل تعرف ما الخزي والذل أيها الماركيز؟»

شد الماركيز بلانكو مقاليد حصانه بهدوء، وسأل: «هل تريد الموت يا أنت؟»

غارسيا: «عندما تتطلب الظروف ذلك، فإن كل جندي يقدم طلبًا، أليس كذلك؟»

صرخ بلانكو قائلًا: «أمرتك أن تصمت».

ثم ضرب بالسوط وجه الفارس هذه المرة. تنهد غارسيا، كانت عينه الكبيرة حمراء ومغلقة، وجبهته مفتوحة بشق إلى أسفل خوذته، ومع ذلك، قال ضاحكًا ومستهزئًا: «هل هذا كل ما لديك؟ هل هذا كل ما يمكنك القيام به بعد كل الجلبة التي أثرتها؟»

استدار الماركيز بغضب شديد، لكنه تفاجأ بالمسدس في يد الفارس وصمامه مشتعل. وتساءل في قرارة نفسه كيف أمكنه فعل ذلك في لحظات، وعما إذا كان قد أشعله من قبل وساعده الضباب على إخفائه. وسأل الماركيز الذي فوجئ بعمل غارسيا ساخرًا منه: «ما هذا؟ هل ستقتلني أمام الشهود؟»

نظر الفارس مبتسمًا، وقال: «هل تقصد هؤلاء الجنود المنتشرين في حالة الفوضى تلك؟ بالمناسبة، هل استفقدت حراسك أيها النبيل بلانكو؟ أو هل أصابك الذعر لدرجة أنك لم تدرك ذلك؟»

الماركيز بلانكو: «ماذا تريد مني يا غارسيا؟ تلك الرصاصة لن تقتلني فورًا، لكنني سأقطع رأسك قبل موتي، هل يستحق الأمر هذه التضحية منك؟»

غارسيا: «أرسلتُ حراسك بعيدًا أيها الماركيز، وقلت لهم أن بلانكو قد أصيب في الخلف أمام القلعة. والآن، في وسط هذه المعمعة والضوضاء لن يهتم أحد بموتك أبدًا».

حين بدأت قطرات المطر الغزيرة المفاجئة تتساقط على جبهتيهما الساخنتين وتتحول إلى بخار، أدرك الفارس أن الماركيز سيتحرك لإنقاذ نفسه. تظاهر الشاب بأنه سيسير بحصانه في الاتجاه المعاكس، لكنه شد مقاليد حصانه فجأةً ووجهه نحو الفارس، ثم ضربه على كتفه بسوط ثخين كان يمسك به، وعلى الرغم من اهتزاز الفارس غارسيا فإنه لم يتأرجح عن حصانه، ونظر إلى الماركيز مع بريق غريب ظاهر في عينه السليمة، ومستمتعًا بكل ما يحصل إلى حد الغرابة.

صاح الماركيز: «ماذا أنت مخدَّر أيها الكلب؟ أهذا تأثير الأفيون عليك؟ أم جرعة من الفطر الشمالي؟ ماذا شربت؟ اترك المسدس من يدك».

ضغط غارسيا على زناد المسدس، كان أليخاندرو بلانكو ينظر إليه بذهول، ولم يعرف أحد خطورة ما حدث لهما حتى اللحظة الأخيرة. شعر بضربة على جانبه الأيسر وتحت ضلوعه، لكن جسده الصلب لم يهتز.

صرخ غارسيا وهو يضحك: «قلت إنك ستقطع رأسي، حتى جاءتك الرصاصة القاتلة. هيا، تعال وجرب. هيا أيها الماركيز».

حدق الماركيز بعينيه والألم يعصر جسده، إنه ألم الرصاصة التي اخترقت تجويفة في درعه نحو أمعائه، ثم انحرفت إلى معدته. أراد أن يصرخ مناديًا الجنود الذين نظروا إليه بدهشة وهم على عجل، وابتعدوا دون تردد، ولم يلقوا لهما بالًا. ألقى سوطه أرضًا وهو يلهث، وسحب سيفه، لكن الفارس مد يده بسرعة ووجَّه فوهة المسدس على جبين الماركيز الشاب، كي لا يترك مجالًا للمصادفات. لم يكن أحد في الجوار، حين سقط

الشاب عن صهوة جواده وكان لارتطامه بالأرض صوت عال. ونزل الفارس من حصانه، وقال: «كنت أنوي قتلك يا أليخاندرو، كنت سأفعل ذلك على الملأ، ولكنني أفضِّل الآن تركك تحت رحمة الأتراك المتخلفين، أنت تعلم أنهم سلخوا جلود النبلاء أحياء وأطعموها للكلاب، ولا توجد وليمة أفضل منك للكلاب».

كان الماركيز ينظر إلى الفارس نظرة صمت ودهشة، لكنها صارمة وعزيزة، ولم يتفوه بكلمة واحدة. غمزه غارسيا غمزة مستخفة، وقال: «لا تقلق، لن تنجو من هذا الجرح، ستكون رحلة أسرك قصيرة يا أليخاندرو، لا تنسَ جميلي هذا، لقد حررتك إلى الأبد».

رفع أليخاندرو بلانكو رأسه عن التربة الحمراء إلى السماء المحمرَّة، وهو يعلم أنه يحتضر. وانقطع صوت الحوافر التي كانت تهز الأرض وترجها، مما بعث الحزن العميق في قلبه. وسمع الطنين والصخب الآتيان من الاتجاه المعاكس، وإذا بالأتراك قد جاؤوا، فقال في قرارة نفسه: «قبل وصول الأتراك، سأموت في كل الأحوال».

نظر إلى الفارس الذي امتطى حصانه وابتعد ضاحكًا، لكنه لم يمت.

في اللحظة ذاتها، كان خضر ريس قد وصل إلى أخيه، وقال له مرارًا وتكرارًا: «ستتعافى يا أخي».

قال عروج ريس مبتسمًا: «مرحبًا بك يا خضر، لو تعافيتُ أو لم أتعاف، ما الفرق؟ فقد وصلتُ إلى عامي الخمسين، فما الذي يمكنني تقديمه بعد الآن يا خضر؟»

وعندما بدأ الجراحون في تبديل الضمادة عن جرحه، قال خضر: «أنت في أكثر فترات حياتك فاعلية يا أخي. فلا أريدك أن تقول مثل هذا الكلام يا أخي».

وقبل فك الضمادات بالكامل، كانت رائحة صديد قوية تفوح في الغرفة، فقد تفاقم الجرح واصطبغ الذراع من المرفق إلى الأعلى باللون الأرجواني. كان الجرح ما يزال محمومًا من النقطة التي اخترقتها الرصاصة وحطمت الوتر والغضروف والكوع. بدأت أعراض الغرغرينا بالانتشار من المفصل إلى الساعد، وأصبح ذوبان أنسجة الغضروف يشكل معضلة حقيقية. كانت سريان الغرغرينا ضعيفًا في جسم عروج ريس القوي للغاية. وكان المرض يتحرك ببطء صعودًا عبر الأوردة المليئة بالجلطات. لكنه لم يعد قادراً على الاستمرار بعد ذلك، وأجمع الجراحون على ضرورة بتر الذراع فورًا قبل تسمم الدم وحصول فشل عضوي لاحقًا.

كان مزاج الأخوين عروج وخضر وجميع جنودهم وحراسهم سيئًا وثقيلًا للغاية.

سأل عروج ريس بتعبير المتوكل على الله: «ألا توجد طريقة أخرى؟»

أجاب صديق والده الطبيب العجوز خلوصي جلبي: «لا يوجد، لقد مر على إصابتك عشرون يومًا يا عروج ريس، وكنت مصرًّا على مجيء أخيك، وها هو قد أتى، إذا استمر تفاقم الجرح على هذا النحو سيفسد دمك ويعطل عمل جسدك، وتكون النهاية الموت الحتمي».

قال عروج ريس: «إذا كان هذا قرار أهل الخبرة، فما علينا إلا القبول به وتنفيذه».

ثم وجه عينيه المرهقتين إلى خضر ريس، فأومأ خضر برأسه، وقال: «يا أخي، ما يهمنا الآن هو نجاتك من الموت، وسنتغلب على كل الصعاب طالما أنت معنا».

عروج: «هل رأيت رئيسًا مقطوع اليد يا خضر؟»

خضر: «نعم يا أخي، سنتحمل المزيد من المحن ونجتاز الصعاب من أجل أمتنا البطلة وأهل الإسلام. هل ستستسلم؟»

ابتسم عروج ريس وقال: «أنت على حق يا أخي، فلننه الأمر اليوم بإذن الله».

أحضر ماركيز وهران أليخاندرو بلانكو، إلى المشفى بعد إصابته بجروح خطيرة، حينها كانت الذراع اليسرى لعروج ريس قد بُترت من أسفل الكوع، وهو في حالة وعي تام.

انفجر خضر ريس بالبكاء، وقال: «سنذهب من هنا لبعض الوقت، ونعود إلى منزل عائلتنا، وسوف يلتئم جرحك في هواء ميديللي الشافي وعلى سطح منزل والدك المليء بالذكريات يا أخي، وهناك ستصل أرحامك، وتجد فائضًا من الخير الوفير والصحة والعافية، وحتى أن والدنا المريض سيسعد بنا كثيرًا».

كان عروج ريس منهكًا جدًا وغير قادر على التحدث، وكانت آثار أسنانه حافرة في الحزام الجلدي الذي عض عليه أثناء بتر ذراعه. لم يكن للأفيون التأثير المرجو في جسده القوي، بل أحس بالألم عندما قُطعت ذراعه بمنشار جراحي رفيع، لكنه لم يصدر سوى تأوه خفيف. وأخذ بيد أخيه وضغط عليها برفق وابتسم.

خرج خضر إلى باحة المشفى متأثرًا بآلام أخيه، والغضب يتأجج في فؤاده. وكانت آثار دماء عروج على يديه ووجهه، لكنه لم يكن يعلم ذلك. كل القادة الشباب كانوا هناك، ركضوا على الفور واستفسروا عن حالة الرئيس العظيم. أخبرهم خضر أن أخاه بخير، وأنه سيعود إلى قاربه في أسرع وقت ممكن.

ثم نادى طالبه الخاص محمد ريس، وقال له: «نزّل أفضل الشحنات الثمينة الموجودة لدينا إلى مستودعات الموانئ، واِعقد لقاء مع المحاسبين واِجمع كل أرباحنا في الأشهر الثلاثة الماضية، بما فيها الذهب والفضة، ولتكن يدك قوية وكريمة، وليكن مخزوننا المتميز مليئًا بالفراء وزيت الزيتون

والعسل، فلا تقل لاحقًا إنك لم تكن تعرف. ولا تستعجل في الأمر، بل خذ وقتك، سنعبئ هذا القسم بالشحنة التي ستُرسل إلى السلطان سليم. وليكن في الشحنة بعض الأسرى الخاصين، على أن تكون أدنى طبقة بينهم هو الفيكونت، ولتكن نساؤهم من طبقة الفيكونتس وما فوق».

محمد الدالي: «كم سيكون عددهم أيها الرئيس؟»

خضر ريس: «اجمعوا لي خمسين شخصًا من كل فئة».

محمد الدالي: «على الرحب والسعة أيها الرئيس، لكن لموازنة هذا الرقم يجب...».

خضر ريس: «يمكنك اختيارهم من بين أسرانا يا محمد، فإن وجدت أن العدد غير كاف، فاجمعهم من شواطئ العدو».

محمد الدالي: «لا تقلق».

خضر ريس: «يوجد من مصاصي الدماء هؤلاء أعداد كافية في كل قرية وبلدة، ودم ألف شخص منهم لا يساوي قطرة دم واحدة من شاه زاده جيم، فقد عذبوه وقتلوه. ثم اِختر أقوى قطعة في أسطولنا، واملأها بكل تلك النعم، لأنها ستذهب إلى سلطان العالم، السلطان سليم».

وأضاف: «بإمكانك الانطلاق، فقد كلَّفتُك مع سيد علي، وكورد أوغلو. اضربوا سواحل إسبانيا وإيطاليا حتى نهاية العام، وإذا لم يكن ذلك كافيًا، فخذ الغنائم بكل الطرق. هيا أيها الدالي، دعني أرَ ماذا ستفعل».

5

جزيرة ميديللي - سبتمبر 1515 م

كان خضر ريس يتأمل سيفه الرائع المطعم بالجواهر، قال وهو يرتجف: «إذًا، هذا قولك يا محمد».

حدَّق الدالي بصعوبة بخضر ريس وسيفه مع انعكاس ضوء الشمس، وقال: «نعم أيها الرئيس، علمتُ الآن أننا كنا متحفظين ومترددين طوال الوقت لكن، كان السلطان سليم سعيدًا وفخورًا جدًا».

خضر: «كيف وجدتَ فاتح جالديران وسلطان العالم؟»

محمد الدالي: «أيها الرئيس، كان ذا قامة مهيبة وشجاعًا فاضلًا، وجسده كجسد المصارع المنحوت من الشمس. يُعرف على الفور من وجهه المضيء، حتى القلوب القوية تذوب احترامًا له وحبًا به. وكل الذين كانوا إلى جانب السلطان أقوياء قوة القادة وعظماء عظمة الكبار المتدينين الأشداء».

وتابع: «علِم السلطان سليم بأمر الهدايا التي أرسلتموها وتفانيكم اللامتناهي، فقال: «أسأل الله أن يضيء وجوه مجاهدينا في الدنيا والآخرة»».

والتفت عروج ريس إلى خضر، وقال: «انظر يا أخي، ما يسمونه الإكسير في العالم هو دعاء السلطان. ومن ينال دعاء علي عثمان سيجد المهام سهلة في الوقت الحالي، لأن العظماء يضيئون طريقنا. أي شخص ينال البركات منهم سيكون عمله ناجحًا، ومن ينظر إليهم يخفض رأسه».

محمد الدالي: «لم ينته الأمر بعد، فقد أرسل سلطاننا سليم مائة من الإنكشاريين المختارين، كل منهم كأنه تنين أو ذئب حروب، كان الله في عون من يقع بين أيديهم، حتى لو كانوا من أعدائي».

لم يستطع خضر ريس منع دموعه المتساقطة من عينيه، وشعر كأن الواجهة البحرية لقصورهم قد اتسعت فجأة، وامتدت إلى عوالم أخرى،

وقال: «ماذا تقول يا محمد؟ أنا الآن سعيد، وقلبي يهيج من شدة الفرح، بارك الله بكم».

محمد الدالي: «على رسلك يا رئيسي».

وأضاف: «أرسل إليكم السلطان سليم خان شخصًا يدعى وهيمي أورهون جلبي، وحين يسمع باسمه الأعداء يرتجفون من الرعب. إنه رجل شجاع، ذو وجه جهنمي، وقلب جليدي، ويد فولاذية. للوهلة الأولى، لا تتوقع منه كل ما سبق، إنه كمادة عديمة الشكل، عديمة الرائحة والطعم، كالماء الجاري. وهو رئيس منظمة استخباراتية تدعى الهلال الفولاذي، وستحل محل القره توغيين. وسيبقى هنا لفترة من الوقت، ويدعم وجودنا في جميع المناطق مباشرة، ويهتم بالإجراءات والتفاصيل».

علّق عروج ريس قائلًا: «هذا خبر رائع».

وأمسك بيده اليمنى السيف الذي أهداه إياه السلطان سليمان وبدأ يلوِّح به، فصار السيف يتأرجح ويصدر صوتًا كأنه يزأر، ثم قال: «ما نحتاجه هو التنظيم الجيد وليس الجنود، وذاك الرجل الشجاع المسمى وهيمي، سمعنا عنه منذ فترة طويلة، يمكنه التعامل مع الفوضى في هذه المنطقة بإذن الله».

في هذه الأثناء، ظهر أحد القادة الشباب على العتبة، وهو صالح ريس، جاء بوجه بشوش وقال بهدوء: «أيها الرئيسان، لا أريد أن أفسد متعتكما، لكن أحد أسرانا يتمنى رؤيتك قريبًا، وهو ماركيز وهران السابق أليخاندرو بلانكو».

قال خضر ريس: «ماذا يريد؟»

أجاب صالح ريس: «عبر عن رغبته في تهنئة الأخوين بربروس، وقال إنه يريد استشارتكما في موضوع».

خضر ريس: «ليأت ونسمع ما سيقول، حتى لو كان عدونا فإن الوقت مناسب للتحدث».

ظهر الماركيز بلانكو أمام الأخوين مرتديًا ملابس البحارة الأتراك، وكانت لحيته الصفراء كثيفة مرتبة، وجسده الضخم قد ارتخى ووجه الدائري قد ترهل، وحدق بعينيه الزرقاوين، وقال: «أيها الرئيسان، كنت معكما لأكثر من عام، وقد أخرج الجراح تلك الرصاصة التي لا يجرؤ أي جراح في الغرب على إخراجها، وكأنه ينتزع شعرة من عجينة، فمن رأى أو سمع بجروحي كان يوقن أنها غير قابلة للشفاء، لكن أطباءكما عالجوني بالأدوية، لذلك أنا ممتن ومدين لكما».

قال خضر ريس: «أنت لا تدين لنا بأي شيء أيها الماركيز».

تذمر الشاب وقال باستياء: «يا خضر ريس، أرجو منك ألَّا تقل لي ماركيز بعد الآن».

خضر ريس: «أليس هذا لقبك؟»

الماركيز بلانكو: «هو كذلك، لكنني لم أعد أريد هذا اللقب بعد الآن...».

خضر: «لم يتواصل معك أحد، ولم يأت أحد لرؤيتك من أجل الفدية طوال ذلك الوقت، أليس كذلك أيها الشاب؟»

قال بلانكو مغمضًا عينيه: «هذا صحيح، عائلتي من طرف أبي هم من الإقطاعيين البسطاء، ووالداي ليسا على قيد الحياة، فلذا لم يتابع قضيتي أحد حتى الآن، حتى إخوتي وأعمامي لم يتابعوا مصيري. أحد الأسباب الرئيسية هو ذلك الفارس السافل غارسيا، الذي خاب أمله كثيرًا حين علم أنني ما زلت على قيد الحياة. من المحتمل أنه مارس ضغطًا كبيرًا على عائلتي. إنه الفارس الذي تسبب بإصابتك بالرصاصة في ذراعك في تلك الليلة يا عروج ريس».

عروج ريس: «وصلني عن لسانك ذات مرة، أن أمير مورسيا المنتخب كان المتسبب بذلك».

الماركيز بلانكو: «نعم، لقد حصلت بالفعل على رتبة الماركيز بفضله، لكنه شخص تستطيع عائلة تينيو التعامل معه».

هز عروج رأسه مبتسمًا، وقال: «يقول كبارنا: «لو مات رجل أصيل فنسله يكفيه. إنك تحصد ما تزرعه، وأخلاق الابن تكون كأسلافه». لا تتوقع أخبارًا جيدة من بلدتك أيها الشاب، فالخبيث غارسيا هرب بعيدًا دون أن ينظر إلى الوراء، وكان حقيرًا بإطلاق النار على رفيقٍ شجاعٍ مثلك، فلا تنتظر أحدًا».

الماركيز بلانكو: «أنا لا أنتظر أحدًا يا عروج ريس، لكن تأثير عائلة غارسيا كبير جدًا، فهو أحد الأبناء غير الشرعيين لوالده، لكنه ما زال يملك قوة كافية لسحق شخص مثلي، فأنا أتألم لأنني هُزمت أمام السافل غارسيا».

خضر ريس: «اتركنا من ابن الزنا ذاك. ذات يوم سيدفع ثمن أفعاله الخبيثة، لقد كنت هنا طوال هذا الوقت تحت مسؤولية القائد الرودسي السابق كارلو موراتا، أي دِرمان ريس بعد إسلامه، لقد رأيتَ وشاهدت عيشته ومكانته عندنا. وقد قال كبارنا سابقًا: «الانتظار أشد من النار». والآن أقول لك، لا تجعل نفسك ضعيفًا بسبب هذه القضية، وأنت حر بعد الآن يا أليخاندرو بلانكو، أنت حر طليق الآن. إن أردتَ فاذهب إلى بلدتك أو ابقَ صديقًا لنا. إذا اخترت البقاء معنا فيمكننا تكليفك بمهام جادة دون النظر إلى دينك، لأنك شاب ذكي ومطلع ومتعلم... الخيار لك».

حدق بلانكو بعينيه الزرقاوين، وقال في دهشة: «ماذا تقول يا خضر ريس؟»

خضر: «لقد سمعت كلامي يا بني».

الماركيز بلانكو: «ما قول أخيك أيها الرئيس».

خضر ريس: «قول أخي من قولي يا بلانكو».

الماركيز بلانكو: «أريد أن أبقى معكما أيها القائدان».

قال خضر ريس منبِّهًا الشابَ: «إذا أردتَ أن تبقى، فأتمنى أن يكون ذلك بدافع رغبتك بالبقاء، وليس لعدم وجود مكان تذهب إليه».

الماركيز بلانكو: «حتى لو كان لدي ألف مكان أذهب إليه، فلن أرحل عنكما، ولن ابتعد بعد الآن، حتى تطرداني من هنا، ودرمان ريس كفيلي».

وفجأة شعشع وجه الشاب النبيل السعيد، وقال: «على كل حال كنت قد أتيت إلى هنا للحديث عن ذلك، لكن خضر ريس بدأ الكلام بنفسه...».

قال عروج ريس: «نعلم ذلك، لقد أخبرنا خضر ريس قبل يومين أنك ستأتي وتقول ما قلته».

الماركيز بلانكو: «ولكن كيف ذلك؟»

وتابع عروج ريس: «تذَكّر، إذا انضممت إلى صفوفنا، فإن أبناء بلدك سيُعدونك تركيًا، حتى لو لم تكن مسلمًا، ففي بلدانكم كلمة تركي تعني أنك مسلم، وهكذا يفكرون منذ سنوات، وسيظلون كذلك. حتى أنت، لا تدمر حياتك الأبدية لعناد بسيط، أسلم وانهِ الأمر».

الماركيز بلانكو: «عفوًا يا عروج ريس، لكن كيف عرف خضر ريس أنني سأقول ما قلته قبل قليل؟»

ضحك عروج ريس، وقال: «ربما عرف ذلك من المحادثات التي أجريناها عنك مع درمان ريس يا بني».

الماركيز بلانكو: «هل أنت... هل أنت شخص قديس مثلما يقال عنك؟»

قال خضر بكل صرامة: «حاشا. أنا مجرم بسيط، يقول أسلافنا: «رذيلة الرجل المحبوب تصبح فضيلة، وفضيلة غير المحبوب رذيلة»، وربما هذا ينطبق علينا».

ثم التفت إلى أخيه، ورأى أن عروج ريس ينظر إليه بمحبة وابتسامة هادفة، فقال بلانكو بنبرة جادة منحنيًا: «سأفكر في عرضك يا عروج ريس، لكن أولًا أخبرني عن نبيك، ذاك الشخص الذي وضع قانون الأخوة والعدل والأخلاق الحميدة بينكم».

ثم بدأ خضر ريس بالحديث، فقال: «عن أم المؤمنين عائشة -رضي الله عنها- قالت: «كان رسول الله (ﷺ) يَخْصِفُ نَعْلَهُ، وَيَعْمَلُ ما يَعْمَلُ الرَّجُلُ فِي بَيْتِهِ»، وكان يحلب الغنم، ويأكل مع خدَمه، وعندما يتعب الخادم كان يطحن القمح معه أحيانًا، ويحمل ما يشتريه من السوق بنفسه، وكان يقيم العلاقات مع الغني والفقير، ويبدأ بالتحية والسلام، ويجيب دعوة أحدهم ولو على شق تمرة، كان لطيفًا وكريمًا، وحسن المعشر ومبتسمًا. كان يبتسم ولا يقهقه، ويحزن دون أن يتجهم، ويُظهر التواضع دون أن يذل نفسه، وكان كريمًا غير مسرف، وكان رحيمًا ورؤوفًا بالعباد، ولا يملأ معدته أبدًا، ولم يكن جشعًا...».

6

جزيرة ميديللي - مايو 1518 م

خضر ريس: «هل هناك أي أخبار من تلمسان؟»

أجاب وهيمي أورهون جلبي: «لا أخبار أيها الرئيس. لكن لا تقلق، لن يستغرق الأمر وقتًا طويلًا كي تعيد منظمة الهلال الفولاذي تأسيس شبكتها التواصلية المقطوعة مؤقتًا».

نظر خضر ريس في عيني وهيمي المظلمتين والقاتمتين، اللتين تبدوان كأنهما حفرتان لا قعر لهما في وجهه المظلم. وكان ممتلئ الجسم وقويًا مثل الثور، لكن جفنيه الخفيفين، أعطياه مظهرًا متملقًا، يخدع محاوريه في تحليل شخصيته للوهلة الأولى.

وقال خضر ريس: «بعد وفاة الملك فرناندو ملك قشتالة، عجز هابسبورغ ماكسيميليان العجوز عن إدارة البلاد إدارة جيدة؛ وبدعم مطلق من السلطان

سليم حررنا المدن الكبرى في الجزائر، إلى جانب ريفها ولله الحمد. أيها القائد وهيمي أورهون جلبي، لا يمكننا أبدًا أن ننسى دعمكم لنا مع منظمة الهلال الفولاذي في فتح الجزائر وعنابي وتنس، وتلمسان ووهران وشرشال. فأنتم من نشرتم المرسوم الذي أعلن فيه عروج ريس سلطانًا للجزائر بدعم من الأمراء والشعب، وبفرمان من جلالة سلطاننا أكد تعيينه حاكمًا للجزائر... بارك الله بك وبمنظمة الهلال الفولاذي أيها البطل».

وهيمي: «أنا شخص أحاول القيام بواجبي على أكمل وجه يا خضر ريس».

نظر خضر بحسرة شديدة إلى الآفاق البعيدة من على شرفة قصره، وقال: «لو لم يرسلني أخي إلى ميديللي لحلٍّ مسألة ميراث والدي المتوفى، لكنت معه الآن في تلمسان. آهٍ... آهٍ، لماذا أرسلك معي؟ كان بحاجة لك أكثر مني».

وهيمي: «لا تقلق، فالرجال الشجعان مثل جاكير حمدي، وخيري من أكسراي، وغيرهما من منظمة الهلال الفولاذي لا يتركون متنفسًا لأحد... وشقيقك الأكبر إسحق ريس يسانده بأسطوله القوي. إن إخوتك يحبونك يا خضر ريس حقًا».

قال خضر مبتسمًا: «هم دائمًا يحبونني».

وهيمي: «لم أر مثلكم قط، إخوة بحماسكم وبحبكم لبعضكم بعضًا، وخصوصًا أن عروج ريس يتصرف كما لو أنه سيترك العالم لأخيه دون غيره».

قال خضر، وكأنه تذكر أمرًا فجأة: «كنتُ سأطرح عليك أسئلة عن منظمة الصليب الحديدي التي تأسست بدلًا من المنظمة الكنسية. من هم هؤلاء يا وهيمي؟»

وهيمي: «إن القره توغيين والكنسيين بدؤوا بالاختفاء في وقت متزامن أيها الرئيس، ثم ظهر لويجي سافينو، زعيم منظمة الصليب الحديدي، التي أسسها رسميًا البابا ليو العاشر، الذي طرد القس مارتن لوثر من قيادتها. ذلك

الزعيم عمره ثلاثة وخمسون عامًا، أي أكبر منك بعام واحد أيها الرئيس، لكنه عميل بارع ولديه معرفة كافية بالمسائل الفقهية الإسلامية، ويحفظ أجزاء من القرآن الكريم، وعالم بقواعد التجويد تمامًا ويصعب جدًا إقناع الناس بأن الرجل ليس مسلمًا. علاوة على ذلك، يتمتع بمرونة وصحة جيدة وكأنه شاب في الثلاثين».

نظرا إلى الأمواج المتوهجة باللون الأصفر الغامق، وقال خضر ريس بهدوء: «أعتقد أنهم وجدوا شخصًا كفؤًا يا وهيمي».

وهيمي: «نعم أيها الرئيس، لكننا، بإذن الله، نمتلك الخبرة والرجال الأكفاء في التنظيم لقمعهم. كان القره توغيون أقدم منظمة استخباراتية في التاريخ، وتولت منظمة الهلال الفولاذي هذا الإرث».

صمتا قليلًا، ثم التفت خضر ريس إلى وهيمي، وتأمل ملامح وجهه الداكنة، وكيف تظهر كأنها في الظل رغم سطوع شمس الربيع، وكلما أدار وجهه عنه يلاحظ تلاشي ملامحه في ذاكرته. يا له من رجل غريب، على الرغم من خبرته الواسعة، لم يلتق خضر بمثل ذلك الشخص المخيف في حياته.

خضر ريس: «عليك أن تسرِّع تشكيل الهيكل التنظيمي داخل إسبانيا يا وهيمي، فكما تعلم يدور حديث مفاده أن ماكسيميليان العجوز سيتخذ خطوة أخيرة ضدنا لتبقى مكتوبة في ذاكرة التاريخ».

وهيمي: «محادثاتنا مستمرة مع الأشخاص التابعين للقره توغيين سابقًا، ونحن نتواصل مع أناس آخرين لتقوية شبكتنا، وتستغرق سجلات التسجيل وتوزيع المهام وقتًا طويلًا أيها الرئيس».

خضر: «في هذه الأثناء، يجب أن نكون حذرين من غدر الأعداء بنا يا وهيمي».

وهيمي: «نحن أقوياء جدًا في المنطقة يا خضر ريس، لكن هناك احتمالًا أن يغير الأعداء علينا، نحن بالفعل في حالة تأهب كما لو أننا تلقينا معلومات استخبارية بذلك. نحن مستعدون، ومتكلون على الله عز وجل».

هز خضر ريس رأسه بانزعاج.

قال خضر ريس: «عندما هبطتُ في الميناء، كنتَ تحمل ورقة في يدك يا وهيمي. اقرأها بتفاصيلها».

ابتسم وهيمي قليلًا، فانتبه خضر ريس للتعبير المهدِّد على وجه وهيمي، مع أن الابتسامة مهما كانت صغيرة فإنها تجعل الإنسان جميلًا. أحس بقشعريرة طفيفة تسري في ظهره فجأة.

أخرج وهيمي الورقة، وقال: «أنت تعلم أن أفراد الدولة العثمانية العليا يتمتعون بموهبة الشعر على مستوى عال. والورقة التي بيدي تخص شاه زاده سليمان».

خضر: «إنه يشبه أباه، هلَّا قرأتها؟»

فتح وهيمي الورقة باحترام وقرأ شعر شاه زاده.

ظهَر إسماعيل ريس فجأة على العتبة، كان في السادسة والستين من عمره، لكن قوته تجعله يبدو في عقده الثالث. إنه ذاك الشاب الذي تواجد على سفينة الراحل كمال ريس، وصاحب الجسد الضخم الذي تأرجح بصعوبة يومها، وكان وجهه أبيض كالورق.

سأله خضر ريس، وهو يبتسم بمحبة: «ما الخطب يا إسماعيل ريس؟»

لكن ابتسامته اختفت، ثم أردف قائلًا: «ما الخطب، أخبرني؟»

قال إسماعيل ريس: «عروج ريس».

خضر ريس: «ما به؟»

إسماعيل ريس: «رئيسنا عروج...».

خضر ريس: «اِخرس...».

إسماعيل ريس: «لقد استشهد عروج ريس...».

الفصل السابع
أجده في غيابك

1

«اِرجع من السفر بغنائم رائعة،

وادفن الهم والغم الذي يصعب على الإنسان حمله،

وأبحر في مياه النجوم الساطعة».

يونس كاظم كوني - رواية بطل

جيجل (الجزائر) - سبتمبر 1519 م

«أحسن الأدب ولا تتهم مولاك، فكل شيء عنده بمقدار، لا مقدم لما أخر ولا مؤخر لما قدم، يأتيك ما قدر لك في وقته وأجله إن شئت أو أبيت، لا تشره على ما سيكون لك، ولا تطلب وتلهف على ما هو لغيرك، فما ليس عندك لا يخلو إما أن يكون لك أو لغيرك، فإن كان لك فهو إليك صائر وأنت إليه مُقاد ومسير، فاللقاء عن قريب حاصل، وما ليس لك فأنت عنه مصروف وهو عنك مولٍّ أنَّى لكما التلاقي فاشغل بإحسان الأدب... قد نهاك الله -عزَّ وجلَّ- عن الالتفات إلى غير ما أقامك فيه ورزقك من طاعته وأعطاك من قسمه ورزقه وفضله. ونبهك أن ما سوى ذلك فتنة افتتنهم به، ورضاك قسمك خير لك وأبقى وأبرك».

بعدما قرأ خضر ريس من كتاب «فتوح الغيب» للعلامة عبد القادر جيلاني، أغلق دفتيه، ونظر إلى صبري ريس الواقف عند العتبة ينتظره

باحترام كي لا يزعجه، إذ كان يحمل أخبارًا ماتعة تومض في عيون هذا المقاتل المتمرس.

خضر: «قل يا صبري».

صبري: «لقد وصل وفد السفارة الذي أرسلته إلى العاصمة برئاسة محمد الدالي أيها الرئيس».

خضر: «حسنًا، ماذا تنتظر، فليدخلوا».

دخل محمد الدالي، وسيدي علي، وصالح ريس، وكورد أوغلو، وألقوا التحية على رئيسهم بالتسلسل، ثم وقفوا أمامه بأدب كأن على رؤوسهم الطير. كانت شمس الغروب الخريفية تضيء وجوه القادة الشبان عابرة نوافذ قصر جيجل، فتزيد ابتساماتهم إشعاعًا. بدوا متحمسين وسعداء رغم أن هيئاتهم لا تدل على ذلك. الأوضاع في تلمسان كانت صعبة، وقد استشهد عروج ريس في الجزائر، ثم استشهد من بعده الأخ الأكبر إسحق ريس على يد الإسبان، وخالج خضر ريس شك كبير بعد كل تلك الأحداث، مما أحرج القادة الشبان في بدء حديثهم معه. علاوة على ذلك، فقد خسروا المدن التي فتحوها بصعوبة كبيرة، وتسبب العديد من الجنود الجزائريين والتونسيين، الذين ساعدوا الإسبان أثناء احتلال تنس كما يقال، في ازدياد آلام خضر ريس الذي كان يعاني إثر النوازل والأحداث.

رفع خضر ريس رأسه، وابتسم وقال: «مرحبًا يا محمد، آمل أن تكونوا محمَّلين بأخبار جيدة بعد أن قطعتم مسافات طويلة».

نظر محمد إلى رفاقه الآخرين، وابتسم وقال: «لقد جئناكم ببشارات أيها الرئيس... بل سأخاطبك بلقبك الجديد، يا خضر باشا».

خضر: «باشا؟»

محمد الدالي: «نعم أيها الباشا، أصبحتَ الآن باشا عثمانيًا، وأنت الآن بيليرباي، أي سيد السادة العظيم والمبارك لأرض الجزائر. أنا شخصيًا شهدتُ

دموع سلطاننا المعظم سليم خان، نتيجة رضاه عن سماع اسمه يذكر في خطب الجمعة، وهو القائد المنتصر في معارك جالديران ومرج دابق وريدانية، وفاتح سوريا ومصر. وبناء على رغبتكم أيضًا، أنشئ وقف وعائدات لقبر السلطان المصري الراحل قانصوه غوري، وابن أخيه تومان باي. وقدر ولاءكم هؤلاء السلاطين العظماء من أهل السنة الذين دعموكم في حروبكم سابقًا».

خضر: «ما تلك الأصوات القادمة من الخارج يا محمد؟ كأنها أصوات فرح».

محمد الدالي: «الأخبار تنتشر بسرعة يا باشا، بدأ الناس الاحتفال بقبول الجزائر أرضًا عثمانية».

أخفض خضر باشا رأسه، ومسح دموعه بصمت، ثم قال محمد الدالي: «هذا ليس كل شيء يا باشا، فقد أرسل لكم سلطاننا فوجًا من ألفي جندي وإنكشاري مجهزين بالكامل، ومائة وخمسين مدفعية ميدانية، ومنحكم سلطة تجنيد الجنود بِحريّة من أراضي الأناضول. وقال عنك: «خضر زهرتي، هو خير الدين، هو نصر للدين، لقد قبلت كل أعماله، وأسأل الله أن ينصِره على أعدائه دومًا»».

كان السيف ملفوفًا بقماشة مباركة، وقد وضِع على وسادة من المخمل، وكان غمده ومقبضه مرصعان بالجواهر البراقة. استدار محمد الدالي نحو الجندي الذي يحمل السيف بكلتا يديه، فأخذه وقال: «قال لي السلطان: «خذ هذا السيف إلى خير الدين باشا، وليكن هديتي له، وليقاتل أعداء الدين ويُعلي كلمة الله، ولتكن رايتنا مرفوعة وخفاقة أينما تولَّى، نصره الله في كل حدب وصوب، وبيَّض الله وجهه في الدارين». وأنقل لك عن لسانه قول الحارث المحاسبي قدس الله سره: «من يراقب نفسه ويعمل بإخلاص يزينه الله بالجهاد، وإن خير الدين باشا مجاهد حقيقي مزين بالجهاد، فليذهب الآن، ويستعيد الأراضي التي فقدها بإذن الله، وستكون دعواتي مرافقة له»».

تمتم خضر باشا بفرح، وكان وجهه بشوشًا كبشاشة السحاب في الأفق، وقال: «لقد أسماني السلطان خير الدين، وناداني به، أليس كذلك؟»

محمد الدالي: «نعم أيها الباشا، هذا هو لقبك منذ الآن، مبارك عليكم».

للمرة الأولى منذ فترة طويلة، نام خير الدين باشا بهدوء في تلك الليلة، وعندما نهض لأداء صلاة التهجد شعر بالتجدد والحيوية عند منتصف الليل، وأحس كأنه يسير على أرض تلك الجغرافيا الحزينة المسماة الماضي. تاق إلى تدمير كل الذكريات التي فتحت جرحًا في قلبه، وحرقها في أعمق أودية الماضي، وهدم كل القلاع التي شيدها في روحه من أسماء وأرواح ولحظات ضائعة، لكنه بعد ذلك رأى في كل تلك الأفكار نقطة ضعف فيه، وقد أحرجه ذلك.

***

أمر خير الدين باشا بمدِّ طاولة كبيرة بعد صلاة الفجر، واستقبل جميع قادته بعد الإشراق، وبدأ بالكلام وهم يتناولون الحساء، وقال: «كان أخي يقول دائمًا: «هناك شيء يسمى الجرعة أو المنعش الذي لا يخمد. إنه دعاء السلطان». وقد دعا لنا السلطان لله الحمد، ورفع الله شأننا وأصبحنا أعزاء بفضله وكرمه، فمن أراد سوءًا لدولتنا العليا نضربه ضربة قاضية، وكل من يعارض الدولة العثمانية ويخونها سيُهان في الدنيا والآخرة».

وأضاف: «أيها الأبناء، حان الوقت لاستعادة الأراضي التي فقدناها، من أجل الذكرى العظيمة لكبارنا عروج ريس وإسحق ريس، سنضع حياتنا على المحك وننتقم من أعدائنا وكل من تعاون معهم. استريحوا الآن، وابتداءً من الغد سنباشر في تأمين القوات والذخائر والقوارب الجديدة، استعدادًا للعملية الكبيرة التي سنبدأ بها في الربيع، وكل يوم نتأخر فيه عن الفتح يعدُّ ظلمًا للمظلومين. وسيكون الله -عز وجل- أكبر داعم لنا أولًا، ولسلطاننا سليم

خان بعد ذلك، ضد إمبراطور هابسبورغ الجديد تشارلز، حفيد ماكسيميليان. حان الوقت لاتخاذ خطوات أكثر جرأة من أي وقت مضى».

ثم رفع يديه وتلا دعاءه قائلًا: «يا ربنا، بحرمة نبيك المصطفى، انصر إخواننا من الجنود المسلمين على أعدائهم في البر والبحر».

وردَّد جنوده من بعده: «آمين».

وتابع خير الدين باشا: «يا أبنائي الدهاة، اسمعوني جيدًا، لا يخدعنكم الوضع الإيجابي الجيد الذي نحن فيه الآن أبدًا، يقول عصام حاتمي، وهو من علماء خراسان: «لا تنخدع لأنك في مكان جيد، فما حدث مع آدم عليه السلام كان في الجنة، لا يخدعنك كثرة معرفتك، فقد عانى الشخص المسمى بلعام رغم أنه كان يدعو باسم الله الأعظم، وفي النهاية حدث ما حدث له. لا تنخدع بمعرفة الصالحين وحدهم، فلم ينفع بعضهم مقابلة النبي الأعظم محمد (ﷺ) رغم عِظم قدره ورفعة شأنه عند المولى، وأعظم إنسان على وجه الأرض. حتى أن هناك من رآه من عائلته ولم يستفد من رؤيته إطلاقًا»».

نهض محمد الدالي، وأمسك سيفه، وأقسم قسم الأتراك القدامى قائلًا: «إذا لم نلتزم بوعدنا فلنمت بطعنات سيوفنا».

ثم وقف جميع المحاربين وأمسكوا سيوفهم مثل محمد الدالي ريس، وهتفوا وأقسموا بمثل قسمه.

2

الجزائر - يونيو 1524 م

سيطر خير الدين باشا مرة أخرى على الجزائر فارضًا سلطاته الواسعة الجديدة. وبعد وفاة السلطان يافوز سليم قسَّم البلاد إلى قسمين إداريين، وترك الشطر الشرقي لأحمد بن القاضي، وهو عالم فاضل وأمير من الأمراء المحليين، وسلَّم الأجزاء الغربية لإدارة محمد بن علي الذي كان هو الآخر أميرًا عظيمًا ومحترمًا. وبدا أن الاقتتال الداخلي قد هدأ بعض الشيء، نظرًا لقوة بربروس وتصميمه، ولأن البلاد أصبحت أرضًا عثمانية. لكن المناخ السلمي لم يدم طويلًا بسبب البنية القبلية المعقدة والقديمة للمنطقة.

انتقل الفارس غارسيا دي تينيو إلى المنطقة بصفته الممثل الخاص لتشارلستون، فقد وصلت عائلة تينيو إلى موقع وقوة مكنّاها من منافسة آل هابسبورغ تقريبًا، وذلك بسبب دورها النشط في انتخاب جوليو دي جوليانو دي ميديشي، المعروف بالبابا الجديد كليمنس سيبتيموس السابع. كان الإمبراطور الشاب تشارلز الخامس على علم بذلك، وغير مطمئن له، لكن عائلة تينيو كانت أحد الممثلين البارزين للثِقل اليهودي في أوروبا والعالم الجديد، وكانت تمثل القبضة الحديدية الخفية لجميع القوى الغربية، فلا يمكن إنكار دور الأموال التي خصصتها عائلة تينيو في النمو السريع وتطور منظمة الصليب الحديدي. وكانت هذه الحقيقة قد زعزعت استقرار الهيكل الإقطاعي بأكمله، لأن تلك العائلة لم تتردد في استخدام القوة عند أي تهديد محتمل ضدها. ولأن الفارس غارسيا دي تينيو كان يمتلك معظم الآليات لإنكار ذلك، فقد تمكن من إخفاء قبضة حديدية داخل قفازه المخملي.

وكان يُهرِّب أعدادًا لا تُحصى من المجرمين العاديين أو المؤهلين، ممن استخدمهم في أعماله القذرة إلى أمريكا، وفي بعض الأحيان كان يضمهم إلى منظمة الصليب الحديدي.

كان وهيمي أورهون جلبي يشعر بالضيق بعد تعاقب استشهاد عروج ريس واسحق ريس، وظل الداعم الرئيسي لخير الدين باشا في عملياته لاحقًا. وكان أعضاء منظمة الهلال الفولاذي يعملون في الفترة الأخيرة بكفاءة عالية، وينظمون أنفسهم بقوة لا هوادة فيها، ويخوضون صراعًا دمويًا للغاية ضد الصليب الحديدي بقيادة لويجي سافينو، الذي قابلهم بالمستوى نفسه من الفطنة. كان أنجيلو ستيفانو الشخص المعيَّن بعد مقتل سافينو على يد وهيمي أورهون جلبي عند غزو رودس عام 1522، وكان رجلًا يتمتع بكفاءة وبقوة سيده المقتول، وكان يصغره بعشرين عامًا.

وبناء على ذلك، قام وهيمي أورهون جلبي، وبموافقة السلطان سليمان، بتغيير تكتيكات القره توغيين التي بدت أكثر سلمية، ردًا على عملية نفذها الصليب الحديدي داخل البلاد. وعمل على تحييد شخصين من الشخصيات المعروفة بعدائها للأتراك والإسلام بطريقة منسقة، وكان الهلال الفولاذي قد وصل إلى تنظيم الحشاشين، صاحب القوة الديناميكية المعقدة بقيادة حسن الصباح.

في الأيام الأولى من صيف 1524م، عقد الفارس غارسيا دي تينيو أول لقاء له مع أمير شرق الجزائر أحمد بن القاضي، وكان رد الأمير على عرض التعاون ضد الأتراك قاسيًا جدًا ومنسجمًا مع سمات المسلم المخلص. كذلك توعَّد أمير غرب الجزائر محمد بن علي، الفارس غارسيا، بالإعدام الفوري إن قابله مرة أخرى، حتى لو كان المبعوث الخاص للإمبراطور.

لكن غارسيا لم يستسلم، وسرعان ما وجد لنفسه حليفًا غير متوقع، وهو السلطان الجديد لتونس محمد صادق الحفصي، نجل السلطان التونسي السابق أبو عبد الله محمد الحفصي. وأعلن السلطان الشاب أن هذا التقدم للأتراك خطير، وعرض على أعدائه التحالف لدرء الخطر بدعم من الإمبراطور شارل الخامس، لكن في المقابل طالب بتوحيد المنطقتين الجزائرية والتونسية تحت حكم سلالة الحفصيين.

بلا شك، كان البرتغاليون بحاجة إلى شخص من داخل الجزائر يعمل لصالحهم، ولا يمكن أن يكون هذا الشخص سوى أمير شرق الجزائر أحمد بن القاضي.

كان أحمد بن القاضي عالمًا وفاضلًا، ومن أكثر الشخصيات تأثيرًا في المنطقة، لذلك وجدوا أنهم إذا استطاعوا الحصول على دعمه، سيكون تمسك الأتراك بتلك الأراضي مستحيلًا على المدى الطويل. في تلك الأيام، جرى ترتيب لقاء أخير في حصن الصخرة الجزائرية، عقده زعيم الصليب الحديدي أنجيلو ستيفانو بموافقة الإمبراطور، مع خمسمائة ألف قطعة نقدية من الذهب الفينيسي، ومائة وخمسين ألفًا من العملات الفضية البوهيمية.

ومع ذلك، بعث صادق الحفصي برسالة أخرى إلى الفارس غارسيا، يبلغه فيها أن أتباع الصليب الحديدي يجب أن يكونوا أكثر حذرًا، لأن تنظيم الهلال الفولاذي التركي يعمل ويراقب الوضع عن كثب. وكان لا بد من حل قضية أحمد بن القاضي بطريقة أو بأخرى، والحصول على موافقة ذلك الرجل المعروف بولائه القاطع للأتراك. وأوضح في رسالته أنه إذا غادر الأمير العجوز غرفة الاجتماعات دون إجماع سيظهر تشابك علاقات على الملأ، وسيتبعه انتقام السلطان سليمان القانوني، نجل الراحل سليم خان، والقضاء على جماعة الصليب الحديدي أينما كانوا.

حُصن الصخرة (ساحل الجزائر)

حصن الصخرة، قلعة محصنة مبنية على جزيرة صغيرة أرضها شديدة الانحدار، تبعد عن ساحل العاصمة الجزائر 300 متر، شيَّدها الإسبان في البحر الأبيض المتوسط. قبل وصول الأتراك إلى المنطقة كان الإسبان يستهدفون مآذن المساجد تحديدًا بنيران المدفعية من الجزيرة تعسفيًا، حتى أنهم منعوا الأنشطة التجارية لأهالي المنطقة، وكانوا يحصِّلون الضرائب أسبوعيًا من الأسواق التي تنشط على الساحل، وشهريًا من الأسواق في الداخل. وفي بعض الأحيان يطلقون نيران المدفعية لأن المدفوعات قد تأخرت.

تخلى الإسبان عن تلك الاعتداءات المشينة منذ اليوم الذي فرض فيه الأخوان بربروس هيمنتهما على المنطقة، أي أنهم لم يجرؤوا على اتباع تلك السياسة مرة أخرى، ولم يجرؤوا على خرق الهدنة غير الموثقة على الورق. مع رحيل خير الدين باشا عن الجزائر بعد أن تكبد خسائر مؤقتة في المنطقة، وخسارة العاصمة الجزائر بعد استشهاد شقيقه، عاد الإسبان إلى عاداتهم السيئة بطموح أكبر، فقد أخذوا يعاقبون المدينة باستهدافها بنيران المدفعية يوميًا، حتى أنهم لم يقبلوا عروض الوساطة من نبلائهم. كانت الخسائر في الأرواح كبيرة جدًا، وكان الاستمرار على هذا النحو سيخلص في نهاية المطاف إلى التخلي عن مدينة الجزائر تمامًا.

لكن منذ أن استعاد خير الدين بربروس باشا هيمنته على الجزائر توقفت المدفعية. وكان خير الدين باشا يخطط للاستيلاء على ذلك الحصن المهم منذ سنوات، وبدأ بالفعل في تجهيز بعض المدافع الكبيرة لتلك الغاية. وساعدت الاكتشافات المعدنية الجديدة، على زيادة فاعلية برميل البارود بإضافة خام الذهب إلى الحديد المصهور وسبائك البرونز. كان حاكم حصن الصخرة دون مارتن دي فارغاس على علم بتلك الأعمال منذ فترة، وكان

يراسل جميع مراجعه في الغرب، ويرسل وفودًا طالبًا اتخاذ التدابير اللازمة، لكنه لم يتلق الإجابات بالسرعة التي يريدها.

* * *

استعد دون مارتن دي فارغاس على شاطئ الجزيرة لاستقبال الفارس غارسيا دي تينيو، ورئيس منظمة الصليب الحديدي أنجيلو ستيفانو، بحفل ملكي، وخلف قوس النصر الأخضر المزيَّن والمشيَّد على الميناء، اصطفت فتيات صغيرات بأيديهن باقات من الزهور ومعهن الجوقة الكنسية. وعند نقطة الوصول إلى الجزيرة أنشئت ساحة منفصلة، وكان أعضاء البروتوكول القدامى في الجزيرة يقفون فيها على أهبة الاستعداد، وكل منهم يحمل هديته بيده.

رأى غارسيا وستيفانو تلك الاستعدادات التي أمكن ملاحظتها بسهولة من الساحل الجزائري، ولذلك قررا المغادرة، لكن ستيفانو عاد وغيَّر رأيه قائلًا: «لنكمل الطريق أيها الفارس. لقد أخبرت ذلك الأحمق فارغاس أن يأخذنا من الشاطئ بهدوء، لكنه سيدفع ثمن غبائه».

قال غارسيا: «خذ الأمور ببساطة، الرجل الشاب من العائلات المحاربة المشهورة في أراغون، ويمكنه كبح جماحك، وظل يقول: «أنا أعيش في أقرب منطقة جغرافية للأتراك وأصعبها، لقد تمركزوا هنا من قبل مرات عديدة، لكنهم لم يجرؤوا على لمسي، وقد سمعتُ قبل ستيفانو عن استعدادات الأتراك للهجوم. وعلينا وضع الخلافات الشخصية جانبًا»».

لم يتحدث ستيفانو كثيرًا، وكان سلوكه المستقل ونهجه الموجه نحو الأعمال حادًا للغاية، لكنه عرف كيف يتصرف وفقًا لمكانته.

وطلب غارسيا من المجدِّفين بأن يواصلوا عملهم، ثم قال: «يا أنجيلو، نحن الذين ارتكبنا الخطأ الحقيقي بالمجيء إلى هنا في وضح النهار، يعتقد

دون فارغاس أنه سيصبح قوة لا تُقهر بفضل دعمنا، وربما يريد أن يُظهر لبربروس أن لديه ضيوفًا شرفاء وأقوياء، وأنه ليس وحيدًا».

وأضاف غارسيا بعد صمت: «سمعت أن بربروس يسرِّع من استعداداته للهجوم، وأنه رأى رؤية تتعلق بذلك».

هز ستيفانو كتفيه بلا مبالاة، وقال: «لقد شبعت من القصص الخيالية».

تظاهر غارسيا بأنه لم يسمعه، وتابع قائلًا: «لما نام في إحدى الليالي أخيرًا، وكان في حالة بين النوم واليقظة، قال: «الحمد لله، لقد قضينا على كل المتمردين، ولم نترك عدوًا ملعونًا إلَّا قطعنا عنقه، وأرسلنا قواربنا وسفننا إلى كل حدب وصوب لتكون لنا سندًا في الغزوات، فلماذا كل هذه المعاناة؟ أرواحنا ستُسلم إلى بارئها، ولنرتح قليلًا من هذا العناء». لكن جاءه في الرؤيا بهاء الدين البخاري، وقال له: «يا خير الدين، الدنيا فانية ولا راحة فيها، والراحة الحقيقية في الجنة... والبشرى السارة لك، إن فتح الجزيرة بات قريبًا، وعليك بذل الجهد لذلك مباشرة... كان الله في عونك»».

غضب ستيفانو، واحمرت عيناه الزرقاوين، وصاح: «ألم أقل لك أيها الفارس ألا تقص عليّ الحكايات؟»

أدرك الفارس أن هذا الرجل الغريب الذي عرفه لسنوات عديدة لم يكن يحترم أحد، ولا حتى الإمبراطور نفسه، لكنه كان يحترم شخصين في حياته لا ثالث لهما، الأول سلفه لويجي سافينو، والثاني الشاعر الإيطالي الشهير في القرن الثالث عشر دانتي أليغييري.

الأمر الوحيد المشترك بينهما كان موتهما وأنهما لم يعودا على قيد الحياة، وغالبًا ما كان ستيفانو يقرأ مقاطع من مدونة «الجحيم» للشاعر دانتي، ويُرهب به كل من حوله.

كان ستيفانو يواصل التحديق بالفارس بصمت، وغارسيا يتهرب من نظراته تلك مع حالة من الرعب.

همس ستيفانو فجأة: «كان كل شيء قبلي أبديًا، وأنا سأستمر إلى الأبد وأكون أبديًا».

يعلم غارسيا أن تلك كانت كلمات دانتي، لكنه عبس وقال: «جيد، جيد جدًا أنجيلو يجب أن تكتب مرثية له...».

ما أن اقترب القارب من الميناء، حتى نزل ستيفانو عن متنه قبل أن يرسو، ووقف أمام مارتن دي فارغاس الذي كان يتجه نحوه مبتسمًا، وقال: «ما هذا التهريج في الترحيب يا فارغاس؟»

قال فارغاس وابتسامته تتلاشى: «دعك من هذا يا ستيفانو، أين الخطأ في رغبتنا بإظهار قوتنا للصديق والعدو؟ إن القوى العظمى في العالم تقف إلى جانبنا».

اقترب الرجلان القويان من بعضهما حتى كادت أنوفهما تتلامس. وعلى الرغم من الحرارة كانا يرتديان ملابس مخملية مدرَّعة، ولذلك كانا يتعرقان بشدة.

فارغاس: «هل تظن أن خير الدين سيتأثر بما يجري؟»

غارسيا: «إنه يشاهدنا مع جنوده الآن، لا تقلق فهو منبهر بما فيه الكفاية».

قال ستيفانو ساخرًا وغاضبًا بعض الشيء: «يا فارغاس، يتنقل خير الدين بين جيجل وجربة كالمكوك، وينتظر شحنتين كبيرتين منفصلتين عن طريق البحر، وأنت نائم في سبات عميق».

تابع فارغاس النظر إلى وجهيهما بمرارة، وقال: «بغض النظر عن عدد الرجال والأسلحة والإمدادات التي يجمعونها، لن يتمكنوا من نزع حجر واحد من حجارة هذه القلعة يا ستيفانو».

قال ستيفانو وهو يمسك بكتف الشاب بلطف حازم: «هيا، أخبرني قصصًا خيالية مثلما يفعل الفارس غارسيا، ما زلت غير مدرك لقوة خير الدين وما

يمكنه أن يفعل. إنك تقف أمامي هكذا الآن لأنك لا تعلم مدى احتياجك لنا، فهل لديك علم بكرات المدفعية التي سكبها وجهَّزها؟ إن السبب الحقيقي لغطرستك يعود إلى عدم مقابلتك للخوف حقيقي بعد».

فارغاس: «اعرف حدك يا ستيفانو، هذا الموقف العدائي سيؤذيك».

ستيفانو: «في هذا الزمن، من الأفضل أن تمتلك أصدقاء أقل، وأن تكون علاقاتك مع الناس قليلة، فعندما ينظر الإنسان إلى الآخرين ببصيرته، سيرى أن ألد أعدائه كان أقرب الناس إليه».

وسأله: «هل تعرف عمر الخيام يا فارغاس؟»

فارغاس: «لستُ معجبًا بأعدائي يا ستيفانو».

ستيفانو: «إنه الشاعر المفضل لدى حلفائنا. وهذه نصيحة مني لك، وخذها بعين الاعتبار كي تستفيد منها؛ سيوجِّه خير الدين مدافعه إلى القلعة في نهاية المطاف، ولا أعتقد أن هذا سيحدث في المستقبل القريب، لأنه لا يريد أن يعود خالي الوفاض ويفقد هيبته. وبغض النظر عن رأيه بأن هذه الأراضي تابعة للعثمانيين، فإنه في نهاية الأمر أجنبي في الجزائر، لكنه يعلم بالألاعيب التي تحاك في الخفاء، وسندعو الرب أن نتمكن من جذب أحمد بن القاضي إلى جانبنا».

ثم نحَّى الشاب جانبًا ككيس فارغ، وقال: «أرني الآن قاعة الطعام، سندعو ابن القاضي، وننهي هذا الحفل السخيف».

3

وصل أحمد بن القاضي مع حاشيته بعد ظهر اليوم التالي دون مراسم استقبال علنية. وسمحوا له بالصعود إلى الجزيرة مع اثنين من رجاله المسلحين فقط. كان رجلًا واثقًا وهادئًا من كل النواحي، يلبس رداء قطنيًا طويلًا وآخر

مصنوعًا من الكتان. لقد تجاوز السبعين من عمره، وكانت الخطوط الناعمة في وجهه تظهر تحت العمامة البيضاء المتلألئة. لم يضعوا أيًا من المُحرمات على الطاولة، نظرًا لأن العشاء كان على شرفه، وكان فارغاس قد بدأ يتعب فعليًا، لأن درجة الحرارة كانت مرتفعة جدًا.

وجد أحمد بن القاضي المصحف الذي كان موضعه على المنبر قد وضع على الأرض، في الركن الخاص المعد للصلاة، أخذه وقبَّله ثم وضعه عاليًا. وعندما أخبره فارغاس أن المصحف هدية له، أظهر ابن القاضي سعادته وسلَّمه إلى أحد حراسه. ثم بدأ يستمع إلى الأحاديث بهدوء، بينما أكل وشرب القليل بنية الاستجابة للدعوة. وعندما اقترب المساء، قال: «لقد ناقشنا المسألة من قبل أيها الفارس غارسيا، لو أنني عرفت أنكم ستبحثون في المواضيع ذاتها لما أتيت. وبصراحة إن الشخص الذي بجانبكم لم أهضمه، مع اعتذاري الشديد». ألقى غارسيا نظرة خفية على ستيفانو، الذي قُدِّم على أنه دون دييغو أبران، الممثل الشخصي لكونت فالنسيا. ولم تظهر على ملامح ستيفانو أية مشاعر واضحة، بل كان يجلس بهدوء مختبئًا خلف قناع الصديق مع ابتسامة مزيفة.

قال الفارس غارسيا: «هناك شخص آخر معنا اليوم لا يمكنك كسر خاطره».

نظر إلى دون فارغاس، فوقف فارغاس عند الباب، ونادى بهدوء على الحراس. وبعد صمت قصير، سمعت حركة في الغرف الخلفية، ثم كلمات التعظيم والإجلال بصوت خافت، وفُتح حجاب العتبة، وقال دون فارغاس: «تفضل يا حضرة السلطان».

دخل السلطان التونسي محمد صادق الحفصي، فوقف الجميع وحيُّوا السلطان باحترام، بمن فيهم بن القاضي. وكان السلطان طويل القامة أسمر البشرة، لكنه كان شابًا أنيقًا وذا مهابة، ولم يتعرق على الإطلاق رغم ردائه

الطويل وحرارة الصيف. لكن سلوك محمد صادق الحفصي أظهر على الفور نفاد صبره بل غضبه أيضًا، وكان النقيض لوالده السلطان الراحل في ذلك.

بينما أخذ السلطان مكانه على رأس المائدة، همس ستيفانو في أذن الفارس منحنيًا: «ما كان عليك استدعاء هذا الرجل أيها الفارس، كلانا يعرف أنه ساذج وخفيف أكثر من الشاب فارغاس نفسه».

تحدث الفارس غارسيا مخاطبًا ابن القاضي، وتكلم عن اتساع التحالف وقوته، وأنّ خضر باشا صار وحيدًا بعد وفاة شقيقيه، وقال: «لا يستطيع السلطان سليمان أن يهتم بمواقعنا بينما هو في ورطة مثل إمبراطور الفرنجة شارلمان، أنت أمير مؤثر وشيخ الطريقة القادرية المباركة، وكلمتك مسموعة».

وأضاف: «إذا تحالفنا معًا، لن يستطيع الأتراك الاستمرار في الحكم هنا، وأود أيضًا أن أذكركم بالدعم الهائل المقدم من عائلة دي تينيو في هذا الصدد».

بعد ذلك، عقَّب السلطان صادق بالقول: «يا بن القاضي، القرصان السابق بربروس أصبح باشا علينا الآن، وأخشى ألَّا نرتاح هنا أبدًا، وعليك أن تعرف قيمة الكرامة والاحترام المقدمة لك هنا، وخير الكلام ما قلَّ ودل. إذا وقفت في صفنا ستكون أميرًا على الجزائر بأكملها، شرط أن تقرأ خطبة الجمعة باسمي، وتعلن تبعيتك لي علانية، وبعدها نعيش في أخوة ووئام».

رفع أحمد بن القاضي رأسه نحو السقف العالي في القاعة، كانت الأضواء ملونة تخترق النوافذ الزجاجية الصغيرة للقبة، وكانت القبة مغطاة بجداريات دينية. استنشق الرائحة الباهتة للملح والطحالب المنبعثة من النوافذ المفتوحة، وبعد أن استشعر باكرًا أنه لا سبيل للخروج من الوضع الحالي، قال قول الرجال الحكماء المتوكلين على الله: «بدايةً، دعوني أَقُل لكم إن من يتحدث بالسوء عن خير الدين باشا فهو عدوي. وأنت أيها السلطان صادق،

إما أن تكون مخلصًا واسمًا على مسمّى وتتوقف عن التعاون مع هذا العدو، أو تفقد رأسك مثلما فقدت إيمانك».

خيَّم صمت شديد على الجالسين حول الطاولة فجأة، وأكمل ابن القاضي قائلًا:

«لن يترك خير الدين باشا هذا الأمر، وما يجري سيغضب سليمان خان، وكنا نظن أن سليمان خان حملًا وديعًا، لكنه أظهر للعالم أنه أسد عبر قيادته غزوات بلغراد ثم رودس. علاوة على ذلك، أرسل خير الدين بربروس باشا، الريس كورد أوغلو، وكان ذلك كافيًا للبحرية العثمانية أثناء غزو رودس. فإذا لم نستخرج من تلك الغزوات الدروس والعبر سوف يتضرر شعبنا، ويتحمل السلطان العبء الأكبر. علاوة على ذلك، ستمضي بقية حياتك بخوف، وتتساءل من أين سيخرج الهلال الفولاذي ومتى؟»

عدَّل السلطان ظهره وكأنه ينفض ثقلًا عن كتفيه، وقال: «أيها الشيخ، إذا عملنا معًا يمكننا إزالة خير الدين باشا من بيننا، ولن نضع من بعده عضوًا من الأتراك، لأن وراءنا كل القوى العظمى في العالم. وسليمان خان ابن الأمس، وحين يجد صعوبة سيستسلم لنا».

ابن القاضي: «أيها السلطان، هل رأيتم الأتراك يتراجعون عندما يواجهون أية صعوبة؟»

السلطان صادق: «ألم ينسحبوا من هنا من قبل؟»

ابن القاضي: «لكنهم عادوا، وفي عهدي مراد الثاني، ومحمد الفاتح، انسحبوا من بلغراد ورودس، لكنهم رجعوا بجيش قوي صلب وأسقطوا القلاع».

لوَّح السلطان بيده كأنه يصد ذبابة، وقال: «هذه المرة الأمر مختلف، انظر أيها الشيخ، صحيح أنه في السابق كان اسمه خضر ريس، والآن خير

الدين باشا. ولم يكن من الممكن التحدث بهذا الأمر في حينه، لكن أين هو الآن؟ لقد أصبح بيلرباي، أي سيد السادة، بقرار من السلطان العثماني، ويأتمر بأمره، ويمده الأخير بالسلاح والجنود. لكن الفرق أننا نقيم في أرضنا، بينما خير الدين أجنبي».

تنهد ابن القاضي بعمق، وقال: «أيها السلطان، أليس هؤلاء الجالسون إلى جانبك غرباء؟»

انحنى السلطان إلى الأمام مهددًا هذه المرة، وقال: «نحن نحتاج إلى المساعدة أيها الشيخ، أسألك عن حالتنا ووضعنا هنا الآن، بينما يستمتع الأتراك في أراضينا».

ابن القاضي: «لقد عانوا من قبل حتى وصلوا إلى ما هم عليه الآن، حلال عليهم، قضى خير الدين باشا حياته كلها في البحر من أجل الدين، والاهتمام بشؤون المسلمين، ومن يحسده فليظهر وجهه وليخرج إلى الساحات مثله كي يحقق أهدافه».

اعتدل السلطان صادق دون أن ينتهك حدود الاحترام، وكان موقفه قاسيًا بعض الشيء، وقال: «أيها الشيخ، أنت شخص مسلم ذو شأن، كيف يمكنك أن تمدح لص البحر بوجود هؤلاء الأصدقاء النبلاء؟»

قال الشيخ، وكأنه ألقى حزمة من الضوء على الطاولة: «نعم، كان الأمر كذلك من قبل، لكنه اليوم وزير السلطان المعظم، إذا ظننت أن نهايتنا ستكون جيدة وسنحقق السعادة في الدارين، فعليك أن تتطلع إلى الحصول على بركات دعائه».

همس ستيفانو في أذن غارسيا قائلًا: «مستحيل، لا يمكن إقناع هذا الرجل بهذه الطريقة، إن هذا السلطان وفارغاس المتغطرسان يدمران درب الحلف تدميرًا صارخًا».

واصل ابن القاضي كلامه بهدوء، وقال: «أعلم ما الأمر المزعج بالنسبة لك، لا يمكنك تحمل رؤية رجل تركي يستلم القيادة ويجلس في الجزائر. أنت تعلم أن والدي كان عالمًا ورجلًا فاضلًا، وذات يوم، نصحني قائلًا: «اعلم يا بني أنه في يوم من الأيام سيأتي رجلان من الشرق، كبيرهما اسمه عروج، سوف تقابله وترى الخير منه، واسم الأخ الأصغر خير، وستجدون الخير فيه هو الآخر، فلا تنخدعوا بخدع الشيطان». وها أنا شاهد على كلامه، إذ عرفنا عروج ريس، وقد ساعدني كثيرًا، وعرفنا خير الدين باشا، وأما خدع الشيطان، فهم من قدموا لي عرضًا ضدهما... إنه أنتم».

ساد صمت ثقيل بثقل صخرة، وتابع ابن القاضي: «لكنني أعلم أنكم لا تستطيعون التفكير في هذا الاتفاق لوحدكم، من المؤكد أن من يقف وراء هذا الدعم هم الإسبان، تستمدون القوة منهم وتحيكون المكائد، لكنني لن أجحد وأكفر بالنعم مثلكم، أسأل الله أن يقلب أحوال أعداء الأتراك رأسًا على عقب».

كزَّ السلطان صادق على أسنانه، وقال باستياء: «أنت ترفضني إذًا!»

ابن القاضي: «نعم، وليس لدي ما أفعله سوى الدعاء من أجل خير الدين باشا، وليُحقّر الله كل من يفكر تجاهه بالشر. عند مغادرة عروج ريس -رحمه الله- ميناء جيجل لفتح الجزائر برًا، مرَّ من قبيلتنا، وبدوري أرشدته وأحضرته إلى الجزائر. وحين فتح الجزائر بعون الله تعالى أهداني الحكم الذي أنا فيه اليوم، وأعفاني من الضرائب، وبفضله حصلت على الثروة والسلطة، وكل ما نأكله ونشربه هو من بركات المرحوم الغازي عروج ريس. وأخوه خير الدين باشا شخص طيب، وقد لمسنا ارتياحًا كبيرًا في الجزائر منذ أن أصبح حاكمًا عليها بأمر من السلطان، فاعلم أن خير الدين باشا هو وليُّنا، مثلما كان عروج ريس وليُّنا هو الآخر».

وأنهى ابن القاضي كلامه، بعد أن نهض من مكانه، بالقول: «هذا جوابي لكم، اذهبوا إلى أعمالكم، وأنا سأذهب إلى عملي».

وقف السلطان الحفصي، وقال: «أيها الشيخ، لقد أذللتني أمام أصدقائنا».

أجابه ابن القاضي: «أنت سلطان تونس، فما الغرض من مجيئك إلى الجزائر إلَّا الفتنة؟ كل ما لدي قد قلته، وإن بقائي هنا منافٍ للإسلام. لقد أدرت ظهرك لإخوانك المسلمين وتحالفت مع هؤلاء الشياطين، وفي فعلك هذا تصديق لكلام الله عز وجل، عندما خاطب الله نبيه قائلًا: ﴿وَلَن تَرْضَىٰ عَنكَ ٱلْيَهُودُ وَلَا ٱلنَّصَٰرَىٰ حَتَّىٰ تَتَّبِعَ مِلَّتَهُمْ﴾ [سورة البقرة: الآية 120]. وما تنويه ينافي أمر الله: ﴿يَٰٓأَيُّهَا ٱلَّذِينَ ءَامَنُوا۟ لَا تَتَّخِذُوا۟ ٱلْيَهُودَ وَٱلنَّصَٰرَىٰٓ أَوْلِيَآءَ بَعْضُهُمْ أَوْلِيَآءُ بَعْضٍ وَمَن يَتَوَلَّهُم مِّنكُمْ فَإِنَّهُۥ مِنْهُمْ إِنَّ ٱللَّهَ لَا يَهْدِى ٱلْقَوْمَ ٱلظَّٰلِمِينَ﴾ [سورة المائدة: الآية 51]».

مشى ابن القاضي نحو الباب مع حارسيْه. ولم يتحرك أحد من مكانه عند خروجهم.

التفت الفارس غارسيا إلى السلطان صادق الحفصي وقال: «إذا خرج من هنا حيًا...».

قال السلطان: «سينقل كل الكلام إلى خير الدين. لكننا سنجد طرقًا أخرى لإقناعه أيها الفارس، دعونا نتحلَ بالصبر. يقولون إن ابن القاضي لديه ولد مختلف عن والده، ويمكننا جذبه إلينا بسهولة، بعد ذلك سيدير الابن الأمور بدل الأب».

قاطع غارسيا كلام السلطان صادق، قائلًا: «أي إدارة تتحدث عنها أيها السلطان؟ ليس لدينا الوقت والصبر الكافيان لنفعل ما تقوله أو ننتظر، إذا علم خير الدين بما يدور هنا فسوف تذهب جهودنا كلها سدى. وطالما بقي الأب على قيد الحياة، فلن يكون هناك خير لنا من ذلك الابن الغشاش».

السلطان صادق: «ابن القاضي رجل مهم أيها الفارس، وإذا أصابه أي مكروه سيتهموننا بذلك، وكل من حوله يعلمون حضوره للاجتماع. إنني أخاف الله من التمادي ضده وقتله، فهو رجل صالح».

فجأة، انتصب ستيفانو على قدميه، وقال: «اترك الأمر لي».

لحق ستيفانو بالشيخ قبل أن يصعد إلى قاربه، وقال له: «أيها الشيخ... سامحني أيها الشيخ، أود إعلامك أنني لا أوافق على ما قيل في الداخل».

استدار ابن القاضي ونظر إلى ستيفانو، وقال: «لقد سبق أن ذُكر اسمك أمامي، لكنني نسيته».

كانت شمس المغيب تظلِّل وجه ستيفانو، فقال مبتسمًا: «دييغو. أنا الممثل الخاص لكونت فالنسيا، دون دييغو أبران».

رفع ابن القاضي يديه معتذرًا: «أنا آسف أيها الشاب، لقد نسيت بسبب وتيرة المحادثة وسخونتها، هل تود قول شيء ما؟»

ستيفانو: «إذا سمحت لي، أرغب في الهمس في أذنك».

بن القاضي: «عساه خيرًا إن شاء الله».

أحنى ستيفانو رأسه وكأنه محرج، وقال: «ما كنت لأزعجك لو لم يكن الأمر على قدر من الأهمية يا سيدي، فأنت الوحيد الذي يمكنه حل المشكلة».

استدار ابن القاضي ونظر إلى حارسيه، وأمرهما بالانتظار. ثم اقترب من ستيفانو الواقف على الرصيف، وكان الموج الأزرق يتلاطم عند حافته. ولمّا دنا منه بمسافة رمح ارتجف فجأة. لم ينتبه الحارسان إلى رجفة ابن القاضي لأنهما كانا يراقبان ستيفانو وحده، وكانا في حالة تأهب. اقترب ستيفانو مبتسمًا من الشيخ العجوز بضع خطوات، لكن الأخير شعر بثقل غريب في صدره نحوه. أحس برائحة دخان غريبة على كتفيه، بلمسة يديه الناريتين، ولوهلة سيطر عليه الخوف من قوة ذاك الغريب. أراد أن يبتعد، لكن ستيفانو همس في أذنه: «ليس لدي اسم واحد، بل العديد من الأسماء».

أراد الابتعاد، وقال: «اتركني»، لكنه لم يستطع أن يفلت من براثن ستيفانو. تخيل شبكة العنكبوت، وطريقة حياكتها؛ وفجأة شعر بوجود شيء بارد رقيق ينزلق تحت ضلوعه اليمنى ويصل ببراعة إلى رئتيه، ثم ازداد الضغط الساحق لأصابع ستيفانو على كتفه. حاول أن يتنفس لكنه لم يستطع، لقد ضربه بالميل الذي كان يخفيه تحت سترته. تيقن بأنه لن يتمكن من الهرب، ولم يعد هناك جدوى من استدعاء حراسه. لم يستطع الحارسان إدراك ما يجري، لكن ربما كان بإمكانه تحذيرهم لحماية أنفسهم. أمسك ستيفانو بالشيخ وانحنى نحو أذنه اليمنى وهمس بكلمات دانتي: «من هنا تمضي إلى مدينة الألم، من هنا تمضي إلى الألم الذي لا نهاية له، من هنا تمضي إلى الناس الضائعين...».

ألقى ستيفانو بالشيخ في البحر، وسار نحو حارسيه وسط ذهولهما، لقد تأخرا في ردة فعلهما غير المتناسقة، وتلك إشارة مهمة إلى أنهما لم يجريا أي تدريبات مشتركة سابقًا لحماية الأمير. ركل ستيفانو أحدهما في البحر، وأمسك بيد الآخر قبل أن يُخرج سيفه، وضغط عليها دون أن يتمكن من سحبها. وأظهرت نظرة الحارس الشاب المندهش أنه أدرك أخيرًا أن الشخص الذي أمامه ليس رجلاً عاديًا، لكنه لم يتمكن من إنقاذ نفسه، فقد أدخل ستيفانو الميل الذي في يده تحت ذقنه، مخترقًا جيوبه الأنفية، حتى وصل إلى دماغه.

بنزرت (تونس) - فبراير 1525 م

بينما كان السلطان صادق الحفصي مستلقيًا على سريره، شعر بعدم الارتياح بعد أن أحس بحركة على الجانب الآخر؛ فجميع أقاربه يعرفون حبه للنوم بمفرده في الليل، فلماذا ظلت تلك المرأة مستلقية قربه حتى اللحظة؟

قبل إطفاء المصباح نظر حول الغرفة المحاطة بأقمشة خضراء وزرقاء وحمراء ثمينة، وبأوانٍ زجاجية قيِّمة وأثاث مبهرج، كل تلك الأشياء منحه إياها الإسبان بعد مقتل ابن القاضي، فطغى عليه تأنيب الضمير.

الشيء الوحيد المتبقي من والده في الغرفة كان خزانة مصنوعة من خشب المحلب، فأشجاره كانت تنمو في بلاد الرافدين، وكثيرًا ما يستخدم خشبها في صناعة الأثاث. وهناك الكرسي الذي كان يستخدمه منذ الطفولة. كان مترددًا، ولم يطفئ المصباح. فهو لم يستطع أن ينسى ابن القاضي ولو للحظة، وذلك بفضل قوة شخصية الأخير وشجاعته، وقد احتضن الموت دون تردد. وعندما تذكَّر الحفصي الفارس غارسيا وستيفانو بدأ يرتجف. بعد تلك الجريمة البشعة التي زعزعت موازين القوى في الجزائر من جديد، زاد الإسبان نشاطهم في المنطقة وضاعفوا مساعداتهم لتونس. ومثلما كان يفعل دائمًا، قال في قرارة نفسه: «شعبي أكثر راحة في هذه المرحلة. المهم أن يعيش الأهالي في سلام، أما وجود الأتراك فكان فتنة بحد ذاته... كانوا يضعون رجال الدين من أهل السنة مقابل أتباع ابن تيمية والمعتزلة ليناقشوهم، ويتدخلون في أفكارنا ومعتقداتنا وكيفية الإيمان بها، لكن الأيام التي سكنت فيها مثل تلك الأفكار ولت منذ زمن بعيد».

مد يده بغضب من مكانه، ونخز المرأة التي لم يتذكر وجهها، وطلب منها العودة إلى غرفتها. تأوهت المرأة بصوت منخفض، فغضب السلطان، وصاح: «أمرتك أن تنهضي... هيا انهضي، واخرجي من هنا».

لفت انتباهه اختلاف ألوان اللحاف في الجزء الذي يغطي المرأة النائمة، وشعر بلمعان زيتي داكن على الساتان الأخضر. نهض مذعورًا، والتقط المصباح، وصاح: «انهضي يا امرأة».

ارتعب من حدة صوته، واستدعى الحراس الخاصين الواقفين عند الباب، وكان قد مر بهم قبل دقائق قليلة.

وساد الصمت...

تأكد السلطان صادق من وجود أمر مريب، وبدأ قلبه يتقلب في صدره ويرتفع نبضه إلى صدغيه، ومشى بحذر وخوف إلى الجانب الآخر من السرير. لم يكن يسمع سوى دقات قلبه وأنفاسه المتسارعة، وبدا له كأنه عاجز عن الدفاع عن نفسه تقريبًا.

أدرك أن الجارية كانت تنزف وتحتضر فعلًا، وتذكَّر أنها هدية من نجل ابن القاضي.

لقد كانت واحدة من الهدايا التي أرسلها إليه للاحتفال بتحالفهم ضد الأتراك. كانت امرأة جميلة ولطيفة، وسيكون الموت مصيرها إذا لم يتدخلوا طبيًا لإنقاذها على الفور. شعر أن أحشاءه تتمزق من الغضب والحزن. كان مشككًا بأن يكون هذا الحادث بترتيب من نجل ابن القاضي؛ ورغم تظاهر النجل بعدم معرفته كيف مات أبيه، لكن السلطان صادق كان متيقنًا بأنه علم بما حدث في نهاية ذلك الاجتماع.

في تلك اللحظة، سمع صوت صرير، وكأن قطعتين صدئتين من الحديد تحتكَّان ببعضهما بعضًا، ثم سمع صوتًا يناديه: «أيها السلطان صادق».

لم ينظر جهة الصوت، بل راح يفتش مثل المجنون عن سيفه محاولًا معرفة مكانه، تعثر بشيءٍ ما ثم سقط على الأرض، ومع أنه حاول الوقوف والابتعاد عن قطع الأثاث المتلاصقة، فإنه لم يستطع أن يقف، وأدرك أن ركبتيه قد انحلَّتا، فدمعت عيناه، حتى كاد أن يغمى عليه.

ظهر من الظلام رجل قوي البنية وفي ظهره انحناء بسيط، وقال له: «هل تبحث عن هذا؟»

بدا صلبًا وهادئًا مثل الصخرة، ووجهه معتم وملامحه غير واضحة، وبيده سيف تركي. لم يكن السلطان صادق قد رآه من قبل، لكنه عرف من يكون هذا الرجل جيدًا.

قال الرجل الغريب: «كان والدك رجلًا صالحًا، وقد سمعتُ عنه كثيرًا، لكن لم تتح لي الفرصة لرؤيته، ولكن أنت... أنت لست مثله، وأعلمُ أنك قد عرفتَ من أكون».

همس السلطان صادق قائلًا: «وهيمي أورهون جلبي».

4

ألقى وهيمي السيف من يده واقترب، وقال: «ما يفعله الإسبان أو البرتغاليون أو الألمان لا يؤثر فينا كثيرًا، لأننا نتوقع منهم كل خيانة وشر، لكن شخصًا منافقًا مثلك يزعج الباشا وسلطاننا العظيم. بالنسبة لي، الكائن البشري هو نوع من المرض، لا يهم سواء كان غربيًا أو شرقيًا، وهو أخطر من الجرذان التي تنشر الطاعون. لأنه يتجول بغطرسة على الأرض... لكنني العلاج الأفضل للغطرسة، تمامًا مثلما كان جنكيز خان».

ردَّ السلطان صادق الحفصي بصوت مكتوم والدموع تغطي وجهه: «أنا... أنا تبت يا وهيمي... مهما قلت فأنت على حق، لقد كنتُ شريكًا في الشر، لكنني تبت».

خرج وهيمي من الظل، وكانت عيناه حمراوين كأنهما تغليان بالدماء، وقال: «أنت لقيط مشين ومخزٍ يا صادق. أنت لاعق الطبق، وشرير وجاهل ومغرور، وقذر ومتهور ودجال. أنت جبان تختبئ وراء كلمات الغدر المغلفة بالحكمة. أنت شخص منبوذ بائس، ولا تخجل من أعمالك الدنيئة، وترضى بالعواء لصالح الأعداء، حتى تتمكن من كسب تأييد الإسبان والفاتيكان. أنت عديم الحس والكبرياء ومخادع. والدك كان رجلًا طيبًا، لكنك حقير سافل. إذا أنكرت هذه الحقائق سأضعك تحت قدمي وأضربك قبل أن أقتلك.

بالمناسبة، لقد قضينا على حراس قصرك بسهولة، حتى أنني غاضب منك لأن حراسك حرموني من الإثارة التي كنت أنتظرها، لم تدربهم جيدًا، فكيف تظن أنك تجلس هنا بأمان؟»

السلطان صادق: «لقد أهرق نجل أحمد بن القاضي دمي يا وهيمي، فلا تفعل ذلك».

وهيمي: «أنت من أزهقت روح شخص عظيم مثل أحمد بن القاضي وأبعدته عنا أيها الكلب؟ الآن تتبول على نفسك من الخوف أيها الوغد الغادر. بما أنك جبان، لماذا تنخرط في أعمال أكبر منك؟ انظر إلى وضعك الآن!»

السلطان صادق: «الفارس... الفارس غارسيا، والشخص الذي كان معه... ذاك الرجل...».

وهيمي: «هل تقصد ستيفانو؟»

السلطان صادق: «نعم، أنجيلو ستيفانو».

وهيمي: «سيأتي دور هذين النجسين يا صادق، ولا يمكنك إلقاء اللوم عليهما، إنهما شيطانان يؤديان واجبهما في الأرض بأمانة، ولن أستمتع في قتلهما أبدًا لأنه من الطبيعي أن نفعل ذلك. ولكن أنت... أنت كائن مختلف أيها السلطان.. ستكون عبرة للناس في الأقاليم السبعة».

صاح السلطان وآثار دموعه وتنهداته واضحة، وقال: «وماذا عن تلك المرأة... إنها امرأة طيبة ورقيقة ولطيفة وجميلة، لماذا قتلتها يا وهيمي؟ هل تسببت لك بأي أذى؟»

ضحك وهيمي، وقال: «هل تفضل أن أقتل أطفالك أيها الوغد؟ أنت اهتم بشأنك الآن».

السلطان صادق: «لقد تبتُ يا وهيمي، لا تفعل. إذا تركتني الآن فسوف أفرش الذهب والفضة تحت قدميك، وستمطر عليك المجوهرات، ولن أخطو خطوة في عملي دون استشارتك، حتى أنني سأرحل عن هذه الديار،

255

وسأذهب حيث تشاء... إلى المنفى. انظر، تلك المرأة ما تزال على قيد الحياة، ربما استطعنا إنقاذها... سآخذها معي، ولن أعترض طريقك مرة أخرى. لقد تبت يا وهيمي... التوبة...».

وهيمي: «أنتما ميتان أيها الوغد، اسأل الله أن يتقبل توبتك».

سمع السلطان صادق الحفصي صوتًا، ثم أحس بشيء بارد شق حلقه، فخاف خوفًا شديدًا حل ركبتيه، ثم أسلم الروح فورًا. توقف قلبه قبل نزول قطرتين من الدم من حلقه، وذلك من شدة الخوف.

حصن الصخرة (الجزائر) - مايو 1529 م

كان خير الدين باشا جالسًا في خيمة العمليات على الشاطئ، ويقرأ في كتاب «تاريخ جهانگشا» للمؤرخ والشاعر الفارسي عطاء ملك الجويني، وجاء فيه حديث حكيم يقول: «هم فرساني أنتقم بهم ممن عصاني»، وكأنه يتكلم عن جنكيز خان وفرسانه.

منذ تلك الحقبة، كانت هناك دول وقبائل مختلفة في العالم، وأعطى الله جنكيز خان القوة، ورفعه إلى مرتبة السلطنة ضد من وصلوا إلى أقصى درجات الكبرياء والغطرسة. ووفقًا للقانون والعادات المنغولية، كان دخول المياه نهارًا في الربيع والصيف، وغسل اليدين في النهر، وأخذ المياه من الأواني النحاسية والفضية، ونشر الغسيل في مكان مكشوف أمرًا سيئًا ومحرمًا. فحسب معتقداتهم، إذا فعلوا ذلك سيشتد الرعد والبرق. وغالبًا ما تمطر في تلك الأماكن، وترعد وتبرق، من بدء أيام الربيع إلى نهاية الصيف.

وتتحقق الآية الكريمة: ﴿أَوْ كَصَيِّبٍ مِّنَ ٱلسَّمَآءِ فِيهِ ظُلُمَٰتٌ وَرَعْدٌ وَبَرْقٌ يَجْعَلُونَ أَصَٰبِعَهُمْ فِىٓ ءَاذَانِهِم مِّنَ ٱلصَّوَٰعِقِ حَذَرَ ٱلْمَوْتِ ۚ وَٱللَّهُ مُحِيطٌۢ بِٱلْكَٰفِرِينَ﴾ [سورة البقرة: الآية 19].

لاحظَ خير الدين باشا قدوم صالح ريس باتجاه الخيمة، وقال الشاب للباشا وهو غاضب: «حضرة الباشا».

أغلق الباشا الكتاب، وقال: «تفضل يا بني».

رفع صالح ريس جوربيه السوداوين حتى ركبتيه، وجلس إلى جانبه، وقال: «أيها الباشا، عندما أدرك مارتن دي فارغاس أنه لن يستطيع التعامل مع طبيعتنا وأسلحتنا من مدافع الزربازين والهاون والشيفا، صوَّب بوصلته إلى مدينة الجزائر مرة أخرى... هؤلاء الرجال منعدمو الأخلاق».

خير الدين باشا: «قبل المعركة رفض عرضنا الذي أرسلناه إليه ثلاث مرات حسب القانون، ووعد بالقتال كالرجال».

قال صالح بغضب شديد: «حضرة الباشا».

السلطان خير الدين: «قل يا بني».

صالح: «يقال إن وهيمي أورهون جلبي سيأتي ويقبل يدك غدًا، هل هذا صحيح؟»

خير الدين باشا: «صحيح يا بني، منذ عشر سنوات وهو يحاول ملاقاتنا، لكنه لم يستطع القدوم إلينا».

صالح: «هل ما زال يلوم نفسه، لعدم تنبئه بالهجوم الإسباني الذي أدى إلى استشهاد شقيقك؟»

هزَّ خير الدين باشا رأسه ببطء، وقال: «كم مرة أرسلت له خبرًا؟ كانت منظمة الصليب الحديدي تطور أعمالها في ذلك الوقت، لكن الأشخاص المحترمين يتعاملون بهذه الطريقة، إذا حماهم الله من الموت. سيصلون إلينا صباح الغد».

بان الفرح في عيني صالح ريس، وقال: «كل شيء يتغير مع وصولهم أيها الباشا».

خير الدين باشا: «نعم سيتغير يا بني...، لكن أخبرني عن معنويات الجنود».

عندما أطلقت قذائف المدافع العثمانية ومدافع العدو في وقت واحد تقريبًا، اهتزت السماء اهتزازًا رهيبًا، وحملت الرياح البحرية دخان البارود إلى البر، وأبعدته عن مكان تمركز الجيش. تسربت أشعة الشمس الحمراء عبر طبقات الدخان الزرقاء الداكنة بسرعة، فتلاعب الضوء في محيط مركز العمليات.

قال صالح وهو ينظر بإعجاب إلى الضوء المتحرك على الجدران المصنوعة من القنب والكتان: «أيها الباشا، معنويات الجنود مرتفعة. عندما تبدأ مدفعيتنا البحرية الثقيلة في إطلاق النار من البحر غدًا، سيدرك الأعداء أن هذه القلعة لن تبقى بيدهم طويلًا».

خير الدين باشا: «الأمور ليست بهذه البساطة. لكن دعنا نحتفظ بهذه المعلومات بيننا سرًا يا صالح».

أطرق صالح رأسه، وتمتم قائلًا: «أنا أعلم أيها الباشا. إن مارتن دي فارغاس لينيو يرفض الاستسلام، لأنه يظن أن القلعة ستصمد حتى وصول أسطول أندريا دوريا».

خير الدين باشا: «إن الله كبير يا بني، يبدو لي أن نتيجة هذا العمل ستظهر في غضون أيام قليلة».

مَثَلَ وهيمي أورهون جلبي أمام خير الدين باشا برفقة طاقم مؤلف من شاكر حمدي، وأكسارايلي خيري، وهلالي جديد اسمه كمال من غرناطة. كانوا ينشرون فرحة بهيجة حولهم مثل بداية موسم الأمطار، وكان منظرهم مخيفًا كأنهم زبانية جهنم، وقد وصلت سمعتهم إلى مقر العمليات على طول الطريق الممتد من الميناء المتنقل المؤدي إلى منطقة الحصار وصولًا إلى التلة المنخفضة حيث توجد خيمة العمليات.

بعد أن قبَّلوا يد الباشا، أخذوا أماكنهم حول طاولة العشاء. لم يستغرق الأمر وقتًا طويلًا حتى هُدمت العوائق التي وضعتها السنوات العجاف بينهم.

ومع نهاية العشاء قال خير الدين باشا: «أنت اليد الخفية للإسلام والعثمانيين يا وهيمي».

وأضاف: «لكني سمعت أنك كنت قاسيًا جدًا، تذكر أنك لست من الحشاشين، وأن السلطان سليمان ليس حسن صباح».

قال وهيمي دون أن ينظر إلى الباشا: «حاشا أن أكون كذلك».

خير الدين باشا: «إذًا، لا ترفع سيفك على الأبرياء وطالبي الرحمة والعفو يا بني... ما دمت عادلًا وتقيًا، فإن الله تعالى سيقذف الرعب في قلب عدوك أكثر مما تعتقد، فلا تقلق».

تحدث وهيمي دون أن يرفع رأسه عن الأرض احترامًا، وقال: «ما قلته صحيح تمامًا أيها الباشا، لكن ما تتحدث عنه هو من قوانين الحرب، نحن نقاتل في منطقة ملوثة وأوسع بكثير، ولا توجد قواعد مادية أو معنوية في هذا المجال، إنه عالم واسع لا يُدان فيه الغدر والوحشية أبدًا. في الواقع، إنه عالم مبني بالكامل من الكوابيس، وينحصر التركيز على النتائج الفورية. إنه عالم غريب جدًا بالنسبة لنا، وينبغي علينا أن نخيف العدو بأساليبه، وإلَّا فإنه سيخيفنا».

هزَّ خير الدين باشا رأسه، وقال: «لكن يجب أن تكون مختلفًا عن أعدائك يا وهيمي، والله تعالى لا يرضى بالظلم... فإن دخل سيفك في الظلم سوف يفقد قوته وتأثيره».

وهيمي: «نحن نحرص على منع الظلم يا حضرة الباشا، وهذا المجال لا تعرفه أنت ولا الرجال الصالحون من أمثالك. نقوم بمثل هذه العمليات للضرورة، وعندما نصف تفاصيل تلك العمليات للمحاربين القدامى من

الباشاوات نجدهم يرتعبون من هول المواقف. باختصار، عالمنا له نظام خفي وخاص».

خير الدين باشا: «استمع إلى ما أقوله لك، وافعل ما أقوله لك يا وهيمي، ثق بالله وتوكل عليه والتجئ إليه، بعد ذلك ستبلغون سر قوله تعالى: ﴿وَأُخْرَىٰ تُحِبُّونَهَا ۖ نَصْرٌ مِّنَ ٱللَّهِ وَفَتْحٌ قَرِيبٌ ۗ وَبَشِّرِ ٱلْمُؤْمِنِينَ﴾ [سورة الصف: الآية 13]، وستجد بشرى حديث رسول الله (ﷺ) في قوله: «نُصِرْتُ بِالرُّعْبِ مَسِيرَةَ شَهْرٍ». لقد تصرفت طوال حياتي على مبدأ مفاده أن الشفقة على الأشرار فيها ظلم للأخيار، والعفو عن الظالمين فيه ظلمٌ للمظلومين. وأردتُ لفت انتباهك إلى الفروق الدقيقة يا وهيمي».

أحنى وهيمي رأسه متأملًا، كان صغيرًا في السن، لكنه بدا مهابًا وعظيمًا، وقال باحترام: «إن الكبار يعرفون أفضل منا، صدِّق أيها الباشا أنني أبذل قصارى جهدي، وسأكون أكثر حرصًا من الآن فصاعدًا».

خير الدين باشا: «بارك الله فيك يا وهيمي».

لم يمض وقت طويل، حتى نهض الرؤساء المحاربون عن الطاولة لإدارة معركة الحصار. وما إن تحدث خير الدين باشا مع وهيمي ورفاقه لفترة وجيزة، حتى بدأت السفن الكبيرة التابعة للبحرية والآتية من جيجل بقصف القلعة وحصارها بحرًا.

قال خير الدين باشا: «قلبي يحترق على سلمان ريس، ويصعب عليَّ التحدث كثيرًا بسبب الألم الذي يعتصر قلبي. وأشعر بالخشية من التحدث عن الفتنة الدائرة. وعن سلمان ريس الغازي الذي منع كل محاولات البرتغاليين لنهب قبر النبي وخطف نعشه الشريف، وقد سحق الأوغاد الذين قصدوا ذلك، هذه القضية وحدها كفيلة لتبقيه في الأذهان إلى الأبد. إن موت مثل ذلك الرجل الشجاع نتيجة فتنة حقيرة أمر محبط للغاية بالنسبة لي...».

في البداية كان وهيمي يكتفي بهز رأسه يمنة ويسرى ويلتزم الصمت، ثم تذمر وقال: «غارسيا وستيفانو النجسان يقفان وراء هذا الموضوع، ومع ذلك، لم أتمكن من الوصول إلى هذين الوغدين أيها الباشا».

أطبق كفيه، وضرب على ركبتيه بهدوء، وقال: «لم أتمكن من الوصول إليهما بعد....».

خير الدين باشا: «كل شيء له وقت وساعة يا بني، فلا تهتم».

بعد أقل من ساعة على مغادرتهم خيمة العمليات، شوهدت جماعة الهلال الفولاذي يتسلقون جدران القلعة من جهة البحر وليس من البر. وكانت مدافع البحرية تواصل إطلاق قذائفها دون توقف. ومن الواضح أن هذه العملية الشجاعة غير المفهومة لا يمكن إيجاد وصف لها إلا «التفاني».

كانت حجارة القلعة البازلتية الحمراء تتحطم جراء القصف، والأعداء لا يحركون ساكنًا، وكأنهم مرتاحون وحذرون وحازمون، وكأن الخراب الحاصل يجري في عالم آخر ولا يمكنه أن يلحق بهم أي ضرر. ثم سرعان ما اختفوا عن الأنظار، ولم تستطع أي من السفن البحرية التأكد من دخولهم الحصن عبر إحدى الثغرات في السور. في ذلك الوقت، كان هناك أمر آخر غير متوقع على وشك الحدوث تقريبًا.

5

كانت شواطئ الجزائر العاصمة جافة وعطشة تحت وطأة شمس مايو وحرارة الظهيرة المبكرة. وكانت رائحة الملح والبارود تفوح ممزوجة برائحة بلح البحر الفاسد. وانتشرت في الجو رائحة أخرى غريبة حملتها رياح البحر، كانت خليطًا من العطور مع بعض الأدوية وروائح البخور المختلفة.

كان ذلك في اليوم السادس من الحصار، وخلال الأيام الثلاثة الماضية كانت تظهر في وقت متأخر من بعد الظهر، علامات إرهاق غريب ونعاس شديد على المحاربين القدامى.

واليوم، تسببت أنباء ظهور وهيمي ورجاله على جدران القلعة من طرف البحر، في إثارة حماسة كبيرة على الجانب البري. في حين بدأت علامات التسمم تظهر على بعض المقاتلين المخضرمين، فبعضهم وقف خلف المعاقل، وبعضهم الآخر أخذ يتقيأ على الشاطئ الصخري ويغمى عليه لبعض الوقت، بغض النظر عن حقيقة أنهم كانوا في نطاق نيران العدو. أخيرًا، عندما بدؤوا يشكُّون في الموقف بجدية، لجؤوا إلى فحص مخزون المؤن، وزاد عدد حراس المخزن لتجنب حدوث تخريب ونهب محتملين. وزادت الأعراض زيادة كبيرة في اليوم الأخير، وارتفع عدد الجنود المرضى المصابين بالتسمم.

مع تلاشي نبأ اختفاء وهيمي ورجاله، كان خير الدين باشا يفحص مخططات القلعة على المنضدة الكبيرة داخل خيمة العمليات. وأراد أن يرتاح لبعض الوقت، فقد كان في الثالثة والستين. وما إن وضع رأسه على الوسادة حتى دخل في سُبات عميق، ورأى في المنام أنه يسير تحت شمس حمراء كالدم تضيء الشوارع التي يغسلها المطر بلونه البرتقالي.

على جانبيه، كانت المباني المهجورة تمتد عبر ممرات مظلمة باتجاه أفق أرجواني غامق، وفي نهاية الممرات رأى حقولًا شاسعة. وعلى التربة القاحلة المائلة إلى البياض من كثرة الملح والجير، رأى عمالًا أجسامهم نحيلة، يتصببون عرقًا، ويرمون الحجارة العالقة على أطراف فؤوسهم. أحس بإحراج عميق حيال هذا المنظر الغريب والأشخاص الذين لا يستطيع فهم سلوكهم، لكن الباشا ظل يسير بين المباني.

عندما وصل إلى الحقل لفت انتباهه شخص مألوف بين العمال، كان ذاك الشخص يفرز الخضروات الصحية التي نمت في مثل هذه التربة. كان والده يعقوب آغا، يمسك فأسًا ذا مقبض طويل، ويؤرجح الفأس أرجحة خرقاء، لكنه لا يلقي لها بالًا. ثم رأى سائلًا أبيض ممزوجًا بالدم يتدفق من عينه. أراد خير الدين باشا أن ينادي والده ويوقفه، لكنه لاحظ السلاسل الممتدة كالأغلال إلى قدميه، وكان طرفها الآخر يصل إلى المباني. راح يصرخ بخوف وألم لا يوصفان: «أبي، انتبه لعينيك...».

ذلك الكابوس مذكور في كتاب «المرآة» للجزائري حمدان بن عثمان، وفُسِّر بأن الباشا يمتلك ثقة كبيرة في نفسه، ويتأخر في إدراك المخاطر.

عندما استيقظ خير الدين باشا أدرك أن المدافع سكتت، وأن الصمت المفاجئ بعد تلك الضوضاء الرهيبة كان أكثر إزعاجًا من القصف نفسه. كان خير الدين باشا مغمَّسًا بالعرق، وأحس بثقل غريب وعجيب في بدنه، وكان هناك خمسة أشخاص، ويرتدون ملابس أمازيغية، ورأسهم مغطى بإحكام على الرغم من هذه الحرارة، هل كان هؤلاء جزءًا من الكابوس الذي ما زال مستمرًا؟

وقبل أن يتمكن الباشا من التغلب على دهشته، رأى وهيمي ورجاله يظهرون إلى جنبيه، ولم تكن وجوههم مغطاة كالبقية، فقال وهيمي: «أيها الباشا، سيرافقك رفاقي إلى الخارج، من فضلك اذهب معهم».

خير الدين باشا: «من هؤلاء يا وهيمي؟ ماذا يحدث؟»

وهيمي: «هؤلاء حلفاء أنجيلو ستيفانو، وهم من الباطنيين الشيعة، تسللوا بسهولة إلى صفوف البربر».

خير الدين باشا: «لكن كيف؟ كيف أمكنهم الوصول إلى هذا الحد في وضح النهار؟»

وهيمي: «لقد أحرقوا بعض الأعشاب الضارة قرب جدران القلعة، وتسببوا في مرضكم ومرض جنودنا، وبعضهم فقد وعيه قبل قليل، مثلما أصابك أيها الباشا».

خير الدين باشا: «كم المدة؟ منذ متى وأنا فاقد للوعي يا وهيمي؟»

وهيمي: «لبضع دقائق أيها الباشا، لكن لو لم نتدخل في اللحظة الأخيرة، لكان هؤلاء السفلة قد حققوا أهدافهم».

خير الدين باشا: «أين مقاتلونا؟ كيف حال أبنائي الموجودين في الخارج؟»

وهيمي: «كل شيء على ما يرام أيها الباشا، هؤلاء السفلة الذين يقفون الآن مثل الأرانب أمامك، سيعترفون لك بكل شيء خلال فترة قصيرة، إذا أبقيناهم على قيد الحياة طبعًا».

أخرج الهلاليون خير الدين باشا من الخيمة، بعد أن أدرك القتلة أنهم محاصرون وأن مصيرهم الاستسلام أو الموت، فقد هاجموا بشراسة حتى الموت، وهو فكر شائع بين الباطنية. على الرغم من قلة عددهم فإن الباطنيين الأربعة كانوا مصممين على المضي قدمًا -باستثناء قائدهم- وكانت أولويتهم مواصلة الحركة حتى النهاية. كانت خيمة العمليات تتداعى، حينها رمى وهيمي سهامه على ساق كل واحد منهم في البداية. ومع استمرار القتال، تحولت أكتافهم وأذرعهم إلى مرمى السهام في جولة لاحقة. وعندما رفضوا الاستسلام خفف الرماة قوة القوس وفقًا لتصميم وهيمي الخاص، وبعدها أصبحت السهام بطيئة ولم تلحق أضرارًا قاتلة بأجساد المهاجمين. وبعد قتل جميع المهاجمين ببطء، أستثني شخص واحد وترك على قيد الحياة لاستجوابه. وقال وهيمي للناجي الوحيد الذي أصيب بجروح خطيرة: «ستبلغ حضرة الباشا بالأعشاب التي أحرقتها على الأسوار. في المقابل، سأقتلك فورًا وأفرح لذلك، أو سأعذبك بما يكفي لإبقائك على قيد الحياة

أسابيع، وستلعن اليوم الذي ولدتك أمك فيه، إذا فهمت فيكفي أن ترمش بعينك مرة واحدة».

ثم خاطبه مبتسمًا، وكان الناجي يبصق دمًا: «أعتقد أنك فهمت».

لم يتكلم الرجل، وكان عليه أن يغمز بعينيه. وعلم خير الدين باشا بعد أن عاد إلى الخيمة، أنهم اعتمدوا على الرياح التي تهب من البحر، وأحرقوا كميات كبيرة من نبات البيلادونا على الأسوار، وقد أحضره البحارة البرتغاليون بوفرة من جنوب العالم الجديد، مع كمية من الفطر الشمالي ذي الرأس الأحمر، وأوراق من نبات أياهواسكا المهلوِس. ولكن بتقديرٍ إلهي، كان تأثير الدخان الصاعد شرقًا بفعل الرياح المتغيرة محدودًا، وقد أحرق المتآمرون كمية كبيرة من العشب الضار، ما أثر في المدافعين عن القلعة.

قال خير الدين باشا: «وفق حساباتهم، ماذا كان سيحدث لنا لو استنشقنا كل الدخان؟»

أجاب وهيمي: «كان جزءًا كبيرًا من جيشنا المؤلف من خمسة وعشرين ألف مقاتل سيموت، ولن يتمكن الباقون من القتال أيها الباشا».

سأله الباشا: « أين كنت يا وهيمي؟ سمعنا أنك كنت تتسلق السور مع رفاقك».

عبس وهيمي عبسة قوية، مع أنه يبدو عابسًا باستمرار، وقال: «يا حضرة الباشا، كنا نعرف هذه الرائحة، وما إن شممناها حتى عدنا أدراجنا بسرعة فائقة».

خير الدين باشا: «هل نزلتم عن السور تحت القصف؟ هل جننتم يا وهيمي».

وهيمي: «لا يا حضرة الباشا، دخلنا القلعة من نقطة خراب وتسللنا من خلالها، ثم تقدمنا إلى الباب الأمامي دون أي قتال».

خير الدين باشا: «لكن كيف حدث ذلك؟»

تراجع وهيمي خطوة عن أشعة الشمس الآتية من النافذة، ومعالم وجهه غير واضحة، وقال: «لقد غيّرَ الدخان اتجاهه بفعل الرياح. وأظن أننا بهذه الطريقة شممنا رائحة الدخان ونحن فوق سور القلعة».

عبس الباشا، وقال: «لقد علمت أن أحدًا لم يكن موجودًا عند البوابة الرئيسية».

وهيمي: «في الواقع، تلك الأعشاب تفقد مفعولها إذا لم تتنشقها مباشرة وبعمق لفترة معينة من الزمن... وقد توقعت أن يخافوا أيها الباشا».

قال خير الدين باشا وهو مرتبك وحائر بعض الشيء: «أنت شخص لا هوادة فيك يا وهيمي، الويل لأعدائك يا بني».

وهيمي: «ادع لنا أيها الباشا».

خير الدين باشا: «دعائي لكم ومعكم يا بني».

بعد محاولة الاغتيال الفاشلة، سرعان ما استسلمت القلعة، ونقل قائدها دون مارتن دي فارغاس، وقائد وحدة المدفعية ميغيل كورديرو، إلى أعلى السور، وكان برفقتهما وهيمي أورهون جلبي والهلاليون. لقد أطلق الكابتن كورديرو النار من القلعة على المدينة مرات عدة على مدار الأعوام الخمسة عشر الماضية، وأراد الاعتذار جاثيًا عند قدمي وهيمي، لكن قائد الاستخبارات دفعه ونصحه بالتصرف بشجاعة قبل موته على الأقل.

كانت الدموع تغسل وجه الضابط الأمرد، فالتفت إلى قائده فارغاس، وطلب المساعدة من سيده الذي وقف منتصبًا. وقال فارغاس وهو ينتظر مصيره بصمت: «لا تكن أداة تسلية ومتعة لهؤلاء الرجال يا كورديرو. انهض واصمت، فهذا الرجل المسمى وهيمي رجل مجنون».

سأل وهيمي: «هل شعرتم بالمتعة وأنتم تطلقون النار على الأبرياء في المدينة وتفجرون مساجدنا؟»

لم يسمع سوى بكاء كورديرو، وكان قائد الاستخبارات يمشي ذهابًا وإيابًا فوق السور بين الرجلين بتعبير هادئ ومدروس، ويتوقف من وقت إلى آخر للنظر إلى خير الدين باشا والمقاتلين المجاهدين الذين كانوا يراقبونه عن بعد. أشار إلى جلاد الهلال الفولاذي الذي كان ينتظر خلف فارغاس. وضع الرجل حبل المشنقة حول رقبة الزعيم الشاب، وكان أحد طرفيه مربوطًا بحجر من أحجار الحصن. زمَّ فارغاس شفتيه، وتأوَّه بحدة من بين أسنانه الصدئة المكشوفة

انحنى وهيمي صوب أذن الرجل، وقال: «لدي إحساس بأن زعيم الصليب الحديدي ستيفانو يقف متخفيًا بين الحشد ويراقب هذا المشهد، والفارس غارسيا معه، هل لديك أقوال أخرى يا فارغاس؟»

تذمر فارغاس، وقال: «سأنتظرك في الجحيم، سأخبرك حينها بكل شيء».

قال وهيمي بهدوء: «لن تحرقنا نفس النار يا فارغاس».

صرخ قائد المدفعية حينها قائلًا: «أيها التركي البربري... أنت تركي بربري... أنتم برابرة...».

قال وهيمي: «أنا مجرد مرآة موضوعة أمام وجوهكم. لم آت حبًا بالموت، وإنني أقتلك بغير عمد مقصود، أنا الكابوس بين أنا الحالي وبين من يجب أن أكونه، بين الحالة التي أحلم بها والحياة التي أجدها. أنا البعبع. لذا، فأنا الكابوس الحقيقي الوحيد على وجه الأرض».

الفصل الثامن
أسير في الخلود... حرٌّ على الحدود

1

«لقد استهلكتُ حياتي كالدخان،

وما رأيتُه وقرأته غير واضح. العالم كالكتاب المفتوح،

يبتسم لي بلغة غير معروفة».

فرناندو بيسوا

قلعة حلب - أبريل 1534 م

كان إبراهيم باشا الفرنجي جالسًا جلسة السلطان في قاعة العرش ذات القباب التسع، تلك القاعة في قلعة حلب الشهيرة المبنية من الحجر الأصفر. وكان مهيبًا جدًا على العرش المصنوع من خشب الأبنوس، وكانت القاعة رائعة ومفروشة بالأثاث الفخم، فيها الأرائك والكراسي بأذرعها الأنيقة المصنوعة من أقمشة سيرين وزيريياف وأطلس.

منذ الدقائق الأولى التي حضر فيها إلى القصر، وجد خير الدين باشا الوضع غريبًا، لأن الأبنية والمَضافات والشُرفات التي رآها على طول الطريق الحجري الممتد من البوابة الرئيسية للقلعة الخارجية إلى القلعة الداخلية مرورًا بالقصر، كانت مدهشةً. وقد لفتت انتباهه أكثر مما رأى في العاصمة إسطنبول والمناطق المحيطة بها، حين ذهب قبل عدة أسابيع للقاء السلطان سليمان القانوني.

كان رئيس المضيفين ومدير البساتين في القصر مرتديًا لباسًا بلون كرزي مع الساتان الأسود، وقد قدَّم عرضًا موجزًا للباشا قبل أن يدخل إلى السلطان، فقد عرَّف الصدر الأعظم بأنه «سِر عسكر سلطان» أي قائد الجيش.

لم يستطع خير الدين باشا استيعاب ما سمعه ورآه، ولم يفهم مسألة الموافقة المطلوبة من إبراهيم باشا على مهمته السامية والرفيعة، بوصفه قائد البحرية، التي أوكلها إليه السلطان سليمان القانوني. إذ كان ينبغي أن يوافق عليها «سِر عسكر سلطان» الذي كان يقود حملة في العراق ضد الصفويين. ومع ذلك، فقد أرجع سبب استدعائه على طول الطريق إلى إظهار المكانة العظيمة للدولة أمامه، ولم يكن مخطئًا في هذا الصدد.

قال خير الدين باشا: «نعم يا حضرة الباشا، أحفظ العديد من سطور هذه القصيدة الرائعة لسليمان خان، لكن لا أستطيع قراءتها بروعة وجمال قراءتكم لها أيها الباشا».

قال الصدر الأعظم مبتسمًا: «أظن أننا نستطيع أن نكون أصدقاء حميمين يا باشا».

خير الدين باشا: «أيها الباشا، أنت الصدر الأعظم للدولة العليَّة إبراهيم باشا الفرنجي، وأنا قرصان في بلاد بعيدة، فكيف لي أن أكون صديقًا لرجل ذي شأن مثلك!»

نظر الصدر الأعظم إلى خير الدين باشا صاحب الجسد النابض بالحياة والهيبة، وغير المكترث لسنوات عمره، وقال له: «أنت رجل تستحق شهرتك أيها الباشا، لقد اقتربت من سنواتك السبعين، لكنك لم تفقد شيئًا من روحك القتالية وتصميمك العالي، وحتى مظهرك يشبه الشجعان ذوي الأربعين عامًا، أما شخصيتك فقد أنضجَتها المحن والصراعات الشديدة، وكانت قراراتك صائبة تعتمد فيها الصلابة والرحمة، إنك قائد بالفعل».

خير الدين باشا: «أشكرك على حسن ظنك بي أيها الباشا».

أمسك الصدر الأعظم بلباسه القرمزي المطرز بالخيوط الذهبية، ودفع العمامة المرصعة بالجواهر بلطف إلى الخلف، وقال: «يا خير الدين باشا، لقد تجاوز عدد المسلمين المضطهدين الذين أنقذتهم أنت ورؤساؤك من إسبانيا مئة ألف مسلم، هذه العبقرية وحدها تكفي كي يذكرك العالم الإسلامي والتركي باعتزاز طالما أن الدنيا باقية. وأنت رجل حقق إنجازات عظيمة، وستحقق الأعظم، تعال واجلس على الأريكة إلى جواري، سأخبرك بأمر عظيم».

تلفَّت خير الدين باشا، ونظر نحو سطح السفينة، وقال: «أنا متعب الآن أيها الباشا، لقد نشأت مع وفاة والدتي، وكبرت مع وفاة إخوتي ثم هرمت، هذه الحقيقة لا تتغير بالرغم من أنني حي أُرزق؛ ومع ذلك، فإن الرؤساء الذين دربتهم وعهدت بهم إلى ولاية الأرخبيل والمدن الغربية هم رجال شجعان، لديهم إحساس بالواجب، ويمتلكون الموهبة مثلي ومثل إخوتي».

الصدر الأعظم: «لا شك في ذلك أيها الباشا؛ لكنني لم أقصد ذلك حين أشرت إلى الأمر العظيم».

خير الدين باشا: «إذا كنت تقصد أندريا دوريا، فإن الله سبحانه وتعالى سيوقعه في يدي في نهاية المطاف أيها الباشا، بإذن الله سأجعله وكلبه ستيفانو يدفعان ثمن كل الآلام التي ألمَّت ببلاد الإسلام، وبالطبع هناك مسن سافل من عمري يدعى الفارس غارسيا. كانوا خائفين من وهيمي لدرجة أنهم تعبوا وهم يبحثون عن جُحر يختبئون فيه، وكان وهيمي والهلاليون يتعقبونهم في البر، وقباطنتي في البحر، إنهم يتصرفون بطرق مختلفة في بعض الأحيان، لكن وهيمي يلاعبهم وفقًا لقواعد كل مبارزة».

الصدر الأعظم: «بالطبع، بلا شك».

لاحظ خير الدين باشا أن عقل الصدر الأعظم كان متشتتًا في مكان آخر، ونسَبَ ذاك التشتت إلى حملة العراق التي ما زالت مستمرة. ومع ذلك، كان لدى الباشا كلام تحت لسانه، وكان على وشك إخراجه، لكن فجأة ألمَّت به رعشة سرت في بدنه.

خير الدين باشا: «أيها الباشا، نحن نكِنُّ حبًا كبيرًا لسليمان خان لا يمكن إنكاره، ولكن...».

أخفضَ إبراهيم باشا الفرنجي صوته، وألقى نظرة على قاعة العرش وهو يغادرها، وقال: «أن تُحِب وتُحَب، أي أن تكون محبوبًا بحق. وأنت اختبرت جيدًا هذا الأمر المرهق، لأن حجم الاحترام والمودة الذي يكنه لك القادة الذين هم تحت أمرتك، يفوق ما يكنُّونه لسلطانهم المعظم».

خير الدين باشا: «حاشا أيها الباشا، الدولة هي الأساس بالنسبة لنا...».

مد إبراهيم باشا يده، وأمسك الإناء الأزرق الحليبي المُهدى من السلطان سليمان إلى خير الدين باشا، وقال: «لا تقلق، فأنا كما تعلم صديق السلطان وصندوق أسراره».

خير الدين باشا: «أعرف أيها الباشا، لكن...».

عقَّب الصدر الأعظم قائلًا: «يُقال إن المتاعب مخصصة للشجاع يا خير الدين باشا، وللأسف لا يوجد حولنا سوى جبناء بمظهر الشجعان. ومع ذلك أنت رجل مختلف».

ثم رمش بعينيه المحمرتين كالياقوت بسرعة، وقال: «اِسمع أيها الباشا. لم يكن لدي أي هدف في حياتي أسمى من نيلي ذلك القدر من الحب والاحترام».

خير الدين باشا: «أنا أعلم وأقدر ذلك أيها الباشا».

الصدر الأعظم: «ساعدني إذًا، شاه زاده مصطفى هو ابن سلطاننا سليمان، والدته ماه دوران سلطان، ويبلغ من العمر تسعة عشر عامًا».

ابتسم خير الدين باشا وكأنه شك بالموضوع، كان ذكيًا وحاد البصيرة، وكأنه يقول في قرارة نفسه: «لن أدوس مكانًا رطبًا»، ثم قال: «أعلمُ أيها الباشا، سمو الأمير هو سنجق بيك ولاية مانيسا، وقد جاء لرؤيتي في العاصمة بإذن خاص من السلطان. لا أستطيع وصف شعوري بالفرح والفخر آنذاك».

الصدر الأعظم: «أنت تستحق ذلك يا خير الدين باشا، واستمع لما سأقوله، أبناء سلطاننا من زوجته خُرم سلطان هم: شاه زاده محمد، يبلغ من العمر ثلاثة عشر عامًا، وشاه زاده سليم في العاشرة من عمره، وشاه زاده الأمير جيهانكير خان، يبلغ الثالثة من عمره، ونسأل الله أن يبارك في أعمارهم جميعًا».

ردَّ خير الدين بربروس باشا على الدعاء بقوله: «آمين». وبدأ يتعرق قليلًا، وحاول أن يأخذ نفسًا عميقًا دون أن يظهر عليه ذلك.

من ناحية أخرى، كان الصدر الأعظم يريد شرح أمرٍ ما، وكان واضحًا أنه يشعر بالضيق، ثم قال: «يا خير الدين باشا، هدفي من قولي هذا هو مستقبل شاه زاده مصطفى، أي مستقبل الدولة العليّة، أنت شخص من خارج القصر، لكن تأثيرك أكبر من تأثير وزراء القبة، أي أن السلطان سليمان خان هو سلطان في الأرض وأنت السلطان في البحر».

عبس خير الدين باشا وظهر عليه انزعاجه، ثم قال: «حاشا يا سعادة الباشا، لقد مضى وقت طويل منذ أن سلمنا السلطنة إلى السلطان الحقيقي، يعلم كل من سلطاننا وأميرنا العظيم أنني أفديهم بروحي، وإن صاحب البر والبحر هي الأسرة العثمانية، ولا نقاش في هذا الموضوع. ولا يمكن مدح الشخص في وجهه هكذا».

ابتسم إبراهيم باشا ابتسامة خفيفة، وتاه بين كلمات لا حصر لها، ثم قال: «أيها الباشا، لقد ذكرتَ وهيمي أورهون جلبي قبل قليل، ويعرف الجميع أنكما كالأب وابنه، هل أنا مخطئ؟»

خير الدين باشا: «نعم، لقد أكمل بالفعل الاستعدادات ليأتي إليكم مع الهلاليين، وقد تولى حماية السلطان سليمان خان بنفسه».

الصدر الأعظم: «يا خير الدين باشا، هذا الشخص وهيمي، يسعى للقيام ببعض الأعمال في القصر».

خير الدين باشا: «لم أفهم قصدك؟»

نهض إبراهيم باشا عن أريكته، وجلس إلى جانب خير الدين باشا، وقال: «هل تعرف لماذا لم يستطع شاه زاده أحمد أن يصبح السلطان عندما كان وريثًا، وهو الأخ الأكبر للمرحوم السلطان سليم؟»

خير الدين باشا: «حتى بايزيد خان الثاني نفسه كان يؤيده، لكن سليم خان كان يحظى بدعم الجيش».

الصدر الأعظم: «ماذا عن أخيه الأكبر قورقود خان؟ لماذا لم يتمكن الفقيد من الجلوس على عرش السلطنة رغم أنه كان يحظى بدعم البحرية، وحتى أنتم القراصنة دعمتموه؟»

خير الدين باشا: «لم يكن لديه ولد وريث».

الصدر الأعظم: «هذا صحيح، لكن في الوقت نفسه، لم يُنظر إليه على أنه جندي كامل المواصفات من قبل جنود الدولة، لأن شخصيته العلمية كانت مهيمنة أكثر».

بدا خير الدين باشا وكأنه مرهق ومكتئب، رفع رأسه وقال: «ماذا تريد مني بالضبط أيها الباشا؟»

الصدر الأعظم: «وهيمي جلبي لا يحبني يا خير الدين باشا، ويدعم خُرَّم سلطان والفصيل المتنامي من حولها، وفي هذه الحالة سيكون السلطان المستقبلي أحد أبناء خُرَّم سلطان».

هز خير الدين باشا كتفيه، وقال: «هذا ليس من شأننا أيها الباشا».

تململ إبراهيم باشا، وقال: «لا تتضايق من ذلك أيها الباشا، فإخبارك بتلك الشؤون ليس سهلًا بالنسبة لي، ولن أعرض عليك وظيفة غير قانونية. أنت تقول إن ذلك ليس من شأننا، لكنك ستدرك أنك مخطئ، وأن وهيمي أورهون جلبي يسمع كلامك وينصاع لك الآن، وعندما يصل إلينا، قل له ألَّا يشعل النار داخل الدولة بسبب طموحاته الشخصية. لقد قلتَ للتو إنك التقيت شاه زاده مصطفى خان، يجب أن تكون قد أدركتَ أنه رجل قوي وشهم ونوراني، إنه أسد مغوار لدرجة أن مصير هذه الدولة بين يديه بالكامل. لا أتحدث إليك عن تلك الأمور الآن لأنني أفكر في مستقبلي، بل هدفي هو الدولة العليَّة وشؤون الأمة الإسلامية».

خير الدين باشا: «لم أفكر بخلاف ذلك أيها الباشا، لكنك من أقرب الناس إلى السلطان، إن قوتك في سياسة الدولة والسياسة الخارجية علامة على فطنتك وذكائك العاليين، حتى شاه زاده مصطفى سيبلغ سن الرشد، ولا توجد قوة يمكنها التغلب عليكما معًا. وإن رجلًا مسنًّا مثلي بعيد كل البعد عن هذا العمل المعقد، وهذا هو سبب بقائنا أنا وإخوتي في البحار البعيدة الحرة، بعيدين عن العاصمة حتى اليوم، إلَّا حين يلزم الأمر. أرَحنا رؤوسنا من الرياء والخيانة، وعمِلنا دون أكاذيب ونفاق».

قال إبراهيم باشا وهو يمسح عرق جبينه: «نحن لا نتحدث عن الأحلام الطفولية، نحن نتحدث عن الواقع أيها الباشا، عملنا لا صلة له بالأكاذيب والنفاق، بل بالسياسة أيها الباشا، إذا استطعت منع وهيمي من دعم خُرَّم سلطان، وساهمت بتغيير مواقفه، فإن مصير الدولة سيتغير إلى الأحسن».

قاطع خير الدين باشا الصدر الأعظم، وقال: «يا حضرة الباشا، لماذا لا يحبك وهيمي؟»

صمت إبراهيم باشا لبُرهة من الزمن، ثم قال: «السبب هو قربي من السلطان، وهذا ما يجعل خُرَّم سلطان تتودد إليه ببراعة، لتكسب تأييده».

خير الدين باشا: «ربما لا يحب هيبة موكبك التي تُحرج السلاطين، وكونك تطلق على نفسك لقب »سِر عسكر سلطان« أيها الباشا. أكرر لك أيها الباشا، أنا لا أفهم تلك الأمور وأبقى بعيدًا عنها، وأرى أن الشخص الذي يجب عليك أن تكسب وده هو شخص خُرَّم سلطان، فلا داعي للاهتمام بود وهيمي. إن وهيمي لا يهتم إلَّا بالأمور التي يعتقد أنها خطأ، لست أنا من سيبعده عنك، بل شخصيتك ستؤثر فيه، لأن وهيمي لا يستمع إليَّ، بل يستمع إلى السلطان وحده».

فرك إبراهيم باشا لحيته بحسرة، وقال: «إذا كان الأمر كذلك، فإن التحدث إليه يكفيني الآن أيها الباشا، والرجال يقفون معي دومًا، لكن ضبط الموازين يزيد من الحساسيات يومًا بعد يوم».

خير الدين باشا: «أعلم أنك تريد إعطاء الانطباع بأن البحرية تقف معك، لكن لا يمكنني إثارة هذه المسألة ضمنيًا إلا مع وهيمي، ولا أريد أن أكون طرفًا رئيسيًا في الصراع الداخلي بعد أن توليت المنصب».

قال إبراهيم باشا بابتسامة مريرة مرتبكة: «إذا كنت تظن أن خلاص الدولة بيد شاه زاده مصطفى وحده، فربما عليك أن تأخذ هذا الأمر بجدية أكبر. إن الجنود يتمنون أن يروا مصطفى خان على رأس السلطة التي فيها ياووز سليم خان، ويؤيدونه عمليًا ومعنويًا. وإذا حصل شاه زاده مصطفى على دعم البحرية في الوقت المناسب، فإن صراعه مع إخوته سيكون قصير الأجل. الاستمرارية أساسية في الدولة أيها الباشا، وهذا المكان لا يشبه صورة الجلالة التي تحلم بها، لكن هذه القصور هي التي ترسم المسار الحقيقي لسفنك أيها الباشا».

اعتذر خير الدين باشا، ثم نهض، وقال: «أحتاج إلى الراحة أيها الباشا، لقد قطعتُ مسافة طويلة مثلما تعلم، اعذرني».

الصدر الأعظم: «اذهب واسترح أيها الباشا، وسامحني لأنني حادثتك بتلك المواضيع فور وصولك. وأتمنى أن تفهم ما أعنيه قريبًا، وإلَّا فهذا يعني أننا في بداية نهاية الدولة الأبدية».

2

جزيرة رودس - أبريل 1536 م

حظي خير الدين بربروس باشا بعدة فرص أخرى للقاء الصدر الأعظم إبراهيم باشا الفرنجي في الأيام التالية بعد لقائهما الأول، ومع ذلك لم يتطرقا إلى القضايا ذاتها مرة أخرى لأنهما كانا وسط حاشية كبيرة. وبعد وقت قصير من تهيئة ظروف العملية العسكرية، انطلق الصدر الأعظم إلى تبريز، بعد أن خططا لمقابلة السلطان في تلك المدينة. وغادر خير الدين باشا حلب بعد أن قدَّم عذرًا، وعاد إلى إسطنبول دون إضاعة الوقت.

في الأيام التي دخلت فيها الجيوش العثمانية تبريز منتصرة، كان حيدر باشا يبحر مع قادته الذين أُدرجت أسماؤهم في البحرية العثمانية رسميًا، وكان هدفه تلقين الإيطاليين درسًا لن ينسوه، لأنهم دعموا شاه طهماسب الأول لفترة طويلة بالأسلحة النارية، ودعموا الإسبان علانية.

وفي الأيام التي غزا فيها السلطان سليمان القانوني عاصمة العباسيين بغداد -سابقًا-، كان خير الدين بربروس باشا يدك مدن جنوب إيطاليا الواحدة تلو الأخرى، مثل ريجيو وسبيرلونجا وفوندي. ثم ذهب إلى تونس ودعم القادة الذين قاوموا الإسبان ببسالة، وهم: ديرمان ريس (كارلو موراتا سابقًا)،

وأصلان مدني ريس (ماركيز وهران السابق أليخاندرو بلانكو)، وابنه بالتبني حسن ريس (أسير الحرب الإيطالي السابق موروس ألكسندرينوس). وجرى طرد الإسبان الذين نجحوا في الحصول على ميناء صغير في المنطقة.

توالت أخبار انتصار الجيوش العثمانية، وكان خير الدين بربروس باشا وقادته يؤمِّنون البحر المتوسط من كل الأطراف قدر الإمكان، وما إن تظهر سفينهم والعلم يرفرف على صواريها، حتى تستسلم لهم سفن العدو والحصون الساحلية. وهكذا، كانت الإمبراطورية العثمانية لها الكلمة والسلطة والقوة على البر، وامتدت تلك القوة إلى جميع البحار على السواحل العثمانية.

لقد وضع المقاتلون البحارة الموانئ والسفن التجارية الفرنسية تحت حماية الدولة بأمر من السلطان، لأن فرنسا كانت ضعيفة في البحر الأبيض المتوسط، واستولى عليها آل هابسبورغ في معركة بافيا عام 1525م.

بعد ذلك، أنقذوا ملكهم فرانسوا الأول، حين أرسل سليمان خان إلى تشارلستون رسالة واحدة فقط؛ وهكذا خضعت فرنسا للحماية المباشرة للأتراك، وبهذه الطريقة تمكنت فرنسا من العودة إلى محاربة الإسبان والبرتغاليين، لكن كانت كلما سنحت لها الفرصة شاركت في التحالف الصليبي، ولم تتردد في طعن الأتراك في الظهر.

نظّم خير الدين بربروس والمقاتلون البحارة دوريات في البحر الأبيض المتوسط، ودكوا الشواطئ التي وصلوا إليها. وتوالت الأيام والشهور على ذلك الوضع، وانتهت حملة العراق التي استمرت عامين. وكان السلطان سليمان خان القانوني قد عاد إلى العاصمة إسطنبول قبل بضعة أشهر، وكانت تلك أطول رحلة قام بها.

من ناحية أخرى، فضل خير الدين باشا الابتعاد عن العاصمة، فكان يقضي كل وقته في البحار وفي الموانئ الغربية تقريبًا. في نهاية الأسبوع

الأول من وصوله إلى رودس وضواحيها أرسل رجاله خبرًا مفاده أن سفن القراصنة قد اقتربت منها، وظهر وهيمي أورهون جلبي دون سابق إنذار. كانت هناك تقارير متضاربة عن وجود بعض الاضطرابات في إسطنبول، لكن لم تأت معلومات مؤكدة حتى لحظتها. فجأة، وجد خير الدين باشا وهيمي أمامه فاندهش، وكانت العين اليسرى لرئيس الاستخبارات مصابة بالعمى، ومغطاة بشريط من الجلد الأسود.

في ذلك الجو الممطر والعاصف نادى خير الدين باشا على الشخص الواقف على العتبة كالظل، وقال: «تعال إلى الداخل يا وهيمي، ما الأخبار؟»

قبَّل وهيمي يد الباشا، وثنى ظهره المنحني قليلًا، الذي يحمل أهوال الدنيا وجحيمها، وقال: «كل الخير أيها الباشا».

خير الدين باشا: «جئت دون سابق إنذار، هل بدر منا أي فعل خطأ؟»

قال وهيمي بابتسامة مريرة: «أنت تربكني مع الجلاد قره عمر أيها الباشا، لو أردتُ قتلك فهل تعتقد أنني سآتي بنفسي؟»

خير الدين باشا: «لا بأس يا صديقي. أنت كابوس كل الرجال والجنود والوزراء في العالم، هل هناك شخص لا يخافك إذا وجدك على عتبة بابه فجأة؟»

وهيمي: «نعم أيها الباشا، يوجد من لا يخافني، إنه أنت، فعدوك عدوي، وصديقك صديقي».

خير الدين باشا: «شكرًا لك يا بني، ولكن قل لي، ماذا حدث لعينك؟ هل جماعة الصليب الحديدي من فعل ذلك؟»

وهيمي: «لا تسأل أيها الباشا، إن عيني ضحية إهمالي، وبحضور حضرة السلطان... أعني في حضرته سريًا...».

خير الدين باشا: «ماذا يعني ذلك يا وهيمي؟»

وهيمي: «ألم تسمع عن عمل إبراهيم باشا الفرنجي؟»

خير الدين باشا: «لا... حين التقينا في حلب، طلب مني أن أتحدث إليك، أرادني أن أحذرك من تشكيل خطير من حول شاه زاده مصطفى».

وهيمي: «لماذا لم تخبرني إذًا؟»

خير الدين باشا: «أنا بعيد عن تلك الأمور يا بني، وكنتم قد ذهبتم مع الجيش في حملات إلى تبريز وبغداد، لذلك توجهت إلى غزواتي في البحار، وابتعدت عن تلك القضايا آلاف الأميال، وحين طال أمد بعثة السلطان ابتعدنا في البحر نحو شواطئ جديدة...».

وهيمي: «قتلت إبراهيم الفرنجي أيها الباشا».

ساد صمت طويل، ولم يُسمع سوى أزيز المطر وعاصفة الربيع في المزاريب. طلب الباشا من وهيمي أن يجلس، وأشعل نار الموقد وهو يفكر بعناية، ثم جلس أمام ضيفه الرهيب.

أخذ وهيمي يتحدث عن إعدام إبراهيم باشا، وكأنه يصف كابوسًا عاشه في منتصف الليل، فقال: «إنه قره عمر... لقد شرب إبراهيم الفرنجي التركيبةَ التي أعدها له ذلك الجلاد الماهر في عشائه الأخير. حين دخلنا الغرفة في الصباح استيقظ من نومه، قال إنه يريد أن يتوضأ أولًا، ومن الواضح أنه لم يكن يستطيع تجميع أفكاره. ما كان يجري جزء من كابوس. هز رأسه وأغمض عينيه، وسأل عمرَ عن سبب مجيئه، وقد كان قره عمر مجرد خادم يأتيه عندما يناديه فقط.

مدَّ قره عمر ورقة تحمل قرارًا من السلطان، ودون أن يغير سلوكه المحترم، قرأها عدة مرات، وابتسم وفكر، ثم قال مرة أخرى: «يجب أن أتوضأ».

عندما مد يده ليمسك الإبريق والبشكير، كان يوحي بأنه متمهل في سلوكه، لكنه نجح في مفاجأتنا، إذ كان على وشك أن يصطاد قره عمر

على حين غرة، وقد أصابت لكماته القوية فكَّ عمر، وكانت لكمات مؤثرة وفعالة. ولو كان بكامل وعيه، لتمكن ربما من الإطاحة بعمر، لذلك تراجع عمر مذهولًا. لم يكن إبراهيم باشا يشبه شخصًا في عقده الخامس، فقد كان يتمتع بقوة كبيرة وكأنه شاب في العشرين. ولو لم أتدخل لكان وجد فرصة للهروب، لأنه كان يعلم أنه في حال تمكن من الوصول إلى قاعة الاستراحة في الخلف، فسيكون بمقدوره الخروج عبر فتحة التهوية لعدم وجود قفص في بدايتها».

خير الدين باشا: «لقد جعلك تدفع ثمنًا باهظًا».

وهيمي: «إنه كذلك أيها الباشا. فقد بدأ فجأة بالصياح: «أخيرًا، حصلتِ على ما تريدينه يا خُرَّم. أنا مَن أدخلك إلى هذا القصر يا خُرَّم، ألم تديني لي بكل ما وصلت إليه يا خُرَّم؟ ماذا فعلت لك يا وهيمي؟ ماذا فعلت لك؟»».

وتابع وهيمي: «فجأة، لاحظ إبراهيم باشا حضرة السلطان يراقب المشهد من خلف ستارة غرفة الاستراحة، فاندفع إلى غرفة السلطان طالبًا منه المساعدة، إلا أنني ضربته بقبضتي فسقط على ركبتيه وتحطم فكه. لقد رأيتُ بأم عيني كيف تكسرت عظامه وحنكه وخده. أما أسنانه... كانت أسنانه متناثرة في الغرفة مثل حبات اللؤلؤ في المسبحة التي كان يحملها دومًا».

خير الدين باشا: «واستطاع ضربك حينها!»

وهيمي: «حاولت أن أمسك ذراعيه، وأن أكتِّفه من الخلف، ومع ذلك التوى فجأة مثل الثعبان وضربني على عيني مباشرة، كأن برقًا نزل على عيني، فتوهجت بالبرق مؤقتًا، ثم أظلمت إلى الأبد».

خير الدين باشا: «وماذا عن شاه زاده مصطفى؟ من سيحميه الآن؟»

وأشار وهمي بيده، وكأنه يقول: «لا تهتم»، ثم قال: «سلطاننا يحمي ابنه مصطفى ويعزه كثيرًا، ويحبه أكثر من روحه يا خير الدين باشا».

خير الدين باشا: «لكن إبراهيم باشا لم يقل ذلك!»

وهيمي: «لا تفكر في هذه الأمور أيها الباشا، وفي تقليدنا مثلما تعلم، ننظر إلى بركة الله في بادئ الأمر. لقد جئت بالفعل إلى هنا لأتوارى عن الأنظار برهة من الزمن، وذلك بناءً على نصيحة السلطان، ولتهدأ آثار هذا الإعدام قليلًا في العاصمة».

خير الدين باشا: «من سيكون الصدر الأعظم الجديد؟»

وهيمي: «بفرمان من السلطان أصبح الصدر الأعظم أياس محمد باشا».

خفض خير الدين باشا رأسه قليلًا، ثم قال: «لكن إبراهيم الفرنجي كان رجلاً صالحًا يا وهيمي. بذل جهدًا كبيرًا في رفع سمعة العثمانيين، وعرف كيف يدعم نجاح جيوشنا بسياسته الخارجية الجبارة، قال حكماؤنا: «القرب إلى السلطان كالقرب من نار مشتعلة»، لكنني أرى تلك النهاية صعبة».

وهيمي: «دعك من الدفاع عن ذاك الخائن أيها الباشا، فهل كان السلطان سيترك مثل هذا الصديق المقرب يموت لو لم تكن الشكوك القوية تحوم حوله؟ تلك هي نهاية رجل قاسٍ ومحب للثروة وضع نصب عينيه عرش السلطنة، حتى أنني كنت شاهدًا على كلماته عندما قال: «أنا أحكم هذه الإمبراطورية العظيمة، كل ما أفعله باقٍ لأن كل القوة في يدي، أعيِّن أركان الدولة ورؤساء المقاطعات، ما أعطيته يبقى عطاء دائمًا، وما أرفضه يبقى مرفوضًا دومًا، حتى الأوامر الصادرة عن سلطاننا الأعلى تظل غير فعالة إذا لم أوافق عليها، لأن كل شيء يتم بقراري»».

خير الدين باشا: «دعك من هذا الكلام يا وهيمي، فليس من الصواب التحدث بالسوء عن شخص قدم خدمات جليلة للدولة».

3

بحر الجزر (بحر إيجه) - يوليو 1538 م

أبحر خير الدين باشا بربروس إلى بحر الجزر في ربيع عام 1538م، بدءًا من جنوب أغريبوز، وجزر باروس، وأنتيباروس، وسكيروس، وإيجينا، وناكسوس، وأندروس، وسكاربانثوس (كيربيا)، وكاسوس، وصولًا إلى جزر قبالة جزيرة كريتز. وضم إلى الإدارة العثمانية ما مجموعه ثمانية وعشرون جزيرة وقلعة من الجزر الصغيرة. وهكذا انتهى وجود جمهورية البندقية في شرق البحر الأبيض المتوسط وبحر إيجه بالكامل، باستثناء شيوس، وقبرص، وكريت.

لم تستطع الجزر المتبقية، الكبيرة والصغيرة، الصمود لفترة طويلة ضد تلك القوة البحرية العظيمة. لكن خير الدين باشا كان يحلم بضم قبرص داخل حدود الإمبراطورية العثمانية، لأنها جزيرة كبيرة ومهمة للغاية في شرق البحر الأبيض المتوسط.

في ذلك الشتاء، وُقِّعت الهدنة اللطيفة بين الإمبراطور شارل الخامس وملك فرنسا فرانسوا الأول، والهدف من ذلك نزع السلاح المتبادل إلى أجل غير مسمى. تسبب هذا الاتفاق في نشوء قلق كبير في الدولة العليَّة، لأنها كانت علامة على مؤامرة جديدة ينظمها آل هابسبورغ ضد العثمانيين، ولم يعد إبراهيم باشا الفرنجي بسياسته القوية موجودًا، كي يبني اتفاقات الوساطة والتوازن.

وأُجبر فرانسوا بضغط من تشارلز الخامس على الانضمام إلى التحالف بطلب من الإمبراطور شارل الخامس، وذلك خوفًا من غضبهم، وإلَّا لما أعطى انطباعًا بأن علاقاته مع كتلة الفاتيكان قد تحسنت. عندما كان فرانسوا في مأزق سياسي بسبب الضغط المضاد للإمبراطورية العثمانية، أكد أنه لن ينضم

إلى التحالف بصورة مباشرة، لكنه سيحظى بالدعم الكامل وسيتجنب أي تحرك من شأنه أن يعقد التعاون بين إسبانيا والفاتيكان والبندقية والبرتغال التي تقرر إقامتها ضد الأتراك.

سيكون أكثر ملاءمة لأولئك الذين سيأتون بعد ذلك، ولو جزئيًا، للاستفادة من رزنامة وهيمي أورهون جلبي.

10 يونيو 1538 م

قال وهيمي: «عندما أبحرنا كان السلطان سليمان القانوني على وشك الانتهاء من الاستعدادات النهائية لبعثة مولدافيا (بعثة بوغدان) التي سيشرع فيها قريبًا. وكنا نعلم أن سبب كل الاضطرابات على حدودنا يعود إلى الأنشطة الاستخباراتية الفعالة للإمبراطور تشارلز الخامس. ومن الصعب للغاية منع مواقفه الخبيثة أثناء هزيمته، لكن بعبارة شاهدتها كثيرًا يستخدمها خير الدين باشا: «يخجل الإنسان مما أنجزه أخيرًا»».

وأضاف: «حالما تلقينا نبأ دخول أندريا دوريا، مع خير الدين باشا، إلى شواطئ جزيرة كريت، انطلقنا من إسطنبول في 9 محرم 945هـ (7 يونيو 1538م) بأربعين سفينة من نوع كاديركا، وانضم زعماء ذاع صيتهم إلى تلك الحملة، مثل صالح، وتورغوت، وكورد أوغلو، وسنان، وسيدي علي، وديرمان، وأصلان ميديني ريس، وكلهم يتمتعون بالهيبة والمرح والشجاعة.

كانت الأجواء مذهلة، والحركة تسير ببطء في المياه العميقة الخضراء في البحر المفتوح، كانت الأوضاع مكشوفة للبحارة والسفن، لذلك كان من السهل الشعور بالراحة وعدم القلق من أية شوائب في الداخل أو الخارج. إن النظر إليهم يشبه مشاهدة أفق مهيب من خلف زجاج لامع، إنهم هادئون عمومًا لكنهم إن غضبوا يغضبون بشراسة مثل العاصفة المفاجئة، ولأن

طبيعتهم خالية من الهموم، يهدؤون بسرعة. يمكن أن يتخذوا أي موقف في هذا العالم، لكن من المستحيل أن يكونوا رجال استخبارات منافقين مثلي، ووقوفي أو عدم وقوفي معهم يُشعرني ببعض الخجل.

سواء كان الجو عاصفًا أو ساكنًا فإنهم يتحدثون دائمًا بصوت عالٍ، ويضحكون ويهزون أكتافهم، وقد نمت عضلات سواعدهم وصدورهم من كثرة الإمساك بالحبل وسحبه. يستمتعون في الخلجان المظللة حيث نرسو في المساء، وينهلون من المتعة في بداية الصباح عند النزول لصيد سمك الإسقمري الضخم، والهامور، والدحنانة، وسمك موسى، وسمك إبرة البحر، ويتسلقون الأشرعة عبر الحبال الجليدية الزلقة. وإلّا فإن المرء يختنق في المساحات الضيقة للقوارب المغطاة بتلك الحبال الزيتية، والبراميل الضخمة، والكوم الغريبة المحشورة في المستودعات، وقوارب النجاة المعلقة فوق رؤوسنا بالبكرات، إلى جانب أدوات كثيرة ضرورية. لذلك، سرعان ما يتعلم البحارة طرق تحرير أرواحهم في البحر الشاسع، وجعلها نقية صافية بصفاء السماء الزرقاء وطيورها البحرية، فذلك التناقض بين القوارب والبحر والسماء يوازن بطريقة ما راحة النفوس.

انضم أمير ولاية كوجالي، علي بيك، ومعه ثلاثة آلاف جندي إنكشاري إلى الأسطول، وكانوا مدربين في البحار أيضًا. وقد وعد أمير ولاية تكى، محمد بيك، وأمير ولاية العلائية، مصطفى بيك، بالانضمام إلى الأسطول بكل ما لديهما من قوارب في بحر مرمريس.

وبذلك يصل تعداد زوارقنا إلى اثنين وعشرين زورقًا قتاليًا. وسنزيدها إلى مائة واثنين وعشرين قطعة مع وسائل النقل، وسنضاعف عدد طاقمنا -بما في ذلك البحارة- إلى ما يزيد قليلًا عن عشرين ألفًا».

17 يوليو 1538 م

أصبتُ بدوار البحر، لأنني لم أتعرض لعاصفة دوَّارة في البحر من قبل. وبناء على نصيحة خير الدين باشا، وما إن أصبحتُ قويًا بما يكفيني للوقوف، وقفت عند القوس وبدأت في مراقبة الأفق. في بعض الأحيان كنت أستلم دور المراقبة عند عمود غراندي، وأقف هناك لساعات مع تساقط ندى الصباح على بدني. في النهاية، اختفى ذلك الغثيان الذي لا هوادة فيه بأسرع ما كان، وكأنني لم أتعرف على المرض الذي أضعفني ودمَّرني. وفي الأيام اللاحقة كنت أشاهد الإيقاع الهادئ للموجات الزرقاء الداكنة، ولم أستطع معرفة عدم ارتياحي أكان حقيقيًا أم حلمًا! أشعر بالإثارة عندما أشاهد شروق الشمس عند الشواطئ البعيدة... كم هو جميل أن تكون في البحر في تلك الأوقات بالتحديد.

نطلق النار على جزر البندقية في بحر إيجه منذ شهر، وقد تتبعنا من بعيد قوافل أندريا دوريا السريعة كالظل، لكن يبدو أن دوريا مصمم على عدم مصادفتنا مرة أخرى. استسلمت ثماني جزر أخرى الواحدة تلو الأخرى ما إن رأوا أسطولنا؛ وأرسلت جزر إينوسا، وباسا، وفاتوس، وبونديكو، وكالوكيروس، مبعوثين إلينا، وأعلنت تبعيتها لنا.

19 أغسطس 1538 م

قال وهيمي: «كانت الأخبار التي نتلقاها في تلك الأيام تزعجنا، فقد سمعنا أن السفن القادمة من ألمانيا، وإسبانيا، والبرتغال، ومالطا، وجنوى، والبابوية، إنما جاءت لمساعدة البحرية الفينيسية المتجمعة في كورفو. وأدركنا مع تتبع سير دوريا إلى بريفيزا أن هدفه الأساسي تولي إدارة تلك البحرية. أما أنا فقد أصبت بالقشعريرة والرعب، فإن كان ما يقال صحيحًا،

فهذا يعني أننا نبحر نحو أسطول بحري لم يُر مثله في التاريخ. إذا كان ما سمعناه صحيحًا، فإن عدد أسطول دوريا ينبئ بذلك، إذ بلغ ستمائة قطعة. وإذا أخرجنا سفن النقل من الحسابات، فإن عدد سفنه الحربية وحدها يبلغ ثلاثمائة ونيف مقابل امتلاكنا اثنتي عشرة سفينة حربية. ويحوي أسطول دوريا عشرين سفينة شراعية عملاقة بثلاثة طوابق مسوَّرة بأسوار عالية ومساحاتها واسعة. وإذا أحضر إحدى تلك القوادس العملاقة، سيتمكن مع أول فرصة سانحة أن يخرق عشرة من قوادسنا على الأقل أو يغرقها أو يصيبها إصابات بالغة. بالإضافة إلى ذلك، هناك ألفان وخمسمائة قاذفة قصيرة المدى ومدافع. فإذا أمعنَّا النظر في هذا الموقف، يتضح أن أسطولنا البحري المكون من مائة واثنتين وعشرين قطعة يمثل ثلث أسطول العدو، ومن حيث عدد القذائف فإننا نمتلك ربع الربع من عدد قذائفهم، ويوجد على سفن العدو ستون ألف مقاتل -باستثناء المجدِّفين- مقابل عددنا البالغ ثمانية آلاف مقاتل».

عندما قارن خير الدين باشا بين تلك الأعداد ابتسم بلطف، ثم قال: «دعكم من الهم والغم يا أبنائي. كل شخص أعانه الله فهو كالملك على عرشه. يا رب أعِنْ أمة حبيبك المصطفى، بسم الله، توكلتُ على الله، نيَّتنا خوض غزوة، ومقصدنا صد المعتدين».

24 سبتمبر 1538 م

ذكر وهيمي: «نحن أمامهم في بريفيزا، وقبل يومين من وصولنا، ضرَب دوريا الميناء والمدينة بأسطوله، وامتد الحريق المندلع باتجاه المدينة، وألحق أضرارًا جسيمة ببساتين الليمون والبرتقال والزيتون المجاورة. كان دوريا الحقير يحاول استفزازنا بكل ما أوتي من قوة، فقد أقدم جنوده على نهب

المدينة وأسر عددًا كبيرًا من النساء، كبيرات وصغيرات، جميلات وقبيحات. وتصرف جنود ذلك الظالم بحنق شديد، بدافع الانتقام الأعمى. لكننا سنرى من الرابح في النهاية.

بعد الهروب من ملاحقة بربروس باشا له طوال الوقت، صار دوريا يعتمد بالكامل على تفوقه في العدد والعتاد، ويرسو على بعد أربعة أميال تقريبًا، ويُخفي أسطوله في الضباب.

نسأل الله التوفيق، والحمد لله، هناك أخبار رائعة من السلطان سليمان خان، فقد دخلوا مدينة سوتشافا عاصمة بغدان (مولدافيا حاليًا) دون مقاومة كبيرة. ولا يمكن إنكار دور معمار سنان بن عبد المنان الذي نجح في بناء جسر على نهر بروت في تسعة أيام، وكان الجسر مشابهًا للجسر الذي بناه على نهر سافا الهائج أثناء حملة بلغراد. وقد كرَّمه السلطان المعظم ومنحه منصب كبير المهندسين، المنصب الذي ظل شاغرًا لما يقرب من عام، بعد وفاة عاصم علي.

كان المغرور بيترو راريتش المعروف باسم بيتر الرابع، قد طلب مساعدة صديقه فرديناند، ملك النمسا، لكنه هرب واختفى حين لم يلق دعم صديقه القديم. وكان قد وعد السلطان بأنه لن يعترف بالبويارن أي النبلاء الارستقراطيين بعد الآن، وقبَّل يد السلطان إذعانًا بذلك. بعدها، وقع معاهدة، وأقسم بشرفه، وحلف اليمين على الكتاب المقدس بأنه سيعيش في سلام بحماية حامية الإنكشارية وإدارة عاصمة الخلافة. في النهاية، انضمت الدولة المسماة بيسارابيا، ذات الأراضي الخصبة الواقعة بين نهري بروت ودنيستر إلى السلطة العثمانية، وهكذا ضاقت حدود إمارة مولدافيا. ثم انطلق السلطان المعظم في طريق عودته إلى إسطنبول وسط احتفالات النصر».

29 سبتمبر 1538 م

أخبر وهيمي أنه في ساعات الفجر الأولى، رأينا أسطول التحالف تحت قيادة دوريا يتحرك بعيدًا في اتجاه ليبانتو، عند مدخل برزخ كورنث. لن أنسى أبدًا التعبير الهادئ الذي ظهر على وجه خير الدين باشا عندما وضَّحت له أن هذا الأمر يمكن أن يكون له هدفان، فقال: «الآن أيها الأبناء، إذا كان دوريا يعتزم استدراجنا إلى عرض البحر للقتال فإنه أمر معقول، إذ يمكن لأسطوله تحقيق المناورة بسهولة. أما إن كانت نيته خداعنا والتربص خلفنا بسفنه الخفيفة واستدراجنا إلى مكان مفتوح، أو المراوغة دون قتال مباشر، فهذا ما لا أستطيع فهمه وتقبله. في هذه الحالة، سنستفيد من هذه الخطوة ونقف أمام العدو ونصعقه».

انطلقنا في اتجاه جزيرة كورفو قبل شروق الشمس، وأبحرنا نحو الميناء على بعد مئة وعشرة أميال إلى الشمال، إلى أن لاحظ أسطول الحلفاء الصليبيين حركتنا. فتجمعت قوات العدو وطاردتنا، وحرَّك خير الدين باشا أسطولنا من الميمنة بمسار غير مفهوم، واستفدنا من توجه الرياح الجنوبية لصالحنا، وكانت أصوات طقطقة العوارض والصواري تخيف الطيور البحرية. بهذه الطريقة، وفي غضون ثلاث ساعات فقط، أصبحنا خلف دوريا بطريقة لم يكن يتوقعها، فارتبك ولم يعرف ماذا سيفعل؛ فكل قائد يدفع ثمن تردده من دماء جنوده، وكان اندهاشه وذهوله واضحين على وجهه.

فكَّر دوريا بالهروب، لكنه لم يفهم سبب مجيء بربروس باشا بهذه القوة الصغيرة فقط، وقد تردد لا إراديًا، لكن أسطوله ما لبث أن أخذ الأوامر بالحرب في غضون ساعة من الزمن. رُفعت لافتات التحذير الملونة على الأعمدة، وقُرعت طبول الحرب، وتلقى الجنود الأوامر بالاستعداد والبقاء في حالة تأهب قصوى عبر صافرات عملاقة. الأمر ذاته انطبق على أسطولنا،

أخذ كل شخص مكانه، المجدِّفون ورجال المدفعية، وحملة البنادق، والرماة والبحارة. كل فرد منهم كان واثقًا من أن يوم المواجهة الحتمية قد جاء، وأخذوا ينتظرون ساعة الصفر. كنا على بعد أربعة أميال فقط من الساحل الغربي لجزيرة ليفكادا، وكان الأسطولان في مواجهة بعضهما بعضًا. جميع الأصدقاء والأعداء يعرف أنني لا أنزعج بسهولة، ولكنني كنت منزعجًا هذه المرة لأنني أشارك في معركة بحرية للمرة الأولى. كانت كفاي تتعرقان وكان مقبض سيفي مبتلًا دومًا. لم أعد فتيًّا وكان عليّ القتال في بيئة غير مألوفة.

كان خير الدين باشا قد بلغ الثانية والسبعين، لكنه كان مثل شاب في العقد الثاني من عمره. وعلى الخريطة أمامه، وضع يده الأولى على منطقة ياتاغان، ويده الثانية على خنجره، بعد أن جمع قادته حول طاولة العمليات الكبيرة في مقصورة القبطان، لتقييم الوضع الأخير.

كان سيدي علي ريس يبلغ من العمر خمسين عامًا، عاش حياة أسير عدة سنوات، وكان من ضمن العبيد الذين عملوا في بحرية العدو. كان يرتدي سترة داكنة لها جلد نمر على الظهر وريش على الكتفين والياقة، ما يجعله يبدو أكثر فخامة، وتحت السترة، يضع درعًا خفيفًا محبوكًا.

لم أكن أعلم كيف سيتمكن من السباحة بذلك اللباس إذا سقط في الماء؟ كان هؤلاء البحارة أكثر مقاومة لجميع الظروف الصعبة منا. وضع علي ريس المسدس جانبًا وأخذ البوصلة والمسطرة، وبدأ في حساب موقعنا على الخريطة بدقة. لم يعترض أحد على حساب علي ريس للرحلة، لأن موهبته القديرة في الحساب كانت معروفة، فلا داعي لمناقشته.

قال علي ريس بصوت كالرَعد: «أيها الباشا، حتى الآن نحن بين 20°18.24' "38 درجة شرق خط الطول و38°49.09' "42 درجة في الشمال الموازي. اصطف العدو أمامنا في ثلاثة صفوف متتالية، لأنهم يعتمدون على

وزن سفنهم، وإذا كانوا سيهاجموننا باتباع خط ميل واحد قاموا بتشكيله، فهذا يعني أنهم سيصمدون بقوة».

مسّد خير الدين باشا لحيته الكثيفة بعناية، وقال: «سوف نطبق تكتيك الحرب التركية التقليدي في الخطوط الأمامية يا أحباب، العدو يزداد قوة في تقنياته العسكرية والعتاد مع مرور الأيام، لكنه ما يزال ضعيفًا من ناحية التكتيكات، حتى أن دوريا لا يسعى إلى وضع قواعد للهجوم، ويتبع بعض مبادئ الحرب التي عفا عليها الزمن».

قال تورغوت ريس، وهو يحدق في قائده مبتسمًا: «أنت تفكر بما أفكر به أيها الباشا».

كان تورغوت ريس رجلًا حديديًا، وعمره يقرب من عمري، يلبس سترة بلا أكمام، وعضلات ذراعيه وكتفيه وصدره ظاهرة ومتعرجة كالدروع، وقُطر بعض عضلاته يصل إلى نصف متر تقريبًا، فلا يوجد شخص عاقل على وجه الأرض يرغب في مواجهة هذا الرجل.

قال خير الدين باشا: «أنت على حق يا أخي تورغوت ريس، بسبب ما عانيناه من قبل، فإننا نفكر بطريقة مشابهة. سنلاقي عدونا عبر تكتيك الهلال المتبع لدى جيوشنا البرية، ونجذبه عبر تقنية التراجع الزائف، ثم نهاجم من يبقى بكل قوتنا ونجبرهم على التراجع، ثم نلاحقهم ونقضي عليهم، وهكذا ينقسمون إلى قسمين ويفقدون كل توازنهم وقدرتهم القتالية. ستقود الجناح الأيمن يا تورغوت ريس، أما الجناح الأيسر سيقوده صالح ريس، وسيكون سيدي علي ريس جاهزًا لتقديم الدعم لكم».

وأضاف: «سأكون أنا في المنتصف مع سنان، وجعفر، وشعبان، وابني حسن ريس. وفي لحظة الصعود على متن السفينة، حافظوا على صفوفكم متراصَّة، فتلك هي الطريقة الوحيدة التي يمكننا من خلالها التعامل مع

قوادس العدو ذات الحمولة الثقيلة. واتركوا الأشرعة في المنتصف، حتى لا تقعوا في المشاكل أثناء المناورات المفاجئة».

صمت خير الدين باشا قليلًا، ثم ضحك من فرحته لبدء القتال، وقال: «أنتم قادة محترفون وتمتلكون الخبرة، فما بالنا نعطيكم بعض من التعليمات! سامحوني، فما أفعله نابع من غيرتي عليكم يا أبنائي».

قال القادة في انسجام تام: «نستغفر الله أيها الباشا، من يستطيع إنكار نور المحبة الرحيمة في عينيك البراقتين؟»

خير الدين باشا: «والآن، ليأخذ كل منكم مكانه. وأسأل الله أن يجعل سيوفكم قاصمة ووجوهكم بيضاء يا أبنائي».

نظرتُ إلى صالح ريس، كان في الخمسينيات من عمره، أحمر الوجه بسامًا ولامعًا مثل شمس الغروب. من نظر إليه مرة سيجد الشجاعة في عينيه، حتى لو كان أمامه جيش من الشياطين. قال صالح ريس بصوت عالٍ، وتلك عادة عند رجال بربروس في البحر، إذ إنهم يتكلمون بصوت عالٍ: «يوجد في الناحية الخلفية سفن البندقية تحت قيادة أليساندرو كوندالميرو، والقوات الاحتياطية من جنوى، والقوارب الإسبانية والبرتغالية، والسفن الداعمة تحت قيادة فرانشيسكو دوريا. وبحسب معلوماتنا، فإن بعض تلك السفن التي يحتفظ بها فرانشيسكو، ابن شقيق أندريا دوريا، تحوي أطنانًا من البارود! يجب أن نطلق القذائف على سفنه ما إن نُكمل عملية الاختراق، ولكن، إن أردتم الاستماع، فلدي فكرة أفضل».

أجاب خير الدين باشا بنبرة قلقة: «تكلم أيها الرئيس».

قال صالح ريس: «أيها الباشا، بعد استفزاز البحرية العدوة لنا، أرى أن نتراجع إلى ميناء بريفيزا، وبما أننا متفوقون في القدرة على المناورة، دعونا نبدأ العملية في الظلام، ونحاصر سفن دوريا من الخلف، وندفعهم

نحو الشاطئ، بالقرب من قلعة أكتيوم؛ فمن المستحيل على تلك السفينة العملاقة أن تناور في المياه الضحلة. وما إن يصلوا إلى الشاطئ سيكونون أهدافًا سهلة لنا. في تلك الأثناء، تستهدف مدفعيتنا البرية في قلعة أكتيوم، المهيمنة على المرفأ، سفن ذخيرة العدو. وحين يقع دوريا بين نارين، سيُهزم بالكامل وسيواجه مصيره المحتوم في وقت مبكر».

اعترض خير الدين باشا على الفور، لأن علي الريس أظهر تمسكًا قويًا بالحياة، وقال: «هناك العديد من جنود البرية على سفننا، كالهلاليين والإنكشارية وجنود السباهية، وهؤلاء رغم شجاعتهم فإنهم في أي معركة بحرية، لا سيما في معركة حامية الوطيس في ظلام الليل، من الممكن أن تنال الرهبة منهم ويفقدون تركيزهم من أول وهلة إذا ساءت الأمور، لأنهم غير معتادين على المعارك البحرية. وحين يجدون أنفسهم أنهم باتوا قريبين من البر فإنهم يرمون أنفسهم في المياه العميقة على أمل أن يتمكن أحدهم من السباحة إلى الشاطئ، ويموت البقية، ويتسبب هذا الوضع في ترك السفن دون طواقمها، ويعم الاضطراب وسط المجموعات المقاتلة».

قال صالح ريس وهو يحني رأسه: «أنت على حق أيها الباشا، لم أفكر مثلما تفكر».

قال خير الدين بربروس باشا: «الآن يا أبنائي، إن والي صقلية فيرانتي غونزاغا، يمسك بالجانب الأيسر من الأسطول الكبير. لقد قاتلنا ذلك الرجل على شواطئ صقلية من قبل مرات عدة، وهو يعرفنا تمام المعرفة. انظروا، كيف أن خط سفنه متداخل منذ اللحظة».

كان الباشا يشير إلى نوافذ مقصورته الملطخة بالملح، وقال: «هذا يُظهر عدم ارتياحه. إن الأسطول البابوي بقيادة الأدميرال ماركو غريماني على الجانب الأيمن، أخطر خصم لنا في الوقت الراهن، لأن غريماني لا يعرفنا

جيدًا، وسيحاول بالتأكيد أن يُقدم على عمل بطولي، مثلما يفعل أفراد عائلته المتدينين، يريد أن يُرضي البابا ثم دوريا والإمبراطور، وإنه يعلم أنهم سيرقُّونه إلى رتبة (قديس) إذا مات».

وأردف خير الدين باشا: «لا تخافوا كثيرًا من أسطول البندقية الذي يخضع في خطه الخلفي لقيادة فينتشنزو كابيلو، فلقد أكلنا مع كابيلو على مائدة واحدة مرات عديدة، وإن كان هنا شخصيًا فإنني أعتقد أنه حضر مضطرًا. والآن يجب أن يكون غونزاغا هدفنا الأول والمباشر، لأنه خائف وسوف يتصرف بمرونة كبيرة أكثر من غريماني، وإذا تمكنا من استفزازه واستدراجه إلى الداخل فسوف ينزعج بسهولة ويُحدِث ضجة».

وتابع: «قائدهم الأعلى جيوفاني دوريا واحد من أبناء أخ أندريا دوريا، وأنا أتردد حيال عدوانه، لكن عدو الظالم هو الله يا أحباب. سوف يدفعون في كلا العالمين ثمن الجرائم التي ارتكبوها في الأندلس، ويواصلون ارتكابها على سواحل أمريكا وإفريقيا الآن. سوف نهزم هؤلاء اللاتينيين القساة بإذن الله».

كان حضرة الباشا يقول الحقيقة، واتسم وجهه المرهق ببعض من بقع الملح وبقع الشمس، وتقلص البؤبؤ في عينيه الحنونتين، وزمَّت شفتاه، وكشفت عن أسنانه القوية. خلال الساعات الست التالية -التي مرت كالحلم- كان من المدهش حقًا مشاهدة تصرفات بحرية العدو الحمقاء، مثلما كان خير الدين باشا يأمل. لم نصدق أعيننا حين لاحظنا للمرة الأولى أن السفن الضخمة كانت عالقة، وكأنها جانحة بسبب الرياح الجنوبية المفاجئة. لكن ما إن توقفت الرياح، حتى استعاد أسطول دوريا قدرته على الحركة بالكامل. ولو تصرف دوريا بحكمة وهدوء، لقلَب الموقف لصالحه مع امتلاكه القوة النارية الرهيبة. لقد بثت سمعة خير الدين باشا الرعب والهزيمة فيهم، وكانت أكثر فاعلية من سفنه وجنوده ومدافعه.

بدأت السفن الثقيلة في الغرق الواحدة تلو الأخرى، بعد أن أصيبت إصابات مباشرة خطيرة، وجنحت القوارب في تلك العجالة، وتراجع الأسطول الأكبر في التاريخ باتجاه خليج بريفيزا، مشكلًا خطًا دفاعيًا غير منتظم. وصل الوضع إلى الحالة التي أوصى بها صالح ريس قبل المعركة، وكان الجنود في قلعة أكتيوم ينتظرون الأخبار على رؤوس مدافعهم. لم يعد حرق الأسطول بأكمله أمرًا واقعًا، إذ لم يكن خير الدين باشا يريد أن تنتهي الأمور بهذه السرعة، لأنه كان ينوي تجنيد السفنِ الثقيلة في أسطوله، وأسر عدد من النبلاء كي يقايضهم بفدية.

أصدر خير الدين باشا أوامره بصعود الجنود إلى بعض السفن الثقيلة، وأسر من فيها بأمان، في الساعات التي أعقبت المعركة الضخمة، ما يعني أن القتال وجهًا لوجه قد بدأ مع الساعات الأولى لغروب الشمس واستمر مع ظلام الليل الحالك. لكن حين لمس الجنود المحاربون مدى تفوقهم على الأعداء، تملكهم فائض من الحماس الجشع، لدرجة أنه لم يعد من الممكن التفوق عليهم.

كانت الشمس تميل إلى الغروب، حين أوقف خير الدين باشا وقادته سفينة ضخمة تدعى سوكنو ديل فيوري. وكنا مع الباشا على متن سفينته، وواجهنا مقاومة من مجموعة من المحاربين تضم جنودًا إسبانًا وإيطاليين، لكننا تمكنا من التغلب على هؤلاء المدافعين الذين كانوا منهكين ومنهزمين معنويًا. ومع تدفق ذلك السائل السحري من خليط الدم والعَرق والأملاح على وجوه أبطالنا المحاربين ارتفع نبض دمي في عروقي.

كانت المجابهة سيفًا بسيف، وخنجرًا بخنجر، وتحطمت في خضمها الدروع والخوذات، وتمزقت ملابس الجنود. وفي ظلمة الغسق، تطاير الشرر المنبعث من السيوف المتعاركة بلا هوادة، وأطلّت النجوم بضوئها الخافت.

كنت أشاهد ما يجري، وأحس كأنني في حلم. شعرت أكثر من مرة كأنني سأسقط في البحر، لكنني خفتُ من مشهد المياه المظلمة والمتقلبة المشؤومة، لدرجة أنني فقدت عقلي تقريبًا. كافحت وهاجمت بكل ما أوتيت من قوة ورِباط، وضربت الأعناق بلا رحمة، وكنت أصرخ وأكسِّر، وقد أطحت بشيء معادٍ لم أستطع تمييزه جيدًا في ظلام المساء، وكنتُ أزأر وأبصق دمًا، لكنني لم أسقط في الموج المظلم. ثم انتهى القتال فجأة مثلما بدأ.

لقد كانت معركة رائعة في الظلام، كنت أُجابِه العشرات من الأشخاص، منهم قصار القامة ومنهم الخشنون. لقد قاتلت جيدًا على الرغم من أنني كنت أعمى بعين واحدة، كان الدم يغطي يديّ وجسدي ووجهي، وكذلك الكدمات التي كانت بالنسبة لي خدوشًا طفيفة، لكنني لم أحبذ ذلك الإيقاع المفرط في قلبي. كان قلبي يحذرني، وما كان يجري لم يكن يعجبني، أخذ ينبض بسرعة غريبة وغير متوازنة، ثم يتباطأ فجأة ويتسارع فجأة، وبدا لي كأنه سيتوقف لبعض الوقت... لكنني عندما رأيت كبيري خير الدين باشا نسيت نفسي، وصرت متيقنًا أننا وازنًا موقفنا ضد العدو، بل سمعت بأننا قد تفوقنا عليه من الآن.

لحق العار الحقيقي بعدوِّنا دوريا في وقت متأخر من الليل؛ فعندما حل الظلام، أضاءت القوات البحرية كل أضوائها معًا، وانطلقت في لعبتها التقليدية لخداع خصومها عبر إظهار مدى قوتها وبث مشاعر القلق لديهم. أمر أندريا دوريا بـ«إطفاء الفانوس» المعروف بأنه أكبر وصمة عار للبحرية ونذير شؤم، لذلك ترك بقية الأسطول الذي كان تحت قيادته وهرب، مستفيدًا من ظلام الليل. فهِمْنا الموقف بعد أن رفعت البحرية الصليبية أعلام الاستسلام بالكامل، وأرسلت مبعوثين في الصباح، حتى أن كشافينا لم يلحظوا هروب ذلك الأرنب الملون دوريا.

قال خير الدين باشا وتعابير وجهه تدل على الاشمئزاز: «لا يستحق الصيت الذي أحاط به. إن صيت القوة والجبروت لهذا الحقير كان كذبة، لو كنت أعرف جبنه لَما واجهت ذلك الجبان بنفسي، ولأرسلتُ أحد زعماء القبائل الشباب إليه».

مرسيليا - أغسطس 1543 م

بعد الانتصار في ميناء بريفيزا البحري، استُولِي على ستة وثلاثين قاربًا من مختلف الأحجام، وأُسِر ألفان ومائة وخمسة وسبعون سجينًا. ولم تكن خسائر البحرية التركية كبيرة، بل كان هذا الانتصار اعترافًا رسميًا بالتفوق العثماني في منطقة وسط البحر الأبيض المتوسط، مثلما كان التفوق معروفًا في شرقه أيضًا.

بدأ ملك فرنسا فرانسوا الأول في البحث عن طرق للتقرب من السلطان العثماني بعد معركة بريفيزا. كانت الكتابات والخطابات التي قدمها خير الدين بربروس باشا إلى العاصمة إسطنبول بشأن تلك المسألة مهمة للغاية. وبعد موت إبراهيم باشا الفرنجي اكتسبت العلاقات زخمًا جديدًا للمرة الأولى، فقد اتفقت السلطات العسكرية الفرنسية والعثمانية على تنظيم عمليات مشتركة من البر والبحر إلى جميع المناطق التابعة لإمبراطورية روما.

كان الهدف الأساسي مدينة نيس الفرنسية، التي استولت عليها جارتها دوقية سافوي شمال غرب إيطاليا، تلك الجارة التي تحالفت مع الألمان. أخيرًا، غادر بربروس خير الدين باشا إسطنبول في 23 صفر 950هـ (28 مايو 1543م)، آخذًا معه السفير الفرنسي بولين دي لاغارد، بمرسوم من السلطان، ثم وصل إلى مرسيليا في 17 ربيع الأول (20 يوليو) من العام نفسه بعد أن ضرب السواحل الإيطالية وطاول ميسينا، وريجيو، وأوستيا، بمدافع أسطوله المكون من مائة وعشر قطع من السفن.

في تلك الرحلة، أقدم وهيمي أورهون جلبي، وديرمان ريس، وأصلان مدني ريس، على مطاردة الفارس غارسيا دي تينيو في قصر عائلته، أي بالقرب من ميناء ميسينا.

وصل المسن الحكيم خير الدين باشا، وقد بلغ السابعة والسبعين، إلى فرنسا صيفًا، للمشاركة في أحد أكثر الأحداث إثارة في تاريخ البلاد. وتوافد ممثلو أسرتي كابيت وبوربون والسكان المحليون إلى الميناء، لمشاهدة الأسطول العثماني المهيب الذي حوَّل البحر الأبيض المتوسط إلى بحيرة عثمانية.

قسَّم خير الدين باشا أسطوله البحري إلى قسمين، لحمايته من كل أنواع الأخطار. وكان يرفع على سفنه زخارف احتفالية ملونة وأعلامًا وشعارات. وأمر أسطوله الراسي على الشاطئ، والمكوَّن من خمسة وثمانين سفينة، بالبقاء في حالة تأهب. وبينما كانت السفن تبحر عبر آفاق مرسيليا بمناورة تكتيكية، أطلقت قذائفها المدفعية.

دخل خير الدين باشا الميناء دخولًا رائعًا بثلاثين سفينة حراسة موزعة حول سفينته الكبيرة. وباشرت البحرية على الشاطئ في إطلاق مئة قذيفة مدفعية، بعد أن أصدر خير الدين باشا أمرًا برمي إحدى وأربعين قذيفة لتحية حلفائه. لقد غطى دخان البارود والمدافع كل مكان، وأضاءت الألوان سماء المنطقة. ولو لم تصل السفينة الشراعية التي تعرف المنطقة جيدًا، لكان خير الدين باشا وسفنه الأخرى تشتتوا في البحر بسبب الضباب.

كان قائد البحرية الفرنسية الدوق دي إنكوين دي بوربون، في الرابعة والعشرين من عمره، وطلب الإذن لمقابلة خير الدين باشا على متن سفينته، فلم يُسمح له بالاقتراب إلَّا بمركب شراعي.

اقترب الدوق بمركبه الشراعي غير المسلح، وجرى اصطحابه إلى مقصورة القائد خير الدين باشا. وكان الجنود الخواص الهائجون والهلاليون

الغاضبون في انتظاره. وقف الدوق بوربون على بساط بسيط وحيًا القائد خير الدين باشا نيابة عن الملك فرانسوا. كان خير الدين باشا يقرأ في كتاب مفتوح أمامه ووجهه كالحديد، فلم يعِر الدوق أهمية في البداية، وعندما بدأ الأدميرال في سرد الجمل المنمقة تعبيرًا عن رضاهم نيابة عن الشعب الفرنسي بأكمله للتكرم في استقباله، رفع الباشا خير الدين يده، موافقًا على حضور مترجم لأن لغته الفرنسية لم تكن جيدة جدًا.

اختتم دوق بوربون حديثه بالقول إن الملك فرانسوا سيحضر مع رجال دولة مهمين إلى العشاء الذي سيعقد في قصره، وأنهم ينتظرون سعادة الباشا كي يكون ضيف شرف لديهم. وأنهى حديثه بأن حراس القصر سيصحبونه من الميناء في غضون ساعات قليلة.

سأل خير الدين باشا، الشاب الدوق ذا الشعر البني المندهش والمرتعب بعض الشيء، وصاحب العينين الخضراوين المراقبتين، باختصار: «أيها الأميرال، هل خططتم لمعركة مكتملة؟»

هز الدوق بوربون رأسه مرتبكًا، وقال: «لا، ليس لدينا أية خطط يا حضرة الباشا».

كرر خير الدين باشا سؤاله وكأنه لا يصدق أذنيه، فقال: «أيها الأميرال، ألم تكتمل خطط الحرب وإدارتها البرية والبحرية بشكل مكتوب وشفهي، وألم تصبح جاهزة بجميع صورها؟»

وحين سمع خير الدين باشا الإجابة النافية ذاتها مرة أخرى، ضرب بقبضتيه على الطاولة أمامه، وصرخ قائلًا: «يا هذا، جئناكم من مكان بعيد وتواصلتم معنا للمقابلة ولا تمتلكون أية خطط حربية، أليس كذلك؟ لكنكم تمتلكون خططًا لخيانة الإمبراطورية العثمانية في كل فرصة تجدونها، رغم أنكم ترونها حليفة استراتيجية كما تدعون، أليس كذلك؟ أنتم بارعون جدًا في تحضير خطط الخيانة خطوة بخطوة، وملفًا تلو الآخر».

صار الأدميرال في حيرة من أمره، وقال بصوت مرتجف: «اعتقدنا أنك ستبحث الأمر مع ملكنا عندما تتقابلان يا حضرة الباشا. وستعلن الموافقة على الخطة التي تناسبك وتشعر حيالها بالراحة والحرية».

خير الدين باشا: «يعني أنكم تركتم العبء كله علينا، أليس كذلك؟»

لم يستطع الشاب الإجابة كما يجب، فأشار خير الدين باشا بيده نحو الباب، وقال لقائد البحرية الفرنسية: «يمكنك الذهاب أيها الأميرال».

ضغط وهيمي أورهون جلبي على رقبة الأميرال من الخلف، لخنقه من أعصابه الحساسة. شعر الأميرال بفقدان قوته، فخرَّ راكعًا على ركبتيه. وبعد أن ألقى التحية وخرج كان بصحبته الجنود الخواص للباشا يمسكون بيديه كأن قبضاتهم وأذرعهم من حديد، إلى أن صعد على متن قاربه.

الفصل التاسع
سيفي رحمتي

1

«كان الأمر مدهشًا وكأن كل شيء قد توقف،
وشعرتُ كأنها نهاية العالم».
جاك لندن - رواية الطاعون الأحمر

«ماذا حدث لك أيتها السماء، لماذا تبكين؟ هل صديقكِ يتجول،
وتركك لوحدك تتأملين؟
هل القمر المشرق يسبح ولا يصل إليكِ فتشتاقين؟
أيها الكرم، هل جعل الخريف وجهك شاحبًا جدًا؟ أم هناك شجرة
سرو مائلة تود النظر إلى الطرف الآخر من خلف الجدار؟
أيها العندليب، إنك مع كل نفس تصرخ وتبكي، فهل لديك وردة
مبتسمة تشارك الظل بشوكها؟
صرختُ: «أيها الحبيب، عليَّ أن أضحي بحياتي من أجلك».
نظر إليَّ الحبيب بغضب شديد: وقال: يا عزيزي هل تمتلك حياة
ولم تنفقها بعد؟
يا زاتي، أنت متعب مثل حبيبتك مرة أخرى،
هل أنت شخص معذب لكنك على قيد الحياة؟
أم لديك حبيب لا ينسى؟»

طرق محمد الدالي ريس باب مقصورة القبطان، ثم دخل، وقال: «أيها الرئيس، وصل الفرنسيون إلى الميناء، إنهم ينتظروننا».

رد الباشا قائلًا: «لينتظروا».

ثم أغلق كتاب الشعر الذي يحوي أعمال الكاتب زاتي، وسحب كتابًا آخر عن رف خلف طاولته، إنه كتاب «ديوان الحكمة» للشاعر المتصوف أحمد يسوي. نظر من النافذة إلى الميناء، حيث كان الوفد ينتظره مع رجاله، ورأى مدينة رمادية في شمس الظهيرة، حينئذٍ شعر بحركة غريبة في بطنه، وقال بهدوء: «يا محمد».

محمد الدالي: «أمرك أيها الباشا».

خير الدين باشا: «تذكرتُ الليالي التي قرأنا فيها ديوان الحكمة مع صديقيَّ الراحلين لاز صبري ريس، وإسماعيل آغا».

محمد الدالي: «أعلم ذلك يا باشا، تشرفت بأنني كنت موجودًا في بعض تلك الليالي معكم».

نظر خير الدين باشا إلى عيني صديقه الداكنتين وإلى ملامح وجهه التي تغيرت، ثم قال مبتسمًا: «هذا صحيح، نحن نتقدم في السن يا محمد».

محمد الدالي: «لقد تقدمنا في السن أيها الباشا».

خير الدين: «يقول حكماؤنا: «كل شخص مغوار يترك أثرًا في الدنيا، وتهب الرياح عند شخص لا يترك أثرًا أو عملًا»، وأنتم أعظم أعمالي وآثاري أيها الأحباب».

قال محمد باسطًا كفه على قلبه: «أنت معلمنا وسيدنا وأبونا أيها الباشا».

خير الدين باشا: «كما تعلم يا محمد، أنا وأخي عروج لا نسل لنا».

محمد الدالي: «لا تفكر بهذا الأمر ونحن هنا أيها الباشا، نحن أبناؤك الخواص».

خير الدين باشا: «ليس لدي شك في ذلك... كنت أود أن يكون لدي ابن من لحمي ودمي يا محمد، ولا أريد لابني حسن ريس أن يسمع ما قلت».

محمد الدالي: «أمرك أيها الباشا، هذا وعد مني، لكن لماذا هذا الحزن؟»

خير الدين باشا: «في هذا البلد الأجنبي المعادي، نزل عليَّ أمر غريب يا محمد».

محمد الدالي: «أيها الباشا، نحن غرباء في هذه الدنيا، فالوجود في كل بقعة من بقاع الأرض غربة بالنسبة لنا، فلا صلاة على مؤمن حتى يسلم روحه لبارئها».

استدار الباشا نحو النافذة مجددًا، يتأمل نور الشمس الباهتة، وكان الضوء يرشح من خلال الزجاج المبلول بالماء وبقع الملح، ويدخل على شكل خط برتقالي، فتنهد وقال: «هؤلاء... هؤلاء لا يعرفون القيم ولا يلقون بالًا لأحد يا محمد، عندما نغادر هذه الأراضي غدًا لن يتفوَّهوا بأي كلمة طيبة في حقنا. لدينا القدرة على هدم كل قلاعهم، لكن لا يمكننا أبدًا اختراق جدران غطرستهم. لذا هم ليسوا على حق ولا يبحثون عن الحقيقة، ولهذا السبب لا يخافون من التورط في الاضطهاد والظلم. من المحتمل أن يخبروا الأجيال القادمة أنهم تحالفوا معنا في اليوم الذي وصلنا فيه إلى ميناء مرسيليا، ويمكن أن يعدُّوا ذلك وصاية أو احتلالًا ناشئًا عن تحالف تركي قسري».

محمد الدالي: «الله أكبر، الله أكبر منهم أيها الباشا».

خير الدين باشا: «هذا صحيح يا بني... الله... الله... الحقيقة الواحدة هي الله أكبر».

مرَّر الباشا أصابعه على الغلاف الداخلي لكتاب «ديوان الحكمة» المنقوش بفن الإيبرو، وقال: «دعهم ينتظرون قليلًا». ثم تذمر وبدأ في القراءة:

«جاء رجل غريب إلى رسول الله،
قال: «أنا غريب ومبتلى»،
فأشفق رسولنا عليه وأعطاه ما يريد.
ثم قال الرجل: «أنا يتيم، عشت يتيمًا وغريبًا أيضًا»،
فقال النبي المصطفى (ﷺ) «اليتيم من خاصة أمتي».
لا تجرحوا مشاعر اليتيم أينما كان،
ولا تهملوا دموع الغريب أينما وُجد.
الغريب زاهد في دنياه أبدًا، فهو ليس حيًا، بل إنه ميت غريب.
الغرباء معروفون عند الله،
يسأل عن الغريب صباح مساء».

* * *

غادر قبطان البحار خير الدين بربروس باشا مقصورته بعد صلاة العشاء، وانطلق مع قادته الخواص الخمسة، رغم أن حاشيته كانت تتألف من خمسين شخصًا من الهلاليين يرتدون أطالس سوداء ومجهزين تجهيزًا كاملًا، وعشرين إنكشاريًا بملابس حمراء لامعة، وعشرة من العزاب (جنود المشاة)، وكانت أجسادهم الضخمة مغطاة بلباس أسود بلا أكمام وبلا أزرار. كان قائد القافلة الكبيرة علي كوندو ريس، وهو غيني يبلغ من العمر 21 عامًا، وسُجل في التاريخ أنه أول قبطان سفينة وأول ريس تركي إفريقي ببشرة سوداء في التاريخ. وقد شد مقاليد حصانه تحت أعين الفرنسيين الحائرة. وسار في المقدمة واستعرض أمامهم بتكرار.

قال عنه خير الدين باشا: «ما زال مبتدئًا، لكنه سيصبح من رؤسائي وقادتي قريبًا»، وجعله قائدًا لقافلته الخاصة. كان علي كوندو ريس أحد المتدربين لدى تورغوت ريس مدة عشر سنوات، ولكن في السنتين الأخيرتين تمكن من الارتقاء إلى رتبة قبطان معاون، وبدأ في إظهار فطنته في مجال القيادة والمجال البحري.

وكان علي كوندو وعائلته قد طردوا قسرًا من غينيا من قبل تجار الرقيق الفرنسيين، إذ كانوا يأخذونهم في قوارب، يطلق السكان المحليون عليها اسم المنازل المجنحة، ويبحرون باتجاه أوروبا. لكن خير الدين باشا ومحاربيه تدخلوا في الوقت المناسب وأنقذوا علي كوندو ريس الملقب بـ«النمر»، ومنذ ذلك الحين صار عثمانيًا مخلصًا ومسلمًا جيدًا.

وأشار خير الدين باشا إلى أسوار المدينة وأبراج الدفاع والحراسة التي امتدت باتجاه الشفق، وكان يسير على طول الطريق تحت أضواء المشاعل، وقال: «هذه المعاقل لم تُبنَ للعدو الخارجي، بل ضد الثوار والمتمردين في الداخل. إذا كنت تريد أن تبني خط دفاع متينًا، فيجب أن تكون زاوية رؤية الحصون المدافعة بالنسبة للجدران الخارجية لا تقل عن أربعين درجة، لكن هؤلاء ظلوا منطوين على أنفسهم وظلت زاويتهم عمياء، وأي هجوم خطير من البندقية أو الإسبان سيُسقط هذه المدينة في غضون أيام».

وقال صالح ريس: «يجب تذكير الملك بهذه الأمور».

جمع الباشا قفطانه المزركش، وشد مقاليد حصانه، وقال: «لا، دعهم وشأنهم يا صالح، فلا يمكن فعل شيء لشعب لا يعرف مثل هذا المبدأ البسيط أو يتجاهله».

وافق القادة الآخرون على كلام خير الدين الباشا، وبعد ذلك مباشرة أشار الباشا إلى الأماكن التي اجتمع فيها الفرنسيون على جانبي الطريق وهم يهتفون، فقال لمن معه: «انظروا يا أبنائي، لاحظوا منحدر الطريق المغطى بالزهور والحواجز المزخرفة، إنه مائل نحو القلعة الداخلية في كثير من المواضع، وقد تسببت بذلك التجديدات التي أجروها بمرور الوقت، ثم تجاهلوها ولم يعدلوها. فإذا سقطت الجدران الخارجية نتيجة الصدامات التي قد تجري في هذا المكان، ستتهاوى حتى القلعة الداخلية، ما قد يُحدث كوارث كبيرة».

وأضاف: «ستتراكم إفرازات الجسم في تلك البقع، لا سيما الدم والقيح والبول، لذا يجب أن تكون تلك المواضع مموجة ومنحنية نحو الخارج، لكن لم يفعلوا ذلك. هذا يعني أن أول معركة كبيرة طويلة الأمد ستجلب لهم الأوبئة إلى جانب المجاعة».

قال تورغوت ريس: «هؤلاء لا يفهمون الأمور العسكرية ولا أعمال البناء أيها الباشا». ثم صوَّب عمامته فوق شعره المجعد الداكن، وتجهم قليلًا ثم قال: «هذه الرائحة أيها الباشا... هذه الرائحة تصيبني بالمرض كلما اقتربنا من مدنهم».

خير الدين باشا: «هذه رائحة القذارة يا بني، رائحة الابتعاد عن الماء، والنظر إلى الاغتسال على أنه إثم. والأسوأ من ذلك أنها الرائحة المستعصية نتيجة عاداتهم المتأصلة. يجب أن نتحلى بالصبر، لأننا لم نأت إلى هنا بمحض إرادتنا، ولم نعد مثلما كنا سابقًا، نحن الآن نطيع أوامر الدولة العليَّة».

2

جرى استقبالهم عند مدخل القصر المصنوع من الآجر والحجر والخشب، وقدموا إليهم الشراب الجزائري، وعزفت فرقة موسيقية عند حُجرة صغيرة تحت مظلة كبيرة في الساحة المزينة بالزهور إلى جوار الباب الرئيسي. بعد ذلك، جرى اصطحاب خير الدين باشا وحراسه وقادته إلى قاعة الطعام التي تضيئها ثريات الكريستال، والشمعدانات بمصابيح الزيت، إضافة إلى شمعدانات كبيرة مصطفة على الطاولة الضخمة. كانت أرض القاعة بسقفها العالي مغطاة بسجادة تركية سميكة، واللوحات الدينية موزعة على

جدرانها، وكانت تهويتها جيدة بفضل النوافذ المتقابلة المرتفعة من الأرض حتى السقف ومفتوحة على مصاريعها.

كان خير الدين باشا ومن معه سعداء بهذا، لأن الرياح ستحمل معها الروائح الثقيلة. ومع إصرار خير الدين باشا، فإن وهيمي أورهون جلبي لم يجلس إلى جانب القادة الآخرين، واستمر بالدوران حول الهلاليين إلى جانب الحراس مثل الظل، وبدأ في إعطاء الأوامر إلى كمال من غرناطة، وكان اسمه كارلوس ألفاريس قبل أن يشهر إسلامه، وهو من أصل إسباني، وكان يعتمد عليه في السنوات الأخيرة.

كان كمال الغرناطي جاسوسًا كفئًا في السابعة والثلاثين، ومع مرور السنوات أصبح اليد اليمنى للقائد وهيمي، وكان أحد الحاضرين في فريق كامل باشا من سيرس، الذي قصد فيينا لاستعادة العلاقات الدبلوماسية بعد تدهورها، على إثر انتزاع الملك النمساوي فرديناند، السيطرة على البودين من الملك المجري يانوس زابوليا. وفي طريق العودة انضم كارلوس ألفاريس إلى وفد كامل باشا، ولجأ إلى الإمبراطورية العثمانية. حدثت تلك المسألة قبل ستة عشر عامًا، ومنذ ذلك الحين قطع كمال الغرناطي شوطًا طويلًا لإثبات نفسه.

لم يكن على المائدة أي من المحرمات، إكرامًا لخير الدين باشا. خضع الطهاة للفحص مسبقًا، واختيروا بدقة بواسطة الطهاة الخواص لخير الدين الباشا. قبل تقديم الحساء على المائدة الضخمة المجهزة بأطباق المطبخين الجزائري والتركي، جاء الخبر بأن الملك فرانسوا قد وصل، وقف كل من في القاعة، واستعد الجميع لتحية الملك.

كان فرانسوا رجلًا بشوشًا، واصطفت حاشيته المهيبة عند الباب خلفه. مشى وسلم تاجه إلى أحد مساعديه، ثم عانق خير الدين باشا بحرارة، وخلع

عباءته الزرقاء لتكشف عن قميصه الساتان، وانتقل إلى الزاوية الأخرى من الطاولة. عندما خلع عباءته، بانت رقة ساقيه داخل سرواله الأبيض. وبعد أن تبادل كل منهما التحية والسؤال عن الأحوال باشرا بتناول الطعام.

لقد وضعوا جميع أنواع لحوم الطرائد المقلية والأسماك، والأواني المليئة بالأرز، إلى جانب أطباق المعجنات والحلويات المصنوعة من الحليب والعجين، عند الجانب الفرنسي من المائدة، ثم أعطوا بقايا أطباق الملك ومن معه إلى الحاشية. كان خير الدين باشا وقادته يراقبون هذا المشهد الغريب بدهشة واستغراب.

سئم الباشا من هذا الوضع، وخاطب الملك عبر المترجم، قائلًا: «إذا كان الطعام محدودًا، فلنتركه لمن حولك يا صاحب السمو الملكي».

لكن الملك لوح بيديه، وقال: «تلك هي الأصول والطريقة لدينا. أرجو أن تأخذ راحتك يا حضرة الرئيس. كُل واشرب كيفما يطيب لك، وأتمنى أن تكون قد استرحت في القصر المخصص لك ولحاشيتك يا صاحب السعادة».

خير الدين باشا: «نحن البحارة نرتاح على متن قواربنا فقط يا جلالة الملك».

الملك فرانسوا: «أظن أنك مررت بتجربة سيئة في هذا الصدد في السنوات الماضية، وبعد ذلك صرت تتصرف بحذر أكبر، وهذا أمر طبيعي. لكن بلدنا لا يشبه أي بلد آخر يا صاحب السعادة، فسلامتك مسألة شرف بالنسبة لنا».

خير الدين باشا: «ليس لدينا شك في ذلك يا جلالة الملك، لكن الأمر مختلف بالنسبة لرجل مسن مثلي».

الملك فرانسوا: «مثلما تريد، لكن يهمني أن تعلم أن كل ما نقوم به الآن من أجل راحتكم وسلامتكم».

بعد تناول الطعام انتقلوا إلى غرفة الاجتماعات للتخطيط للعملية ودراسة تفاصيل أخرى. وقبل أن يُدقق الملك فرانسوا في الخرائط والرسوم التخطيطية، أخرج الرسالة التي يحملها من السلطان سليمان خان، وكانت بالنسبة له بمثابة كتاب مقدس، وقال: «هذه الرسالة التي أحملها في يدي واحدة من الأمانات المقدسة الهامة في العالم بالنسبة لي يا حضرة الباشا، وأود أن أقرأها لك مرة أخرى».

خير الدين باشا: «تفضل».

باشر الملك فرانسوا بقراءة رسالة السلطان:

«أنا سلطان السلاطين وملك الملوك وظل الله على الأرض، أنا الذي منحت التاج للحكام، وأنا سلطان البحر الأبيض المتوسط، والبحر الأسود، وبلاد الرومان، والأناضول، ومنطقة كرامان، والروم، ودُل قادير، وديار بكر. أنا سلطان تركيا، وكردستان، وأذربيجان، وبلاد الفرس، ودمشق، وحلب، ومصر، ومكة، والمدينة، والقدس، واليمن، وكل الأراضي العربية، والعديد من الدول الأخرى. أنا السلطان سليمان خان، ابن السلطان سليم خان، وحفيد السلطان بايزيد خان، أنا سلطان الأراضي التي غزاها أجدادنا بقوتهم الساحقة، وانتصرنا فيها نصرًا قويًا وفتحناها فتحًا مبينًا.

وأنت فرانسيسكو ملك المقاطعة الفرنسية. لقد بعثت برسالة إلى باب بيتي، وهو ملجأ السلاطين، مع تابعك فرنكيبان، تخبرني فيها أن بلدك قد غزاها العدو، وأنك ما زلت في السجن، وطلبت العون والمساعدة مني للتخلص منهم.

بعد ذلك علمت تفاصيل ما جرى، وليس غريبا أن يُهزم السلاطين ويُسجنوا. كن مرتاح البال ولا تؤذِ روحك، فإن أجدادنا العظام كانوا يجيشون بالحملات لصد العدوان وفتح البلدان، وقد مضينا على دربهم دومًا، وغزونا البلدان والقلاع الجبارة، وخيولنا جاهزة وسيوفنا

مشدودة ليلًا ونهارًا. يسَّر الله أمورنا في عمل الخيرات، وكل ما قدره الله بمشيئته وإراداته هو موضع قبولنا، وإذا أردت معرفة المواقف والأخبار الأخرى، فاسأل مبعوثك عن ذلك، واعرف منه الأمر».

وبعد أن أنهى القراءة، قال: «في تلك الأيام المظلمة حين كنت سجينًا بين يدي تشارلز، كنت أقرأ هذه الرسالة فيغمرني الفرح، وأبتهج بالثقة الكبيرة التي أحس بها، لأن خلفي قوة عظمى مثل الإمبراطورية العثمانية وسلطانها العظيم سليمان القانوني، وهذا هو الحال حتى يومنا هذا. لدينا مثل شعبي يا حضرة الباشا، يقول: «من فقد كل ثروته فقد شيئًا مهمًا، ومن فقد صحته فقدَ ما هو بالغ الأهمية، ومن فقد شرفه كان فقده فادحًا، ومن فقد الأمل فقد كل شيء»، ولكن طالما أن الأتراك موجودون فالأمل موجود بالنسبة للفرنسيين».

كان الباشا يشرب الماء في زجاجة كريستال، فقال بهدوء: «نحن الأتراك نظهر الولاء لعهدنا، وننتظر الصدق والولاء على المعاهدة من أصدقائنا. إننا أمة حساسة نتأذى من أي فعل بسهولة».

الملك فرانسوا: «أنت على حق تمامًا. ومع ذلك، مثلما كتبت إلى سليمان خان في رسالتي سابقًا، يتعين علينا اتخاذ بعض الخطوات المناسبة من وقت إلى آخر في بحرنا المحاط بالأعداء، نظرًا لوجودنا في مناطق جغرافية بعيدة».

أومأ خير الدين باشا برأسه متفهمًا، وقال: «أتفق معك يا صاحب السمو الملكي، لكن كل ما نطلبه منك هو أن تثق بنا، وتزيد من مقاومتك لأعدائنا المشتركين. طالما أننا قادرون على اكتساب القوة والنفوذ في أوروبا، فإن احتمال نقل البابوية إلى أفينيون سيتزايد، وانتخاب البابوات من بين المرشحين الفرنسيين سيزداد أيضًا، وأظن أن ذلك سيحدث في المستقبل القريب. نحلم بأوروبا متحالفة مقرها باريس، وليس لدينا أي نية لترك تلك القيادة لأعدائنا المشتركين مثل: الألمان والإسبان».

وهبَّ نسيم عليل ومنعش من النوافذ، فأومضت الشموع والمصابيح على الجدران. أغمض الملك عينيه وشبك أصابعه، ودعا قائلًا: «أنتم سيف الله، وأنتم أعظم أصدقاء للمسيحيين الحقيقيين يا حضرة الباشا».

* * *

أُحضرت خرائط مدينة نيس، فنظر خير الدين بربروس باشا إليها، ووجد أنها قطع رثة من الورق. وأعلن أن جميع الرسوم المتاحة غير كافية، لأن منطقة بروفانس كانت عبر التاريخ الطريق الرئيسي للجيوش المحتلة الممتدة خارج المدينة، وهناك حاجة إلى خرائط للمحيط الذي تضرر، لا سيما الطرق الجانبية المؤدية إلى جبال الألب في الشمال. أُحرِج الملك بشدة، وأمر مساعده الكونت جاك بيبين، من سلالة فالوا، بالاطلاع على الأرشيف.

قال خير الدين باشا باحترام: «يا صاحب السمو الملكي، إن أقسام الخرائط والرسوم من أكثر الأقسام نشاطًا وفاعليةً وإلزامًا في الجيش والتنظيمات الاستخباراتية، ويجري الاطلاع عليها عبر منظورين، الأول يضم المجموعات التي ستتعامل مع لغة المنطقة وتاريخها، والثاني يضم الوحدات الميدانية التي ستجمع البيانات الخرائط التفصيلية بأحجامها المختلفة. لسوء الحظ، إما أنك لا تمتلك تلك العناصر أو أنها غير كافية تمامًا لأنها أصبحت لديكم من الماضي. سامحني، لكن في ظل هذه الظروف لن تنتصر، حتى أن جيوش سليمان لا تستطيع أن تأتيك بالنصر».

أمسك الملك فرانسوا لحيته وفركها، وكان يتصبب عرقًا في سرواله الأبيض وقميصه الساتان المكشكش، ثم قال: «يا حضرة الباشا، مهما كان الوضع الذي نحن فيه، إذا غضضنا الطرف عن دوقية سافوا، فلن يكتفي العدو بأخذ مدينة نيس فحسب، بل سيصل إلى مدننا الأخرى عبر البحر الأبيض

المتوسط. أرجو منك أيها الباشا إحياءنا بخبرتكم ومعرفتكم غير العادية، وأؤكد لك أنك ستحصل على أشياء كثيرة في مقابل ذلك».

خير الدين باشا: «نحن في منتصف شهر يونيو يا جلالة الملك، وفات الأوان الآن لاستعادة مدينة محمية جيدًا مثل نيس».

الملك فرانسوا: «يا حضرة الباشا...».

خير الدين باشا: «يا جلالة الملك، كان من المفترض أن يصار إلى التحضير لمثل تلك العملية منذ الشتاء الماضي، والآن من الواجب إجراؤها بالفعل. لم نكن نعلم أن الحال هكذا، وأن رجالك لا يمتلكون خطة حرب أيضًا».

الملك فرانسوا: «أرجوك يا حضرة الباشا...».

قال خير الدين باشا بصوت يوحي بالأمان: «لكننا سنبذل قصارى جهدنا يا جلالة الملك. حافظ على هدوئك، واجمع لي فريقًا من رجالك يتبعون تعليماتي حرفيًا، دون أن يتسامحوا مع أي اضطراب أو تأخير، وأن يعملوا بالتنسيق معنا. يجب ألَّا يضيعوا الوقت في مجادلة أوامري أو المناقشة فيها... نحن نسارع الزمن في جميع مراحل العمل».

كانت تفاصيل حصار البحر واضحة جزئيًا في ذهن خير الدين باشا، لكن الأمر المهم كان يتمثل في تحديد المناطق التي سيظهر فيها الجنود الأتراك، والأماكن التي سيرسل إليها مجموعات الهجوم الرئيسية وإدارتها. كان الفرنسيون عالقون بالفعل في كل هذه النقاط، وتحول عدم إلمامهم بتفاصيل جغرافيتهم إلى إحراج كبير للجنرالات الفرنسيين المسنين والبدينين.

أدرك خير الدين باشا أنه وحيد تمامًا في العملية برمتها، ولولا أوامر السلطان لما بقي هنا دقيقة واحدة، لأنه لم يكن يعرف الظروف في مدينة نيس بعد. وقال: «يا سمو الملك، طلبي الأخير منك هو الحصول على خريطة شاملة لقلعة نيس».

قال الملك بتمعن: «سآمر رجالي بالبحث عنها».

ثم أضاف بخجل، كلامًا أحدث ضجة في الأوساط العسكرية العثمانية على مدى سنوات: «هذا يعني أنه يجب فصل خرائط القلعة الداخلية والخارجية».

3

يوليو 1543 م

وضعت خطط المعركة بحلول نهاية يوليو، وأراد خير الدين باشا إنهاء ذلك العمل قبل حلول الشتاء، وبدأ في تحذير الفرنسيين كي يتحركوا بسرعة. لكن الأمور بدأت تتباطأ في البحرية الفرنسية، ونزل خير الدين باشا ذات يوم إلى حوض الميناء وورشة صناعة السفن فيه، مع وهيمي أورهون جلبي ومترجمه. كان الجنود يأخذون قسطًا من الراحة وقت الظهيرة، وحين رأوا الباشا ووهيمي عدَّلوا من جلستهم بعد أن كانوا يرقدون في حالة بائسة.

تقدم وهيمي خطوات إلى الأمام، وسأل عن الكولونيل دي بوربون، مساعد رئيس الورشة، وعن قائد البحرية جان بيير ديلاكروا. أشار الجنود إلى داخل الورشة المظلمة وذلك الدرج الضيق خلف كومة من منزلقات القوارب والمنصات الخشبية. مشى وهيمي في المقدمة ويده على سيفه، وكان الدرج يؤدي إلى ممر طويل نحو المكتب. سحب وهيمي سيفه، وفتح الباب الأخير الذي قيل إنه غرفة القائد دون أن يطرقه، وقال: «لقد جاء الباشا أيها الغافل، هيا انهض».

في تلك الغرفة المظلمة، كان هناك شاب نائم على طاولة مكتبه، ورأسه بين يديه. وقفز من مكانه صارخًا، حين رأى وهيمي أمامه. كان رجلًا طويل القامة، رمش بعينيه الزرقاوين لينفض عنهما النعاس، ونظر إلى خير الدين باشا

الذي دخل، وقال: «تفضل يا حضرة الباشا، مرحبًا بك يا صاحب السعادة، نحن في إمرتكم».

سأل الباشا قبل أن يجلس على الكرسي الذي أشار إليه القائد ديلاكروا: «لماذا تأخر عملكم مرة أخرى؟»

كان واضحًا أن الرجل لم يتوقع هذه الزيارة، وحاول إخفاء زجاجة المشروب، وقال متلعثمًا: «يا سيدي، لدينا طلبات جديدة. نحن ننتظرهم، لكن....».

قاطع الباشا كلام القائد، وقال: «لكنهم لا يستطيعون الوفاء بوعودهم في الموعد المحدد أيضًا».

ديلاكروا: «للأسف يا حضرة الباشا».

قال خير الدين باشا بغضب، وعيناه تلمعان: «هكذا هي الأمور. إذا لم يكن لديك ممثل ينوب عن الدولة فإن الإنتاج يتأخر، وتضمن سلطة الدولة الامتثال لعقد العمل. لأن الدولة هي التي تفي بالتزاماتها قبل كل شيء، فما هي تلك المستلزمات المهمة التي طلبتموها؟»

ديلاكروا: «البراميل يا حضرة الباشا».

خير الدين باشا: «البراميل؟»

ديلاكروا: «نعم، البراميل...».

خير الدين باشا: «لدينا كثير منها، يمكنني إعادة تقييم الإمدادات إذا لزم الأمر وإعطاؤكم الفائض منها، وبهذه الطريقة يمكننا تلبية احتياجاتكم الملحة. إن الدوق دي إنكوين دو بوربون، لم يخبرني عن هذا الأمر من قبل. أنت تقصد براميل البارود، أليس كذلك؟»

ديلاكروا: «لا، تلك البراميل مختلفة يا حضرة الباشا، إنها براميل كحول أكبر حجمًا، وهي مصنوعة وفق شروط خاصة من خشب البلوط».

خير الدين باشا: «براميل ماذا؟»

ديلاكروا: «براميل كحول أيها الباشا».

استدار الباشا ونظر إلى وهيمي، فاستشاط وهيمي غضبًا، ورفع يده ليضربه، لكن الباشا أوقفه، وقال: «انتظر يا وهيمي، نحن ضيوف هنا».

ثم جلس على كرسيه والتفت إلى الكولونيل ديلاكروا، وقال: «انظر إليَّ أيها الكولونيل، أخبر قائدك أننا سنغادر في غضون ثلاثة أيام، لا أريد المزيد من التأخير، وإلَّا سيُقطع رأس أحدكم. لا تجبرني على أن أكون قاسيًا وغير محترم في مكان أكون فيه ضيفًا».

تلعثم ديلاكروا، وقال: «يا حضرة باشا، الجندي لا يذهب إلى أي مكان دون أن يتأكد من وجود كحول في المخزن. أنت بحار عتيق وتعرف البحارة المسيحيين جيدًا».

خير الدين باشا: «هل ترى هذا الرجل إلى جواري أيها الكولونيل؟»

ديلاكروا: «نعم، أراه جيدًا».

خير الدين باشا: «وهل تعرف من هو؟»

ديلاكروا: «نعم، أعلم يا حضرة الباشا، إنه وهيمي أورهون جلبي».

خير الدين باشا: «وما يعني لك ذلك؟»

ديلاكروا: «إنه... إنه مَجمع المصائب والشرر المتلاحق... إنه طاحونة من نار جهنم... عيونه عيون الشيطان بذاته».

استدار خير الدين باشا نحو وهيمي، وقال: «هل تسمع ماذا يُقال عنك؟»

عبس وهيمي وتكلم بصوت يشبه احتكاك الحديد الصدئ، وقال: «اسمع أيها الكولونيل، إذا لم يكن جنودك جاهزين سيموت بعضكم، وأنت واحد منهم. إما أن تسرع وإما أن تموت، ولا تقل لي لاحقًا إنك لم تكن تعلم».

شواطئ نيس (فرنسا) - أغسطس 1543 م

مع هبوب الرياح من البر، استطاع خير الدين باشا أن يشم رائحة الدروع المدهونة والبنادق المطلية بالزنك والطين. كان يحس كأن صخرة سكنتْ في بطنه، لأنه مهما حاول جاهدًا فإن شيئًا مطلوبًا ما يزال مفقودًا. كان يأكل في الصباح خبزًا بالجبن، وقد وقفت قطع من الجبن في حلقه.

وصف الفرنسيون تلك الزيارة المفاجئة إلى ورشة بناء السفن مع وهيمي بأنها «غارة عدائية». في الواقع، جرى حل الأزمة الدبلوماسية على مستوى السفراء في وقت قصير، ووُجهت التحذيرات اللازمة إلى الباشا والدوق دي بوربون، ولم يكن أي فرد من الأسرة الحاكمة أو البيروقراطيين في وضع يسمح له بالمخاطرة برحيل هؤلاء الضيوف القيِّمين.

اضطر خير الدين باشا إلى الانتظار أسبوعًا آخر حتى جرى تسليم تلك البراميل من المنتِج. لاحظ الباشا تزايد قلق حلفائه مع اقتراب يوم العملية، بعد ذلك جاءت مشكلة نقل مخزون الكحول، إذ أرادت البحرية الفرنسية نقل جزء من مخزون البارود إلى سفن البحرية العثمانية، لضيق المكان في مستودعاتها.

ولن نتكلم عن النقاشات التي تسببت في دهشة الباشا ويأسه، لأننا نرى أن أعمال الانتقام اللاحقة التي نفذها وهيمي موضوعًا يحتاج إلى كتاب آخر. ظن خير الدين باشا أن المعدات الأساسية للجنود الفرنسيين كانت ثقيلة للغاية، وعندما رأى الأحمال الثقيلة من مخزونهم توقف عن مناقشة أي قضايا عسكرية مع السلطات الفرنسية.

ثم جاء محمد الدالي ريس إلى خير الدين باشا، فقال له الباشا: «أبلغ كل قادتي كي يجهزوا مقاتليهم للمعركة. دعهم يفعلوا كل ما يلزم للحفاظ على معنويات الجنود قوية وعالية، إذ لا ينبغي أن يشعر أفراد جيشنا بانزعاجنا

وعدم ارتياحنا وانعدام ثقتنا، فأنا لا أتوقع أي نجاح من حلفائنا، سأستخدمهم في الهجمات العامة في المناطق الخطرة قدر الإمكان».

قال محمد الدالي ريس: «يشعر المحاربون بشيء من ذلك أيها الباشا، ومسألة الشراب المُسكر جعلتهم يشككون في جدية الحلفاء الذين أتوا من أجل مساعدتهم، ومع ذلك، فإن الهلاليين ناقشوهم وأبلغوهم أنها قضية وطنية بالأساس، وأننا أتينا بإرادة السلطان وأمره، وإن أي نتيجة معاكسة ستلوث سمعتنا».

خير الدين باشا: «اصبر يا بني، فإن محاربينا هم أبناء الوقت، يتحكمون بالوقت، ولا يتحكم الوقت بهم، لذلك يجب عليهم الاستفادة من الوقت بالذكر والتأمل، حتى يأتيهم أمرنا بالهجوم. سنكون مثل معلم القماش الذي يضع قطعة القماش على حجر الراين ويعالجها بدقة، سنكون بمثل حساسيته ودقته يا محمد. سنكون كذلك حتى يكون توفيق الله معنا وإلى جانبنا. يقول أجدادنا: «يطارد الإنسانَ ما يخاف منه، فإن كان الإنسان لا يخاف إلَّا الله، فلا يمكن لأحد أو شيء أن يطارده»، وبعد الآن سنهتم بشؤوننا يا محمد».

4

في صباح ذلك اليوم الدافئ من أغسطس، بدأ الهجوم. ونشر خير الدين باشا خمسة عشر ألف جندي في موقع فيلفرانش سور مير، الواقع عند سفح جبل برون، عند الساحل المقابل على بعد ثلاثة أميال شرق نيس. حاولت البحرية الفرنسية تشكيل أسوار حول المدينة من البحر، باستخدام ما يزيد عن ثلاثمائة سفينة حربية.

تتكون القوات البرية الفرنسية المتحالفة من سبعين ألف رجل، وأربعمائة مدفع كبير وصغير، وقذائف هاون، وثمانية مقالع متراصة، ومائة وخمسين

طلقة قاذفة بأحجام وأقطار مختلفة، وخمسين قذيفة حديدية ثقيلة، تقذف بواسطة منجنيقات صغيرة، ولكنها فعالة، وبرجين من أبراج الحصار يمكن أن يخترق الأسوار، ويقذف براميل من مواد كيميائية قابلة للاشتعال، ضد حصون الحرس.

***

وفقًا لكتاب «تاريخ ملوك قشتالة» لكاتبه بروندیسیا دي ساندوفال، بدأ الأتراك في إظهار أعلامهم على جدران القلعة الخارجية في اليوم الثالث من الحصار.

لم ينجح وهيمي أورهون جلبي وعناصر الهلال الفولاذي في تسلق الجدران التي كانت تُشرَّب بالنفط بانتظام، وتُضرم فيها النيران عمدًا بحسب اتجاه الرياح. ورغم وجود خطوط دفاعية أنشئت خلف الجدران المتشققة، ورغم الإصلاحات التي استمرت ليلًا، فإن الموجودين في القلعة بدؤوا بفقدان قوتهم، لكن مقاومة الحامية استمرت بفاعلية. في ليل اليوم السادس من الحصار، جاء وهيمي أورهون جلبي إلى خير الدين باشا بأخبار غريبة.

كان الباشا جالسًا في مؤخرة السفينة يراقب البحر، التفت إلى وهيمي وسأله: «ماذا لديك يا وهيمي؟»

كان ضوء مصابيح الزيت خافت ويتمايل ببطء على وجه وهيمي، حين أجاب: «يا حضرة الباشا، هؤلاء الفرنسيون...».

قاطعه سائلًا: «ما الجديد يا وهيمي؟»

ضحك وهيمي بغرابة، فاضطرب الباشا، وقال: «لن تفاجئني بكلامك بعد الآن يا وهيمي، هيا أخبرني».

وهيمي: «أيها الباشا، هؤلاء الفرنسيون تواصلوا سرًا مع كبار الشخصيات في سافوا في قلعة نيس الداخلية».

خير الدين باشا: «ما السبب؟»

وهيمي: «لقد تواصلوا معهم لترتيب نقل كنز المدينة عبر مخبأ من الممرات السرية، وتسليمه إلى الأمير تشارلز الثالث ملك سافوا، بدلًا من تسليمه لنا».

حوَّل خير الدين باشا عينيه المتلألئتين نحو السماء، وقال: «هل صحيح ما أسمعه يا وهيمي؟»

وهيمي: «بلى أيها الباشا، قالوا لهم خذوه أنتم، أفضل من أن يأخذه الأتراك».

خير الدين باشا: «هم يعتقدون إذًا أننا سننهب مدينة صديقة، لهذا السبب يأملون في أخذ المساعدة من أعدائهم. لماذا اتصل بنا هؤلاء الرجال هنا يا وهيمي، لا أفهم ذلك، من الواضح أنهم مهتمون بتراب المدينة وحجارتها فقط! هل يعتقدون أنهم يستطيعون تسليم الكنز إلى الإيطاليين ثم استعادته؟»

وهيمي: «هناك المزيد من الأخبار أيها الباشا».

خير الدين باشا: «ماذا يمكنك أن تزيد على ما سبق يا وهيمي؟»

وهيمي: «تعرض تورغوت ريس، لهجوم من قبل مجموعة من قراصنة جنوى في أثناء وجوده في الدورية الخلفية، ووقع أسيرًا».

خير الدين باشا: «هذا خبر سيئ، تواصل مع القراصنة واعرف قيمة الفدية المطلوبة فورًا. آمل أن ننفق الكنوز التي هرَّبوها لإنقاذ تورغوت. وإذا كان قراصنة جنوى موجودين ههنا فلا بد أنهم أتوا باسم دوقية سافوا. غالبًا ما يصطدم هؤلاء الإيطاليون مع بعضهم، لكنهم يتماسكون عندما يتعلق الأمر بمسألة وطنية. كلِّف عددًا من الأشخاص بالتحقيق في الطرق الممكنة لتهريب الكنز، لكن لا تعرضهم للخطر. سنصادر تلك الأموال كما هي».

وهيمي: «هناك خبر آخر يتعلق بدوقية سافوا أيها الباشا، إن الأمير تشارلز الثالث على وشك الانطلاق بجيش صليبي كبير قوامه خمسون ألف رجل، أتوقع أن يكون نصف الجيش مكوَّنًا من قوات شارلمان المختارة».

خير الدين باشا: «بعد أن قال الفرنسيون إنهم سيسلمون كنزهم فُتحت شهية شارلمان، من الأفضل أن نرمي بضع ليرات أمام تشارلز الأبله».

وهيمي: «أيها الباشا، جاء أحدهم، وهو عميل سابق في جهاز قره توغ».

استدار خير الدين باشا ونظر إلى وهيمي مرة أخرى، وبدا كأنه يهمس في ليل يحمل رياح البحار والمحيطات البعيدة، وسأله: «من يكون؟»

وهيمي: «إنه رجل مكلَّف من قبل جهاز قره توغ في إفريقيا، ولكن الإسبان أسروه بعد أن فقد الاتصال بالمركز لسنوات عديدة، وعلمنا منه أن القراصنة داهموا تورغوت ريس، وفي أثناء الاشتباك هرب بالقفز في البحر، كان منهكًا حين وجده صالح ريس».

خير الدين باشا: «ما اسمه؟»

وهيمي: «يدعى شاهان عدنان من إريغلي، رجل شجاع في أواخر الخمسينات من عمره».

خير الدين باشا: «هل رأيته؟»

وهيمي: «نعم رأيته أيها الباشا».

خير الدين باشا: «على الأرجح هو عميل إسباني يا وهيمي».

هزَّ وهيمي رأسه نافيًا، وقال: «لا أيها الباشا، الرجل يقول الحقيقة. ولا يعرف عن نشوء الهلال الفولاذي أيضًا، وأوضح أنه ما إن علم أننا هنا حتى بحث عن فرصة للهروب، وأدى الاشتباك مع تورغوت ريس إلى تمهيد الطريق بذلك. في البداية لم أصدقه، ومن أجل اختباره سألته عن اللغز وكلمة السر اللذين يستخدمهما الهلاليون فيما بينهم».

خير الدين باشا: «أي لغز تقصد؟»

وهيمي: «أردتَ مشاركة شيء عندما كنتَ تملكه، ولم تعد تملكه بعدما شاركتَه، فما هو؟»

خير الدين باشا: «بماذا أجاب؟»

وهيمي: «لقد عرف الجواب على الفور أيها الباشا، قال لي: إنه السر».

خير الدين باشا: «راقبه على أية حال، فوضع القره توغيين في فترتهم الأخيرة معروف يا وهيمي».

وهيمي: «بالطبع أيها الباشا، لكن حسب خبرتي بالأشخاص، فإن عدنان من إريغلي يقول الحقيقة».

* * *

واصلت القلعة مقاومتها المذهلة حتى نهاية شهر أغسطس واشتداد الحرارة، وبفضل نظام الحاجز المتدرِّج في الداخل، ووجود ذخيرة وأطعمة كثيرة لم يكن الفرنسيون على دراية بها، فقد تمكن الموجودون في القلعة من التخلص من الموقع الدفاعي الفاشل في الأيام الأولى. بدؤوا في تفكيك خطوط الهجوم في النقاط التي أنشئت فيها، باستخدام الأقواس المتحركة المتنقلة ومنجنيقات الأسوار متوسطة المدى. وذات مرة هاجمت مجموعة من القوات خط الحصار وبدأت بالإنزال المفاجئ عند بوابة القلعة. كان الفرنسيون في الصف الأول يتراجعون تراجعًا غير منظم، خوفًا من العدو الذي كان يسير نحوهم كجبال من حديد تحت بريق شمس الغروب، ونتيجة لذلك كسروا سلسلة القيادة.

الأمر كان مختلفًا بالنسبة لقوات الفرسان في الصف الخلفي، الذين كانوا يستعدون لتناول العشاء. كانوا رجالًا أقوياء تمكنوا من الحفاظ على أخلاقهم التقليدية مع فهمهم لقواعد الحرب جزئيًا، ولكنهم إذا شربوا ما يكفي من المُسكرات يمكنهم القتال حتى النهاية. وبينما كان رجال خير الدين باشا يتخذون وضعية القتال للمعركة، تجهز الفرسان الفرنسيون، لكنهم لم يجدوا الوقت لارتداء دروعهم الثقيلة. بعد مناوشة قصيرة ووحشية انسحب طرف

سافوا إلى القلعة دون وقوع إصابات كبيرة، بينما فقد الفرسان ثمانية من رفاقهم الكبار ممن يقدرونهم كثيرًا، ونحو مائة من جنود المشاة.

في الأمسية نفسها وبعد تقييم موجز للوضع، قال خير الدين باشا لرجاله الذين تجمعوا في خيمة العمليات على الشاطئ: «يريد الموجودون في القلعة أن يظهروا لنا أنهم على قيد الحياة ومستعدون للحرب في أي لحظة، أرادوا الحصول على بعض الهدوء والانتعاش حتى وصل تشارلز لمساعدتهم. يا وهيمي».

وهيمي: «أمرك أيها الباشا».

خير الدين باشا: «أين جيش تشارلز؟»

سقطت بعض شعلات المصباح عند عتبة الخيمة، فهبَّت شرارات اللهب فيها بفعل الرياح المالحة. ونهض وهيمي، واقترب من الطاولة المليئة بالخرائط.

وقال: «أشارت آخر المعلومات إلى أنهم كانوا يواجهون صعوبة في شق طريقهم عبر الممرات الجبلية حيث كانوا عالقين بسبب الأمطار، لكننا تجهَّزنا وتصرفنا كما لو أنهم سيصلون إلى هنا في ثلاثة أيام، وبرفقة حراسة خلفية قوامها عشرة آلاف جندي، وقد سيطرنا على الممرات الثلاثة الرئيسية المؤدية إلى جبال الألب».

وضع وهيمي علامات على النقاط المحددة على الخريطة بقلم رصاص، ثم قال: «لكنكم تعلمون، الفرنسيون يسببون لنا المتاعب مرة أخرى».

تنهد خير الدين باشا بخفة، وقال: «أعلم أنهم كانوا خائفين من الإصابة بالمرض، لأنهم قالوا إن الممرات كانت باردة جدًا وعاصفة في أيام الصيف هذه».

استشهد أيدن ريس بسيدي علي، وكورد أوغلو، وأضاف: «إنهم يخشون الظلام يا حضرة باشا، لقد شهدنا على ذلك مرات عدة، حتى أنهم يترددون في

مغادرة خيامهم ودورياتهم حتى طلوع النهار. لقد اعتاد الرومان على القدوم من الممرات الجبلية، لذلك هم يعيشون حالة من الخوف والترهيب لدرجة أنهم يخافون من آثار السيف الروماني غير المرئي، حتى بعد كل ذلك الوقت».

أكد وهيمي هذا الكلام قائلًا: «للأسف أيها الباشا».

خير الدين باشا: «اسمع يا وهيمي، بعد هذه المرحلة تحوَّل كل شيء إلى لعبة ذكاء، ونحن سادة تلك الألعاب».

وهيمي: «نحن كذلك أيها الباشا».

خير الدين باشا: «سأتحدث مع الفرنسيين، وأعيد خط الحصار إلى الخلف ربع ميل صباح الغد، وسوف ترسو السفن عند الشاطئ. دعونا نغض البصر عن الاختراق الإيطالي الفرنسي كي يعتقدوا أنهم آمنون لبعض الوقت، وبدورنا سنتحرك في تلك الأثناء».

وهيمي: «أي نوع من العمليات تفكر به أيها الباشا؟»

نظر الباشا إلى وجوه قادته وتأمل وجه وهيمي لفترة، ثم قال: «غدًا عند منتصف الليل سنعطي انطباعًا بأن القتال قد بدأ في الممرات الجبلية. لن يكون تصديق ذلك صعبًا عليهم، لأنهم ينتظرونه طوال الوقت، وسوف نتظاهر بأننا أطلقنا دفعة من القوات البرية إلى مكان الحادث، حينئذٍ ستقوم أنت مع الهلاليين من رجالك بتنظيم عملية إلى نقطة واحدة حددتها مسبقًا على جدران القلعة... نعم، نقطة واحدة يا وهيمي. لكن من أجل تحقيق ذلك، يجب أن نتعاون مع الفرنسيين، لأن هذا التحرك المشترك مهم للغاية».

وهيمي: «مع وصولنا إلى الأسوار القريبة من البوابات الرئيسية، سننهي المقاومة أيها الباشا، فلا تقلق. رجالنا من العزاب قد وصلوا إلى هناك عدة مرات من قبل، لكنهم لم يتماسكوا لشدة الدفاع، ولكن إذا ابتلعوا هذا الطُعم فأعلم أن الهلاليين سيصلون إلى البوابة الخارجية».

خير الدين باشا: «إذا استطعت أن تفتح الباب من الداخل، فإن فرساننا سيتقدمون، وسنكون في القلعة الداخلية -بإذن الله- قبل أن يفقد العدو صدمته الأولى. لكن يجب أن نعقد اجتماعًا عمليًا مع الفرنسيين فورًا يا محمد».

محمد الدالي: «أمرك أيها الباشا».

خاطب خير الدين باشا أيدن ريس، الملقب بـ»اتشيديابلو» أي ضارب الشيطان. وكانت بشرته فاتحة اللون، وقد لفحتها الشمس، وعيناه عسليتان مليئتان بالفخر. وقال له: «يا أيدن، اذهب مع محمد، وابحث عن الدوق دي إنكوين دي بوربون، وقل له إننا سنعقد اجتماعًا عامًا في غضون ساعة، وللتعبير عن جدية الأمر حذره قائلًا: «الباشا لا يحتمل الانتظار، ويريد كل قادتك في الاجتماع».

5

في منتصف ليل اليوم التالي، وقعت أحداث مثيرة جدًا في الممرات الجبلية، حتى أن خير الدين باشا شك بوجود صراع بين الفرنسيين والأتراك هناك، ولم تهدأ أصوات انفجارات المدافع وضربات البنادق. كانت السماء مضاءة بألوان شرارات براميل البارود المتفجرة. احتشد أهالي القلعة على الأسوار على أمل أن يروا ما يجري على منحدرات الجبل، ورغم أن جبل برون يحجب الرؤية جزئيًا -مع أنه يطل على المدينة من الشرق- فإن السماء كانت مغطاة بطبقة كثيفة من الغبار.

بعد مرور وقت قصير، بدأت الهتافات تعلو فوق جدران القلعة لتحية تشارلز الثاني وجيشه. في تلك اللحظات، كان وهيمي أورهون جلبي والهلاليون على ضفاف نهر فار الذي يمر بمحاذاة الأسوار الغربية للمدينة.

لم يكن من الصعب التحرك في النهر الصخري الذي انخفض مستواه بسبب حرارة الصيف، وكانت الأسوار مليئة بالنتوءات التي لا حصر لها ويمكن أن يتشبث بها الشخص، وقد تعرضت للعوامل الجوية وأُصلحت مرارًا وتكرارًا. ومع احتمال أن يكون مخزون النفط الذي يسكب على الأسوار قد نضب وجف، لم يكن صعبًا على وهيمي وكمال الغرناطي وثلاثة رجال آخرين تسلق السور والتسلل إلى الداخل. ولم يكن الأمر سهلًا بعد ذلك مثلما توقعوا، لأنهم وجدوا دوريتين فوق الجدار تتنقلان ذهابًا وإيابًا بين أبراج الحراسة المؤدية إلى البوابة الرئيسية الأولى على جانب النهر.

أفلتوا من الدورية الأولى، وتمسكوا بالجدار من الخارج، لكن التمسك به من الجهة الخارجية والتخفي خلفه لم يكن ممكنًا لمدة طويلة، لأنهم سرعان ما أدركوا أن الدوريات تعبر على طول الجدار كل خمس دقائق. كانت الدوريات مكوَّنة من فرق تضم الواحدة منها عشرة أفراد يتسللون لإلقاء نظرة خاطفة على المعارك الحاصلة في الشمال. ذلك الانضباط لم يكن موجودًا لدى الجنود الإيطاليين، بل كان عملاء الصليب الحديدي يلتزمون به، والوحدات التي يقودونها فقط، وعلى الأغلب هم الذين نظموا المقاومة في قطاعات منسقة في الداخل. وقد دقق وهيمي في قضية وجود الصليب الحديدي داخل القلعة عدة مرات، لكنه لم يتمكن من العثور على أدلة كافية في هذا الشأن.

لذا، قرروا ألَّا يهدروا وقتهم على الأسوار. ومثلما يفعل الهلاليون دائمًا، أرادوا التكيُّف مع الظروف، والتصرف بسرعة للحفاظ على تفوقهم في الحركة. سارعوا إلى برج الحراسة الأول الذي يمتد على طول سبعين مترًا، ولكن قبل أن يتمكنوا من تخطي مسافة خمسين خطوة سمعوا أصوات الأسهم التي أُطلقتْ من الأبراج، وبعد لحظات بدأت أجراس التحذير تُقرع،

وسرعان ما أدركوا أن السهام وأجراس التحذير لم تكن ضدهم، وعلِموا أن الباب الذي كانوا يحاولون الوصول إليه قد تحطم في انفجار ضخم.

عندما رأى خير الدين باشا الباب المنهار جزئيًا وأنقاض الأبراج على جانبيه، تفاجأ كثيرًا بهذا الوضع خارج خطة العملية، لكنه كان يعلم أن مفاجآت وهيمي أورهون جلبي كثيرة ومتعددة. بدأت عملية الفرسان الخيالة بالتزامن مع هجوم الفرسان المشاة على خط المواجهة الأمامي، وكانت المقاومة قوية في أبراج الحراسة، إلَّا أن ضعف المقاومة خلف الباب المنهار جعل الأمور أسهل. وأسفر القتال الذي استمر حتى طلوع النهار، عن الاستيلاء على القلعة الخارجية بالكامل.

سمع خير الدين باشا لاحقًا بقصة الانفجار عند البوابة الرئيسية من أيدن ريس. إذ أخذ القره توغي شاهان عدنان الإريغلي، حمولة من القذائف من الترسانة الفرنسية دون أي عائق، وحملها إلى بوابة القلعة بمفرده، وتمكن من إيصالها إلى العتبة رغم رمي السهام عليه. لكن الجزء المخيف كان بعد ذلك حقًا، فقد اشتعلت النيران فجأة في لباس شاهان عدنان، بعد إصابته بالأسهم المشتعلة، ولم يعرف أن جسده كان مغطى بالقطران الزيتي القابل للاشتعال، عندئذٍ حاول أن يحافظ على هدوئه، وصعد فوق العربة واستخدم جسده المشتعل لتفجير القذائف.

رأى بعض الحراس عدنان ساحبًا العربة نحو القلعة في بداية الأمر، ووجدوا أنه لم يلقِ بالًا للتحذيرات بالتوقف. في الواقع، كانت بقع القطران على الأرض واضحة للعيان في المكان الذي كان يمشي فيه، وأن رجلًا ضخمًا سار دون تردد وبقوة وعزيمة باتجاه القلعة، لأن أثر البقع يُظهر ذلك، ولم ير القره توغي أي ضرر في التضحية بحياته من أجل الوفاء الكامل بواجبه الأخير.

في الصباح، ومنذ اللحظة التي بدأ فيها الحصار أمام القلعة الداخلية، أصبحت العلاقات بين خير الدين باشا والجنرالات الفرنسيين تأخذ منحى آخر.

أراد خير الدين باشا الاستفسار عن خزينة المدينة التي صادرها أفراد الهلال الفولاذي بسرعة، لكن الدوق دي إنكوين دو بوربون وقادته لم يتمكنوا من تقديم رد مقنع له. وبعد ساعات من النقاش، أخبرهم خير الدين بربروس باشا أنهم إن لم يقولوا الحقيقة فسوف ينهب القلعة الخارجية أمام أعينهم، بعد أن اقتنع بضرورة عدم التحلي بالصبر حيال الأعذار الغريبة والأكاذيب الصارخة للفرنسيين، وهكذا أمر بنهب القلعة الخارجية. بعد ذلك تجهز المحاربون البحارة للصعود على متن سفنهم وعودة البحرية إلى مرسيليا. أراد الباشا العودة قبل تدهور أحوال الطقس، وكي يُنقذ تورغوت ريس الذي احتجزه الجنويُّون. ورأى أن كل شيء آخر مضيعة للوقت، لكن الأمور لم تتطور وفق ما كان يأمله.

* * *

رأى خير الدين باشا أن ذهابه دون لقاء الملك أمر غير مناسب، لأن ذلك سيسبب مشكلة جديدة بين البلدين هم بغنى عنها. واستمر فرانسوا الأول في تأخير الاجتماع بتقديم أعذار واعتذارات مختلفة، بانتظار الأخبار من القوات الفرنسية المتبقية في نيس. لكن قواته كانت عالقة تمامًا أمام أسوار القلعة الداخلية -كما كان يتوقع الباشا بالفعل- وفي منتصف سبتمبر وصل تشارلز الثاني بجيشه أخيرًا، وتقرر رفع الحصار.

وبحسب «مخطوطات إشبيلية» لكاتبها فرانسيسكو لوبيز دي جومارا، فقد انتهت الاجتماعات بين الملك فرانسوا وخير الدين باشا في سبتمبر، ولم ينو الملك ترك خير الدين باشا بهذه السهولة. في ذلك اليوم الخريفي

الممطر، قدم فرانسوا للباشا خير الدين هدايا لافتة للنظر، وقال له: «ابق معي هذا الشتاء، سننشر جنودًا من البحارة في تونس وننظف ولاياتها، ولن نترك إسبانيًا أو برتغاليًا واحدًا يزعج الأتراك في المنطقة، وسنسترجع معًا المدن التي فقدتها في أثناء بقائك هنا، أعدك بذلك».

وأضاف: «يستغرق إرسال الجنود الذين تريدهم من مسقط رأسهم وقتًا طويلًا، لكنني سأقدم لك قوات وأسلحة وذخيرة جاهزة. إذا كنت ترغب في ذلك، دع رجالك يتدربون في الشتاء القادم. أما إنقاذ تورغوت ريس فسيكون من مسؤوليتي أيضًا، وسترى أن الجنويين سيوافقون على فدية معقولة ولن يكسروا خاطري، وإذا كنت ترغب في ذلك فيمكنني حضور الاجتماعات شخصيًا. بالطبع، لن يقضي أي منكم فصل الشتاء على متن السفن، سأعطيكم مساكن خاصة في أكثر الأحياء الساحلية أمانًا وأناقة في مرسيليا، وسأقوم بصيانة سفنكم الخاصة وإصلاحها. يكفينا أن تقضي هذا الشتاء هنا أيها الباشا، وإلَّا فإن حكام سافوا سيهاجموننا بجيش هابسبورغ بأكمله من جميع الجهات. ولكن إذا بقيت فسيتعين على تشارلز توقيع اتفاق سلام معي في الربيع القادم».

وختم بالقول: «اتفاقية سلام أيها الباشا. هذا انتصار واضح لنا، انتصار لي ولك، ابق ولا تفوت هذه الفرصة».

قال خير الدين باشا: «لدي عديد من الرجال يا صاحب السمو الملكي، كلهم جنود نظاميون برواتب منتظمة، المال الذي أملكه لا يكفي لدفع رواتبهم، يمكنني أن أطلب من العاصمة، لكن الأمر يستغرق وقتًا طويلًا لتسلُّمه بسبب الموسم. إن الجنود الأتراك منضبطون، ويريدون رؤية الانضباط والنظام من حولهم، لهذا لا يمكنني تأخير رواتبهم، هل تفهمني؟ عليك أن تضمن أجورهم».

الملك فرانسوا: «أنا أتكفل برواتبهم يا خير الدين باشا. إن وعدتني بالبقاء هذا الشتاء هنا وحماية بلدي فرنسا، فسوف أتذكر جميلك لبقية حياتي، وسأخبر العالم كله بفضلكم هذا».

خير الدين باشا: «لكنني لا أسمح لأحد بطعني من الخلف، أو حتى التعاون بأي شكل من الأشكال مع أعدائنا المشتركين يا سمو الملك، وهذا يشمل من بقي من فرسان رودس المتمركزين في مالطا حاليًا. كل من يتعاون مع عدوي هو عدو لي، وهذا هو سبب النهب والقتل... يجب أن تعرفوا ذلك».

الملك فرانسوا: «لا تفكر في ذلك يا خير الدين باشا، كل تلك الأحداث كانت أفعالًا غير سارة وقعت في خضم الاضطرابات في حرب لم تكن منظمة كما يجب... من فضلك، دعنا ننسَ ذلك».

خير الدين باشا: «أنا أسامح، لكنني لا أنسى أبدًا يا جلالة الملك، ولن أخوض معكم معركة مرة أخرى. وفي الربيع سأغادر هذه الديار ما إن توقع أنت وتشارلز اتفاقية سلام. ومع تطبيق اتفاقية السلام وظهور علاماتها سأخرج فورًا».

كانت الأمطار تتساقط، وأحدثت صريرًا في خشب السفينة، فقال فرانسوا: «اتفقنا، لن ينسى الشعب الفرنسي أبدًا ما فعله الأتراك من أجلهم يا حضرة الباشا».

لكن خير الدين باشا لم يكن يتوقع أي التزام بالاتفاق من هؤلاء، وأدرك منذ الأيام الأولى من شهر ديسمبر أن الأمور لن تكون سهلة حتى الربيع. وتمكن من سداد الرواتب التي تأخرت بسبب احتفالات الميلاد، فدفع نصف الراتب أولًا، ثم دفع الباقي على رُبعين، وكان السبب الآخر للتأخير ظروف الشتاء القاسية في يناير وأمطار فبراير.

في بداية شهر مارس اختفى الملك فرانسوا، وبدأ أهل مرسيليا يشعرون بعدم الارتياح تجاه الجنود الأتراك الذين استُقبلوا بفرح وإعجاب كبيرين في

الأيام الأولى. طلب خير الدين باشا من جنوده التحلي بالصبر حتى يتحسن الطقس، وكان عليه أن يكتفي بالمال القليل والمؤن القليلة الآتية من الجزائر. على الرغم من ذلك تمكن من ادخار أموال الفدية لتحرير تورغوت ريس، ولم يكونوا قد أحرزوا أي تقدم من أجل تحريره.

كان خير الدين باشا يبلغ من العمر آنذاك ثمانية وسبعين عامًا، ويعاني من آلام معوية شديدة مع بداية ذلك الربيع. بدأت تلك الآلام تسبب له نزفًا دمويًا من فمه في بداية شهر أبريل، وكانت تزداد كلما خطر تورغوت ريس على باله. وفي إحدى تلك الأزمات التفت إلى سيد مراد ريس، وكان الأخير يكتب مذكراته كل يوم على مدى السنوات الخمس الماضية تقريبًا، وقال: «لا تكتب عن هذا يا مراد».

وأضاف: «ربي، أنت ملهم قوتي ونصرتي، وأنا عبدك الضعيف، كن في عون الإسلام والمسلمين».

أطلق دعاءه، ثم التفت إلى سيد مراد مرة أخرى وقال: «لقد ملأنا سفننا بالحبوب والبارود والمدافع والبنادق والألواح والسلاسل وجميع أنواع الاحتياجات طويلة المدى، وسنعود قريبًا بإذن الله. ويُقال إن اتفاقية السلام المكتوبة التي تتضمن عرض شارلمان في طريقها إلى هنا. وإن العقد الذي سيرسله فرانسوا جاهز أيضًا. إن أذن الله سنكون في طريقنا نحو منتصف شهر مايو. قل لي يا مراد؟ ماذا تعلمت مما رأيته وسمعته من حولي على مدى السنين يا بني؟»

كان سيد مراد ريس في الأربعين من عمره، فأحنى رأسه بهدوء، وقال: «في كتاباتي عن سيرة الغزوات التي خضتها أيها الباشا، تمكنتُ من تدوين أجزاء غير مفصلة ومقتطفات عن حياتك، ولم يسعفني الوقت كي أتحدث عن الظلال المضيء الذي يتجول في أروقة روحك وقلبك. ولكن بما أنك

سألتني عما تعلمت، فدعني أخبرك أيها الباشا؛ لا يمكن لشخص ذي اتجاه غير صحيح أن يمتلك وعيًا تاريخيًا صحيحًا، فالشخص الذي لا يمتلك وعيًا تاريخيًا صحيحًا لا يمكن أن يكون لديه فهم صحيح للوطن والأمة والإسلام، ويكون كورقة شاردة في مهب الريح تتطاير في اتجاهات مختلفة في أي لحظة».

خير الدين باشا: «كلام جميل يا مراد، وقد قال أجدادنا: «لا خير في علم لا ينفعك في الجبال والأودية، ولا ينفعك في المحافل التي أنت فيها». ينبغي أن تفهموا ما عشناه سابقًا حتى تتمكنوا من شرحه والحديث عنه جيدًا، وكي تعمِّروا البلاد بمعرفتكم وعلومكم. والآن، نادوا أطبائي كي يأتوا إليَّ».

الخاتمة

من رزنامة وهيمي أورهون جلبي
28 يونيو 1546م

كنا في طريقنا إلى أزترغوم في المجر، ووردتنا الأخبار السيئة. كانت الفترة بين القبض على تورغوت ريس وإنقاذه صعبة للغاية عقليًا وجسديًا بالنسبة لقائد البحرية العثمانية خير الدين باشا. في طريق العودة من بعثته في نيس بدأت آلام العظام لدى الباشا، في الأسبوع الأول من مغادرتنا فهمت أن خير الدين باشا يجب أن يودع الرحلات الطويلة والنشاط الدؤوب في الحياة. قبل أن يصل إلى العاصمة بقليل ناداني، كنت أسير في المياه الهادئة لبحر إيجة، وكانت رائحة الإفرازات والدم تتغلغل في أطراف المكان على الرغم من النوافذ المفتوحة، فقال: «ادفنِّي في البحر، أريد أن أسمع صوت رجالي البحارة وأمواج البحر العنيفة».

نحن الآن نجلس في غرفة العمليات في الخيمة، بعد أن تمكنا من حصار أزترغوم مع السلطان سليمان خان بهدوء، وتتدفق الأضواء من زجاج مصابيح الزيت المصنوع من الكريستال، وتضيء وجه السلطان سليمان الشاحب، وكأنها دمعات دالة على القلق والاستياء، فقال بهدوء: «كان على أحد منا أن يتواجد هناك يا وهيمي. يجب ألَّا يموت أحد المقربين إلينا ونحن بعيدون عنه أو هو بعيد عنا، فكما يريد الناس أن يعيشوا مع أحبائهم، ينبغي أن يدعوا الله ليموت معهم أيضًا».

قلت: «كان الباشا من الأحياء الذين يفكرون في الموت أيها السلطان».
كان في صوتي شيء غريب، وأكملت قائلًا: «الشيء الوحيد الذي يجب فعله لشخص في سبيل استعادة منزلته، هو تذكر أفعاله الحسنة والدعاء له».
كنا على وشك تحقيق النصر في الحصار، وكانت الشمس تغرب مع الذكريات والخواطر التي ذكرناها.